« La vendeuse l'avait regardée bizarrement.
De travers, et d'un air de mépris.
Comme toutes les Polonaises regardaient les Ukrainiennes,
les premières ayant de quoi payer,
tandis que les autres faisaient des ménages. »

« Ekspedientka tak dziwnie na nią spojrzała. Z ukosa
i z pogardą. Tak jak zawsze Polki patrzyły na Ukrainki,
bo pierwsze płaciły, a drugie sprzątały. »

La Cité des Rêves

Wojciech Chmielarz

La Cité des Rêves

Traduit du polonais par
Erik Veaux

Agullo

Cette publication a été cofinancée avec le soutien de la Commission européenne. Cette publication n'engage que son auteur et la Commission n'est pas responsable de l'usage qui pourrait être fait des informations qui y sont contenues.

Cofinancé par le
programme Europe créative
de l'Union européenne

*

Cette édition a été publiée avec le soutien financier de l'Institut du Livre - © Pologne Programme de Traduction

LA TRADUCTION DE CET OUVRAGE A BÉNÉFICIÉ DU SOUTIEN DE L'INSTITUT POLONAIS DU LIVRE

THE ©POLAND TRANSLATION PROGRAM

INSTYTUT KSIĄŻKI

©POLAND

*

Ce livre a été publié avec le soutien de la région Nouvelle Aquitaine

Ouvrage initialement paru sous le titre
OSIEDLE MARZEN

www.agullo-editions.com
Conception graphique : WIPbrands

PROLOGUE

Svitlana aimait bien les hirondelles. Ces petits oiseaux si utiles dont elle avait contemplé les danses dans le ciel de chez elle, à Lviv, devant sa sinistre barre d'immeubles près de la gare routière. Elle s'allongeait dans l'herbe haute, mâchonnait des brindilles. Elle entendait au loin la voix qui annonçait les prochains départs, pour Kiev, pour Ivano-Frankivsko, pour Odessa, et même de plus lointaines villes de la puissante Union qui s'étendait sur un sixième de la surface de la terre, et qui avait été, à ce qu'elle avait cru sincèrement toute son enfance, le pays le plus avancé au monde. Une conviction que même les vaches bigarrées qui paissaient au pied des constructions n'avaient pas ébranlée.

Svitlana avait soudain réalisé que c'étaient eux, les Polaks, qui avaient tout bousillé. Elle s'était souvenue de sa première sortie à Przemysl. En Pologne. En 1991 ou 1992. Pendant le voyage, le nez contre la vitre après le passage de la frontière, à regarder défiler des bâtiments vétustes, et l'impression que ça allait bien plus mal pour les Polonais que pour eux. Les choses auraient pu être différentes. L'Ukraine aurait dû être riche, et la Pologne, pauvre. Ç'aurait été aux Polonaises de partir faire des ménages à l'Est, et les belles Ukrainiennes n'auraient plus eu qu'à les laisser ramasser les crottes de leurs chiens.

Mais eux, ils avaient tout bousillé. C'est pour ça qu'elle les haïssait.

Svitlana s'y connaissait en oiseaux. Mieux avant, moins maintenant. Elle avait fait biologie à l'université de Kiev. Elle s'était spécialisée dans les rongeurs, plus concrètement, les rats. Un peu par facilité, parce que les cours d'immeubles de la vieille ville abondaient en matériau de recherche. Elle n'était pas obligée de conduire des expériences de terrain dans des villages perdus des Carpathes ukrainiennes, ou dans la steppe plate et monotone, elle n'avait pas à chercher. Juste à poser quelques pièges. Après les études de maîtrise elle avait bien pensé à faire un doctorat, mais sans avoir l'argent nécessaire. Elle était donc restée avec en poche un diplôme inutilisable et aucune perspective de travail convenable. Elle avait cherché, mais il lui manquait les relations familiales indispensables pour faire carrière dans une mairie ou dans l'administration d'État. Dans le secteur privé, on lui offrait un salaire ridicule, arguant qu'elle ne savait rien faire de ses dix doigts et ne connaissait rien à rien.

Ils avaient raison.

Elle s'était donc mise à « faire la Pologne ». Comme tout le monde, avec des cigarettes et de la vodka à revendre sur les marchés, une fois passés les postes-frontières. Qu'elle n'aimait pas. À cause des caïds et de la concurrence des passeurs prêts à la dénoncer à la première occasion. Ceux qu'elle aimait le moins, c'étaient les douaniers. Parce qu'elle ne pouvait sortir de la chicane qu'en leur donnant des pots-de-vin. Et parce qu'elle était une fille, qu'ils l'arrêtaient pour la peloter sous prétexte de la fouiller. Ils lui passaient les mains sous la veste, dans la culotte, alors que s'ils palpaient des cigarettes ou des bouteilles de vodka ils la laissaient partir. Jusqu'au jour où ils l'avaient amenée à trois dans un bâtiment pour la violer. Elle ne se souvenait même plus s'il s'agissait des siens ou des Polonais. Elle avait cessé de trafiquer. Mais elle ne pouvait plus attendre et rester chez elle tout le temps. Elle était donc partie faire des ménages.

Une pie jacassait sur le terrain de jeux. Elle s'était posée sur une balançoire. Elle tordait la tête, regardant du côté de Svitlana. Elle sentait l'odeur du sang. Svitlana n'aimait pas ces volatiles. Ils étaient sales, faisaient leurs besoins n'importe où et transportaient des maladies. La campylobactériose qui se manifeste par une diarrhée, des vomissements et de la fièvre. La cryptococcose qui attaque les poumons, le système nerveux ou la peau. Non, rien de bon avec les pies. Contrairement aux hirondelles qui pouvaient avaler jusqu'à vingt mille moustiques ou moucherons par jour. Dans les vieux quartiers, là où elles nichaient dans les ouvertures de ventilation, les fentes entre les plaques, les creux des façades, il n'y avait pas de problèmes d'insectes. Mais ici, on était dans des blocs modernes. Les orifices de ventilation étaient fermés par des grillages en plastique. Les hirondelles n'ont pas la force de les arracher. Les pies, c'est autre chose. Elles s'en tirent admirablement. Et c'est pourquoi les résidents de la Cité des Rêves vivaient avec la plaie des moustiques l'été, et les déjections des pies tout au long de l'année.

Svitlana trembla sous une soudaine bourrasque. La cour était entourée de tous côtés par de hauts immeubles, mais le vent s'y engouffrait quand même. Il virevoltait entre les murs de béton, hurlant comme un chien enfermé dans une cave sans lumière.

Les pies mangent-elles les charognes ? La question lui vint à l'esprit, faisant surgir une vision d'oiseaux affamés sur un cadavre à ses pieds. Enfonçant leur bec dans des joues qui avaient été roses, dans un cou délicat, picorant les yeux, arrachant les paupières, tirant hors de la bouche une langue qui faisait penser à un petit battant de cloche en sang. Le joli corps délicat de la fille se changeait en une masse de viande sous des effilochures de peau et les os blancs du crâne. Fière comme une reine, la plus grande et la plus grasse des pies s'était perchée sur le front comme une reine. Couronne de la création. Elle agrémentait le temps qui passait en jacassant avec ses compagnes.

Corbeaux, corneilles ou subséquents de la famille des corvidés n'auraient rien eu contre un tel festin. Mais les pies ? Svitlana se dit qu'elle aurait bien voulu se retrouver maintenant à l'université, à Lviv. Elle serait allée voir le professeur d'ornithologie, le charmant petit vieux amoureux toqué des grues et cigognes, pour lui poser la question. Lui aurait eu une réponse.

Nouvelle bourrasque. La jeune Ukrainienne se défit de sa vision. Elle se souvint de qui elle était, d'où elle se trouvait, de ce qui la menaçait. Elle ne sentit même pas se relâcher les muscles de sa main, et elle laissa tomber le couteau ensanglanté qu'elle tenait. La pointe s'enfonça dans la terre devant sa chaussure. Puis elle se dirigea mécaniquement vers la sortie de la Cité.

Elle laissait derrière elle un cadavre, celui d'une fille de vingt-quatre ans.

Chapitre 1

Il avait inversé l'ordre des choses. Il s'était d'abord mis sur ses pieds, avant de s'étirer puis de frotter ses yeux endormis. Alors seulement, il réalisa qu'il était réveillé. Et que la cause de son réveil était le téléphone qui sonnait à côté du lit. Il décrocha sans regarder le numéro éclairé à l'écran. Il ne pouvait y avoir qu'une raison pour que l'on pense à l'appeler à une heure pareille.

— Mortka.

— Bonjour, inspecteur. Nous avons une cliente à Ursynow. (La voix du régulateur était sèche et factuelle.) Je vous donne l'adresse.

— Un instant.

Il se pencha vers la table de nuit. Il ouvrit le carnet qui y reposait et prit un stylo à bille.

— Tu me dictes.

Il nota le nom de la rue et le numéro.

— Il y a des choses que je devrais savoir ? Tout le monde est déjà sur place ? demanda-t-il.

— L'info vient du deuxième. (Le régulateur parlait du deuxième commissariat qui couvrait les secteurs de Mokotow, Ursynow et Wilanow.) On a déjà envoyé qui il fallait.

— D'accord.

Je vous envoie une voiture ?

— Pas besoin.

Il raccrocha. Il reposa le téléphone sur la table. Du coin de l'œil, il s'aperçut qu'Olga ne dormait plus. Elle s'était assise dans le lit, délicieusement ébouriffée. Une manche de sa chemise de nuit descendue dévoilait une partie de son sein.

— Je t'ai réveillée. Excuse-moi.

— Une urgence ?

— Hélas.

— Je te fais un café.

Elle s'élança avant qu'il ait eu le temps de lui dire que ce n'était pas la peine, et qu'elle ferait mieux de se rendormir. Il l'entendit s'affairer dans la cuisine, puis retentit le sifflement de la machine à expresso et un bruit de vaisselle disposée sur la table. Il se demanda d'où lui venait pareille énergie, alors que lui-même restait dans sa position, touchant de la main le drap encore chaud et comprenant à peine que commençait pour lui une nouvelle journée.

Il se leva et enfila ses fringues de la veille. Il avait pensé avoir le temps de repasser chez lui avant de partir au travail.

— Tu devrais garder ici quelques vêtements à toi, lança Olga en passant la tête depuis la cuisine. Pour des cas de ce genre.

— Peut-être… éluda-t-il, car il ne voulait pas lui donner raison.

— Tu ne vas pas avoir l'air frais.

— Personne ne fera attention.

Il ne se justifiait pas pour grand-chose. Olga et lui se connaissaient si peu. Ils avaient d'entrée commencé à coucher ensemble. Et maintenant ? Après les premières semaines, il faudrait qu'il apporte ses affaires chez elle ? Elle ne lui suggérait bien sûr pas beaucoup. Juste à tout hasard quelques paires de chaussettes, un slip, un pantalon et quelques chemises. Mais il aurait eu l'impression d'avoir emménagé chez elle. Il n'avait pas envie de parler de ça maintenant. C'était déjà assez qu'elle l'ait obligé à laisser une brosse à dents et un déodorant dans la salle de bains. C'était quand même une bonne idée, se dit-il en se brossant, avant de rincer soigneusement les restes de sommeil sur son visage.

— C'est quoi, comme affaire ? demanda-t-elle quand il entra dans la cuisine.

— Je n'en sais rien encore.

— Un meurtre ? insista-t-elle en lui tendant une tasse de café et une tartine jambon-fromage sur une assiette.

— C'est le seul genre de choses pour quoi on m'appelle, répondit-il en s'asseyant à la table de cuisine. En tout cas, à cette heure.

Olga continuait à tirer les bénéfices d'être une nana de flic. Il y avait des jours où on la noyait littéralement sous les questions pour savoir ce qu'il faisait, et pourquoi, et avec qui, et le genre de salopards qu'il avait mis derrière les barreaux. D'un côté, cela flattait sa fierté masculine et professionnelle. De l'autre... Bref, c'était compliqué. Quelque chose avait changé dans sa vie. De ça, il était sûr, même s'il ne savait pas exactement quand ni pourquoi. Depuis deux mois, il ne pensait plus à changer de travail. Il n'y avait pas si longtemps, il avait eu des périodes où l'idée de quitter la police lui avait semblé pouvoir redonner un sens à sa vie. Il n'arrivait pas à définir comment il se sentait. Sans doute bien. Cela ne changeait rien au fait qu'au fond il n'aimait pas ce travail. En parler lors d'un rendez-vous, ou juste après le sexe (sans qu'il sache pourquoi, c'était dans ces moments-là qu'Olga essayait de lui tirer les détails les plus macabres), lui était aussi agréable que de se retirer une écharde de sous un ongle. Mais, il le savait, cette excitation disparaîtrait un jour, et ses retours tardifs, ses sorties précipitées et ses horaires de travail extravagants redeviendraient un problème.

— Tu en sais plus ? insista Olga.

— La victime est une femme, répliqua-t-il à contrecœur.

— Quel âge elle avait ? Et vous avez des suspects ?

Il avala la tartine en quelques bouchées et but son café trop chaud. Il se brûla la bouche. Le café était bien sûr trop amer pour lui. Il avait appelé ça « la malédiction du distributeur de la Crim' » : au début, ça l'avait dérangé, mais il avait pris l'habitude de ce goût trop sucré. L'ironie de l'histoire est que le distributeur avait été réparé, mais l'impitoyable configuration gustative était restée.

— On va me dire tout ça sur place, répondit-il en l'embrassant sur la joue.

Puis sur les lèvres. Elle lui prit la tête entre les mains et se colla passionnément contre lui. Il l'enserra entre ses bras et, fermant les paupières, jouit un moment de son odeur et de sa chaleur.

— Merci… souffla-t-il au moment où elle le relâcha.

— C'est moi qui te remercie. Je vais penser à toi toute la journée.

Il se sourit à lui-même.

— Retourne te coucher.

Le réveil indiquait sept heures moins dix. Elle fit non de la tête et se haussa sur la pointe des pieds. Il regarda avec bonheur la silhouette élancée et la poitrine expressive qui devait avoir conservé les traces de ses morsures.

— Non. Il faut que je me prépare. On se voit ce soir ?

— J'espère bien, fit-il en se dirigeant vers la porte.

— Tu m'appelles.

— Je t'appelle.

Une fois dans la cage d'escalier, il entendit le bruit de la clef qui tournait dans la serrure. Il se gratta la nuque. Il s'appelait Jakub Mortka. Trentenaire divorcé. Qui avait deux fils. Et entretenait une relation sérieuse. Cela lui plut.

En raison de l'heure précoce, il mit moins de quinze minutes pour passer d'Ursynow à Mokotow. Quittant la route à six voies qui coupait Varsovie-Sud en deux, il entra dans les allées de L'Anode. Il dépassa le campus de l'École supérieure d'Agriculture (il avait toujours du mal à comprendre comment l'Agro s'y était pris pour obtenir le plus moderne de tous les bâtiments d'enseignement supérieur de la capitale) et, prenant à droite au croisement de la rue Ciszewski, il trouva tout au bout l'adresse indiquée.

« Cité des Rêves » lut-il en lettres turquoise sur la haute barrière en métal qui entourait des barres d'immeubles. Un nom prétentieux, moins quand même que « Parc Socrate », « Banlieue Village » ou « Jardins des Épinettes ». Mortka ne pouvait qu'essayer de s'imaginer les beaux esprits capables d'inventer ce type de dénominations extravagantes pour des suites de blocs à la beauté toute moyenne, avant de les inscrire de façon durable sur les plans de Varsovie. Bon. Comparé à eux, la « Cité des Rêves » gardait une forme de décence.

Derrière la palissade partait un étroit sentier entouré de fourrés maintenant privés de feuillages et qui faisaient penser à une clôture de barbelés fantomatiques. Plus loin apparaissaient quatre immeubles de logements peints en beige, couverts de toits pentus en tôles rouge clair. Le plus allongé, partant de la rue, formait comme une façade qui séparait la Cité du reste du quartier. Deux des trois autres, à droite et à gauche du terrain, étaient en forme de L. Le dernier, un simple carré, se dressait au centre. La Cité était relativement nouvelle. L'inspecteur l'estima vieille de cinq ans, peut-être sept. Suffisamment pour que les façades soient couvertes de traînées de poussière de rue, mais pas assez pour demander à être repeintes.

Mortka avança jusqu'au portail installé à l'entrée de la Cité et s'arrêta devant la barrière. La radio diffusait une chanson qu'il entendait pour la première fois et qui lui déplut. Elle parlait de Varsovie et de bouffe chinoise. Il se résolut à Klaxonner. Un vigile effrayé sortit, accompagné par un policier en tenue. Le vigile actionna une commande et la barrière se leva. L'inspecteur remercia d'un signe de la main et roula vers l'intérieur.

Il chercha un endroit où se garer. Toutes les places du petit parking étaient occupées. Quelques conducteurs désespérés étaient même montés sur les pelouses sans craindre, à l'évidence, de recevoir des amendes de la police municipale puisque celle-ci ne devait pas pénétrer dans la Cité. La situation parut étrange à l'inspecteur, en particulier lorsqu'il dépassa l'entrée d'un parking souterrain. Visiblement, les résidents ne devaient pas en profiter.

Mortka se dit qu'il était en service et qu'un des avantages était qu'il pouvait se permettre de passer outre tel ou tel article du Code de la route, notamment dans l'exercice de ses fonctions. Il se gara derrière une voiture de police. Sa Toyota et la KIA de la police bloquaient de la sorte six accès, mais ce n'était pas un souci pour lui.

Il descendit de voiture. Il s'étira et observa les lieux. La cour intérieure était déserte, même s'il aperçut quelques petits groupes de gens en bas des cages d'escaliers, certains encore en pyjama sur lequel ils avaient enfilé une veste polaire. D'autres curieux étaient sortis sur leurs balcons. Ils fumaient, buvaient du café ou prenaient des photos avec leur portable. L'inspecteur se dit qu'il n'avait encore jamais travaillé devant un tel public.

Il avisa l'équipe de police près du terrain de jeu. S'approchant, il remarqua deux techniciens en tenue blanche qui arpentaient le secteur, appareil photo en main et protégés par quelques agents en uniforme. Puis il vit une personne en tenue de ville, une jeune femme aux cheveux de cendre noués en queue-de-cheval, vêtue d'une veste de cuir marron. Elle se dirigea vers Mortka dès qu'elle l'aperçut.

— Bonjour, inspecteur, salua-t-elle.

— Bonjour, lieutenant, répondit-il.

Ça lui faisait toujours drôle de la saluer par son grade. La sonorité du mot lui restait en travers du gosier. Mais il préférait se faire violence sur les mots plutôt que d'affronter à nouveau le lieutenant Anna Suchocka. Non qu'il eût peur d'elle : elle était passée lieutenant, mais il était d'un grade plus élevé, et c'était lui qui dirigeait l'enquête, il avait davantage d'expérience professionnelle. Il n'en avait tout simplement pas envie. Suchocka, la Sèche, était une tête de mule. S'il la remettait à sa place aujourd'hui, dès le lendemain elle lui rappellerait qu'en polonais les mots ont un genre, et qu'on dit « lieutenante ». C'était déjà bien qu'elle ne l'ait pas corrigé à propos de son état civil. Elle l'avait déjà repris à ce sujet lorsqu'ils s'étaient rencontrés pour la première fois. Après quelques mois de travail en commun, elle lui avait un peu lâché la bride.

— On a quoi ?

— Un meurtre, commença-t-elle en le guidant vers les techniciens. La victime est une jeune fille. Dans les vingt ans. Aucune trace de violence ou de viol.

— Cause de la mort ?

— Tu vas voir par toi-même.

— Son identité ?

— Encore inconnue. De toute façon, on t'a attendu pour aller de l'avant.

Il hocha la tête.

— On peut ?

La Sèche lança un regard à un des techniciens, un type trapu qui rajustait sans cesse ses lunettes et qui prit un dernier cliché avant de les inviter d'un geste. Les yeux vitreux de la fille étaient couleur d'herbe sale. Elle avait la peau pâle, ce qui indiquait qu'elle ne faisait pas partie des nombreux adeptes des solariums du quartier d'Ursynow. Un petit anneau d'argent brillait à une de ses narines. Il en remarqua un autre identique à une de ses paupières. À part ça, aucun bijou. Elle portait un manteau en laine, un pantalon et des chaussures en cuir. Une valise à roulettes abandonnée à côté, la poignée tirée. Un sac en cuir passé de biais à l'épaule gisait le long du corps.

La fille était allongée sur le ventre, le bras gauche écarté sur le côté, le droit enfoncé entre les cuisses serrées. La tête était tordue. Une trace sur le sol, une large bande de sang, montrait qu'elle avait essayé de se traîner. Un peu. Un mètre, un mètre et demi. Pour aller où ? Jusqu'à la valise ? Jusqu'à l'entrée de l'immeuble ? Ou, ce qui parut le plus vraisemblable à Mortka, simplement pour continuer de bouger dans ses derniers instants, croyant peut-être ainsi se maintenir encore un peu en vie.

L'arme du crime était tout près du cadavre. Un

poignard de combat à longue lame dentée de plus de vingt centimètres, entièrement tachée de sang.

— Ça a l'air pas mal comme ça, mais c'est de la merde.

La voix de la Sèche retentit au-dessus de lui. Il leva les yeux.

— C'est-à-dire ?

— C'est un couteau pour gamins. Ça m'étonnerait qu'il coûte plus de soixante zlotys. Un acier médiocre et cassant, qui s'émousse facilement. Aucun dispositif anticorrosion. Le manche a l'air couvert de caoutchouc, mais c'est du n'importe quoi. Ça va se décoller en moins que rien, et le couteau va glisser dès que la main va transpirer. Alors qu'il y a quantité de trucs de qualité. Moi, je préfère les vrais coupe-choux. En résumé, comme j'ai dit, un air pas mal, mais c'est de la merde.

— Suffisant pour zigouiller quelqu'un, remarqua-t-il.

— Tu sais bien que pour bousiller un type, il suffit d'un couteau à pain.

Elle le remballait d'une pique. Elle avait raison.

Il se pencha sur le corps de la fille. Il cherchait des blessures. Il trouva la première sans difficulté, juste sous la main posée contre la cuisse. Les doigts étaient tout rouges, et la jambe de pantalon était colorée par une grande tache qui s'étendait jusqu'au genou. La pointe du couteau avait touché l'artère fémorale. Il savait qu'une hémorragie en cet endroit était impossible à bloquer. La mort intervient en quelques minutes. On perd même conscience avant. Une deuxième blessure avait été ajoutée sur le côté gauche du ventre, un peu en dessous des côtes.

Il vérifia qu'il avait bien mis des gants avant d'ouvrir précautionneusement le sac. À première vue, rien ne manquait. Un portable, un porte-monnaie, un paquet de mouchoirs, du rouge à lèvres et deux serviettes hygiéniques. Il prit le porte-monnaie et regarda à l'intérieur. Il trouva un billet de cinquante zlotys et quelques pièces. Le vol n'était pas le mobile. À moins que l'agresseur n'ait paniqué, ce qui n'était pas à exclure. Voyant ce qu'il venait de faire, il avait pu préférer s'enfuir. Mortka prit la carte d'identité de la victime. Il compara la photo avec le visage de la fille.

— Pour ce qui est de l'identification au moins, on n'aura pas de problèmes, fit-il pour lui-même comme pour la Sèche.

La fille s'appelait Zuzanna Latkowska. Née en 1986. Elle aurait eu vingt-quatre ans dans quelques jours. Domiciliée à Biala Podlaska. Mortka montra le document à la Sèche.

— Il faut vérifier si elle est dans notre base de données et prévenir la famille. Et les interroger. Mais les deux premiers points sont les plus importants.

Il replaça la carte d'identité dans le sac et se releva. Il regarda autour de lui. De plus en plus de gens se montraient aux balcons.

— On installe un paravent ? proposa-t-il. Les parents vont commencer à conduire les enfants à l'école. On pourrait leur éviter le spectacle ?

— Je vais en parler aux techniciens, fit la Sèche.

Mortka resta seul. Il fourra ses mains dans ses poches et étudia les immeubles alentour. Quatre étages en plus des rez-de-chaussée. Trois appartements par étage, dont deux donnaient sur la cour. En tout, dix logements par cage d'escalier. Il compta huit cages d'escalier dont les locataires pouvaient voir le lieu du crime. Soit en tout quatre-vingts logements occupés en moyenne par trois personnes, ce qui donnait dans les deux cent quarante témoins potentiels. Par chance, la Cité était fermée. Aucun indésirable ne devrait s'y trouver. Et à la sortie, une caméra veillait. Ils étaient équipés d'un monitoring. Théoriquement, une situation idéale. Tellement idéale qu'il n'arrivait pas à y croire.

— Ils vont apporter un paravent, fit la Sèche, de retour.

— Parfait. Qui a trouvé la fille ?

— Le vigile, pendant sa tournée. Tu veux un résumé du résumé que m'ont fait les gars d'ici ?

Il fit non de la tête.

— Allons lui parler nous-mêmes. Où est le type ?

Elle lui fit traverser la cour pour se diriger vers le portail. Ils dépassèrent un homme qui expliquait fiévreusement quelque chose à un policier tout en désignant la voiture de Mortka.

— Inspecteur ! lança l'homme en faction.

— Plus tard.

Ils entrèrent dans une cabine de gardien typique près du portail, avec une longue table, deux écrans de monitoring, un canapé contre le mur, l'indispensable calendrier avec nana en mini-maillot de bain et quelques fanions de l'équipe de la Legia Warszawa. Le gardien était un triste jeune coiffé en brosse qui lança un regard farouche aux policiers qui entraient. Il malaxait un T-shirt noir entre ses mains. Un jeune agent se tenait près de la table, moitié moins grand que le gardien qu'il avait à surveiller. Une troisième personne, un gars dans la trentaine en costume sombre, jaillit à la vue de Mortka.

— Tomasz Lorenz, se présenta-t-il tout en faisant comme par magie sortir une carte de visite d'entre ses doigts.

— Vous êtes qui ? demanda l'inspecteur.

L'autre ouvrit la bouche, mais ses paroles furent étouffées par un long coup de Klaxon. Il attendit que le bruit cesse en affichant un sourire d'excuse.

— Tomasz Lorenz, répéta-t-il en tendant sa carte de visite à Mortka. Je suis le gérant de la Cité.

L'inspecteur prit à regret la carte qu'il fourra dans sa poche sans même la regarder.

— C'est vous qui avez découvert le corps ?

— Non, c'est moi ! lança le gardien. C'est moi qui l'ai trouvé.

— Et vous, qu'est-ce que vous faites ici ? demanda l'inspecteur à Lorenz.

— Je gère la Cité. Je m'occupe des services techniques, de la comptabilité, des comptes.

— Ce n'est pas ce que je demandais.

Mortka lança un regard significatif à la Sèche qui se contenta de hausser les épaules. L'inspecteur demanda au vigile :

— Vous vous appelez comment ?

— Bartosz Hajduszkiewicz. Je l'ai déjà dit…

— Il ne faut pas vous formaliser, coupa le policier. Vous aurez à répéter la même chose plusieurs fois à plusieurs personnes aujourd'hui. Racontez-moi ce qu'il s'est passé.

Le vigile serrait les doigts sur un bouton de sa chemise en regardant Lorenz par en dessous. Le gérant lui fit un signe discret de la tête. L'inspecteur savait qu'il devrait mettre Lorenz dehors, mais il y avait quelque chose entre le vigile et lui, et il voulut comprendre quoi. Il décida de leur laisser croire encore un moment qu'ils contrôlaient la situation. De plus, Lorenz dégageait quelque chose qui suscitait en l'inspecteur une profonde antipathie, sans qu'il puisse définir exactement quoi : était-ce la suffisance arrogante du personnage ? son bronzage de cabine ? ses chaussures marron étincelantes ? Cela n'avait peut-être rien de professionnel, mais il se dit qu'il allait bientôt saisir une occasion de le moucher.

— J'ai trouvé la fille, commença le vigile, là où elle est. À moins que vous ne l'ayez déplacée.

— Personne n'y a touché, assura Mortka. Dites-moi où vous l'avez trouvée.

— Je viens de le dire !

— Je voudrais connaître l'emplacement exact.

— À côté du terrain de jeu, devant le bâtiment D.

— Qu'est-ce que vous faisiez là ?

— Je faisais ma tournée. Comme toutes les demi-heures. Avant, c'était toutes les heures, mais…

Le vigile se fit penaud. Il tirait sur sa chemise comme pour la déchirer.

— Peu importe… J'allais pointer.

— Je ne comprends pas.

Le bruit de Klaxon reprit à l'extérieur. Le vigile soupira

et tira de sa poche un morceau de plastique de la taille d'une carte de crédit.

— Il y a plusieurs bornes sur le terrain. On doit y passer et s'identifier avec la carte.

— Comme ça, on sait que le gardien fait ses rondes et ne se contente pas de rester dans sa cabine, commenta Lorenz.

Mortka ferma les yeux, essayant de se représenter le plan de la Cité.

— Les bornes sont aux murs du bâtiment ?

— Oui, bien sûr.

— Alors, comment avez-vous aperçu le corps ?

— Je ne pige pas.

— Le bâtiment est à une dizaine de mètres de l'endroit où le corps a été retrouvé. Quinze, peut-être ?

— Plutôt quinze, précisa la Sèche.

— Va pour quinze, accorda Mortka. Quinze mètres. Entre le bâtiment et le corps, il y a plusieurs voitures garées. D'où ma question : comment avez-vous aperçu le corps ?

Le vigile ouvrit la bouche et serra sa chemise autour de son poing comme s'il avait voulu se préparer à boxer.

— La valise ! fit-il soudain comme soulagé. J'ai vu la valise.

Mortka essaya de se figurer la scène, en quoi il fut à nouveau dérangé par une série de coups de Klaxon, mais il se dit que c'était vraisemblable. Un bagage à cette heure et à cet endroit pouvait en effet retenir l'attention du vigile.

— Vous, là…

— Oui !

Le jeune policier s'arracha du mur contre lequel il s'appuyait et qui lui laissa des traces de peinture verte dans le dos.

— Vous pouvez aller voir qui fait ce boucan, oui ?

L'agent fit une sale mine qui exprimait sa déception de devoir faire un boulot d'employé de parking. *Hé, hé,* se dit Mortka, *s'il veut rester dans le métier, il faudra qu'il apprenne à obéir à des ordres saugrenus venant de supérieurs.*

Il avait parfois l'impression que l'essence du travail n'était pas d'attraper des criminels, mais de satisfaire les lubies des gradés.

— Il était quelle heure ?

L'inspecteur s'était retourné vers le gardien.

— J'ai pointé à cinq heures trente.

— À cinq heures aussi ?

— Oui.

Mortka se gratta le menton. Le meurtre avait donc eu lieu entre cinq heures et cinq heures et demie. Il regarda sa montre. Il allait être huit heures. Deux heures et demie après l'événement. Ils avaient perdu beaucoup de temps.

— Et qu'est-ce que vous avez fait après ?

— J'ai appelé le gérant, et vous ensuite.

— Pourquoi le gérant d'abord ?

— La règle est d'appeler d'abord le gérant en cas d'incident imprévu, intervint Lorenz. Vous savez, le règlement des conflits entre voisins ne nécessite pas forcément l'intervention de la police. En général, on y arrive par la conciliation.

— Et avec qui vous envisagiez une conciliation ici ? pouffa Mortka. Vous vouliez asseoir la fille, celle qui est morte, d'un côté de la table, et de l'autre, qui donc ?

Lorenz enfonça les mains dans ses poches.

— La situation présente est bien sûr extraordinaire. Mais jusqu'ici, nos procédures…

— On parlera de vos procédures plus tard, coupa Mortka.

Le jeune agent réapparut à la porte de la cabine.

— Excusez-moi, inspecteur, mais votre voiture bloque un type qui doit partir à un rendez-vous, et c'est pour ça qu'il Klaxonne.

Mortka soupira.

— Qu'il attende. De toute façon, il y a des bouchons partout.

L'agent montra d'un signe de tête qu'il avait compris et repartit vers le parking. L'inspecteur revint au gardien.

— Vous avez des caméras ?

— Bien sûr.

— Oui, mais tournées vers l'extérieur, reprit Lorenz derrière l'inspecteur. Nous respectons l'intimité des résidents.

— Aucune importance. Montrez-moi les enregistrements.

— Malheureusement, ce ne sera pas possible, déclara le gérant d'un ton catégorique.

Le sang de Mortka ne fit qu'un tour. Le gardien baissait la tête, les yeux rivés au plancher.

— Parce que ?

— Comme je l'ai dit, nous préservons l'intimité de nos résidents. Je ne sais pas ce qu'il y a sur ces enregistrements, et c'est pourquoi je ne peux pas vous les fournir. Nous avons garanti par contrat que les enregistrements ne seraient communiqués à personne. C'est une règle à laquelle nous devons nous tenir. En tout cas, tant que vous n'aurez pas un mandat d'un procureur. Et même dans ce cas, il faudra que je consulte d'abord notre avocat. C'est à cause de l'Inspection générale pour la protection des données personnelles, vous voyez.

Mortka fronça les sourcils. Il n'était pas sûr d'avoir bien entendu ce qu'il venait d'entendre. Lorenz avait fini de pérorer et il souriait d'un air navré comme pour signifier que ce n'était absolument pas sa faute.

— La Sèche, fit l'inspecteur.

— J'écoute.

— Tu arrêtes M. Lorenz pour entrave à l'enquête.

Lorenz ricana.

— Vous plaisantez ?

— Compris, fit la Sèche en s'adressant ensuite au gérant. Tournez-vous, mains dans le dos.

— Mais vous n'avez pas le droit ! s'écria-t-il, toujours amusé, encore que légèrement inquiet.

Il amorça un geste en direction de la Sèche qui s'était approchée. Il n'avait pas l'intention de la frapper, mais de la repousser, comme une mouche importune. Erreur. Avant qu'il comprenne ce qui lui arrivait, la Sèche l'avait saisi par un poignet et tiré vers l'avant en même temps qu'elle le percutait en pliant les genoux. Lorenz s'envola, fit un soleil et atterrit bruyamment sur le sol. Sur quoi il hurla de douleur. Mortka était impressionné. Et par l'adresse de la Sèche, et parce qu'elle avait réussi sa prise dans un espace aussi exigu. Il était conscient qu'il n'aurait pu lui-même qu'envoyer son poing dans la figure de Lorenz.

La Sèche retourna le gérant sur le ventre et prit des menottes. Mortka s'approcha du gardien qui observait le spectacle avec des yeux écarquillés. L'inspecteur désigna les écrans.

— On peut passer les enregistrements qu'il y a là-dessus ?

— Bien sûr, confirma le gardien.

— Alors, faites voir entre cinq heures et cinq heures et demie.

Le gardien acquiesça. Il se tourna vers l'ordinateur. Les doigts tremblants, il pianota sur le clavier, et un instant plus tard Mortka put regarder sur un écran divisé l'enregistrement en noir et blanc de la caméra de l'entrée de la Cité.

— Accélérez. Je ne vais pas rester une demi-heure devant ça.

Le gardien obtempéra. Mortka se pencha vers l'écran. Rien. Personne n'entrait, personne ne sortait.

— C'est tout ? demanda-t-il une fois la bande finie.

— Oui, confirma le gardien.

Mortka se redressa. Il croisa les mains derrière sa tête. Personne n'était entré. Personne n'était sorti. Le meurtrier était donc un des résidents. Ou quelqu'un qui aurait pénétré sur le terrain par une entrée non surveillée. Il fallait vérifier s'il en existait de telles.

— Qu'est-ce que je fais de lui ? demanda la Sèche toujours accroupie au-dessus du gérant.

— Tu le laisses allongé.

Le cadavre n'était pas sur le trajet du vigile, se dit

l'inspecteur. Il aurait pu ne pas remarquer la valise lors de ses tours précédents.

— Faites voir les enregistrements d'avant. C'est possible ?

— Oui, mais pourquoi ? demanda le gardien, et l'inspecteur comprit qu'il venait de toucher juste.

Il y avait sur ces bandes quelque chose que Lorenz voulait justement ne pas montrer. Et qui faisait peur au gardien.

— Fais voir.

Le gardien opina de la tête. Mortka recula, et l'autre lança l'enregistrement en accéléré à l'aide de la souris. Il finit par trouver ce qu'il cherchait. Quatre heures quarante-sept. Une femme sortait de la Cité d'un pas rapide, pressée.

— C'est qui ? demanda le policier.

— C'est Svitlana. Elle fait les ménages. On ne pensait pas que c'était important, s'excusa le gardien.

L'inspecteur en resta bouche bée. Puis retentirent un grand bruit et le hurlement d'une alarme. L'alarme de sa Toyota.

— Tu les surveilles tous les deux, ordonna-t-il à la Sèche avant de se précipiter dehors.

Juste à temps pour voir un grand Touareg Volkswagen noir pousser sa voiture.

L'inspecteur adjoint Dariusz Kochan se réveilla vers huit heures. Trop tard, car il aurait déjà dû être au travail, mais il n'était pas pressé. De toute façon, rien de bon ne l'y attendait. Au mieux, des regards par en dessous lancés par tous ces fils de pute qui en avaient plus que lui sur la conscience, tandis que lui, il s'était planté et on pouvait lui charger la barque. Même s'il y en avait quelques-uns pour lui envoyer des tapes de consolation dans le dos, en toute discrétion.

Suffit. Il n'avait pas l'intention de s'en faire, de se laisser pourrir la vie et massacrer. Il sortit du lit. Il dormait seul. C'était d'ailleurs le cas depuis longtemps. Même s'il se couchait avec Ania, celle-ci trouvait toujours un prétexte pour rejoindre Janek. Le gamin et la femme dormaient à deux dans le petit lit d'enfant. Et comme Janek se réveillait souvent en pleurant, c'est ainsi que se passaient toutes les nuits. L'inspecteur adjoint regrettait que son fiston soit devenu une sorte de chochotte. Ania avait une mauvaise influence sur lui. Il se dit qu'il devrait faire des trucs avec son fils : l'emmener à la pêche, construire une hutte avec lui dans la forêt, ou quelque chose dans le genre.

Il alla pisser puis se brossa les dents avant de se passer le visage à l'eau froide. Il sortit des fringues propres de l'armoire, s'habilla et se demanda ce qu'il allait manger. Il n'aurait pas le temps au bureau. Il rentrait d'un long congé forcé au cours duquel il était censé avoir réfléchi à son comportement. Il avait en effet un peu réfléchi. Il était allé voir le psy. Il avait écouté toutes sortes de sornettes et raconté tout autant d'histoires sans intérêt sur sa vie, mais la majeure partie du temps il n'avait rien fait du tout. Il avait regardé le plafond en s'effondrant sur lui-même. Et aujourd'hui, il fallait retourner au travail. Il y trouverait un million de papiers à remplir, de formulaires à signer, de lettres à rédiger, et ça lui donnait envie de vomir.

Il entendit Ania et Janek se réveiller. Ils remuaient dans le lit, serrés l'un contre l'autre. Janek chuchotait des trucs, Ania le consolait. Ils attendaient qu'il s'en aille pour rester seuls.

— Qu'ils attendent, grogna-t-il entre ses dents.

Il ouvrit un placard et prit une tasse. Il se fit un café et trois tartines jambon, fromage, tomate. Plus un casse-croûte pour le bureau.

Sur quoi, lentement, très lentement, sans jamais se presser, il s'attaqua à son petit déjeuner.

Chapitre 2

Mortka n'en crut pas ses yeux quand il vit le côté enfoncé de sa voiture. La Volkswagen avait poussé sa Toyota jusqu'à lui faire faire un angle de quarante-cinq degrés par rapport au trottoir.

Le propriétaire du SUV avait sauté de voiture avant que les policiers n'aient eu le temps de venir l'en tirer. Un type grisonnant, long manteau de laine descendant jusqu'aux genoux, courait vers Mortka en gesticulant frénétiquement. Une montre à bracelet en métal scintillait à son poignet, et des gouttes de bave pointaient aux commissures de ses lèvres.

— C'est maintenant que tu te décides ? Maintenant seulement ? hurla-t-il à l'adresse de l'inspecteur. Tu vas m'enlever ton tas de tôle ! Casse-toi !

— C'est quoi, ça ? Qu'est-ce qu'il se passe ?

— Qu'est-ce qu'il se passe ? Qu'est-ce qu'il se passe ? Putain ! À cause de toi, j'ai mon pare-chocs rayé ! Je me suis rayé le pare-chocs à cause de toi ! Tu sais combien coûte un pare-chocs comme ça ? Tu vas le payer, pourriture ! Tu vas payer ! criait le grisonnant en agitant les bras d'un côté et de l'autre, comme pour diriger tout un orchestre.

L'inspecteur remarqua que l'attention du public aux balcons s'était déplacée du corps protégé par une bâche vers eux. Quelqu'un siffla pour manifester son soutien à l'autre type.

— Vous n'avez pas remarqué que je suis en train de travailler ? Que quelqu'un vient de tuer votre voisine ? demanda calmement Mortka.

— Moi aussi, je travaille ! J'ai un rendez-vous urgent, faut que je gagne ma vie. Et tu sais où part cet argent ? Aux impôts, pourriture ! Et c'est grâce à mes impôts que tu as un salaire !

Le grisonnant se frappa la poitrine de la main.

— C'est moi qui te paye ! C'est à moi de payer ton salaire en bossant dur ! Donc, c'est moi le chef ! Et quand je te dis de bouger ta bagnôle, tu le fais, merde, et tu te casses avec ta tire de merde ! Tu piges ?

Des applaudissements partirent de quelques balcons. Mortka essaya de localiser d'où ils venaient, mais les applaudisseurs s'étaient retirés dans leurs intérieurs.

— Je suis de la police, je suis en service parce qu'on vient d'assassiner votre voisine, fit encore calmement l'inspecteur pour tenter de raisonner le braillard.

— En service ? Dans la police ? Et c'est marqué où, que tu es de la police ?

L'homme aux cheveux gris montrait la voiture de Mortka.

— Il est où, ton gyrophare ? N'importe qui peut garer une bagnôle comme ça par ici. Combien de fois il faut que je te le demande, que tu bouges ta caisse ? Putain, tu crois que parce que tu as un insigne, tu peux tout te permettre ? Eh bien non ! Je vais porter plainte, et tu vas comprendre ta douleur quand je t'enverrai la facture si le client m'envoie sur les roses.

Mortka se demanda s'il pouvait considérer le coup à sa voiture comme une agression de fonctionnaire en service. Et c'est là, alors qu'il calculait le montant des dégâts, qu'il vit la portière de la Volkswagen s'ouvrir pour laisser passer une petite tête d'enfant. Une fillette qui devait avoir dans les sept ans, avec des tresses qui lui descendaient jusqu'aux coudes. Sur le point de sangloter, elle regardait son père.

— Occupez-vous de ce client, lança Mortka à deux agents à proximité.

Il vit de la perplexité dans leurs yeux. Ils ne comprenaient pas bien ce qu'il voulait dire, mais il n'avait pas l'intention de leur expliquer quoi que ce soit ni de les aider. Qu'ils se débrouillent.

Il retourna à la cabine du gardien. Il s'assit dans le canapé. Étendit les bras sur le dossier. Ça bourdonnait dans sa tête.

— La Sèche, occupe-toi de M. Lorenz. Qu'on l'amène à la Crim'. On l'interrogera plus tard.

— Compris.

— Mais non…

Lorenz voulut protester, mais il suffit d'un regard de Mortka pour qu'il se taise. Il se laissa gentiment conduire hors du local.

L'inspecteur resta seul avec le gardien.

— C'est quoi, sur votre T-shirt ? demanda Mortka après un temps de silence.

Le gardien se crispa et regarda le T-shirt froissé entre ses mains qu'il essaya maladroitement de cacher dans son dos.

— C'est rien… C'est… personnel.

Mortka pouffa. Personnel, la bonne blague. Le gars travaillait sous contrat avec une mini-boîte de sécurité et se croyait déjà porter un uniforme. Les gens faisaient beaucoup pour donner du sens et du poids à leur boulot. L'inspecteur fronça les sourcils. C'était ce même gardien qui, un instant plus tôt, avait refusé de lui montrer des enregistrements. Et si c'était lui le coupable, et s'il y avait des traces du sang de la fille sur le T-shirt ? Ce serait une grande avancée, et le gardien monterait vite dans la catégorie des criminels les plus stupides de toute la Pologne. Mortka avait déjà vu des miracles dans sa carrière.

— Montrez-moi donc ce vêtement personnel.

Le gardien, gêné, lui tendit le T-shirt. Sur le devant, une

grande bande blanche avec deux lettres : JP. Mortka se dit qu'il aurait dû s'attendre à quelque chose dans le genre.

— Donc, vous êtes croyant ? fit-il d'un ton assuré, goûtant l'expression d'étonnement qui apparut sur le visage du gardien. JP, pour Jean-Paul II. Génération JP II, précisa-t-il.

— Bééé… (Le type regarda autour de lui nerveusement, comme pour voir s'il n'y aurait pas une caméra cachée.) Oui, c'est ça.

— C'est laquelle, votre encyclique préférée ?

Le silence qui suivit ne fut troublé que par le bourdonnement de l'ordinateur.

— L'encyclique ? Concrètement ? Moi, c'est plutôt en général, le message… risqua le gardien.

Mortka regretta de ne pas connaître de nom d'encyclique et d'ignorer tout de Jean-Paul II, si ce n'est qu'il avait fait tomber le communisme, sinon il aurait pu poursuivre la plaisanterie. Mais il avait au moins vérifié que le gardien était paumé et ne comprenait rien à ce qui se passait.

— Vous connaissiez la fille ? demanda-t-il soudain.

— La morte ?

Mortka fit une grimace involontaire. Il n'aurait pas dû. Quand il parlait avec un témoin, il s'efforçait de ne pas trahir d'émotion. D'ordinaire, voire sans le vouloir, les témoins s'efforçaient de répondre aux attentes des enquêteurs. Il suffisait d'une légère grimace pour qu'ils sautent un sujet, ou d'une brève lueur d'intérêt pour qu'ils en développent un autre sans importance. Il valait mieux pour commencer les laisser vider leur sac.

— Oui. La morte, confirma-t-il.

— Non, en fait non.

— En fait ?

— C'est-à-dire… Quand on travaille ici, on situe les gens.

— Et vous l'aviez remarquée ?

Il hocha la tête.

— Elle louait une chambre dans un appartement étudiant. Avec d'autres nanas.

— Qui a pu la tuer ?

Le gardien frissonna de peur.

— Comment je pourrais savoir ?

— Tu passes beaucoup de temps ici. Tu as dit toi-même que tu situais les gens.

Mortka était passé à dessein du vouvoiement au tutoiement. Comme une petite piqûre dans la fierté du gardien, histoire de le mettre un peu mal à l'aise.

— Tu en sais sûrement beaucoup sur la Cité. Raconte.

— Je ne sais rien. Je ne fais que regarder des films.

Il montra son ordi à côté.

— Réglo ?

— Quoi ?

— Tu télécharges sur Internet ? Tu payes ou tu pirates ?

Là, le gardien se marra, et Mortka se dit qu'il avait peut-être un peu poussé.

— Elle est bien bonne !

Mortka haussa les épaules.

— Alors, c'est qui ?

— Je ne sais pas. Peut-être le proprio ? Elle n'aurait pas payé le loyer, et ça l'aurait mis en pétard.

L'inspecteur conclut qu'il n'avait plus grand-chose à apprendre par ici. Il faudrait amener le gardien à la direction et l'interroger selon les règles, dans l'atmosphère stérile d'un local policier.

— C'est qui le propriétaire ?

— L'autre… Comment qu'il s'appelle déjà… Celtycki. Il a plusieurs appartements.

Mortka tira son carnet de sa poche de veste. Il nota le nom suivi d'un gros point, avant de souligner le tout. Le stylo resta en suspens. Il releva la tête.

— Piotr Celtycki ? vérifia-t-il.

— Oui, je crois, confirma le gardien.

Oh, putain, se dit Mortka, *pas possible, que ce soit si simple.*

— Et il habite où, le M. Celtycki ? demanda-t-il.

Svitlana prit le café des mains de la vendeuse de chez McDonald et alla s'asseoir dans un coin de la salle, loin des gens et des fenêtres. Elle hésita à se cacher derrière le numéro de *Métro* laissé par le client précédent, mais craignit que cela n'attire l'attention sur elle. Déjà que son accent la trahissait, cette foutue mélodie orientale, cette intonation ukrainienne, cette douceur russe. C'est pour ça qu'elle parlait si peu. À la caisse, elle s'était contentée de lancer « café », ayant peur que même cela suffise. La vendeuse l'avait regardée bizarrement : de travers et d'un air de mépris. Comme toutes les Polonaises regardaient les Ukrainiennes, les premières ayant de quoi payer tandis que les autres faisaient des ménages. On pouvait tout se permettre : les engueuler parce que les lattes du plancher étaient mal lavées et les faire recommencer encore et encore, avant de ne les payer que la moitié du prix convenu. C'était ce regard que la femme en uniforme derrière le comptoir portait sur Svitlana, alors même que c'était Svitlana la cliente, celle qui achetait et payait, celle qui aurait toujours dû avoir raison.

Elle ne méritait pas ce regard.

Sûrement que cette rombière saurait se souvenir d'elle. Qu'elle serait la première à courir à la police quand on commencerait à la chercher. Raconter que Svitlana était venue au MacDo pour ne commander qu'un café, alors qu'elle avait visiblement envie d'un Big Mac, d'un Cheeseburger ou d'un McRoyal frites, fixant un regard avide sur les offres spéciales et les McMenus accrochés au-dessus des têtes des clients, comme si elle avait voulu se goinfrer de leur simple vue.

L'Ukrainienne prit un sachet de sucre. Elle déchira l'emballage. Trop violemment, et les petits cristaux jaillirent vers le haut pour retomber sur tout le plateau. Elle se figea, regardant les dégâts, puis sentit des larmes lui monter aux yeux. Elle réussit à se retenir de pleurer. Elle se cacha le visage dans un mouchoir sorti précipitamment, avant de pouvoir reprendre ses esprits.

Elle souffla longuement.

Elle avait mal réagi en paniquant dans la Cité. Mais quand elle avait vu cette fille avec la valise, ç'avait été comme si quelqu'un avait pris le contrôle de son corps. Un couteau. Pourquoi l'avait-elle pris ? Elle avait commis erreur sur erreur. Elle avait quitté la Cité sans rien dire à personne.

Elle devait maintenant penser froidement. Elle se trouvait en mauvaise posture. Elle avait fui, alors qu'elle avait été enregistrée par les caméras de surveillance, ce qui la rendait déjà suspecte. Deuxièmement, elle était une Ukrainienne sans permis de séjour, ce qui compliquait sa situation. Les Polonais n'aimaient pas les Ukrainiens. « Partenariat oriental », disaient les politiques, et tout et tout pour attirer l'Ukraine vers l'Occident ; mais quand il fallait en venir à des choses concrètes, il n'était plus question que des massacres de Volhynie, Volhynie, et encore de cette Volhynie où des Ukrainiens avaient tué des Polonais pendant la guerre. Comme si cela justifiait toutes les petites et grandes saloperies que ces derniers leur avaient faites depuis. La police s'activerait pour accuser l'Ukrainienne de meurtre. Sinon pour la faire condamner, du moins pour la faire expulser sans possibilité de retour. Et là ? Elle serait renvoyée à Lviv, et après ? Elle n'avait nulle part où rentrer. Ses parents étaient morts. Son frère avait repris l'appartement. Il y vivait avec sa femme et trois gosses dans les deux pièces. Il ne recueillerait sûrement pas une tête de plus sous ce toit. Et elle ne pourrait faire valoir que cet appartement était aussi à elle, puisque son frère l'avait dédommagée quelques années plus tôt. Il la prendrait peut-être pour une semaine ou deux. Et ensuite ? Rien n'avait changé à Lviv depuis qu'elle avait fui. Sinon en pire.

Elle pouvait se décider pour une autre ville polonaise. En Silésie, ou au bord de la Baltique. Elle aimait beaucoup la mer depuis qu'elle y était allée une fois. Son fiancé polonais de l'époque l'y avait amenée en automne. Un vrai fils de pute, elle n'avait jamais eu de chance avec les hommes. Heureusement, ils n'étaient pas restés longtemps ensemble. Il l'avait larguée pour retourner auprès de son épouse dès qu'elle avait tapé du pied. Malgré ces mauvais souvenirs, Svitlana était tombée amoureuse des vagues grises qui venaient se briser sur les longues plages blanches, de l'ambre ramassé dans le sable. Elle aimait les cris furieux des mouettes, même si elle trouvait ces oiseaux repoussants. Ils étaient si voraces qu'ils pouvaient dévorer leurs petits. Svitlana les méprisait, mais elle aimait la Baltique.

Sauf que là-bas aussi la police la chercherait. Il fallait donc quitter le pays. Aller en Allemagne, là où les Polonaises servaient d'Ukrainiennes, veillant à se garder pour elles tous ces mangeurs de choucroute. Mais les Allemands sont nombreux, plus que les Polonaises. On ne peut pas tous les surveiller. Il y en a trop. Et Svitlana parlait si bien polonais que pour des oreilles allemandes elle pourrait passer pour une native des bords de la Vistule. Elle arriverait à se débrouiller. La police la chercherait peut-être aussi là, mais combien de moyens accorderaient-ils à la recherche d'une seule petite Ukrainienne dans la si grande Allemagne ? Pas beaucoup. Et même si quelque chose se révoltait en elle à l'idée d'aller travailler chez d'anciens nazis, elle, descendante d'un héros de la Grande Guerre patriotique soviétique, sa décision était prise.

Il ne restait qu'à la mettre en œuvre, ce qui n'était pas si facile. Elle avait peu d'argent, raison pour laquelle elle n'avait commandé qu'un café. Trop peu pour faire le voyage jusque dans le Reich et s'y installer. Mais elle avait quelques débitrices. En des temps meilleurs, elle leur avait prêté de l'argent à un taux acceptable sans être assassin. Elle récupérerait simplement ce qui était à elle, changerait le tout en euros, et elle partirait.

Elle prit une gorgée de café. Agréablement chaud.

Elle avait un plan. Encore un jour ou deux, et salut ! Adieu Varsovie, et bonjour Berlin.

Kochan gara sa voiture sur le parking en face du palais Mostowski. Il écouta jusqu'à la fin un débat entre politiciens, non qu'il fût intéressant (il ne l'était pas), mais parce qu'il n'avait pas vraiment envie de retourner au travail. Il retardait le moment autant que possible. Il finit néanmoins par descendre de voiture pour entrer à la Crim'.

Andrzejewski l'attrapa dans le couloir. Kochan ne l'aperçut qu'au dernier moment, alors que le directeur adjoint sortait d'un bureau. Il n'eut pas le temps d'essayer de se cacher qu'il entendait déjà son nom.

— Kochan ! appela Andrzejewski d'une voix forte.

Donc tout le monde sait déjà que je suis rentré, se dit l'inspecteur adjoint, arborant un sourire faux.

— Bien le bonjour, chef.

Le directeur adjoint Andrzej Andrzejewski, chef de la section criminelle, était un homme chauve qui luttait depuis des années contre une addiction au tabac et une propension à l'embonpoint. Il était célèbre pour son manque d'humour et d'empathie pour ses subordonnés. Mais sa section, malgré tout, fonctionnait. Et comme Kochan le reconnaissait à contrecœur, elle ne fonctionnait pas si mal.

— En retard, constata Andrzejewski en tirant l'inspecteur adjoint par le bras comme un élève indiscipliné à mettre au piquet.

— Pas du tout, mentit Kochan. Ça fait une bonne heure que je suis là, mais j'ai été discuter avec un collègue, poser des questions. J'explore le travail de la section, voir où je pourrais donner un coup de main.

Andrzejewski ne fit même pas semblant de croire un seul mot de ce qu'il entendait.

— Première et dernière fois, compris ?

— Il n'y a jamais eu de problèmes, remarqua Kochan.

— Il n'y a eu que des problèmes, sauf que je n'avais ni le temps ni l'envie de t'assaisonner comme il faut.

— Et maintenant, chef ?

— L'envie ? Et comment !

Andrzejewski était plus grand que Kochan. Il se pencha donc comme s'il avait voulu lui donner un coup de tête. L'inspecteur adjoint se redressa, montrant qu'il n'avait pas peur. *Merde*, se dit-il, *si je commence à manquer de respect, on ne va plus rien me laisser passer*. Il se résolut à accepter ce qui pourrait arriver, sans pour autant se laisser casser.

— C'est quoi, l'histoire ? reprit-il. J'ai cogné une fois ma bonne femme. C'est quand même pas la révolution !

Andrzejewski fit une grimace imperceptible.

— Les temps ont changé, Darek. Les copains ne sont plus ce qu'ils étaient.

Kochan comprit tout de suite de quoi il s'agissait. Mortka. Ils avaient travaillé des années ensemble. Ils s'étaient serré les coudes, ils avaient picolé ensemble, ils avaient fêté les naissances de leurs enfants. Et voilà que depuis l'été ils ne se parlaient plus. Mortka et son sens de la justice. Triste et pitoyable. Mais le seul fait que Kochan soit toujours dans la police prouvait que Mortka n'avait pas réussi à déboulonner complètement son adjoint. Il se demandait qui il pouvait remercier pour ça.

— On y va, ordonna Andrzejewski.

Kochan lui emboîta le pas, regardant le cou large et la calvitie brillante de son supérieur. Vu de dos, il avait l'air d'un loubard en fin de nuit.

Ils dépassèrent le bureau qu'il avait partagé avec Mortka puis quelques autres. Enfin, ils s'arrêtèrent.

— Pour toi tout seul, annonça Andrzejewski en ouvrant largement la porte.

Kochan aperçut une petite cage qui contenait une table minuscule avec un vieil ordinateur et des tas de dossiers empilés. Certains, bien poussiéreux. La fenêtre demandait à être nettoyée d'urgence. L'inspecteur adjoint eut l'impression qu'avant son congé forcé la pièce avait dû servir de placard à balais ou autres ustensiles.

— Qu'est-ce que je dois faire ? demanda-t-il.

Andrzejewski indiqua les dossiers.

— C'est quoi, ça ?

— Des affaires anciennes. Non résolues. On a besoin que quelqu'un s'y remette. Y jette un œil neuf. Fasse un audit des actions menées.

Kochan pénétra dans la pièce. Il regarda les piles de dossiers. Un échafaudage si branlant qu'il risquait de s'effondrer et d'ensevelir l'inspecteur adjoint.

— Je dois servir d'archives à moi tout seul ? demanda-t-il, incrédule.

— Dans un premier temps.

— C'est de la merde. C'est pas possible. Où est-ce que je vais trouver des moyens ?

— Le parquet est au courant. Tu les appelles. Tu leur dis. Si tu as besoin de papiers, ils te signeront ce qu'il faut.

— Et pour les labos ? Je passerai toujours en dernier. Comme partout. Je ne pourrai jamais rien exiger.

— Ce n'est plus mon problème, fit Andrzejewski en regardant sa montre. (Un geste qui n'avait rien de spontané.) Nous avons déjà un bon taux d'élucidation, notamment en matière d'homicides…

Sauf que le coupable est le plus souvent un mari, une épouse ou un voisin de bistrot qui n'essaye même pas de se cacher, se dit Kochan sans se risquer pour autant à faire son commentaire à voix haute.

— … mais il nous reste quelques affaires non résolues, poursuivit Andrzejewski. Ça fait longtemps que je me dis que quelqu'un doit s'y remettre, reprendre tous les fils conducteurs, et voilà justement que tu es disponible.

— C'est une corvée de chiottes, c'est pas un boulot !

— Non, c'est une chance qu'on te donne, répondit Andrzejewski.

Le directeur adjoint mit la main sur la poignée de la porte. Il se balança d'un pied sur l'autre, et Kochan pensa à son fils quand celui-ci attendait son tour à la porte des toilettes. L'inspecteur adjoint eut un rire involontaire, ce qui fit monter un rouge intense au visage d'Andrzejewski.

— Ça te fait rire, connard ?

— Non, monsieur le directeur, répondit Kochan en mimant une sorte de garde-à-vous.

— Tout le monde est furax contre toi, Kochan. Et pas seulement parce que tu as cogné ta bonne femme un peu trop fort, conclut Andrzejewski en claquant la porte.

L'inspecteur adjoint s'assit à la petite table. La chaise était vieille, inconfortable, et ses roulettes grinçaient dès qu'il bougeait. Le bureau sentait la colle. Il préféra ne pas allumer l'ordinateur de peur de le voir exploser. Il se dit qu'on lui avait refilé la dernière des saloperies, toutes catégories confondues.

— Une chance, grogna-t-il. Tu parles.

Il tira de son sac le sandwich qu'il s'était préparé chez lui. Il déplia le papier dégoulinant de beurre qu'il jeta par terre. Puis il saisit le dossier en haut de la première pile. Sans choisir, laissant faire le destin. De toute façon, il n'y aurait rien à trouver.

Il commença sa lecture.

Chapitre 3

Mortka sentit comme une déception.

Il gardait de Celtycki le souvenir d'un type jeune, au sourire professionnel et sûr de lui, capable de parler de politique ou de mode masculine avec la même verve. Visage moderne du conservatisme polonais issu d'Oxford (mais pas de la célèbre ville d'Oxford, d'une autre où les études se transformaient en un cursus au rabais qui se déroulait surtout à Varsovie), connaissant les langues étrangères et sachant qu'on ne met pas de chaussures marron après la tombée de la nuit. Un politicien qui ne vous fera pas honte, du moins à ce que disait sa devise.

La porte s'ouvrit devant un personnage boursouflé, aux yeux gonflés, en survêtement noir serré. Son T-shirt trop petit trahissait une triste poitrine pendante. Quelques années à l'écart du Parlement pouvaient plus gravement détruire un homme que toute forme d'alcoolisme.

L'inspecteur tendit sa carte de police.

— Piotr Celtycki ?

— Oui.

— Inspecteur Jakub Mortka, Section criminelle et de lutte contre le terrorisme. Je peux ?

La pomme d'Adam de Celtycki frémit alors qu'il écartait la porte. Mortka entra.

— Suivez-moi, fit l'homme après avoir laissé passer l'inspecteur.

L'appartement faisait plus de cent mètres carrés. Trois chambres au moins, sans compter un dressing et un salon-cuisine. Le tout bien soigné, rangé, avec un parquet sombre imitation ébène d'un effet réussi. Des meubles élégants, une coûteuse télé HD et un ordinateur à la pomme argenté. Celtycki affichait peut-être un air de clodo, mais de toute évidence ce n'était pas l'argent qui lui manquait.

Le politicien fit traverser le salon à Mortka. Dans la partie cuisine, une femme et trois enfants, deux fillettes et un garçon, prenaient leur petit déjeuner. Deux ans de différence d'âge entre les enfants. Apercevant Mortka, la femme se dressa et porta la main à sa bouche. Elle avait comme Celtycki la quarantaine. Une grande blonde élancée qui, à la différence de son mari (Mortka vit que tous deux portaient des bagues en or), faisait très attention à son aspect. Elle ressemblait à ces femmes qui passent une heure chaque matin devant un miroir, non pour se maquiller mais pour se passer des crèmes hydratantes sur la peau. Elle portait un chemisier blanc et un short clair. Les enfants étaient en uniforme d'école privée.

— Vous êtes de la police, inspecteur Mordka, c'est ça ? dit Celtycki pour le présenter à sa famille.

— Mortka, corrigea rapidement l'inspecteur, avec un « t ».

— Drôle de nom, commenta Celtycki avec un sourire d'excuse. Ça vient de l'allemand ?

— Aucune idée.

— Peut-être du suédois ? À l'époque des rois Vasa, beaucoup de Suédois sont venus s'installer ici, en dépit de toutes les guerres. Votre nom a quelque chose de germanique…

— Zuzanna Latkowska, coupa l'inspecteur, conscient que Celtycki partageait avec tous les politiciens le don de baratiner sur n'importe quel sujet sans rien y connaître.

Celtycki et son épouse échangèrent des regards effarés.

— Zuza ? demanda une des petites.

Sa mère lui fit signe de se taire.

— Venez dans mon bureau, fit Celtycki en lui posant

une main sur l'épaule pour le pousser doucement vers la pièce suivante.

L'inspecteur obéit bien que le geste fût d'une arrogance à lui donner envie de faire une histoire. Seule le retint la présence des enfants. Un père par jour humilié devant sa descendance, c'était suffisant, se dit-il en repensant au type dans le parking.

Alors qu'il avançait, il entendit qu'un des enfants demandait pourquoi le monsieur de la police s'intéressait à Zuza.

Un bureau massif trônait devant la fenêtre, placé de sorte que le soleil tombe sur les épaules de Celtycki. Un des murs avait été transformé en panneau d'exposition à la gloire du politicien. Des diplômes y voisinaient avec des photos prises en compagnie de personnalités du monde entier, principalement des chefs d'État : Nicolas Sarkozy, Georges Bush junior et quelques autres que l'inspecteur reconnut sans pouvoir les identifier. Sans oublier une photo avec Jean-Paul II, et une autre juste à côté, pour l'équilibre, avec le dalaï-lama. Une série de brevets et certificats émanant de diverses fondations et organisations non gouvernementales témoignaient de services rendus. Le mur en face supportait des étagères de documents, de dossiers de toutes les couleurs et de livres consacrés essentiellement au droit et à l'histoire. La porte était surmontée d'un aigle à couronne dorée et d'une croix en métal. Mortka eut l'impression d'avoir été par magie transporté au cœur d'une puissante administration. La seule chose qui clochait était l'absence de toute trace de travail. Aucun papier, pas de carnets, pas de trace de tasse à café ou de cendrier. Ou bien Celtycki était un maniaque de l'ordre, ou bien il ne faisait ici que des réussites à l'ordinateur.

Le politicien prit place derrière le bureau.

— Vous avez une chaise pliante à côté des étagères. Vous pouvez la prendre, proposa-t-il.

Mortka sentit de nouveau qu'il allait se mettre à bouillir. Il savait ce que Celtycki essayait de faire : mettre l'inspecteur en position de quémandeur, quand lui-même se montrerait en homme de pouvoir, créant une distance et se donnant un avantage psychologique. L'inspecteur n'avait pas l'intention de le laisser faire. Il ne répondit pas à l'offre, passa derrière le bureau pour aller se planter devant la fenêtre. Il croisa les mains dans le dos. Après quelques secondes de silence, il fit un demi-tour sur lui-même et posa une main sur l'épaule du politicien.

— Zuzanna Latkowska, répéta-t-il. Connaissez ?

— Oui, bien sûr. C'était elle ?

— Elle quoi ?

— Dans la cour. Avec ma femme, nous avons vu le corps.

— Oui, c'était bien elle, confirma Mortka.

Il s'écarta de Celtycki pour passer au mur de photos. Il en prit une, comme s'il cherchait quelque chose en particulier. Puis il la reposa, mais sur une étagère. Ce qui comptait, c'était de donner l'impression qu'il réarrangeait le bureau de Celtycki.

— Elle me louait un truc. Pas toute seule. Avec des copines.

— Ici dans la Cité ?

— Nous avions plusieurs appartements, expliqua Celtycki. Nous les avons achetés il y a des années en empruntant là où on pouvait : à la banque, à l'Assemblée, à la famille. Mais comme je voyageais pas mal en Europe, je savais que le jour où nous entrerions dans l'Union européenne, les prix monteraient. Ç'a été un très bon investissement. Plus tard, nous en avons revendu certains. Nous en avons gardé deux pour les louer. Ça fait toujours un revenu régulier.

Il parlait d'un ton en apparence détaché. Une formule connue par cœur, certainement déjà récitée dix ou cent fois. Rien d'étonnant. On associait moins Celtycki à son travail au Parlement qu'à l'origine douteuse de sa fortune.

— Pourquoi vos enfants se sont-ils inquiétés pour elle ?

Celtycki prit une mine peinée.

— Elle s'est occupée d'eux. Elle a travaillé chez nous comme nounou. Elle les aidait à faire leurs devoirs. Vous comprenez pourquoi j'ai préféré tenir cette conversation dans mon bureau. Il faudra que je leur parle. C'est terrible.

Là-dessus, quelqu'un frappa à la porte. La tête blonde de l'épouse de Celtycki apparut dans l'embrasure.

— Excuse-moi, mais je vais sortir. Je dois amener les enfants à Vents et Voiles.

— Va donc, chérie, fit Celtycki avant de se tourner vers le policier. Vents et Voiles, c'est une école privée…

— Je connais.

Et de fait, il était bien au courant. Deux écoles privées, une pour filles et l'autre pour garçons, fondées en lien avec l'Opus Dei et d'autres organisations catholiques. Fréquentées par des enfants de politiciens principalement de droite au sens large. Ses parents en avaient parlé à Mortka. Ils avaient lu un article louangeur, et il leur était venu à l'esprit que ce serait une bonne chose d'y envoyer leurs petits-fils. Ils avaient même proposé de participer aux frais. Que Mortka soit divorcé et que son père soit anticlérical (autant qu'anticommuniste) n'était pas un obstacle. Mais la chose était retombée d'elle-même avant qu'il ait eu besoin de s'en occuper.

— Sauf que vous n'allez nulle part, ajouta le policier.

— Comment ça ? Les enfants vont être en retard !

— Inspecteur, commença Celtycki d'un ton conciliant, l'école est en dehors de Varsovie. Vous savez les bouchons qu'il y a ? De toute façon, ma femme revient dès qu'elle les aura déposés.

— Madame, vous n'allez nulle part. Vous attendrez, je vous prie, que quelqu'un vienne pour vous interroger.

Il n'était pas obligé de s'y prendre de cette façon. Il ne pensait pas que la femme profiterait d'amener les enfants à l'école pour fuir à l'étranger, mais c'était une question de posture. Le gérant, le gardien, l'abruti dans le parking, et maintenant les Celtycki, tous s'étaient comme ligués pour lui pourrir le travail.

Le politicien se pencha sur son bureau, cachant son visage à Mortka un instant. Puis il se redressa en soufflant comme s'il venait de se débarrasser d'un poids, affichant un visage attentif et professionnel.

— Magda, attends encore un peu avec les enfants, d'accord ?

La femme acquiesça de la tête et disparut derrière la porte.

— Vous venez de faire un cadeau inespéré aux enfants, la moitié des cours qui sautent, commenta Celtycki en faisant mine de plaisanter.

— Où étiez-vous ce matin entre quatre et six heures ?

— À la maison, je dormais.

— Quelqu'un pourrait le confirmer ?

— Magda. Les enfants. Enfin, ils dormaient eux aussi. Qu'est-ce que c'est que cette question ? On me soupçonne de quelque chose ?

— Parlez-moi de Zuzanna.

— C'est une des filles à qui j'ai loué l'appartement. Ce qui compte pour moi, c'est que les locataires se tiennent tranquilles et payent le loyer en temps voulu. Rien d'autre. Je la connaissais peu.

— Vous connaissiez mal la personne qui s'occupait de vos enfants ?

— Pour ça, il faudra demander à ma femme.

— Je n'y manquerai pas, assura Mortka. Et maintenant, conduisez-moi à cet appartement.

Il n'y avait dans la chambre de Zuzanna qu'un lit, une table et une armoire. Des meubles Ikea en bois de pin bon marché.

La première impression était importante. Mortka se concentra. Que disait cette chambre ? Des draps froissés. Une couverture bigarrée sur le plancher. Quelques livres en désordre sur la table. À propos des médias et de la presse polonaise. Plusieurs publications à caractère historique sur la Seconde Guerre mondiale et l'est de la Pologne.

Un grand cahier format A4 aux pages noircies d'une fine écriture serrée, sans sauts à la ligne comme si la fille avait voulu économiser le papier. Une tasse décorée d'une inscription « Je suis géniale », et quelques stylos à bille et marqueurs de couleurs. Un câble de chargeur d'ordinateur. Une orchidée en pot sur le rebord de la fenêtre, une figurine du film *Kung Fu Panda*, ainsi qu'une photo encadrée : Zuzanna assise à une table dans le jardin d'un café, enlacée par son petit ami. Au loin derrière eux, un paysage de montagne.

Il ouvrit l'armoire. Elle était presque vide. À peine quelques vêtements, un peu de lingerie, un chemisier, une veste. Froissés, en tas.

Elle devait être pressée, se dit le policier. Elle avait emballé quelques affaires en vitesse la veille ou au petit matin. La décision de partir avait été soudaine, inattendue. Pourquoi si vite ? Pour échapper à quoi ?

— Ma présence est encore nécessaire ? demanda Celtycki.

— Non, répliqua Mortka. Gardez votre téléphone avec vous, ne quittez pas la ville et restez à la disposition de la police ou du parquet.

Le politicien ne le gratifia même pas d'un au revoir. Il se contenta de sortir.

— Il faudra faire venir des techniciens, fit Mortka à la Sèche qui se tenait à distance. Qu'ils viennent examiner et photographier le tout.

— On cherche quoi ?

— Je n'en sais rien. Juste qu'ils regardent bien tout.

— Il n'y a pas d'ordi, remarqua la Sèche en montrant le câble du chargeur.

Mortka lui lança un regard approbateur. Elle était bonne. Rapide et perspicace. L'inspecteur avait exclu le motif du vol, mais peut-être trop tôt. Sinon, pourquoi venir s'en prendre à Zuzanna, et à une heure si précoce ?

— Il est peut-être dans la valise ? Qu'ils vérifient.

Il sortit de la chambre et passa dans la cuisine. Trois jeunes filles l'y attendaient, de belles étudiantes. Il fut impressionné qu'elles aient pris la peine de se maquiller si tôt le matin. De son temps, les étudiants dormaient jusqu'à midi, cours ou pas cours. Mais lui, c'était un mec. Les filles se conduisent autrement. Son manque de soin était peut-être une des raisons pour lesquelles il avait atterri dans la police au lieu de faire carrière au barreau.

— Vous voulez boire quelque chose ? Un thé, un café ? demanda l'une d'elles, une rousse au nez couvert de taches de rousseur et aux cheveux bouclés.

Il réalisa qu'elle était la première personne dans cette Cité à le traiter avec bienveillance.

— Non, merci.

Il observa les filles. Elles étaient assises à table, la tête basse. L'une d'elles pleurait doucement, s'essuyant discrètement les yeux avec un mouchoir roulé en forme de fleur.

— Mesdemoiselles Marta, Anna et Izabela ? demanda-t-il en les désignant successivement.

— Oui, firent-elles à voix basse, avant que celle au mouchoir, Izabela, ne perde le contrôle d'elle-même.

Des larmes lui dégoulinèrent sur le visage en dessinant des lignes irrégulières de mascara. Marta, la rousse, se jeta en avant pour la prendre dans ses bras, la serrant fort, chuchotant des « tout doux, tout doux », non sans pâlir elle-même et trembler des lèvres à chaque mot. Toutes trois apparurent alors à Mortka telles de fragiles poupées de porcelaine.

Il sortit de la cuisine. Debout dans l'entrée, écoutant les pleurs qui lui parvenaient de la pièce voisine, il sentit quelqu'un le prendre par la main. Il se retourna. Anna, la dernière des filles, lui faisait face. Elle le toucha à l'épaule pour le conduire jusqu'à la chambre suivante, copie conforme de celle qu'avait occupée Zuzanna. Mêmes dimensions, meubles identiques. Sauf qu'il y avait ici davantage de peluches, de cosmétiques, de vestes et de robes fantaisie accrochées à la porte de l'armoire ouverte.

Anna s'assit sur le lit, tirant toujours Mortka par la main. Elle le regarda droit dans les yeux.

— Vous vous asseyez près de moi ? proposa-t-elle.

Il prit la place qu'elle lui indiquait. Ils n'étaient plus séparés que par une vingtaine de centimètres. La fille appuya la tête contre son épaule et soupira profondément.

— Excusez-moi, fit-elle après un temps.

— De rien.

— Elles ne vous apprendraient rien, sans doute. Quand Iza se met à pleurer…

Elle ne trouvait pas le mot pour finir sa phrase. Elle eut un sourire confus.

— Mais vous vouliez parler ?

— Oui.

— Allez-y. Je suis là.

La fille redressa la tête. Elle était plus calme, maîtresse d'elle-même. Du moins, c'était l'impression qu'elle s'efforçait de donner. Elle le tenait toujours par la main. Il remarqua qu'elle avait les ongles peints couleur nacre.

— Vous avez habité longtemps ensemble ?

— Un peu plus d'un an.

— Ici ?

— Oui.

— Vous venez de la même ville ? Vous avez fait des études ensemble ?

— Non. On ne se connaissait pas avant. Je fais droit à la fac, et Zuza étudie le journalisme. Étudiait. (Elle ouvrit la bouche et resta muette, comme si sa gorge venait de se coincer.) Et merde, devoir le dire comme ça. Au passé. Je ne peux pas y croire. Le plus curieux, c'est qu'on n'était même pas amies. On ne faisait que se croiser dans l'appart.

— Vous ne parliez pas ensemble ?

— Un peu, dans la cuisine. Ou pour engueuler celle qui occupait la salle de bains. Histoires de filles. Sinon, chacune restait dans sa chambre.

— Vous n'avez pas copiné ? Jamais organisé de soirées ?

— Monsieur Celtycki l'avait interdit. On en a fait une

un jour où il était parti avec sa famille. Les voisins se sont plaints.

— Et alors ?

— Tout juste s'il ne nous a pas virées. Il nous a fait un de ces scandales... Même mon père ne m'a jamais engueulée comme ça. Et pourtant il est sévère.

La fille passa l'autre main derrière Mortka et prit un vieux nounours tout gris qu'elle posa sur ses genoux pour lui gratter la tête.

— Elle avait un copain ?

— Ouais... À la fac, Aleks. Un chouette gars.

— Il habite par ici ? demanda Mortka.

Il se montait déjà dans la tête un scénario avec un copain jaloux en meurtrier. Un peu psychopathe. Ça pourrait fonctionner. Ils se seraient rencontrés la veille. Ils se seraient disputés. Il l'aurait battue. La fille rentre chez elle. Elle pleure toute la nuit, puis décide de partir. Le garçon la voit de sa fenêtre (pourquoi ne dort-il pas ?) et fonce dehors. Il veut la retenir. Nouvelle bagarre. Coup de couteau. Mais pourquoi aurait-il pris un couteau si c'était seulement pour la retenir ?

— Vous voulez dire à Varsovie ?

— Dans la Cité, précisa l'inspecteur.

— Non, pas dans la Cité. Il a une piaule de l'autre côté.

— Dans le quartier de Praga ?

— Non, je veux dire à l'autre bout du métro. À Bielany, fit-elle avec un sourire gêné. Excusez-moi, je ne suis pas d'ici. Je mélange un peu.

— Moi non plus, je ne suis pas d'ici, la rassura Mortka en se disant que le scénario de l'amoureux assassin venait de s'effondrer. Mais j'ai aussi fait du droit.

— Vrai ?

— Ouais.

— Super.

Elle gratouillait le nounours derrière l'oreille comme s'il s'était agi d'un chat. Il ne lui manquait plus que de se mettre à ronronner.

— J'ai une question qui va te paraître bizarre, mais je te la pose quand même. Et n'aie pas peur de répondre. Il y a comme ça des intuitions très utiles pour nous.

— J'écoute.

— Tu vois qui a pu faire ça ?

Elle secoua la tête.

— Celtycki ? demanda-t-il.

Elle ouvrit de grands yeux.

— Tu as toi-même dit qu'il vous avait fait tout un scandale après votre soirée. Il lui arrive d'être violent ?

— Non, non, non, nia-t-elle énergiquement. Ça n'est arrivé qu'une fois, et on l'avait cherché.

— Quelqu'un d'autre ?

— Non… (Elle hésita.) Non, excusez-moi.

— De rien.

D'un mouvement délicat mais ferme, il libéra sa main de la pression de la fille. Il se leva. Il regarda en direction de la cuisine. Marta et Iza se tenaient serrées l'une contre l'autre. C'était maintenant la première qui pleurait, et la deuxième qui consolait. Combien de fois allaient-elles encore échanger leurs rôles ?

— Je vous laisse un moment, dit Mortka à Anna, mais préparez-vous à répondre à quelques questions que nous allons devoir vous poser à propos de Zuzanna, de ses amis, et de ce que vous faisiez cette nuit. Ma collègue, la Sèche, va vous expliquer et s'occuper de tout ça.

Il observa la fille pour s'assurer qu'elle avait compris. Elle avait l'air consciente et sensée.

La Sèche resta seule dans la chambre de Zuzanna. La visite de logements de personnes assassinées l'excitait toujours. Il y avait en cela quelque chose d'un peu pervers, d'irresponsable et certainement de non professionnel, mais c'était plus fort qu'elle. Ce n'était même pas une question d'envie. Elle était toujours frappée de voir combien les gens manquaient de pressentir leur propre mort. Une tasse de thé et des petits gâteaux sur la table d'une vieille qui se fait assassiner pendant un cambriolage. Un calendrier de rendez-vous pour les jours de la semaine à venir chez un chef d'entreprise victime d'un mari jaloux. Un téléviseur allumé chez un type qui sort dans sa cour pour bavarder avec ses voisins. Une discussion qui s'envenime au point que des couteaux jaillissent. Personne ne voudrait se laisser surprendre en laissant tant de choses inachevées ou en désordre. Ou abandonnées comme une bouteille de bière entamée. Elle en était fascinée. Comme par la ligne d'une force supérieure que rien ne pourrait arrêter.

Tel n'était pas le cas chez Zuzanna. Elle savait quelque chose. Elle avait eu peur. Son départ n'avait pas été préparé. Elle avait fait sa valise dans la précipitation. La Sèche était certaine qu'on y retrouverait des affaires en pagaille, linge propre et linge sale mélangés. La fille s'était enfuie pour essayer de sauver sa peau.

La Sèche regarda vers l'extérieur de la chambre. Deux des filles pleuraient dans la cuisine. Mortka venait de disparaître dans une autre pièce, conduit par la plus jolie des trois locataires. La policière se demanda si son collègue allait essayer de se la faire. Après tout… Joué finement, on se tient par la main, on se touche les genoux, la cuisse, le ventre, la poitrine. Et hop, sous les draps.

La vision l'amusa et la fit partir d'un rire difficilement étouffé. Elle retourna fouiller dans la chambre de Zuzanna. Elle fouillait scrupuleusement, cherchant des indices que Mortka aurait pu omettre. Son attention fut attirée par la figurine du panda Po du film *Kung Fu Panda*. Une histoire qu'elle aimait bien, en particulier dans la version originale où la voix de l'ours était celle de Jack Black, et avec celles de Dustin Hoffman, Angelina Jolie et Ian McShane pour les autres animaux. La distribution polonaise ne pouvait rivaliser, malgré tous les efforts de Peszek. Le film portait un message tellement hollywoodien sur la nécessité d'être soi et de tout mettre en œuvre pour réaliser ses rêves… Le spectacle de combats d'animaux selon les règles des arts martiaux était si réjouissant que la Sèche avait vu le film trois fois déjà. La figurine mesurait quelques centimètres de long et elle était en caoutchouc. Po se tenait mains croisées, comme pour se préparer à méditer, mais son expression gourmande suggérait plutôt qu'il allait se goinfrer d'un plat de nouilles.

Elle prit la figurine et la glissa dans sa poche. Elle ressortit dans le couloir au moment où Mortka se libérait de la main de la fille.

— Préparez-vous à répondre à quelques questions que nous allons devoir vous poser à propos de Zuzanna, de ses amis, et de ce que vous faisiez cette nuit. Ma collègue, la Sèche, va vous expliquer et s'occuper de tout ça.

— Exact, fit la Sèche, se demandant si l'inspecteur était conscient de sa présence.

Probablement que oui, puisqu'il réagit sans surprise. Il se tourna vers elle et indiqua la chambre de Zuzanna.

— Et que les techniciens n'oublient pas de tout bien photographier, lui rappela-t-il.

— Je sais, répondit-elle. Et toi, tu fais quoi ?

Mortka soupira en se grattant le crâne.

— Je m'occupe de tout le reste.

Celtycki était partagé entre le désir de marcher du pas assuré qu'exigeaient la situation et la conscience d'être observé par les voisins, et une envie forte de foncer devant lui en raison d'un dérangement de tous ses intérieurs. Il était en nage, et une sueur poisseuse venait remplir les plis dont son corps s'était enrichi ces dernières années. De retour chez lui, il eut envie d'une douche chaude. Mais pas de chance.

— Et maintenant, il se passe quoi ? attaqua Magda.

— Il se passe quoi ? souffla-t-il. Il ne se passe rien.

Il avait du mal à respirer. Cette matinée l'avait tué. Il se dit qu'il devrait se remettre à faire de l'exercice. Par exemple du tennis, comme ce gras du bide de Kalisz. Il lui était utile car, tout ventru qu'il était, il savait courir sur le terrain lors des matchs Stars télé contre Politiques. Le plus drôle était que les anciens cocos pratiquaient les sports de snobs. Celtycki avait appris qu'une ancienne du Parti avait interdit le foot à son fils parce que ça faisait peuple. Elle lui avait proposé le golf ou le polo. Évidemment, c'était avant le scandale qui avait vu passer le businessman Dochnal du green à la taule. Aujourd'hui, ils y regarderaient à deux fois avant de faire du polo.

— Il est où, ce policier ?

— Avec les filles, répondit-il d'un ton las.

— Tu l'as laissé là-bas ? Tout seul ?

— Anna y est. Elle saura quoi faire.

Une ombre passa sur le visage de la femme.

— Tu n'aurais pas dû partir.

— Et qu'est-ce que j'aurais pu faire ? M'asseoir et écouter leur conversation ? Tu imagines de quoi j'aurais eu l'air ? D'un type qui a peur. Qui a un truc sur la conscience. Je ne veux pas leur donner de prétextes pour qu'ils viennent fouiller par ici.

— De toute façon, ils vont le faire. Zuza est morte !

Il passa devant elle sans un mot pour se diriger vers la cuisine. Il tira un verre d'un placard, le remplit au robinet et but d'un trait. Magda le rejoignit. Elle s'appuya contre le chambranle de la porte. Elle avait un air fatigué et résigné, comme toujours. Il ne comprenait pas ce qu'il lui était arrivé. Lorsqu'il l'avait épousée, elle était d'une beauté fascinante, débordante d'énergie. Ils n'étaient pourtant pas liés que par le sexe, chez eux sauvage, épuisant, ce n'était pas qu'une question de fascination physique, non, c'était génial, mais Celtycki était un réaliste. Il savait que le temps passait plus vite pour les femmes que pour les hommes, même si elles faisaient tout pour le nier. Les corps devenaient moins fermes, la cellulite venait se fixer sur les cuisses, des cheveux gris apparaissaient en même temps que des petites rides sous les yeux qui, avec les années, se transformeraient en véritables ravins. Il savait aussi que toute passion, aussi puissante fût-elle, finit par s'éteindre. Il acceptait cela d'une humeur égale, car l'essentiel de sa relation avec Magda était ailleurs ; il était dans une ambition partagée. Et il pensait que celle-ci durerait éternellement. Qu'ils se jetteraient sur la vie, sur Varsovie et sur la Pologne avec toute leur soif de gloire, d'honneurs, et avant tout d'influence et de pouvoir. Quelle erreur ! Il avait devant lui maintenant une femme toujours belle et sexuellement active, mais dont les horizons ne dépassaient plus les murs de leur appartement.

— Où sont les enfants ? demanda-t-il.

— Dans leurs chambres.

— Tu leur as dit ?

— Zofia et Franek ont sûrement compris tout seuls.

— Et Sylwia ? demanda-t-il en pensant à la cadette de ses filles.

— Je ne sais pas.

— Tant mieux, commenta-t-il.

Il éviterait sans doute une conversation difficile avec les aînés. Et Sylwia était encore à l'âge où il pourrait se contenter de dire que Zuzanna était partie.

Il se resservit un verre d'eau. Toujours à la porte, Magda se balançait d'un pied sur l'autre.

— On devrait se préparer une version des faits.

— Oh, mon Dieu ! gémit-il. Quelle version, et de quoi encore ?

— Pour répondre au cas où ils se mettraient à creuser et trouveraient quelque chose.

— Qu'est-ce que tu veux qu'ils trouvent ?

— C'est quand même la police !

— La police polonaise, putain !

— Je t'ai déjà demandé de ne pas jurer.

Il rougit et ouvrit grand les bras comme pour embrasser l'espace de la cuisine. Puis il les laissa retomber en se claquant bruyamment les cuisses.

— Il ne se passera rien. Ils ne trouveront rien. Tout va s'arranger, conclut-il pour la rassurer.

Magda sentit sa poitrine se soulever, elle prit une grande inspiration, puis souffla.

— Je sais, répliqua-t-elle après un temps. Je sais. Tu as raison. Excuse-moi. C'est juste que… je pense qu'on doit être prudents.

— Ça vaudrait mieux, en effet.

— Ce n'est plus comme il y a quelques années. Maintenant les médias n'ont plus de respect. Tu ne pourrais plus rien régler d'un coup de téléphone. N'importe quel prétexte suffirait pour qu'on se fasse écharper, poursuivit-elle. Ils nous prendraient tout. Sans rien épargner. Ni toi, ni moi, ni les enfants. On serait finis.

Elle le regardait intensément comme pour vérifier qu'il avait bien compris. Son seul défaut au début (elle en avait maintenant davantage) avait été de se penser plus maligne que lui. Et voilà qu'elle lui envoyait comme une gifle avec son ton condescendant. Elle savait très bien qu'il n'avait plus les réseaux médiatiques d'antan, que trop de journalistes de son carnet d'adresses avaient changé de poste, et que d'autres avaient cherché des emplois où aucun licenciement éclair ne les menaçait plus. Et tous préféreraient garder leur job plutôt que de lui donner un coup de main.

— Je sais. Mais tu n'as pas à t'inquiéter.

— Mais si, il le faut. Il faut bien que… (elle s'interrompit brièvement) quelqu'un s'inquiète.

Il faillit lui lancer à la figure le verre qu'il avait dans la main.

— Qu'est-ce que tu attends de moi ?

— Que tu arrêtes de faire semblant qu'il ne s'est rien passé, répondit-elle.

Il décida de couper court à cette discussion. Il s'énervait, alors qu'il avait besoin de calme pour réfléchir à ce qu'il devait faire. Il était d'autant plus contrarié que Magda le savait très bien, et pourtant elle l'avait entraîné dans cette discussion idiote. Au lieu de le soutenir, de l'aider, elle ne faisait que rajouter à ses soucis. Il allait maintenant passer le reste de la journée à se tourmenter dans la crainte que sa femme craque ou fasse un truc stupide. Il regrettait que Magda ne soit pas comme Anna. Cette fille n'avait pas besoin d'explications. Elle captait tout, et on pouvait compter sur elle.

Il sortit de la cuisine.

— Piotr ? lança Magda.

— J'ai des choses à faire.

Il se réfugia dans son bureau. Et pour être tranquille, il ferma la porte à clef. Il s'assit à sa table, ouvrit le tiroir du bas où il trouva une bouteille de whisky et un verre. Il se versa une bonne dose de Glenfiddich qu'il descendit d'un trait. Sans prendre le temps d'y goûter, de le déguster, laissant l'alcool couler dans sa gorge et descendre dans son estomac.

Et si c'était une chance ? se dit-il soudain. Depuis quelques années, il lui semblait que tous et tout se liguaient contre lui. Il avait joué à haut niveau, avant de se retrouver brutalement sur la touche. Zuzanna avait failli lui voler les restes de sa vie antérieure et, pire, tout espoir de retour. Il était poursuivi par la malchance. Les Anciens, tous ces Romains, ces Grecs, et même ces Juifs avant la venue du Christ avaient pratiqué des sacrifices sanglants pour détourner le sort. C'était peut-être ça qui lui arrivait. Zuza n'était peut-être qu'un genre de victime expiatoire. Un sang qui devait couler pour ramener le bonheur. Pour prouver qu'il avait encore de la force, du pouvoir et de la volonté. Qu'il en avait encore dans le ventre et qu'il fallait le craindre. Il ne restait plus qu'à en faire prendre conscience aux autres.

Tout excité, il bondit de sa chaise. Il reprit une gorgée de whisky et courut à la porte. Il avait oublié qu'il avait tourné la clef. Il secoua la poignée en jurant, avant de réussir à ouvrir. Il passa devant Magda ébahie puis devant les chambres des enfants avant d'arriver dans la sienne. Il prit le portable sur la table de nuit et composa de mémoire un numéro. Il pressa l'appareil contre son oreille, si fort qu'il en sentait la chaleur.

Il soufflait lourdement, tout rouge et tout excité. Il aperçut son reflet dans la vitre de la fenêtre. Il avait des yeux allumés de chien enragé.

— Oui ? fit une voix dans le téléphone.
— Piotr Celtycki à l'appareil.
— Je sais.

Derrière la fenêtre s'étendait la cour de la Cité. Et au milieu, comme une fleur bleu marine, les paravents de la police avaient éclos pour dissimuler aux regards des curieux le corps de Zuza. Mais Celtycki savait qu'il était bien là. Fragile, froid, vidé de vie.

— Il s'agit de notre affaire…
— Oui ?

Zuza. Dommage pour la fille. Elle était belle, intelligente. Un peu idéaliste, elle usait de grands mots, mais n'avait-il pas lui-même été pareil à son âge ? C'était normal. Avec l'âge, on grandit en sagesse. Mais les jeunes d'aujourd'hui étaient étranges. Foutus dès le départ. Comme s'ils sortaient de l'usine avec un défaut de fabrication. Alors que Zuza aurait pu aller loin. Elle était différente. Plus forte. Dommage pour elle.

— Je me suis occupé d'elle, fit-il dans le téléphone. Elle ne nous fera plus d'ennuis.

Il voulut ajouter quelque chose, dire qu'il avait vraiment mis le paquet, mais son interlocuteur avait coupé.

Chapitre 4

Il laissa à Lorenz le temps d'étudier la salle d'interrogatoire, une pièce désagréable aux murs gris et à l'ameublement ascétique, chichement éclairée par une lampe pâle au plafond. L'effet n'était, selon Mortka, troublé que par le miroir sans tain qui aurait plutôt eu sa place dans un film américain que dans les locaux de la police de Varsovie. Il avait déjà plusieurs fois vu des types, surtout des jeunes, sautiller devant la vitre avec des gestes obscènes et des grimaces idiotes, assurés que quelqu'un les observait de l'autre côté.

Lorenz, heureusement, se tenait tranquille, tête baissée, se frottant les mains comme s'il les lavait sous un filet d'eau invisible.

Mortka prit place de l'autre côté de la table. À peine s'était-il assis que Lorenz se redressa, et son visage changea de couleur. L'effet eût été meilleur s'il était devenu écarlate ou au moins rouge de colère, mais n'apparurent que d'agréables roseurs tendres. Comme chez un nourrisson.

— C'est un scandale ! s'étouffa Lorenz. Vous allez le regretter. Je vais porter plainte, je vais vous traduire en justice…

— Calmez-vous.

— Non ! Je ne me calmerai pas ! Vous n'avez rien le droit de me faire ! Rien !

Lorenz tapa du poing sur la table, et il allait recommencer lorsque Mortka le saisit par le poignet.

— Mais si, nous l'avons, annonça joyeusement l'inspecteur. Je ne sais pas si vous vous rendez compte de tous les droits que nous avons. Vous l'ignorez sans doute, car nous n'en profitons que rarement. Ceci parce que, et ne riez pas, nous croyons, du moins la majorité d'entre nous, que la police est là pour aider les gens. Ça fait partie de notre mission. Changer le monde pour le mieux. Et c'est ce que nous essayons de faire. Mais s'il faut mettre quelqu'un au trou, que voulez-vous, on le met au trou.

Mortka lâcha le poignet de l'homme. Il s'écarta de Lorenz tout en se penchant légèrement pour l'observer comme s'il avait devant lui un intéressant spécimen de papillon.

— Pour commencer, je vais demander pour vous trois mois de préventive. Ne vous inquiétez pas, aucun juge n'acceptera, mais l'examen de la demande lui prendra une semaine, ou peut-être deux s'il y a surcharge de travail. Voire trois, si des documents s'égarent en route. Ce sont des choses qui arrivent. Et maintenant, pour quels motifs ? Je commencerai par entrave à l'enquête, en violation de l'article 239 du Code pénal qui prévoit des sanctions allant de trois mois à cinq ans de privation de liberté. J'ajouterai violence contre agent de la force publique…

— C'est elle qui m'a attaqué !

Mortka fit une grimace théâtrale.

— Ce n'est pas ce que j'ai vu. La policière s'est défendue contre votre agression. Elle confirmera. Ce sera parole contre parole.

— Le gardien était présent.

— Ah, justement. M. Bartosz ! Je me demande bien ce qu'il a vu. Vous savez que les sociétés de sécurité font tout pour entretenir de bons rapports avec la police. Pour l'obtention de leur licence, par exemple. Et parce qu'ils procèdent aussi à des interventions. Dans ces cas-là, la police se déplace et nous retrouvons, imaginez donc, une situation semblable à la nôtre. Les vigiles disent qu'ils n'ont fait que se défendre, les autres disent qu'ils ont été attaqués. Il nous reste à choisir qui croire. Mais revenons à la violence contre agent de la force publique. La sanction va de un à trois ans.

Cette fois, pour changer, Lorenz pâlit. Mortka le nota avec une certaine satisfaction, même s'il avait bien conscience que le gérant n'était pas un adversaire hors pair. Tout ce cinéma commençait à le fatiguer, mais il décida de poursuivre.

— Je vais être sincère avec vous, ajouta-t-il. Je serais étonné que vous atterrissiez en prison. Mais avec un bon procureur, on ne sait jamais. Et le verdict, c'est le verdict. Sans compter qu'un procès n'est jamais agréable en soi. Et pour finir, vous n'êtes pas le seul concerné. L'affaire peut prendre de l'ampleur. Avec un volet financier. Il faudra téléphoner aux impôts, demander à la brigade financière de vérifier la société où vous travaillez et d'éplucher les finances de ceux que vous représentez. Comment pensez-vous que vos clients réagiront devant de telles enquêtes ? Qu'est-ce qu'il arrivera à votre boîte quand la rumeur va se répandre ?

Le gérant avala sa salive.

— Je peux enlever ma veste ? demanda-t-il.

Mortka lui fit signe que oui. L'homme se leva et retira son manteau. On vit sur la chemise blanche deux grandes taches de sueur à hauteur des aisselles. Lorenz reprit sa place. Il poussa un grand soupir.

— À la Cité, on a eu des problèmes de sécurité, dit-il à voix basse, comme s'il avouait une maladie honteuse.

— C'est-à-dire ?

— Nous manquons de places de parking. Vous l'avez constaté par vous-même.

— Je ne comprends pas. Qu'est-ce que ça veut dire, pas assez de places ? Quel est le rapport avec la sécurité ?

— Pas assez à cause de la norme qui veut qu'il y ait une place par appartement. Nous les avons bien, mais dans le garage souterrain où il faut payer un supplément.

— Et les gens ne payent pas ? supposa Mortka.

— Ils ne veulent pas payer.

— Les garages ne sont pas affectés aux appartements ?

— Si, mais on n'était pas obligé de les acheter. Si on les avait inclus, on aurait fait augmenter le prix du mètre carré. Aucun promoteur n'a voulu prendre ce risque. Appartements et places de parking ont donc été vendus séparément. Le résultat est que la moitié des places en souterrain sont inoccupées, et qu'une quantité de voitures sont garées dans la cour. Sauf que la cour n'a jamais été prévue pour ça. Impossible de recevoir tout le monde.

— Quel est le rapport avec la sécurité ?

Lorenz soupira.

— Les gens résistent. Des gens qui ont des métiers en vue, et avec de l'argent. Ils auraient de quoi payer, mais ça leur ferait mal de sortir quelques billets tous les mois. Au début, ils se sont garés n'importe où à l'extérieur. Il y a eu des protestations. Les uns ont dit que ça défigurait la cour, les autres qu'il fallait installer des places de parking en arguant que certains avaient deux voitures, et qu'en plus il leur arrivait de recevoir des invités qui devaient bien se mettre quelque part. On a donc créé des places de stationnement. Mais ça n'a fait qu'envenimer la situation. Quand les gens ont vu qu'on pouvait se garer légalement dans la cour, ç'a été à qui renoncerait le plus vite à son garage. Ils ont dénoncé les contrats, et la guerre des parkings a commencé.

— C'est-à-dire ?

— Des gens qui appellent la fourrière, se battent pour une place, déposent des réclamations, puis il y a eu les autocollants. Vous connaissez ces autocollants en forme de bite qu'on plaque sur les voitures qui occupent des emplacements interdits ?

— Je connais.

— Et puis c'est devenu plus offensif. Les habitants ont commencé à se dégonfler les pneus les uns les autres.

— Vous plaisantez ?

— Non. Vous pouvez demander à n'importe qui. La vente de pompes à air a explosé dans le quartier. Plus personne ne retourne à sa voiture sans. Pire, une espèce de gardien de la morale a fait son apparition dans la résidence. Il a été le premier à poser des autocollants à tête de bite. Et c'est sans doute lui qui a commencé à dégonfler des pneus, et depuis peu il est passé aux crevaisons.

— Vrai ?

— Oui. On a déjà deux cas. D'où l'augmentation du nombre de patrouilles de nuit.

Mortka se gratta le menton. Cette histoire devenait vraiment drôle. Il ne doutait pas que Lorenz ne la lui racontait que pour s'éloigner du sujet. Et il n'avait pas l'intention de le laisser faire.

— Qui était la femme sur l'enregistrement ? Cette Svitlana que vous n'avez pas voulu me montrer.

Le gérant se prit la tête entre les mains.

— Une femme de ménage. Elle travaillait dans la Cité, elle s'occupait des parties communes. Je sais aussi que certains habitants l'employaient pour faire des ménages chez eux.

— Vous avez eu des problèmes avec elle ? Des vols ?

— Non. Juste une fois. Une dame est venue dire que Svitlana lui avait piqué son mari. Elle voulait qu'elle soit licenciée. On l'a donc virée. Mais les autres résidents qui l'employaient sont venus protester contre son licenciement, car elle faisait bien son travail. Donc on l'a réembauchée.

— C'est quoi son nom ? Elle vient d'où ?

— D'Ukraine. J'ai oublié son nom de famille, mais j'ai une photo de son passeport au bureau.

Mortka hocha la tête. Le temps d'une dernière question était venu.

— Et pourquoi ne vouliez-vous pas que je la voie ?

Lorenz laissa attendre sa réponse.

— On l'employait au noir, finit-il par reconnaître.

Mortka n'en crut pas ses oreilles. Il se sentit d'abord rougir, ses poings se serrèrent, et il regretta vivement d'avoir empêché la Sèche d'assaisonner davantage le gérant.

— C'est tout ? À cause de ça ? Tout ce cirque pour ça ?

Lorenz se recula sur sa chaise.

— Je me fous complètement que vous la fassiez travailler au noir, au gris ou arc-en-ciel ! cria Mortka. Comment je peux la contacter ?

— Je vais appeler le bureau. Quelqu'un doit avoir son numéro.

— Faites ça, intima l'inspecteur, doutant toutefois que cela donne quelque chose.

La femme avait été enregistrée alors qu'elle fuyait la Cité. Si tel était le cas, elle ne décrocherait pas. Et même si elle décrochait, elle ne se rendrait pas volontiers à un interrogatoire.

— Où vous l'avez trouvée ? demanda Mortka.

— Au marché aux esclaves, sur la place à Piaseczno, fit Lorenz avant de s'expliquer. C'est un endroit comme ça où se retrouvent les Ukrainiens qui cherchent un travail.

— Je trouverai, coupa l'inspecteur.

Il partit vers la sortie. Il s'arrêta à la porte et souffla par trois fois pour retrouver son calme, avant de se retourner vers le gérant.

— Je regrette de ne pas avoir d'autocollant à tête de bite, j'adorerais t'en coller un sur le front, pour que tu le gardes toute la journée.

Il sortit en claquant la porte.

Aleks regarda son reflet dans la glace et se dit premièrement, qu'il avait de quoi se réjouir de tout ce qu'il avait réussi jusque-là, deuxièmement, qu'il se sentait sûr de lui, troisièmement, qu'une journée importante l'attendait et qu'il saurait relever les challenges.

Le gars considérait qu'il fallait voir la vie comme une chance. À nous de savoir en profiter, ou pas. Le succès exige un travail permanent sur soi, de se fixer sans cesse de nouveaux objectifs à court et moyen terme, et stratégiques à long terme, de se concentrer sur la réussite, et surtout d'agir en pleine conscience. Aleks estimait que la majorité des gens, plus de 90 %, voire 95 %, restaient passifs. Ils ne prenaient que les décisions auxquelles ils ne pouvaient échapper, ou que leur entourage ou la société leur imposaient. À part ça, rien. Ils laissaient la vie fixer leur destin. Ils en recevaient les verdicts avec colère ou malédiction, mais ne faisaient rien pour les changer. Leur manque d'initiative était accablant. Les quelques pour cent restants prenaient bien des décisions, mais sans base philosophique ou psychologique. En d'autres termes, ils faisaient des choses qui en elles-mêmes étaient bonnes, mais sans savoir pourquoi ni où cela les menait. Ils manquaient de conscience. Il existait donc un risque qu'à la première défaite sérieuse ils sombrent dans la passivité. Restait une élite, un ou deux pour cent (Aleks se comptait dans le nombre) qui agissait, et agissait consciemment. Le seul fait d'être si peu nombreux les destinait au succès. Même si de multiples déceptions les attendaient sur la route. Comme ce qu'il venait de lui arriver, à lui, Aleks.

Il ferma les paupières pour se concentrer sur le 5-10-15, un exercice qu'il avait mis au point et qu'il voulait présenter dans un livre. Cela consistait à s'imaginer soi-même et sa situation matérielle dans les cinq, dix et quinze ans à venir.

Dans cinq ans, Aleks en aurait vingt-neuf. Il pourrait alors se vanter d'une musculature acquise grâce à un entraînement intensif en salle. Bien entendu, elle ne serait ni excessive ni grotesque comme celle de tous ces beaufs qui ne voient que le diamètre de leurs biceps, mais esthétique et harmonieuse. À vingt-sept ans, Aleks dirigerait sa propre agence de relations publiques, une start-up ayant un portefeuille de clients intéressants, principalement de jeunes firmes de high-tech et de venture capital tournées vers le financement de jeunes pousses. Aleks les mettrait en relation contre commission. Il s'achèterait deux voitures. L'une serait une SAAB 900. Une voiture rustique mais qui avait du style, et sur laquelle il y avait plein d'anecdotes intéressantes à raconter (en plus, c'était la voiture d'Agnieszczak !). Qui plus est, elle ne coûtait pas si cher, et Aleks savait qu'à ce stade il ne pourrait pas encore se permettre de jeter l'argent par les fenêtres. La deuxième serait une Mazda MX-5, étant donné qu'il faut bien avoir une voiture de sport. Il louerait un appartement parce qu'il n'avait pas l'intention de s'encombrer d'un crédit si tôt. En plus, il voulait rester mobile. Et il dirigerait des séminaires de coaching. Il prévoyait de se retrouver dans le groupe des vingt meilleurs coaches de Pologne. Ceci grâce à son futur bouquin : *À la conquête du monde – Comment réussir à vingt ans* (titre provisoire). Il s'agirait de la première publication ciblée sur la motivation des jeunes de vingt ans ou moins. Cela pouvait sembler absurde, mais Aleks avait l'impression que de plus en plus de jeunes s'essayaient au business. Ils avaient donc besoin de quelqu'un qui les motive et les soutienne. Se concentrer sur ce marché présentait deux avantages. C'était une niche. En plus, une fois parvenus au succès, vers qui se tourneraient-ils pour la suite de leur carrière ? Vers celui qui les aurait aidés à leurs débuts. Aleks voulait donc, tel un Harry Potter, grandir avec ses lecteurs.

— Au fond, tu penses vivre sur leur dos en parasite ? demanda Zuza lorsqu'il lui exposa son plan.

— En symbiose, répondit-il sans céder à la provocation.

De toute façon, elle ne pouvait pas comprendre. Sa vision de la vie était différente. Irréaliste, tout droit sortie du siècle précédent. C'était son affaire. Il savait qu'il serait obligé un jour ou l'autre de rompre avec elle. Il prévoyait de se trouver une partenaire de vie à l'étape « 10 ». En attendant, il prenait du bon temps avec elle, avec beaucoup de sexe. C'était bien assez.

Il se demandait pourquoi elle n'avait pas appelé. Ils s'étaient un peu disputés la veille. C'est-à-dire qu'elle avait téléphoné, elle voulait quelque chose, mais lui n'avait pas le temps. Elle le savait, parce que depuis une semaine il lui avait parlé de la rencontre d'aujourd'hui et de l'enjeu qu'elle représentait. Elle aurait dû comprendre. Lui envoyer au moins un SMS, comme quoi elle croisait les doigts.

Des coups tambourinés sur la porte de la salle de bains l'empêchèrent d'aller au bout de ses visions d'avenir.

— Eh ! DiCaprio ! T'arrives ?

— Tout de suite, répondit-il.

Il se tapota les joues avec son after-shave Nivea puis s'aspergea de déodorant. Skunks l'attendait à l'extérieur. Skunks dépassait les cent kilos, avec un teint maladif et de longs cheveux graisseux. Il était en slip et maillot de corps, et tenait une serviette sous le bras. Il lançait des regards mauvais.

— C'est maintenant que tu vas prendre ta douche ? s'étonna Aleks.

— Si tu n'étais pas resté si longtemps, j'y serais allé plus tôt.

Aleks comprit qu'il venait de commettre une erreur. Il s'était laissé emporter. Sa question était négativement marquée, visant à punir et non à motiver. Il devait se corriger.

— Tu as raison. J'y suis resté trop longtemps. Mais même si c'est ma faute, ce serait bien que tu te dépêches. Tu ne veux quand même pas qu'on soit en retard…

Skunks grogna et entra d'autorité dans la salle de bains pour se déshabiller sans attendre qu'Aleks ait eu le temps de sortir.

Skunks était le plus âgé du groupe. Il avait vingt-cinq ans, peu d'amis et deux start-up ratées au compteur. Ce qui faisait le plus de peine à Aleks était qu'il ne voulait pas partager les leçons de ces échecs. Il pensait qu'en tant qu'associés, ils auraient pu tirer profit de son expérience et éviter des erreurs qu'il aurait pu commettre lors de ses précédentes réunions.

Marek avalait son petit déjeuner dans la cuisine. Il était le seul à n'avoir pas réussi à se faire un surnom. Il mâchonnait un muesli arrosé d'eau chaude. Pour une raison quelconque, il ne buvait jamais de lait. Aleks pensait que, correctement dirigé et coaché, Marek pourrait faire un leader. Il appartenait à cette catégorie de la population qui, même inconsciemment, savait prendre des décisions.

— Tout est prêt ? demanda Marek en levant le nez de son assiette.

— De mon côté, oui, répondit Aleks. J'ai préparé le dossier et l'ordi. La présentation est sur le disque dur et sur clef USB. Et de votre côté ?

— S'il y a le wi-fi là-bas, on pourra présenter un prototype opérationnel avec des fonctions simplifiées.

— Les cartes de visite ?

— J'ai les miennes, eh, DiCaprio !

Aleks passa dans la chambre qu'il partageait avec Misiek. Son coloc enfilait une chemise verte, laissant voir un corps maigre, dépourvu de gras et probablement de muscles. Une veste en velours côtelé avec renforts aux coudes l'attendait déjà sur une chaise.

Aleks avait ces derniers jours tenté d'expliquer aux gars que le look jouait un rôle essentiel dans les contacts d'affaires. Un message difficile à faire passer, tous les trois étant des informaticiens, ce qui par définition impliquait des limites à leurs aptitudes sociales (au moins dans l'esprit d'Aleks). Les trois étaient convaincus qu'un produit de qualité suffirait à attirer des investisseurs. Aleks réussit à les détromper, au moins partiellement. Le fait que les quatre premiers rendez-vous se soient soldés par des échecs l'y avait aidé. Ils avaient un moment espéré que Piotr Celtycki leur viendrait en aide, un ancien politicien à qui Zuza louait une chambre. Aleks l'avait rencontré lors d'une visite chez la fille. Il avait reconnu « la célèbre personnalité », il lui avait parlé de son projet et laissé une carte de visite. Celtycki avait montré de l'intérêt et promis de rappeler. Évidemment il ne l'avait jamais fait. Nouvel échec. En conséquence, Aleks avait décidé de profiter de ces quelques petits progrès : Skunks prenait une douche, et Misiek portait une horrible chemise verte et une veste hideuse. Ils auraient une allure épouvantable, mais Aleks espérait que les autres seraient encore pire et que ça suffirait.

Aleks passa à son armoire. Il choisit la veste qu'il avait préparée (de marque peu connue, mais il avait décousu l'étiquette), une chemise (de chez Wolczanck), et comme unique accessoire, une montre. Il se décida pour un style *smart casual*, tenue de rigueur dans le milieu, et enfila donc un jean neuf et des chaussures de cuir noir. Il vérifia son portable. Zuza n'avait toujours pas appelé, ce qui le mit mal à l'aise.

Il soupira, se demandant s'il n'aurait pas oublié un truc. Il se sentait responsable pour tout le groupe. Pas en tant que chef ou leader, plutôt comme une sorte de tuteur. Celui qui les guiderait dans la difficile recherche d'un investisseur ou d'un moyen de diffusion de leur produit. Il se dit que mener ce projet à bien constituerait un point très positif dans son CV.

Il s'habilla rapidement, puis vérifia encore une fois sa coiffure dans la glace. Il rejoignit l'équipe qui l'attendait dans l'entrée, prête à partir. Même Skunks était prêt. Aleks se demanda un instant comment il avait réussi à se laver et s'habiller si vite. S'il était vraiment passé sous la douche, ou s'il s'était juste mouillé les dessous de bras.

— Vous avez commandé un taxi ? demanda-t-il.

Ils le regardèrent étonnés.

— On pensait y aller en métro.

Pour rejoindre le métro, il fallait d'abord prendre un bus. Et depuis la station d'arrivée du métro, changer encore de ligne pour rallier le bureau de l'investisseur.

— En taxi, ce serait mieux, suggéra-t-il.

— Ça va faire cher, protesta Skunks.

Aleks avait sur le bout de la langue son texte sur la nécessité de s'investir, que pour gagner beaucoup d'argent il fallait en dépenser beaucoup ; mais il savait que cela n'atteindrait pas l'esprit de Skunks à qui le surnom de Rapiat aurait parfois été plus adapté.

— On partage ?

— Et si ça fait plus cher ?

— Je compléterai, lança-t-il comme dernier argument.

Ils se regardèrent. Marek approuva de la tête, confirmant les observations d'Aleks sur son potentiel à devenir un leader.

— Dans ce cas, OK. Appelle un taxi.

— À condition qu'il ne nous fasse pas attendre, ajouta Skunks qui aimait avoir le dernier mot. On n'a quand même pas envie d'arriver en retard.

Mortka tomba sur le procureur Szydlon devant la machine à café. Il tenait dans une main une serviette en cuir d'où dépassaient des notes, des carnets et des documents, et de l'autre un gobelet de café noir. Il parlait dans son portable qu'il avait calé contre son épaule. L'inspecteur attendait son tour derrière lui, de sorte que le procureur ne l'aperçut qu'une fois sa conversation terminée.

— Bonjour, inspecteur, fit-il, avant de se rendre compte qu'il était coincé.

Il leva le gobelet de liquide brûlant à hauteur de l'épaule. Mais il ne pouvait reprendre son portable sans risquer de s'échauder. S'il essayait de s'accroupir pour poser la serviette de cuir, il y avait danger de renverser le café.

— Vous pourriez... ? demanda-t-il.

Mortka prit le téléphone du procureur qui redressa le cou et rajusta la serviette sous son bras. Puis il reprit l'appareil à Mortka et le fourra dans une poche. L'inspecteur appuya sur la touche « café noir double sucre ».

— C'est vous qui êtes sur la fille d'Ursynow ? demanda le procureur.

— Oui. Et vous ?

— Moi aussi.

C'était la troisième fois que Mortka aurait à travailler avec Szydlon. La première fois, ça s'était mal terminé. La deuxième, ç'avait été moyen. *Peut-être que celle-ci se terminera bien*, se dit-il. Il était même plutôt satisfait que Szydlon ait été chargé de l'affaire. Il lui semblait qu'il y avait entre le procureur et lui une froideur réciproque, mais faite de sincérité, et sans arrière-pensée. Une relation paradoxalement très saine.

— Et ça donne quoi ? s'enquit le procureur.

— Aucun aveu. Nous manquons de suspects crédibles.

Nous avons de nombreux éléments à analyser, et une Ukrainienne qui s'est enfuie du lieu du crime.

Le procureur prit cette dernière information comme une sorte de gifle en pleine figure.

— Une étrangère, et voilà les emmerdes qui commencent. Une Ukrainienne, en plus (il hocha la tête et prit une gorgée de café). Et voilà qu'on veut faire ami-ami avec eux, à cause de l'Euro de foot. Vous savez ce que j'en pense ?

Non seulement Mortka n'en savait rien, mais il n'en voulait rien savoir. Cela n'avait pourtant aucune importance, car le procureur ne put se retenir de lui faire part, les yeux brillants, de sa position concernant les relations polono-ukrainiennes.

— Tant qu'ils ne se seront pas excusés pour les crimes de Volhynie, le mieux qu'ils mériteront, ce sera un bras d'honneur. Ils rendent hommage à tous leurs assassins de l'UPA, ils courent avec des drapeaux rouges et noirs, et des slogans sur la poitrine. Tandis que nous, on leur lèche les bottes, on veut les attirer de force dans l'Europe, créer des partenariats Est-Ouest… Ils n'ont qu'à rester là où ils sont, dans leurs steppes, avec Poutine sur le dos. Non mais, franchement !

Mortka ne réagit pas. Il glissa une pièce dans la machine à café et attendit sa boisson. Le procureur se calma et se gratta le front.

— Et à part l'Ukrainienne, quoi d'autre ? demanda-t-il.

— La victime louait une chambre chez Piotr Celtycki.

Szydlon prit le temps de resituer le nom.

— L'homme politique ?

— Oui.

Le procureur pencha la tête d'un côté puis de l'autre comme pour évaluer les aspects positifs et négatifs de cette situation nouvelle.

— Tant pis, dit-il en fin de compte.

— Ça va faire des problèmes ?

Szydlon haussa les épaules.

— Plutôt non. Le type est *out* depuis trop longtemps, il n'a plus d'influence.

— Il a peut-être des amis.

— Il s'est fâché avec tout le monde. Et s'il avait des armes secrètes contre Untel ou Untel, il s'en serait déjà servi. De plus, rappelez-vous qu'il traîne toujours quelques casseroles. Si on y ajoute un meurtre, tout le monde va se tenir à distance.

— Quel genre de casseroles ? s'enquit Mortka.

— Par exemple, l'origine de tout son fric, explicita le procureur.

— Donc, pas de souci à se faire ?

— Faites votre boulot, inspecteur.

Le procureur but encore quelques gorgées. Puis il écrasa le gobelet dans sa main et le jeta dans la corbeille à proximité.

— Comment vous dire… (Szydlon se tut un instant.) Plus ça va, plus je pense que c'est bien que ce soit vous qui ayez l'affaire en mains.

L'inspecteur enregistra.

— J'ai une quantité de dossiers pour le tribunal en ce moment. Tout un tas d'audiences qui s'accumulent, poursuivit le procureur. Passons donc un marché : vous faites votre boulot, je fais le mien, c'est-à-dire que je signerai les papiers, et puis je lirai le compte-rendu où vous m'indiquerez que vous avez mis la main sur le ou les coupables, conformément à la loi.

Le deal convenait à l'inspecteur.

— Très bien.

— Mais essayez cette fois de ne pas tirer sur les suspects, ni de déclencher de fusillade, vu ? ajouta-t-il, manière de plaisanter.

Mortka se permit de ne pas rire. Le procureur ne s'en formalisa pas : il donna une tape sur l'épaule de l'inspecteur puis, dossier sous le bras, il fila rapidement vers la sortie du bâtiment.

— Je te dérange peut-être ?

Une voix familière tira Mortka de ses pensées.

Il se retourna. Kochan était à un mètre et demi de lui. Mains dans les poches, jambes légèrement fléchies, comme pour s'apprêter à sauter. Il n'avait pas bonne mine. Il était tout raide. Et il avait grossi d'une curieuse façon, de manière inégale. Il avait épaissi surtout au niveau des joues et des hanches, ce qui le faisait ressembler à une poire.

— Salut, le Kub ! fit l'inspecteur adjoint.

— Tu es de retour ? demanda Mortka.

— Ouais.

Mortka secoua la tête, enregistrant l'information. Il prit son café. Alors qu'il s'éloignait, il sentit le regard de Kochan se planter dans son dos.

CHAPITRE 5

Kochan connaissait ce genre d'affaires, et il s'étonnait qu'Andrzejewski lui en ait apporté une de plus. Pour la déposer tout en haut d'une pile de vieux dossiers de cas désespérés. On lui avait même collé celle de la Troïka du Neptune. Que pourrait-il encore y découvrir ?

Il fallait bien commencer quelque part. Il commença donc par Anna Stolarczyk, vingt-cinq ans. Plutôt petite, un mètre cinquante-huit. Cheveux marron. Une fille pâle avec des lunettes trop grandes et une coiffure passée de mode qui regardait l'inspecteur adjoint depuis un jeu de photos jointes au dossier. Elle faisait penser à la Velma de *Scooby Doo*. Un air intelligent, mais personne ne se serait branlé en pensant à elle. Elle était venue de Lodz pour étudier à Varsovie et avait obtenu son diplôme avec de très bonnes notes. Après quoi elle avait travaillé dans une banque. Elle gagnait pas mal, compte tenu de son âge. Elle avait disparu voilà cinq ans de ça. Comme avalée sous terre. Personne ne savait ce qui avait pu lui arriver. Ni sa coloc, ni ses parents, ni ses camarades de bureau. Les parents avaient parlé d'un garçon dont elle aurait fait la connaissance, mais que personne n'avait pu identifier. Elle avait retiré une grosse somme d'argent avant de disparaître. Plus de vingt mille zlotys. Les techniciens de la police avaient retrouvé des traces de sang dans sa salle de bains. Son sang. La salle de bains avait été nettoyée peu avant avec des produits forts. On avait supposé que quelqu'un avait voulu effacer les traces, mais on ne pouvait exclure la possibilité que la fille se soit coupée en s'épilant. On avait interrogé sa colocataire qui n'avait rien entendu, et qui avait un alibi sérieux : elle était partie en week-end chez sa mère à la campagne.

L'affaire se terminait là. Aucune piste. Aucun indice. Rien à quoi se raccrocher.

Cette même année 2009, quinze mille personnes avaient été portées disparues. Kochan avait lu sur Internet une théorie selon laquelle la majorité d'entre elles avaient été assassinées. Ce pouvait être en partie vrai et en partie faux. La question n'était même pas que les policiers négligeaient ces affaires, ou n'essayaient pas d'établir ce qui avait pu se passer. Tout simplement, quand après une semaine ou deux on ne sait toujours rien, on commence sérieusement à craindre de trouver un cadavre. Et on comprend que ça n'arrangera pas grand-chose. Ça ne fera pas avancer l'enquête d'un pouce. Bien sûr, la famille pourrait commencer à faire son deuil, à panser ses plaies psychologiques au lieu de rester dans la douleur de l'incertitude, comme devant un gouffre d'angoisse, le cœur battant à chaque sonnerie de téléphone. Pour la police, c'était un peu différent : quand on trouve un corps, ça donne dans les statistiques une affaire de meurtre non résolue au lieu d'une confortable histoire de disparition.

Ça ne valait pas le coup.

Andrzejewski voulait pourtant que Kochan continue à creuser. Pourquoi ? À quoi bon ? Espérait-il vraiment que l'inspecteur adjoint trouve quelque chose ? Après cinq ans ? Seul à chercher ? Sans assistance ? Absolument impossible.

Anna Stolarczyk continuait à le regarder avec son sourire de jeune fille timide, du genre qu'on a envie d'inviter à danser quand toutes les autres sont déjà prises. Kochan soupira. Il se mouilla un doigt et commença à feuilleter, sans même essayer de lire ce qui était écrit. Le bruissement du papier et le défilé des lignes de texte lui suffisaient.

Que cherchait à obtenir Andrzejewski en lui balançant toutes ces affaires et en le coinçant dans cette petite pièce qui, en plus, sentait mauvais ? Kochan renifla. Il n'arrivait pas à localiser l'origine de l'odeur. Il était certain de ne pas l'avoir perçue lorsqu'il était entré la première fois dans cette cage. Est-ce qu'un farceur aurait jeté des boules puantes pendant qu'il était allé se faire un café ? Ou bien étaient-ce les dossiers ? Qui auraient moisi aux archives pour exhaler maintenant leur puanteur sous l'effet de l'air chaud ?

Nom de Dieu, se dit-il, *je pourris ici avec ces papiers comme un sac de patates au fond d'une cave*. Il jeta encore un regard à Anna Stolarczyk. C'est tout juste s'il la reconnut. Mais il commençait à la haïr. Qu'importe qu'elle soit morte ou vivante.

— Qu'est-ce que j'en ai à foutre de toi ? demanda-t-il.

Il regarda le dossier. Il se demanda si quelqu'un avait vérifié l'alibi de la colocataire d'Anna Stolarczyk. Il n'en doutait pas vraiment, mais il se dit qu'une petite excursion à cent kilomètres de Varsovie lui permettrait de quitter son bureau misérable, de s'éloigner des ordres et de s'offrir une demi-journée de congé. Si Andrzejewski lui demandait pourquoi il s'était absenté, il expliquerait qu'il était parti vérifier un détail conccernant cette affaire ancienne.

C'était bien ce qu'on attendait de lui, pas vrai ?

— Ils ne sont pas nombreux. Il faut venir plus tôt le matin. Là, ils rappliquent en troupeau.

— Je vois, dit Mortka.

Il était dans une voiture de police, assis à côté de l'inspecteur Jaroslaw Nowak du commissariat de Piaseczno. Nowak avait dans les trente-cinq ans, le regard bienveillant de celui sur qui il est difficile de faire impression, et la manie de rouler trop vite en zone habitée. Par ailleurs, il n'arrêtait pas de claquer de la langue comme s'il mâchouillait du chewing-gum. Mortka ne le connaissait que depuis une demi-heure, mais son tic le rendait déjà fou.

— Les types qui sont encore ici sont têtus. Alors qu'il y a peu de chances que quiconque vienne les chercher, ils continuent à attendre en croyant au miracle. Tout ce qui compte se passe le matin tôt.

Ils se garèrent devant l'ancienne laiterie de Piaseczno, au croisement de deux rues animées. Les autres voitures avaient du mal à les dépasser, et un bouchon se forma vite derrière eux. Mais aucun conducteur ne se risqua à les Klaxonner. Ni à les emboutir. Mortka se souvint de sa vieille Toyota massacrée. Il s'inquiétait de ce qu'allait lui réclamer un carrossier de sa connaissance. L'assurance du type à la Volkswagen couvrirait certainement les dommages, mais il faudrait du temps pour faire cracher l'assureur. Alors que c'était tout de suite qu'il avait besoin de sa voiture.

— Les gars se postent devant la laiterie. Ils sont embauchés pour des travaux manuels, agricoles ou dans des entrepôts. De l'autre côté, ce sont les femmes. Elles aussi vont dans des fermes, mais le plus souvent faire des ménages. Et à l'occasion un peu de sexe, expliqua Nowak.

— Et vous ne faites rien contre ?

— Et pourquoi ? Au moins on les voit regroupés dans un même endroit. C'est mieux que s'ils se dispersaient dans toute la ville. Si on cherche quelqu'un, c'est ici qu'on vient.

Cela expliquait pourquoi ces Ukrainiens n'avaient pas déguerpi. Mortka s'était d'abord étonné qu'eux deux aient pris une voiture non banalisée, mais tout devenait clair. Les Ukrainiens les regardaient bien avec une certaine inquiétude, mais ils campaient sur leurs positions. Ils étaient habitués.

— Ils ne font pas d'histoires ?

— Ils sont très calmes. Au pire, quelques règlements de comptes entre eux. Mais sans déborder. Je n'ai rien contre.

— Et question cul ?

— Toutes des femmes très correctes.

— Il n'y a pas de scandale ?

Nowak pouffa de rire.

— Ma nièce au lycée a plus l'air d'une pute que les filles d'ici.

Mortka fronça les sourcils. Il ne savait pas si la remarque

était un bon signe pour les Ukrainiennes, ou un mauvais pour la nièce du collègue.

— Alors, on y va ? demanda Nowak.

— On y va, confirma Mortka.

Ils descendirent de voiture et traversèrent la rue. Les Ukrainiens étaient tous des types aux regards lourds, aux mains calleuses de travailleurs, à l'haleine chargée de cet alcool qui les réchauffait au fil des heures, et ils frémirent avec ensemble, telle une compacte masse humaine informe. On aurait pu croire un instant qu'ils allaient se disperser et filer chacun dans une direction ; mais non, ils se regroupèrent, poussant en avant un des leurs, un jeune en Adidas éculés et à triste moustache raréfiée.

— Bonjour messieurs, fit Nowak.

En réponse, ils se contentèrent de grogner.

— Vous connaissez cette femme ? demanda Mortka en tirant de sa poche une photo de la femme de ménage de la Cité.

Les hommes détournèrent le regard comme s'ils craignaient qu'un seul coup d'œil jeté sur le cliché allait les changer en pierre. L'inspecteur fit le tour du cercle formé par les Ukrainiens, fourrant le portrait sous le nez de chacun.

— Monsieur, c'est pas à nous qu'il faut demander, c'est aux femmes.

La voix du jeune moustachu vint interrompre la tournée.

— Et où sont les femmes ?

— Au travail, ou à la maison.

Mortka grinça des dents.

— Et aucun de vous ne la connaît ? Vous ne l'avez pas vue par ici ? Vous ne savez pas d'où elle sort, qui elle fréquente ? Où elle habite ?

Un silence lourd lui répondit. Il ouvrait la bouche pour une deuxième série de questions plus pointues lorsqu'il se sentit tiré par la manche. Nowak lui faisait signe que le moment était venu de retourner à la voiture. Mortka le suivit à contrecœur.

Ils remontèrent dans le véhicule. Nowak alluma la radio et inclina son siège pour s'installer plus confortablement.

— Et maintenant ? demanda Mortka.

— Maintenant, on attend. Tu vas bientôt avoir ce que tu cherches.

Geremek, le professeur militant de Solidarność devenu ministre, avait dit de lui qu'un jour il serait élu président. C'était au printemps, au début des années quatre-vingt-dix. Dans la cour de l'université de Varsovie. Ils étaient rassemblés autour du banc sur lequel leur prof fumait la pipe, et ils avaient commencé à discuter de l'avenir de la Pologne. C'était une époque où ce genre de débat pouvait se tenir sans cynisme. Celtycki faisait part d'une réflexion pertinente sur la place et le rôle que pourrait jouer le pays dans l'Europe unifiée. Ou plutôt d'une série de remarques solidement argumentées mais, et c'est ce qui comptait le plus, contraires à l'opinion de Geremek. Le professeur réfléchit, tira sur sa pipe, et Celtycki se dit qu'il était peut-être allé trop loin. Geremek était déjà quelqu'un à l'époque. Une légende, une autorité devant qui voici que se levait un petit con. Même si Celtycki avait à son actif d'avoir organisé un mouvement de jeunesse sans qui la campagne électorale aurait été sans saveur à Varsovie. Son meilleur coup avait été de monter une manifestation de silence électoral. Par petits groupes de trois, les jeunes s'étaient dispersés dans la ville. À 23 h 50 précises, ils avaient commencé à recouvrir les affiches des concurrents par des portraits de leurs propres candidats. Après quoi ils s'étaient réfugiés dans des cabines téléphoniques, prêts à appeler la police en cas d'irruption de représentants d'autres mouvements. Mais c'était resté à un niveau de potaches, tandis que Geremek, c'était Geremek. Celtycki avait senti ses jambes fléchir.

— Un jour, vous serez président, déclara enfin le professeur.

Celtycki eut un léger sourire et remercia d'un signe de tête avant de fixer dans les yeux sa camarade en face de lui.

Celle qu'il devait épouser un peu plus tard. Et dont un peu plus tard encore, il devait divorcer.

Qu'est-ce donc qui avait cloché ?

Il se posait la question tout en rangeant son ordi et un marteau dans un sac de sport, avant de traverser la Cité pour gagner sa voiture. Le corps de Zuzanna avait été enlevé. Un seul policier était resté en faction, l'air un peu perdu, ainsi qu'un technicien qui prenait des mesures à quatre pattes.

Il les dépassa, espérant qu'ils ne le remarqueraient pas. Il regarda autour de lui, inquiet de la présence éventuelle de photographes de presse, mais il n'en vit aucun. Il se demanda si c'était parce que l'information n'était pas encore parvenue aux médias, ou parce qu'elle n'intéressait personne. D'une certaine manière, cela lui fit de la peine. « Assassinat d'une jeune femme qui louait une chambre à un politicien connu ! » « Tragédie chez Celtycki ! » « Meurtre, politique et Celtycki ! ». Il y a encore quelques années, il aurait fait les titres des principaux journaux et des sites Internet. On parlait beaucoup de lui, Geremek avait fait sn éloge, on le voyait déjà Premier ministre dans un gouvernement à venir, ou en tout cas titulaire d'un poste ministériel. Il devait bien y avoir quelqu'un pour s'intéresser à lui !

Il entra dans le garage souterrain. Il s'efforçait d'avancer en évitant l'œil des caméras. Mais sans ostentation. Si quelqu'un d'aventure devait examiner les enregistrements, qu'il n'ait pas l'air de se cacher. Si on en venait à lui poser des questions, il dirait qu'il avait voulu aller à la piscine ou jouer au tennis, ou retrouver quelqu'un. Qu'ils vérifient. L'essentiel pour le moment était de se débarrasser de ce foutu ordinateur.

Il prit la rue Jan-Rosel puis la direction de Gora Kalwaria au sud. Il choisit les artères les moins fréquentées, évitant la Pulawska toujours bouchée. Il roulait prudemment, dépassant de peu la limite de vitesse, conscient que celui qui respecte trop scrupuleusement le Code devient premier suspect. Le conducteur qui n'a rien à se reprocher s'autorise vingt kilomètres d'excès de vitesse, quitte à freiner brusquement lorsqu'il voit une voiture de police.

Il dépassa Powsin.

Son problème, regrettait-il, avait été de vouloir se montrer serviable sans trop faire preuve de scrupules. Les gens avaient oublié qu'après six années de guerre et quarante-cinq ans de communisme, ce malheureux pays n'était plus en état de fonctionner. Tout s'y était déglingué aux limites de l'impossible. Non pas au-dehors, car de l'extérieur il avait toujours l'air de quelque chose. Rafistolé bien sûr de bric et de broc. Ficelé à l'aide de ces ficelles qui manquaient tellement pour lier les bottes de blé au moment de la moisson, étant donné qu'elles avaient été utilisées à n'importe quoi d'autre. Et sans lesquelles ce vaste bordel qui avait pour nom Pologne populaire se serait disloqué en une gigantesque catastrophe. Le pays entier se serait effondré, comme en son temps l'édifice du grand marché de Katowice. La ficelle était devenue un matériau stratégique, au même titre que l'uranium qui sert à produire des bombes. On n'allait quand même pas la donner aux paysans. Vu de l'extérieur, ç'avait encore une certaine allure. C'était à l'intérieur que se situait le vrai désastre. La gigantesque machine bureaucratique qui non seulement ne fonctionnait pas (car elle ne pouvait pas fonctionner), mais en plus détruisait tout ce qu'elle touchait, amis ou ennemis, avait été dissimulée aux regards des Polonais comme des étrangers. C'était de là qu'ils avaient dû démarrer en 1989. C'est ce pays que Celtycki avait essayé de rétablir. Ils pouvaient parler à perte de vue d'éthique et de principes en politique, de l'indispensable honnêteté dans la vie publique et des exigences élevées que les Polonais étaient en droit d'attendre des hommes politiques, et que ces derniers devaient s'imposer à eux-mêmes. Mais à quoi bon si une fois au pied du mur plus rien ne pouvait se faire ? On se trouvait devant une machinerie disposant de tout – argent, idées, visions –, et même si on avait le droit de son côté, la machine à écraser restait la plus forte. Si on avait voulu changer pour de bon quoi que ce soit, il aurait fallu procéder à une remise à plat générale. Avec quelque chose qui aurait fait peur à la machine. Mais la machine n'avait peur que d'une chose, le pouvoir. Et pendant des années, le pouvoir, ç'avait été Celtycki. Et il avait bien poussé à la roue. Il avait aidé à écarter les obstacles, à tordre des cous, à virer des gens, à en faire avancer d'autres ; et s'il ne l'avait pas fait, la Pologne se serait enlisée dans la situation de cette année 1989. Au lieu d'avoir aujourd'hui des centres commerciaux dans les villes, on aurait continué à voir sur les marchés des rangées de camelots avec sur leurs étals des piles de fringues *Made in Bulgaria*, des petits tas de viandes couverts de mouches et des piles de cassettes vidéo piratées. Au lieu d'être dans l'Union européenne et l'Otan, on aurait continué à croupir dans le trou du cul du monde. C'était Celtycki qui avait reconstruit ce pays. De ses mains. Qu'il s'était peut-être un peu salies… Impossible de réaliser de grandes choses sans recevoir quelques éclaboussures de merde. Impossible, tout simplement.

Puis était venu le temps du réarmement moral, après que les politiciens se furent rendu compte qu'il était plus facile de gagner les élections en parlant de valeurs et non de croissance du produit national par habitant. Celtycki s'était senti obligé de se rendre en famille à une séance de barbecue chez le député Sendecki. Jamais en temps normal il n'aurait poussé ses fesses jusqu'à ce bled perdu au milieu de champs de patates. Mais depuis quelques semaines, les journaux avaient commencé à venir le renifler, les photographes à le prendre sous toutes les coutures, y compris en caméra cachée ; et dans son propre parti, on chuchotait de plus en plus ouvertement à son sujet. Ce barbecue auquel Sendecki l'avait invité dans sa cambrousse n'avait donc rien d'une sauterie ordinaire.

Une chaude journée d'été, étouffante au possible. On entendait le tonnerre du côté de Varsovie, ce qui ne dérangeait pas Sendecki. Il se tenait sur sa terrasse, retournant les viandes, habillé d'un short descendant aux genoux, de sandales, de chaussettes blanches et d'un T-shirt polo. Magda bavardait avec son épouse, tout en gardant un œil sur les enfants qui jouaient dans un jardin si grand que Sendecki aurait pu prétendre à une subvention agricole de l'Union européenne. Le domaine était entouré d'imposants thuyas. Sendecki était un parlementaire de poids moyen que le public ne situait pas très bien, mais qui se rendait régulièrement à la Diète. Sa principale qualité était de n'avoir aucune ambition au-delà de sa circonscription. Il convenait donc à tous. Un élu idéal.

Ils avalèrent leurs travers de porc arrosés de bière, et pour les enfants, de jus de fruit. Sendecki poussa Celtycki du coude.

— Viens. Que je te montre ma fosse aux lions.

Il le conduisit à la cave. Un vaste espace tapissé de vert, avec au centre une table de billard, et sur les côtés de grands fauteuils en cuir autour d'un immense téléviseur et d'un bar. Le seul éclairage venait d'un plafonnier. Le grand monde, tel que le seigneur des lieux se le représentait.

Sendecki passa derrière le bar. Il servit deux whiskies et ouvrit une boîte à cigares. Par politesse, Celtycki en prit un qu'il alluma suivant les convenances.

— On se fait une partie ? demanda le maître de maison en indiquant la table de billard.

Celtycki fit non de la tête. Sendecki prit une mine peinée et ajouta :

— Tant pis. En tout cas, tu es viré du parti.

— C'est une blague ?

— Non. Tout est décidé. On a même recompté les voix de la commission disciplinaire.

— Pour quel motif?

— Violation des principes de l'éthique intérieure du parti. Doutes motivés concernant ton honnêteté politique. Plus généralement, comportement inadéquat. D'ailleurs (il agita sa main armée d'un cigare), tu sais mieux que tout le monde ce que tu as à te reprocher.

— Je suis le seul en cause ?

— C'est de toi que se sont emparés les médias.

— De leur propre initiative ?

Sendecki avait toute la courtoisie nécessaire pour savoir garder le silence quand il le fallait. Il posa plusieurs boules sur la table de billard et prit une canne accrochée à proximité.

— Écoute-moi, Piotr, les choses sont ce qu'elles sont, fit-il en passant une craie bleue sur la pointe de sa canne. Tu regardes la télé. Nous sommes obligés de montrer que nous respectons nos principes. C'est tombé sur toi.

Il se pencha sur la table. Il visa et, d'un coup puissant, dispersa les boules. Deux d'entre elles tombèrent dans des trous.

— Ils savent que ça marche dans les deux sens ? demanda Celtycki. Moi aussi, je connais des choses sur nos irréprochables collègues à principes. Je peux tout à fait aller en parler là où il faut.

Sendecki préparait le coup suivant.

— Qu'est-ce que je peux te dire ? reprit-il. Si tu y tiens, vas-y.

Nouveau claquement, et une boule disparut dans un trou. Sendecki se redressa et soupira.

— Merde, ça serait mieux de jouer à deux, lança-t-il.

— C'est bien ce que je compte faire, renchérit Celtycki.

— C'est comme je te dis. Tu le sais, ce n'est pas mon problème. Même si ça va faire un peu de boucan, ça n'arrivera pas jusque dans ma province. Au pire, je jouerai les indignés et je partirai chez la concurrence avec mon équipe en accusant les pourris de la capitale.

Le tonnerre retentit à l'extérieur. Clair et puissant comme un coup de canon.

— Réfléchis quand même avant, grogna Sendecki. À tout ce que tu pourrais perdre dans l'affaire.

Celtycki fronça les sourcils.

— Qu'est-ce qu'ils t'ont dit ?

— Ils n'ont pas eu besoin de me dire quoi que ce soit. Tu sais comment ça marche. Si tu remues la merde, il y aura de la merde. Tout le monde passera à la moulinette.

Mais tu ne seras pas épargné. Tu seras peut-être même le premier.

— Et si je ne vais nulle part ?

— Comme je t'ai dit. Tu es viré du parti. Tu démissionnes de la Diète, et on n'en parle plus. Personne n'a envie de t'enfoncer, fit Sendecki avec légèreté. Et après un moment, finalement, toute la poussière retombera. Alors viendra le jour du retour triomphal de celui que l'on avait si violemment critiqué, mais contre qui le parquet n'aura rien retenu.

Celtycki regrettait encore d'avoir suivi le conseil de ce baron de province. La poussière était depuis longtemps retombée, mais lui croupissait toujours au fond du trou. Il continuait à habiter Varsovie, mais loin de la politique, plus loin même que l'autre péquenot au milieu de ses champs de patates. Il allait devoir remuer la merde, provoquer un scandale.

Sauf qu'alors il perdrait tout.

Il ouvrit une fenêtre pour aérer la voiture. L'air glacé vint lui frapper le visage. Il roula ainsi quelques kilomètres avant de tourner dans un chemin de terre. Il descendit de voiture. Excepté quelques rares véhicules, personne ne passait dans le coin. Il tira du coffre le sac qui contenait l'ordinateur et un marteau. Il se cacha derrière la voiture pour ne pas risquer d'être surpris. L'ordinateur était de couleur argentée, avec deux autocollants sur le dessus : un symbole *Peace and love*, et un autre, celui du Grand Orchestre caritatif. Il s'empara du marteau pour asséner un coup qui fit éclater le couvercle et l'écran. Il retourna l'ordinateur et cogna du côté où se trouvaient le disque dur, le processeur et la mémoire RAM. Il frappa d'abord calmement, méthodiquement, systématiquement, puis de plus en plus fort et avec rage, comme un fou. Il se représenta les visages de Sendecki et de Geremek sur le boîtier. Saloperie de bourrique, et youpin de mes deux avec son bla-bla, sa pipe et sa morale. Il se livra à un massacre, bousillant leur nez, leur écrabouillant les joues, fracassant les os, avant de leur ôter la vie d'un dernier coup fatal.

Celtycki se remit sur ses jambes en soufflant. Il fit deux pas de côté puis retomba à genoux, le temps de reprendre sa respiration. Il tira un mouchoir de sa poche pour s'essuyer le front. Puis il ramassa les morceaux de plastique et d'électronique qui avaient été l'ordinateur de Zuzanna, et les replaça dans le sac de sport.

Une demi-heure plus tard, il se retrouvait sur le pont de Gora Kalwaria. Il lança le sac dans la Vistule et le regarda sombrer dans l'eau trouble. Une fois celui-ci disparu, il reprit le volant et rentra à Varsovie.

Ils arrivèrent en retard au rendez-vous. Le taxi avait été coincé dans des embouteillages. Ils déboulèrent essoufflés dans le bureau, et Aleks n'eut pas le temps de se préoccuper des regards mauvais de Skunks, Misiek et Marek. Le plus furax était Skunks qui trimballait les choses les plus lourdes.

— On vient voir M. Zielinski, fit Aleks à la réceptionniste, une jeune en chemisier vaporeux, pantalon à rayures bouffant, et deux colliers grands comme des assiettes.

La fille, de peu leur aînée, lança un regard las sur le groupe avant de prendre un téléphone. Elle pressa un bouton.

— Ziel, c'est pour toi, quatre gamins.

Elle attendit la réponse puis reposa l'écouteur.

— C'est bon. Vous suivez le couloir tout droit jusqu'à la pièce numéro deux. Ziel est là qui vous attend.

— Merci, dit Aleks en faisant signe aux autres de le suivre.

Arrivé dans le couloir, il sortit un paquet de mouchoirs qu'il donna à Skunks.

— Pourquoi à moi ?

— Essuie-toi, tu dégoulines.

De fait, le visage de Skunks était rouge et humide. D'un aspect malsain, comme s'il se l'était passé au saindoux. Mais ce n'était pas un mouchoir qui arrangerait ça. Skunks lui fit un doigt d'honneur et fonça devant lui. Il pénétra le premier dans la salle de réunion. *C'est mort pour ce qui est de la première impression*, eut le temps de se dire Aleks.

Adam Zielinski, qu'ils connaissaient déjà bien de Facebook, LinkedIn, GoldenLine et de quelques dizaines de séminaires sur les start-up, était un homme de haute taille, mince, et d'un âge indéfini. Plutôt jeune, portant des lunettes à montures épaisses et sombres, en veste bleu marine, chemise à carreaux et pantalon d'un vert criard. À leur vue, il repoussa quelque peu son MacBook en regardant ostensiblement sa montre qu'il secoua comme pour vérifier si elle marchait.

Aleks se faufila devant Skunks.

— Toutes nos excuses pour le retard. Le taxi…

— Un taxi ? s'étonna Zielinski. À cette heure-ci ? Il fallait venir en métro.

Le soupir éloquent de Skunks fut un muet commentaire de cette dernière remarque.

— Oui, c'est vrai. Une bonne leçon pour l'avenir, enchaîna fébrilement Aleks, tentant de reprendre ses esprits.

Ils venaient de commencer par une cata, lui disait son coach intérieur, mais la bonne nouvelle était que ça ne pouvait qu'aller en s'améliorant.

— Je vous présente le matériel, grommela Skunks en posant le sac avec l'ordinateur sur la table de conférence.

Zielinski protesta.

— Désolé, les gars, mais je n'ai pas le temps. Mon emploi du temps est tendu, et on a déjà perdu vingt minutes. Dites-moi ce que vous avez amené.

— Mais c'est que le prototype est dans l'ordi, enchaîna Marek.

— Parfait, approuva Zielinski. J'apprécie toujours les gens qui viennent avec du concret. Ça veut dire que vous avez investi dans ce projet… votre temps. Et le temps est l'élément le plus précieux. Vous savez pourquoi ?

— Parce qu'on ne peut jamais le rattraper ? risqua Aleks.

Zielinski claqua des doigts avant de pointer le visage du garçon.

— Voilà, c'est ça !

L'homme passa son regard sur eux comme pour s'assurer qu'ils avaient compris le reproche voilé qu'il venait de leur adresser.

— On a toute la présentation prête sur ordi, avec des fragments du code, enchaîna Marek.

— Super, très bien, vraiment. On en parlera à l'étape suivante. Si c'est une licorne que vous avez dans votre boîte (Zielinski utilisait le terme d'argot en cours pour désigner les start-up Internet qui se vendaient un milliard de dollars), vous serez capable de me la présenter sans feux d'artifice. L'utilisateur qui en parlera à un autre utilisateur n'aura pas Power Point sous la main. Je n'ai pas raison ?

Marek commençait à arborer un teint inquiétant, et il regarda Zielinski de travers. Aleks décida d'intervenir, de reprendre l'initiative, de détendre l'atmosphère.

— Nous sommes venus vous inviter à participer à un projet incroyable, mis au point par des jeunes pour les jeunes. Premier *key point* à observer : le projet n'est pas né dans le vide. Il n'est pas né de recherches de focus ou d'idées comme ça. Non. C'est la réponse à des besoins quotidiens des gens de notre entourage et de nous-mêmes.

— Bien, OK, coupa Zielinski. De quoi s'agit-il ? Une page ? Un site ? Une application ?

Aleks gardait un sérieux de pape, alors que ses lèvres voulaient déjà sourire. Il avait été certain que cette question viendrait, et il avait longuement réfléchi à la réponse. Les pages Internet étaient déjà du passé. Personne n'allait y mettre un sou. Pour ce qui était des réseaux sociaux, Facebook avait prouvé qu'il y régnait en maître. Google pourrait peut-être relever le défi, mais pas une quelconque start-up inconnue de la lointaine Pologne. Une application, cela sonnait bien. Mais Aleks estimait qu'il fallait offrir quelque chose de plus pour se distinguer. Un appât qui ferait mordre les investisseurs.

— Un canal d'accès, dit Aleks, articulant séparément les deux mots.

Il remarqua avec satisfaction que Zielinski levait les sourcils, marquant ainsi son intérêt.

— Nous voulons créer une plateforme, poursuivit Aleks, qui mettrait en relation des jeunes, des étudiants comme nous, avec d'autres organismes. Les possibilités sont illimitées : entrepreneurs dont l'offre s'adresse aux jeunes, firmes à la recherche de stagiaires, cinémas, théâtres, écoles privées… Toute entité, toute personne souhaitant atteindre notre tranche d'âge.

Zielinski ôta ses lunettes et se gratta le front.

— Et ça apportera quoi aux uns et aux autres ?

— Les étudiants recevront directement des offres qui leur sont destinées, tarifs réduits pour les cinés, les restaurants, les fringues.

— Donc tout ce qui concerne les tarifs réduits ?

— Sans parler des stages, avança Skunks qui jusque-là avait gardé le silence.

— Les stages ?

— Nous souhaitons que les employeurs ayant des stages pratiques à proposer puissent utiliser la plateforme, précisa Marek.

— Et l'événementiel, ajouta Skunks.

— C'est ça, confirma Aleks. Toutes les infos concernant les événements et les concerts dans une ville donnée.

— Une application fixe et mobile, reprit Skunks qui, se sentant de plus en plus sûr de lui, avait décidé de briller.

— Voilà, confirma Aleks. On mise très fort sur les mobiles. Imaginez que vous êtes étudiant, que vous avez faim, et on sait que les étudiants ne roulent pas sur l'or. Vous prenez un mobile, vous lancez l'appli, vous appuyez sur le bouton « manger »…

— … et vous avez les offres des restos avec réducs les plus proches, conclut Skunks à la place d'Aleks.

Celui-ci eut envie de lui envoyer un coup de coude dans le bide. Avec sa voix de basse insupportable, Skunks était de toute évidence le moins présentable d'eux tous. Il aurait dû la fermer et rester modestement en retrait comme une fille à marier. Exactement comme Misiek, qui aurait cependant dû s'exprimer au moins une fois, parce que ce n'est pas sérieux pour un type de venir à une réunion sans prononcer un seul mot.

Zielinski se redressa sur sa chaise et rajusta les pans de sa veste.

— Vous l'avez déjà, l'application mobile ?

— Non. Pas encore. Pour l'instant, nous avons un prototype destiné aux ordinateurs fixes, répondit Aleks.

— Mais vous avez dit que vous misiez sur le mobile ?

— Ça fait partie de notre stratégie de développement produit. C'est expliqué dans la présentation. Le prototype est destiné aux ordinateurs.

— Je comprends.

Le silence se fit dans la pièce. Aleks interpréta cela comme un mauvais signe. Le silence marquait une absence de communication, donc de possibilité de transmission du message. Il signalait surtout l'apparition d'une barrière entre les pôles d'interaction.

— Vous avez des questions ? dit-il tout en sachant que c'était la pire réplique possible à ce moment.

Mais rien d'autre ne lui venait à l'esprit. Et il valait mieux dire n'importe quoi que rien.

— Il me semble que j'ai entendu tout ce qu'il me fallait, répondit Zielinski après une brève réflexion. Je vous contacterai.

Cinq minutes plus tard, ils se retrouvèrent à l'extérieur du bâtiment, prenant la direction du métro, chacun plongé dans ses pensées.

— Écoutez, ça ne s'est pas trop mal passé, non ? fit Misiek qui prenait la parole pour la première fois depuis qu'ils étaient descendus du taxi.

Personne ne lui répondit.

Chapitre 6

Mortka passa un long moment au téléphone avec la Sèche, qui supervisait les interrogatoires des voisins, les techniciens qui passaient au peigne fin la chambre de la victime, et un tas d'autres choses. L'inspecteur eut un instant des remords d'avoir confié tout ça à sa jeune collègue ; puis, se souvenant qu'il avait été traité de pareille manière à ses débuts, cela lui passa. En outre, il avait acquis une expérience précieuse en accomplissant ces tâches, et la Sèche avait aussi droit à cette chance.

Nowak supporta d'abord patiemment cette téléconférence puis, après un quart d'heure, il monta ostensiblement le volume de la radio. Une demi-heure plus tard, une vieille Mercedes argentée à immatriculation polonaise vint se ranger près de la laiterie. Elle s'immobilisa devant le groupe d'Ukrainiens et le garçon à la petite moustache s'en approcha. Après une brève discussion, la Mercedes redémarra. Elle avança de quelques mètres, s'arrêta et fit clignoter ses feux stop, comme un signal lumineux adressé à la voiture de police. Nowak lança le moteur.

Le trajet dura environ cinq minutes. Ils roulèrent jusqu'à la périphérie de Piaseczno pour se garer devant une petite maison individuelle jaune. Trois hommes en blousons de cuir identiques descendirent de la Mercedes. Mortka eut l'impression de voir débarquer les Dalton de Lucky Luke. Sans un regard pour les policiers, les trois hommes entrèrent dans la maison.

Nowak coupa le moteur et regarda tout autour de lui, observant spécialement les rares passants.

— J'espère que tu n'es pas assez célèbre pour être suivi par des paparazzi.

— Pourquoi ça ?

— Ça ferait moche sur les photos si on nous voyait entrer ici, grommela Nowak en descendant de voiture.

À peine à l'extérieur, il releva le col de sa veste, enfonça ses mains dans ses poches et se dirigea, à moitié courbé, vers la maison.

Un vigile chauve vêtu de noir les accueillit dans l'entrée. Il avait un large cou tatoué d'un dessin compliqué plein d'éclairs. Il connaissait Nowak, car il se contenta de le saluer d'un signe de tête avant de les faire passer dans le salon. Mortka avait déjà deviné la nature de l'endroit, mais il n'avait plus maintenant aucun doute : un bordel. Au rez-de-chaussée se trouvait un bar tenu par un jeune à la pomme d'Adam proéminente. Deux filles vêtues de lingerie légère et en talons aiguilles attendaient sur des tabourets, fumant des cigarettes et mâchonnant du chewing-gum. Les trois types de la Mercedes allèrent prendre place à une petite table à l'autre extrémité du salon. Les chambres à disposition des clients devaient se trouver à l'étage. Une musique d'ambiance coulait de haut-parleurs accrochés au plafond. Les fenêtres étaient masquées par de grandes tentures de velours. Quelques rares fentes laissaient passer des rayons de soleil, et l'éclairage provenait principalement de lampes tamisées réparties dans la pièce.

Ils s'approchèrent des Ukrainiens. Nowak prit une chaise de la table voisine. Il donna un coup sur l'épaule d'un des types, lui signifiant de faire de la place pour les flics. Le « Dalton » hésita, regarda un de ses collègues qui lui adressa un discret signe d'approbation. Il se poussa, et Mortka prit à son tour une chaise et se joignit au groupe.

— Bonjour, monsieur l'inspecteur, fit celui assis au milieu.

— Salut, Dmytro, répondit Nowak.

— Vous nous compliquez le travail.

— Et c'est quoi ce travail, Dmytro ? ricana l'inspecteur. Celui d'honnêtes travailleurs qui manient la pelle et la pioche ?

Dmytro fit la grimace.

— Vous prenez quelque chose ?

— Je suis en service.

— Ça ne vous a pas toujours gêné.

Cette fois, c'est Nowak qui montra les dents. Mortka se dit que s'ils avaient été des chiens, on aurait vu leur poil se hérisser et de la bave leur couler de la gueule.

— Une petite foufoune ? proposa l'Ukrainien.

— Je suis en service.

— Encore. Mais ça non plus, ça ne vous a pas toujours gêné.

Il se tourna vers Mortka.

— Et toi ?

— Pareil.

— Toi aussi, en service ? Flic ?

Mortka sortit sa carte qu'il montra aux gars en face de lui.

— Section criminelle. Et pour toi, je suis « Monsieur l'inspecteur ».

— Oh, non, non, non, protesta l'Ukrainien. Je ne sais pas comment c'est à Varsovie, mais ici, à Piaseczno, un « Monsieur », ça se mérite.

Mortka pouffa de rire et vit avec joie que ses gouttes de salive avaient volé jusqu'à l'autre extrémité de la table.

— Je t'emmerde. D'où tu le sors, celui-là ? demanda-t-il au policier assis à côté de lui.

Nowak haussa les épaules.

— Qu'est-ce que j'en sais ? Dmytro, d'où tu sors ?

— D'Odessa.

— J'en ai entendu parler.

Mortka se tut un instant comme s'il réfléchissait à quelque chose. Puis il demanda :

— Une grande ville ?

— Plutôt, oui.
— Et où ça ?
— Sur la mer Noire.
— Donc en Bulgarie.
— Mais non ! s'offusqua Dmytro. En Ukraine.
— C'est la même merde, répondit Mortka en secouant une main. Tu débarques chez nous de ton Est sauvage, tu roules en Mercedes, tu te promènes en blouson de cuir, tu mets des filles au turbin, et tu te prends pour un gangster vrai de vrai. Tu te conduis comme tous les petits durs de la Cité. Qu'est-ce que tu crois, qu'on ne saura pas s'y prendre avec toi ? J'appelle vite fait des collègues, et on te renvoie te faire foutre dans ton Odessa où tu auras tout le temps de jouer du pipeau.
— J'ai une carte de séjour.
Mortka éclata de rire.
— Parfait ! Tu pourras la montrer à tes potes à la plage sur la mer Noire quand vous irez ramasser des coquillages.
Stupéfait, Dmytro ouvrit grand la bouche et lança un regard à Nowak comme pour lui demander de l'aide. Mais le policier de Piaseczno se contenta de hocher la tête. Il dissimula de la main un sourire en faisant semblant de se gratter.
— Ça te la coince, mec, fit-il en guise de commentaire.
Mortka haussa les épaules et s'adressa à l'Ukrainien d'un ton conciliant.
— C'est dit sans méchanceté. Je n'ai rien contre toi. Je suis juste venu pour régler une affaire.
Il avait décidé de lancer une bouée de sauvetage à Dmytro, de lui donner une chance de sauver la face. C'est ainsi qu'on devait procéder quand on parlait avec ce genre de personnage. Il fallait le coincer, mais pas complètement. Laisser une porte ouverte, une issue qui lui permettrait d'éviter la confrontation. Dmytro en profita. C'était un type raisonnable.
— Moi non plus, je n'ai rien contre vous, fit-il avec une nonchalance contrefaite. C'est quoi cette affaire ?

Mortka exhiba une photo de la femme de ménage ukrainienne. Il la mit sous le nez de l'Ukrainien. Dmytro et les autres se penchèrent dessus.

— Elle s'appelle Svitlana, fit l'inspecteur. Les détails sont inscrits derrière. On la soupçonne de meurtre.

Il mentait un peu pour accroître la pression. C'était une version plausible, mais il n'en était pas tout à fait convaincu. Il était en tout cas certain que cette femme était à tout le moins un témoin clef et qu'il fallait l'interroger.

— Qu'est-ce qu'on a à voir avec elle ?

— Elle vient d'Ukraine et elle cherchait du travail au bazar, expliqua Mortka.

— Comme beaucoup de femmes. Il y en a tellement qui passent par ici.

D'un lent mouvement de tête, l'inspecteur montra sa déception.

— On ne va pas tout recommencer depuis le début, d'accord ? Je résume : soit vous vous remuez le cul et vous me la trouvez, soit je vous envoie des patrouilles qui feront le relevé de tous ceux qui s'arrêtent au bazar, et on communique le résultat aux impôts et à l'inspection du travail. Je me demande comment votre petit business s'en portera…

Après un temps de silence, Dmytro prit la photo entre ses mains et la regarda de plus près. Puis il la plia et la mit dans sa poche. L'inspecteur interpréta le geste comme signalant la fin de la rencontre. Il se leva de table et se dirigea vers la sortie. Il croisa les filles au bar, se demandant si elles avaient entendu. On aurait dit que la scène les avait bien amusées.

Il attendit Nowak devant la voiture. Le policier réapparut après quelques dizaines de secondes. Il trottinait pour se réchauffer, car le vent de novembre avait recommencé à souffler.

— Ça s'est bien passé ? lança-t-il en arrivant à la voiture.

— On verra ce qu'ils vont faire.

— Ils vont chercher. C'est plutôt des dégourdis, quand

ils veulent. Tu leur as mis une trouille qui devrait les motiver.

Nowak s'adossa à la voiture. Il se demandait s'il se devait ou non d'aborder le sujet, puis se il décida.

— Écoute voir, ce qu'il a raconté à propos d'alcool et de filles...

Mortka ne lui laissa pas le temps de continuer.

— Qu'est-ce que tu veux que ça me fasse, tout ce qu'il peut raconter ? demanda-t-il.

Et c'était vrai. Il avait assez de problèmes à Varsovie. Il n'était venu ici que pour résoudre une affaire précise. Nowak était là pour l'aider, un point c'est tout.

Satisfait de la réponse, Nowak fit un signe de tête et ouvrit la portière. Ils se retrouvèrent un instant plus tard au commissariat de Piaseczno où Mortka avait laissé sa Toyota cabossée.

Betti ouvrit la porte. Elle n'avait pas mis la chaîne ni regardé dans le judas, ce qu'elle regretta aussitôt, même si l'homme devant elle ne fit aucun geste suspect et se contenta de sourire. Belle allure, présentant bien, vêtu d'un costume sombre, sans cravate. Tout avait l'air en ordre. Mais Betti avait un don. Un don transmis dans sa famille de génération en génération. Sa grand-mère prédisait l'avenir. Au début, dans un village de Mazovie où les bonnes femmes des environs venaient lui demander conseil. Après son mariage, elle avait déménagé à Varsovie où elle avait monté une petite affaire de voyance. Les femmes de toute sa rue faisaient la queue pour qu'elle leur lise les lignes de la main ou leur tire les cartes (des cartes ordinaires, pas de tarot). Cela faisait rire la mère de Betti, qui plaisantait sur la manière de sa propre mère d'assurer sa retraite. Mais elle-même avait des pressentiments qui se vérifiaient de manière inexplicable. Elle avait prédit que l'oncle de Sieradz aurait un accident avec sa nouvelle voiture, que la cousine obtiendrait le travail pour lequel elle avait postulé sans avoir toutes les références voulues et alors qu'il y avait des candidates plus qualifiées. Betti avait hérité de ce pouvoir. Elle avait même pensé faire des études pour se lancer dans la divination de manière professionnelle. Et maintenant, en observant cet homme devant elle, qu'elle découvrait pour la première fois, elle eut la certitude qu'il apportait le mal, et que son aura était noire comme la nuit.

— Bonjour, fit-il d'une voix douce de séducteur de série télé.

Cela ne fit qu'accroître son inquiétude.

— Que puis-je pour vous ? demanda-t-elle.

— Mieszko est là ?

— Oui. Je vous l'appelle.

— Pas besoin.

Il lui passa devant le nez et, sans demander d'autorisation, entra dans l'appartement. Il traversa le couloir jusqu'au salon où Mieszko était affalé en slip dans un fauteuil de cuir. À la vue de l'homme, il bondit sur ses deux pieds.

— Chef ?

— Salut, Mieszko.

Betti regardait la scène avec un mélange d'inquiétude et de fascination. Mieszko était un grand bonhomme. Chauve, dans les cent kilos, trapu, même si avec le temps les muscles avaient cédé un peu de place à du gras. Il portait au bras gauche le tatouage en forme de « L » du bouclier d'acier de la Legia, l'équipe de Varsovie. Et voilà que ce type a priori solide et inquiétant évoquait à présent un chien qui vient de recevoir un coup de journal sur le museau.

— Betti, commença Mieszko. C'est mon chef. Monsieur Borzestowski.

— Allez, Betti, fais-nous du café, ordonna Borzestowski sans même lui lancer un regard.

Mieszko lui fit signe d'obéir. Tremblant de crainte, elle passa dans la cuisine où elle mit en route la machine à expresso.

Borzestowski étudia la pièce d'un œil d'huissier qui commence par estimer ce qu'une vente pourra rapporter. Il alla jusqu'à l'étagère de livres et passa un doigt sur le dos d'une collection de bandes dessinées.

— Ah, je ne savais pas que tu étais fan de lecture, Mieszko.

— C'est juste... pour les illustrations.

Borzestowski prit au hasard un album qu'il ouvrit et feuilleta avant de le remettre à sa place.

— C'est bien. Ça vaut la peine d'investir dans l'art, dit-il sans même faire semblant de ne pas se payer sa tête.

Miesko ne répondit pas. D'ailleurs, qu'aurait-il pu dire ? Il savait depuis toujours que Borzestowski était un pur professionnel, et il l'avait lui-même vu récemment décapiter un type. Il n'était pas du genre avec qui on pouvait discuter. Tout ce que l'on pouvait faire, c'était l'observer en priant pour que ça tombe cette fois plus loin.

— Tu as un bel appartement, Mieszko.

— Merci, fit-il en hésitant.

Borzestowski se retourna vers lui et le regarda droit dans les yeux en adoptant une expression de gravité mortelle. Un air que Mieszko n'avait jusqu'ici vu qu'une fois : au tribunal devant la juge qui avait collé vingt-cinq ans à un de ses acolytes; elle dégageait une inquiétude maternelle et bienveillante. Borzestowski, lui, affichait seulement une grande concentration, tel un sniper qui se prépare à viser.

— Tu sais que ce matin on a trouvé une fille morte dans ta cour ?

Mieszko fit non de la tête. Il avait fait la grasse matinée. Une fois réveillé, il avait un peu baisé avec sa Betti. Puis il s'était de nouveau assoupi.

— Tu as quelque chose à voir avec ça ?

Mieszko ouvrit de grands yeux.

— Non !

Borzestowski sourit en dévoilant ses crocs blancs puis tapota le tatouage jusqu'à laisser une petite trace rose sur le bras.

— Je sais que non. C'était pour plaisanter. Mais j'ai des amis qui s'inquiètent à cause de cet accident.

— Quels amis ? demanda-t-il avant de se souvenir qu'il valait mieux en savoir le moins possible.

— Des amis à moi. Que je ne voudrais pas décevoir. Tu vois ce que je veux dire ?

Mieszko ne comprenait rien, mais fit signe que oui. Il ne voyait pas où Borzestowski voulait en venir. Une fille morte dans la Cité. Jusque-là, c'était clair. Mais qu'est-ce qu'il avait à voir là-dedans ? Qu'est-ce que le chef attendait de lui ? Ou bien était-ce pour lui faire peur ? Borzestowski aurait-il appris que Mieszko n'avait pas obéi à un de ses ordres ? Ça datait de quelques semaines. Mais comment cela aurait-il été possible ? Qui aurait pu parler ?

— Zuzanna Latkowska.

Mieszko décida que le mieux serait d'en dire le moins possible même si cela lui faisait bizarre. Ils n'étaient que tous les deux, et Mieszko était de loin le plus costaud. Il n'avait pas à avoir peur. Et pourtant…

— C'est le nom de la fille qui a été tuée, précisa Borzestowski.

— Et qui l'a tuée ?

— Ne m'interromps pas, Mieszko.

— Pardon, chef.

— Tu la connaissais ?

— Cette Zuzanna ?

— Et qui d'autre ?

— Non. Je ne la connaissais pas.

Borzestowski fit une moue.

— Tant pis. Mais c'est peut-être mieux comme ça. Tu n'es pas parmi les suspects.

— Mais qui l'a tuée ?

Mieszko prit sur lui de reposer la question. Et Borzestowski choisit de lui répondre.

— Tu n'as pas à le savoir. La mort de cette Zuzanna fait de la peine à mes amis. Non pas pour ce qu'elle était elle-même, mais pour d'autres raisons. Et maintenant, j'en viens à toi, Mieszko.

— Oui ?

— J'ai confiance en toi, Mieszko.

Cette confidence inattendue secoua le gros balaise. Il fut d'abord soulagé d'entendre ce qu'il venait d'entendre, mais en conçut immédiatement un nouveau motif d'inquiétude. Jamais Borzestowski ne prononcerait ce genre de phrase sans une autre raison que simplement féliciter un de ses collaborateurs. Ça cachait quelque chose.

— Merci.

— Tu vas suivre l'affaire. Tu restes par ici. Tu observes la police, tu regardes où elle met son nez. Tu notes qui parle avec qui, et de quoi. Ce qu'ils ont trouvé, quelles sont les questions qu'ils posent, qui ils soupçonnent.

— Et je fais comment ?

Borzestowski pouffa de rire.

— C'est une petite cité, Mieszko. Tu connais tes voisins. Fais-leur la causette. Encourage la vie de quartier. Organise un barbecue ouvert à tout le monde, où chacun pourra venir vider son sac. Je te rembourserai même les travers de porc et les canettes. Ou bien crée un comité de quartier, je n'en ai rien à foutre.

— Compris.

— Tant mieux. J'ai toujours pensé que tu étais un rapide. Je ne voudrais pas avoir à changer d'avis. Toi non plus, d'ailleurs.

— Bien sûr.

— Encore deux choses. (Borzestowski claqua des doigts.) Va voir Piotr Celtycki. Je te donnerai l'adresse. Tu lui dis que je veux l'aider. Mais je préfère que ce soit toi qui ailles le trouver, et non pas moi. Deuxièmement, il est possible que des amis d'amis t'appellent pour te demander un service à propos de cette affaire. Tu leur donneras un coup de main.

— Comment je saurai qu'il s'agit d'amis ?

— Comme je viens de le dire, tu es un rapide. Tu sauras comprendre.

Borzestowski donna encore une tape sur l'épaule de Mieszko avant de regagner la sortie en passant devant Betti stupéfaite qui arrivait avec deux tasses de café, du sucre et un petit pot de crème sur un plateau d'argent. L'homme était dans l'entrée quand son téléphone sonna. Il décrocha à peine eut-il jeté un œil sur l'écran.

— Qu'est-ce qu'il y a, Dmytro ? (Il écouta la réponse avant de poursuivre.) C'est très intéressant. Si le type de la police te l'a demandé, tu dois te conduire en citoyen modèle et l'aider. Mais assure-toi que cette femme dise bien ce qu'elle a à dire. Tu comprends ce que je pense ?

De nouveau, Borzestowski écouta en silence.

— Je savais que tu étais un rapide. Bonne chance.

Borzestowski releva la tête, regarda Betti et lui fit un sourire qui donna la chair de poule à la femme. Un instant plus tard, il avait disparu, sorti en claquant la porte.

La fille entra dans le salon. Mieszko avait déjà enfilé son jean. Il tenait à la main la chemise polo qu'elle lui avait offerte pour son anniversaire. Appuyé à la rambarde du balcon, il regardait vers l'extérieur.

— Mieszko ? souffla-t-elle dans sa direction.

— Tu savais qu'on avait tué quelqu'un chez nous ?

— Non.

— Moi non plus. Maintenant, je sais.

Il n'avait pas l'air heureux de ce fait. Et Betti sentit que c'était de mauvais augure.

La maison avait cent ans. Peut-être soixante-dix. Un immeuble de plain-pied aux murs gris et sales, avec des fenêtres en bois dont la peinture s'écaillait et un toit de tôle ondulée. Près du puits dans la cour était garée une Opel hors d'âge dont l'état montrait qu'elle n'avait certainement pas de certificat valide de contrôle technique. Kochan se dit qu'il pourrait s'en servir comme prétexte. Non qu'il y tienne vraiment, mais histoire, si nécessaire, de faire pression en promettant une demande d'enlèvement, pourquoi pas. Deux gros matous se serraient l'un contre l'autre sur un banc. L'un d'eux avait perdu un œil, sans doute lors d'une bagarre.

— Ton copain est mal parti, pas vrai ? lança Kochan à l'autre chat qui poussa un long miaulement.

Il frappa à la porte. Une femme imposante en tablier bleu lui ouvrit. Elle avait des mains épaisses et puissantes comme si elle avait passé sa vie à malaxer du beurre, et les cheveux coupés court comme un homme.

— Vous êtes qui ? demanda-t-elle en promenant un regard étonné sur Kochan.

— Madame Karolina Wozniak ?

— Et vous ?

Il sortit sa carte.

— Inspecter adjoint Dariusz Kochan. Police criminelle.

— Qu'est-ce que vous voulez ?

— Vous êtes bien Karolina Wozniak ?

Elle hésitait à répondre, ce qui lui déplut. Qu'est-ce qu'elle avait à réfléchir ? Ou elle était Karolina Wozniak, ou elle ne l'était pas. Il allait lui demander sa carte d'identité lorsqu'il vit un gamin de quatre ans sortir de dessous le tablier, ce qui lui donna une meilleure idée. Il se pencha sur l'enfant.

— Salut, mon grand. Elle s'appelle comment, ta maman ?

Les jeunes mères. Avec elles, ça marche toujours. Même chez les plus démoralisées, même bourrées ou droguées. L'instinct maternel agit suivant le mantra « touche pas à mon enfant », enjolivé d'épithètes adaptées.

— C'est bien moi, fit la femme en écartant le petit. Va regarder la télé.

— Elle n'est pas allumée.

— Mets-toi devant ! cria-t-elle. (Elle passa une main dans sa tignasse et se tourna vers Kochan.) Qu'est-ce que vous voulez ?

— Anna Stolarczyk.

— C'est une vieille histoire.

— On reprend les cas non résolus. J'ai quelques questions à vous poser.

Elle jeta un coup d'œil vers l'intérieur, puis fit signe à Kochan d'entrer. Elle le conduisit par le couloir jusqu'à la cuisine. Ils dépassèrent deux bonbonnes de vingt litres d'eau. Deux autres bonbonnes étaient posées à côté du réchaud.

— On vous a coupé l'eau ? demanda-t-il.

— Ils sont en train de changer les conduites.

— C'est l'argent de l'Europe ?

— C'est ça, confirma-t-elle. Avec cette Europe, on n'a que des ennuis.

Elle sortit un paquet de cigarettes et en alluma une. Elle s'approcha de l'armoire, un grand meuble moche où elle fouilla pour en tirer un cendrier, sans doute piqué dans un pub ou un resto.

— Qu'est-ce que vous voulez savoir ?

— Tout. Comment ça s'est passé ?

Elle grogna en signe de désapprobation.

— Et vous êtes obligés de venir faire chier le monde avec ces histoires…

Il n'aurait pu être plus d'accord avec elle. Il savait très bien que cette visite ne donnerait rien, que tout son travail dans les mois à venir ne consisterait qu'à faire passer des dossiers d'une pile à l'autre et à noter qu'il avait vraiment fait des recherches, mais que cela n'avait pas permis de mettre au jour de nouveaux éléments. Perte de temps et gaspillage de l'argent du contribuable.

— Dites-moi simplement comment ça s'est passé.

Elle soupira.

— C'était au moment de la moisson. J'étais revenue à la maison pour aider mes parents. J'avais pris un jour de congé au boulot, je suis partie le vendredi matin, et le dimanche soir quand je suis rentrée, Ania n'était plus là. J'ai un alibi. J'ai trimé dans les champs pendant trois jours.

Vous voulez savoir autre chose ? Il faut que je prépare le repas du petit.

— Faites donc. Ça ne me dérange pas.

Elle lui lança un regard mauvais avant de prendre un couteau et une miche de pain. Elle en coupa deux tranches qu'elle beurra avant d'y poser du fromage. Elle ajouta quelques petites tranches fines de tomate. Il la regardait faire en se disant qu'il n'aurait rien contre le fait de s'amuser un peu avec elle. En dépit de sa coiffure idiote, comme faite au bol. *Des fois, ce dont un type a besoin, c'est d'une vraie bonne femme de la campagne.*

— Damian ! On mange ! cria-t-elle, l'arrachant ainsi à ses fantasmes. Damian !

Le garçon sortit de la chambre en trottinant. Il prit prudemment l'assiette à deux mains et repartit en sens inverse. Comme il commençait à se dandiner, une des tartines tomba par terre avec un bruit mou. La femme soupira. Elle ramassa le morceau de pain qu'elle frotta et reposa sur l'assiette.

— Vas-y.

— Mais c'est tout sale !

— Alors n'en mange qu'une, mais après tu auras faim. File.

— Mais c'est tout sale !

— Grand-mère te fera autre chose plus tard. File.

Le garçon prit une mine dépitée, mais voyant que sa mère ne s'intéressait plus à lui, il sortit de la pièce, faisant ainsi forte impression sur Kochan. Il pensa que son propre gamin se serait mis à pleurer. Qu'il devrait donc lui tenir la bride plus courte.

— Ania n'avait pas dit où elle allait ?

— Non.

— Vraiment ? Elle avait peut-être quelqu'un à voir ?

La femme souffla la fumée de sa cigarette avant de l'écarter d'un geste de devant son visage.

— C'est il y a si longtemps. Je ne me souviens plus. Je ne crois pas.

— Elle sortait avec quelqu'un ?

— Elle avait un type, mais je ne l'ai jamais vu.

— Jamais ?

— Non. D'abord ils s'étaient rencontrés sur un tchat, et après ils s'appelaient. C'est tout. Elle ne l'a jamais amené à l'appart.

Kochan fit une grimace. Pour le moment, toutes les informations coïncidaient avec ce qu'il avait lu dans le dossier. On avait vérifié les conversations de Stolarczyk. Il y avait un numéro qu'elle avait souvent appelé, mais comme il s'agissait d'une carte prépayée, ça n'avait rien donné.

— Vous vous souvenez peut-être de quelque chose qu'elle aurait dit de lui ?

— Non.

— Elle ne faisait pas de confidences ?

— Non.

— Enfin, vous étiez colocataires et amies.

— Juste colocs. Elle était renfermée. Je ne sais pas si elle avait des amis. D'ailleurs peu de gens l'appréciaient. Elle faisait trop la maligne.

— Et vous, vous l'aimiez bien ?

Elle écrasa sa cigarette dans le cendrier chapardé.

— Non. Je ne l'aimais pas, répondit-elle avec une pointe de fierté dans la voix comme si elle avait soudain trouvé le courage de reconnaître quelque chose qui lui avait longtemps pesé.

— Et pourquoi habitiez-vous ensemble ?

— Je vous en prie… Maintenant, j'habite avec ma mère. Vous croyez que ça me plaît ? On habite avec qui on peut. C'est tout.

Kochan n'avait pas d'autres questions. Il observa encore une fois la cuisine. De vieux meubles, de vieilles casseroles, de vieilles assiettes. Seule la petite radio dans un coin à côté d'un frigo bruyant était neuve. Avant de partir, il essaya un dernier piège.

— C'est quand même bizarre, ce que vous racontez.

— C'est-à-dire ?

— Des morts, on ne dit que du bien.

— Parce qu'elle est morte ? s'étonna Karolina Wozniak. Vous avez fini par la trouver ? C'est pour ça que vous êtes venu ?

Kochan haussa les épaules.

— Secret de l'enquête, coupa-t-il. Au revoir.

Il sortit. Karolina Wozniak le raccompagna jusqu'à la porte et resta sur le seuil. *Elle veut s'assurer que je pars vraiment*, se dit-il. Et c'est là qu'il vit une vieille sortir de derrière le bâtiment du côté du portail, une petite bonne femme à la poitrine si volumineuse qu'on aurait dit qu'elle n'avait de sa vie fait qu'allaiter des générations de bambins. Les siens et ceux de tout le village. Elle portait deux bonbonnes de vingt litres et soufflait comme une truie devant son auge. Elle s'arrêta en apercevant Kochan.

— Vous êtes qui ? demanda-t-elle.

— C'est un inspecteur, maman, répondit Karolina Wozniak à la place de Kochan. Il s'en va.

— Alors, au revoir. Dieu vous garde.

— Au revoir, fit-il, mais sans plus bouger.

Il regardait les bonbonnes d'eau. D'où les sortait-elle, puisque le puits était dans la cour ? Pourquoi les trimballait-elle, alors qu'il y avait de l'eau juste devant la maison ? Il se dirigea vers le puits, sans même s'en rendre compte. Il éprouvait instinctivement le besoin de soulever le couvercle en bois.

La première à réagir fut la vieille.

— Qu'est-ce que vous allez chercher là ? cria-t-elle sans pour autant le stopper.

Quelques mètres plus loin, il sonda le miroir sombre de l'eau. Il se retourna. Les femmes l'avaient presque rejoint. Toutes deux avec de la fureur dans les yeux. Le gamin sorti derrière elles suivait la scène avec curiosité. Kochan sortit précipitamment le revolver de sa gaine.

— Stop, espèces de salopes ! hurla-t-il.

Elles s'immobilisèrent, se faisant toutes petites. Elles blêmirent.

Il prit son portable. Il composa d'une main le numéro d'urgence, tenant toujours en joue Karolina Wozniak et sa mère.

— Inspecteur adjoint Dariusz Kochan. Section criminelle ! lança-t-il dans l'appareil. J'ai besoin d'aide. Et puis d'un plongeur ou de quelqu'un qui puisse descendre dans un puits.

Avisant les visages terrifiés des deux femmes, il comprit qu'il venait de mettre dans le mille.

Chapitre 7

— Tout ne m'a pas réussi à Varsovie. Et pourtant, j'y étais comme chez moi. On a une étagère comme ça à la maison. Ma mère y a toujours tout rangé, toute sa vie, les diplômes, les prix, les félicitations, les tableaux d'honneur, les certificats d'élève modèle, les remerciements pour son travail à l'association des élèves. Une étagère chargée à ras bord.

« À la sortie du collège, j'ai insisté pour aller au lycée. Tout le monde se frappait la tête, me disant que je ferais mieux de choisir un métier. N'importe lequel. Que si j'y tenais, je pourrais toujours passer mon bac après l'école professionnelle. Et que si vraiment j'insistais, il y avait un excellent lycée agricole à proximité. Mais je me suis entêtée. Un point, c'est tout. Pendant quatre ans, je me suis levée avant l'aube pour prendre l'autobus. Et au retour, dans ce même bus, j'ai révisé les leçons et fait mes devoirs. À la maison, il n'y avait ni la place ni le temps. J'étais tellement fatiguée. J'avais les yeux qui collaient. Mais j'ai réussi, et dans une série difficile, avec anglais renforcé. C'était une sorte de sorcière qui donnait les cours, même si aujourd'hui j'en garde un bon souvenir. J'étais la meilleure en classe, et une des meilleures de l'école. On me donnait en exemple. En terminale, ç'a été le sommet. Rien que des cinq sur cinq, du haut en bas de la page. Maman a fait encadrer le bulletin scolaire pour l'accrocher dans la pièce principale, à côté de la télé, que tous les visiteurs puissent l'admirer.

J'avais beaucoup de copines, un peu moins de copains. Les garçons ne m'intéressaient pas à l'époque. Mais on m'aimait bien. J'ai gardé le contact avec mes camarades de classe. Maintenant, ça va être plus difficile, pas vrai ?

« Je suis entrée à la fac à Varsovie. La ville rêvée, une grande ville avec de grandes possibilités, où je pourrais vivre à ma manière. Mes parents m'ont un peu aidée, mais nous avons toujours été pauvres. Dès le début, j'ai su qu'il me faudrait gagner ma vie moi-même. Ça ne m'a pas gênée. Je n'ai pas peur de travailler. À la campagne, il y a toujours des choses à faire qu'on ne peut remettre à plus tard. Toute petite, j'ai été habituée à la peine. Mais Varsovie, c'était quand même une autre histoire. D'abord les gens. Quand ils apprenaient que je débarquais d'un village, ils me regardaient bizarrement. À tel point que j'ai arrêté de le dire. Quand on me demandait d'où je venais, je donnais le nom de la ville où j'étais allée au lycée.

« Je pense maintenant que ce qui m'a perdue, c'est que j'ai eu trop de temps. À la maison, il fallait se coucher tôt, faire ses devoirs et réviser, et s'il y avait un moment de libre, il fallait aider mon père. Et à Varsovie ? Il y avait moins d'heures à la fac qu'au lycée. Je me suis bien débrouillée pour ce qui est de trouver un boulot. Et finalement, j'ai commencé à avoir pas mal d'argent à moi. En tout cas, ça me paraissait beaucoup. Au début. Lorsque je suis arrivée dans la capitale et que j'ai trouvé un job, je me suis dit que j'enverrais tous les mois quelque chose à mes parents. Pour les remercier du mal qu'ils s'étaient donné et de m'avoir soutenue. C'est d'ailleurs ce que j'ai fait tout le premier trimestre. Mais maman me répétait qu'ils s'en sortaient, tandis que vivre dans la capitale devait coûter cher ; que je devais penser à moi, mettre des sous de côté pour me payer des fringues ou des vacances. Pourtant, ce n'est pas pour ça que j'ai cessé de les aider. La vie de Varsovie m'a attrapée. Je me suis fait des copines. J'ai commencé à sortir en boîte. J'ai fait la connaissance de quelques garçons sympas. Même si chaque nouveau type était pire que le précédent.

Et soudain, cet argent dont je croyais avoir tant au début s'est révélé trop peu. J'ai bossé de plus en plus, suis allée à la fac de moins en moins. J'ai été virée en troisième année. Je ne m'en sortais plus. Je n'en ai parlé à mes parents que trois ans plus tard, lorsqu'ils ont commencé à me demander quand je soutiendrais ma maîtrise. Ç'a été un choc pour eux. Ils étaient si fiers de moi. Le premier enfant de la famille qui faisait des études supérieures. Ils n'arrêtaient pas de chanter mes louanges. Tandis que moi… Maman en a pleuré. J'ai arrêté de les voir pendant un an. Enfin, j'ai revu ma mère, parce que mon père est mort peu après. Je suis allée à l'enterrement, bien sûr. Je suis repartie tout de suite parce que j'avais peur que mon père soit mort à cause de moi. Son état avait empiré après que je leur ai raconté, pour l'université.

« À l'époque, j'habitais déjà avec Ania depuis deux ans. Nous avions été à la fac ensemble, mais elle a continué jusqu'au bout. Elle était vraiment très bizarre. Et laide. Elle faisait des manières. Personne ne l'aimait. Et on pouvait être cruels. Une année, les garçons avaient fait un pari. J'ai oublié à propos de quoi, mais celui qui perdait devait descendre toute l'avenue du Faubourg de Cracovie en la tenant par la main. C'est vous dire si on ne l'aimait pas.

« Plus tard, il y a eu des rumeurs comme quoi elle serait tombée amoureuse d'un jeune docteur qui animait un séminaire avec nous. Un type sympa, vraiment chouette. Il avait un bon contact avec nous. Ania a avoué à quelqu'un qu'il y avait un enseignant qui lui plaisait. Tout le monde a tout de suite compris de qui il s'agissait. On s'est payé sa tête pendant six mois. Je ne sais pas comment ça a fini, parce que j'ai été virée.

« Elle a obtenu sa maîtrise, avec mention, personne ne sait ni comment ni pourquoi. Son directeur de mémoire était si admiratif qu'il voulait la garder à tout prix dans son département. Mais comme il n'avait plus de place, il l'a recommandée à une connaissance en lui demandant de la prendre un an pour travailler dans sa banque, le temps qu'une place de doctorante se libère. Elle n'avait pas de formation financière, mais elle s'y est tellement plu qu'elle n'a plus voulu retourner à l'université. Elle a été rapidement promue et s'est mise à gagner toujours plus d'argent. Ça avait l'air tellement facile ! Et c'était très étrange parce qu'elle n'était pas spécialement futée. Elle n'était pas futée du tout.

« Je pense que c'était plus simple pour elle. Elle venait de Lodz, une grande ville, elle n'était pas attirée par Varsovie comme moi. Elle avait été dans un meilleur lycée que moi. Elle avait des parents aisés. Ils couvraient tous ses frais, et elle avait de quoi vivre. Et puis elle était moche. Personne ne la regardait. Personne ne la tentait. Quand on est moche, on se concentre plus facilement sur les études.

« Elle gagnait plus que moi, et on s'est mises d'accord qu'elle payerait une plus grande part du loyer, et que moi, je ferais le ménage et préparerais les repas un jour sur deux. J'ai accepté, comme je vous l'ai dit, j'étais à court d'argent, mais je n'avais jamais eu peur de travailler. Je ne vais pas perdre ma couronne si je nettoie les WC, pas vrai ? C'est ce que je me disais. Mais elle était faux-cul. Pas avec moi, mais avec tous les autres. En cachette. J'entendais ses récriminations et ses remarques à longueur de temps. À vomir. Elle me fatiguait tellement avec ça, à m'en filer des ulcères, que j'ai commencé à l'éviter. Je pense qu'elle avait des problèmes au travail. Tôt ou tard, elle se ferait virer, et alors, fini de jouer les princesses.

« Je sortais à l'époque avec Pawel. Un maigre au teint foncé, pas du tout mon type. Il avait des cheveux épais et bouclés. Moi, je préfère les musclés, mais avec Pawel c'était différent. Lui aussi venait d'un petit patelin, il travaillait comme agent de maintenance à l'entretien de la Cité. Il s'occupait de l'électronique, je ne sais pas en quoi exactement. Il débloquait des cartes SIM. Il faisait aussi des petits trafics, mais je ne sais pas de quoi. Je lui ai parlé d'Ania un jour où elle m'avait vraiment foutue en pétard. J'ai oublié à quel sujet. On a décidé de lui faire une blague. Pawel l'avait trouvée sur un site de rencontre par tchat. Elle en visitait souvent pour parler avec des gens. Parler en personne, de vive voix, elle n'osait pas. C'est vrai que je ne l'ai jamais vue avec quelqu'un. Paweł a entamé une discussion avec elle sur le tchat et, comme il la connaissait d'après mes récits, il s'est débrouillé pour lui plaire immédiatement. Quand je suis rentrée à l'appart, elle avait les yeux qui brillaient. Elle m'a dit qu'elle venait de trouver l'âme sœur. Ce soir-là, elle a été d'une grande gentillesse avec moi et m'a épargné ses jérémiades.

« On a prolongé la blague, et je ne sais même pas quand ç'a cessé d'être une blague. J'avais raconté à Pawel qu'Ania travaillait dans une banque et qu'elle gagnait beaucoup d'argent. Lui-même avait besoin de liquide pour une affaire. Il a compris que si elle tombait amoureuse de lui, elle lui en prêterait. Je n'avais rien contre. C'était sérieux, entre nous deux, à l'époque, Pawel parlait tout le temps de ce que nous ferions ensemble et comment on y arriverait. Il disait que si son affaire marchait, on s'achèterait un appartement à deux pour y vivre ensemble. Il m'a promis que si j'en avais envie, je pourrais même retourner à la fac finir mon diplôme. Il savait que c'était ce que je désirais le plus au monde. Encore plus pour mes parents que pour moi-même. Il m'a enfumée.

« Je pense aujourd'hui qu'il m'a trompée, comme il trompait Ania. Et que j'ai été sa victime tout autant qu'elle.

« Je ne sais pas ce qu'il s'est passé ce week-end là. Je devais retourner chez ma mère. Ça ne me plaisait pas, parce que comme je l'ai dit, on ne s'entendait pas bien. Mais Pawel a insisté. Il devait retrouver Ania, prendre l'argent et disparaître. Après quoi je déménagerais, appart à deux, des enfants, le conte de fée.

« Il est arrivé chez nous vers quatre heures du matin. Terriblement nerveux. Il n'a pas voulu dire ce qui s'était passé, il m'a juste montré le siège arrière. Je regarde et je vois Ania. Morte, déjà froide. Au début, je ne m'en suis pas rendu compte. J'ai cru qu'elle était vivante, qu'elle avait tout compris et qu'elle allait me faire une scène. J'ai eu peur.

Après, j'ai réalisé qu'elle était morte, et ça m'a soulagée. Puis j'ai de nouveau eu peur. Je ne sais vraiment pas ce qu'il s'est passé. Vous pouvez me croire. Il devait juste la retrouver, prendre l'argent et filer. Pourquoi était-il venu jusque chez nous, qu'est-ce qu'il était arrivé ? Je ne sais pas.

« Je me dis aujourd'hui qu'il a dû vouloir la baiser. Elle qui était si moche. Mais vous savez ce que c'est : moche ou pas, on a toutes une chatte, pareil.

« Maman s'est réveillée. Elle nous a rejoints dans la cour. Il faisait vraiment froid, et elle était en chemise de nuit. Elle voit Pawel, elle voit le corps, elle comprend tout de suite de quoi il s'agit. Elle veut appeler la police. Pawel lui dit que c'est impossible. Qu'Ania était ma coloc et que toute cette embrouille, c'était mon idée. Si la police vient, il pourra tout raconter. J'irai en taule. J'écoperai d'au moins autant que lui. Et moi comme une idiote, je confirme tout ce qu'il raconte. Par amour. Ma mère a craqué.

« Tous les trois, on a lesté le corps d'Ania avec des pierres et on l'a jeté dans le puits. Là où vous l'avez trouvé.

« Et ensuite ? Pawel est venu habiter chez nous. On a fait un gosse. L'argent qu'il avait piqué à Ania a vite fondu : il aurait dû récupérer vingt mille, mais il n'y avait que dix mille. Il a un peu travaillé dans le village, mais il n'y avait pas grand-chose à faire dans le coin. Il ne cherchait pas trop non plus. Dès qu'il s'était fait un peu d'argent, il laissait tomber.

« Je ne comprenais pas tout ça. J'étais aveugle. Je n'avais même pas de quoi acheter des couches, et lui, il allait faire le con dans tout le village, mais je prenais sa défense. Je disais qu'il était fatigué, stressé, qu'il devait se reposer. Lui, de son côté, il me racontait des bobards, qu'on allait voir ce qu'on allait voir. Rien que du baratin, mais qu'est-ce qu'il savait s'y prendre ! S'il était assis devant vous, à battre des cils, à faire des phrases, vous comprendriez tout de suite. Et vous feriez n'importe quoi pour lui. N'importe quoi.

« Il est parti en Angleterre il y a deux ans. Là-bas, c'est plus facile de trouver du boulot, on vit mieux, et il y a des aides sociales. Pas comme chez nous. Il devait trouver un emploi, louer un logement et nous faire venir dès que tout serait OK. Il a envoyé de l'argent pendant six mois. Et puis terminé. Je ne sais pas où il est, où il habite, ni avec qui il vit. J'espère que vous le trouverez. J'espère bien qu'il va crever en prison pour ce qu'il a fait. »

— Kochan ?

L'inspecteur adjoint Dariusz Kochan se figea. Il se sentait faiblard. Il voulait aller se coucher après cette nuit passée dans un patelin de Mazovie et l'interrogatoire qui s'était poursuivi jusqu'au petit matin. Pourtant rien n'annonçait le repos, le palais Mostowski s'éveillait au contraire à la vie. Le directeur adjoint Andrzejewski s'avançait vers le policier. Kochan ignorait que son supérieur arrivait si tôt au bureau. Ou alors, il était plus tard qu'il ne le pensait.

— Oui ?

— Il paraît que tu as visé un gamin de quatre ans avec ton arme. C'est vrai ?

— Non. (Il fronça les sourcils en essayant de se remémorer la scène.) Le gamin était derrière les deux bonnes femmes. C'est elles que je visais.

Andrzejewski réfléchit à cette réponse.

— Donc tu n'as pas visé directement l'enfant ? demanda-t-il en guise de confirmation.

— Non. (Kochan hésita puis lança son atout majeur.) J'ai un fils du même âge, je n'irais pas…

— Garde ça pour le procureur, coupa Andrzejewski. C'est une question qui se posera, tu vois ce que je veux dire ?

— Oui.

Le directeur adjoint enfonça ses mains dans ses poches et l'observa un moment.

— Kochan…

— Oui, chef ?

— Bon boulot.

Chapitre 8

Le grand sac noir était entrouvert pour ne laisser voir que le visage de Zuzanna Latkowska. Vingt-quatre heures, ou un peu plus, après sa mort, il paraissait couvert d'une épaisse couche de poudre blanche.

— C'est un travail tellement plaisant, déclara la doctoresse Halina Trymek.

Le médecin légiste avait bien changé. Elle s'était laissé pousser les cheveux, elle se maquillait davantage et s'habillait de manière plus féminine. Elle avait troqué ses lunettes à grosse monture d'allure virile pour des verres légers. Mais elle ne semblait pas à l'aise dans cette nouvelle peau, et son véritable moi perçait toujours, celui d'une prof psychopathe qui adorait intimider ses étudiants.

— Pourquoi donc ? demanda la Sèche.

— Bien propre, soignée, lavée, sobre au moment de la mort. Et une belle femme, compléta-t-elle. Vous savez ce que je vois le plus souvent atterrir chez moi ?

— Des types alcoolisés…

— Sales, puant la clope, souvent dans leur vomi, enchaîna la doctoresse. Quelles que soient les circonstances de leur mort. Si j'avais à choisir de qui m'occuper, entre un enfant décédé dans un accident de la route, et un beau quadra frustré, à l'aveugle, je choisirais le gamin.

— Dites-vous seulement que nous, on est obligés de s'occuper des congénères vivants de ces quadras.

— Croyez-moi, rien ne vaut…

— On pourrait peut-être passer aux résultats de l'autopsie ?

Mortka coupa cet échange de jugements sur l'hygiène des hommes polonais ayant un problème d'alcool.

Trymek le fusilla du regard. Elle n'avait pas épuisé l'envie de se plaindre des duretés de son métier. Mais comme cela restait sans aucun effet sur l'inspecteur, elle prit ses notes.

— C'était aussi agréable de s'occuper de Zuzanna parce qu'elle était plutôt transparente.

Elle feuilleta ses notes.

— Aucun secret. Sauf un peut-être, mais j'y reviendrai plus tard. Inspecteur, vous, vous réagissez à l'oreille. Et vous inspectrice, à la vue. Pour vous, ce sera le rapport traditionnel. Et vous, inspecteur, écoutez.

— On peut passer tout de suite au secret ? demanda Mortka.

La proposition n'enchantait pas Trymek. Elle avait un tempérament d'enseignante pour qui chaque rencontre avec la police était l'occasion de délivrer un cours destiné à faire valoir sa supériorité intellectuelle. En règle générale, Mortka respectait cette attitude. C'était une bonne spécialiste, et l'inspecteur était disposé à supporter les désagréments de quelques piques, mais pas forcément aujourd'hui.

— Le père attend derrière la porte pour identifier sa fille, expliqua-t-il. Je voudrais l'interroger dès aujourd'hui. Si on peut régler ça rapidement…

— Comme vous voudrez, inspecteur, fit Trymek d'un ton sec et officiel. Mais chaque chose en son temps. Les coups de couteau sont la cause de la mort. Le premier à l'aine, le second dans le côté gauche du ventre. Le premier est mortel si le blessé ne reçoit pas immédiatement des soins professionnels. Il y aura encore quelques examens, mais rien n'indique qu'elle aurait été sous l'emprise de l'alcool, de narcotiques ou autres drogues. La forme de la blessure montre qu'elle a été infligée par le type de lame que vous avez trouvée sur les lieux.

— Et la surprise ? insista Mortka.

— Elle a été violée.

Pour une surprise, c'en était une, mais moins que ne l'attendait Trymek. La doctoresse avait l'air légèrement déçue par l'absence de réaction des policiers. Mortka se pencha sur le sac pour examiner de plus près le visage de la fille.

— À quoi le voyez-vous ?

— Principalement aux lésions du vagin.

— Peut-être aimait-elle le sexe sauvage, fit la Sèche dont la voix venait de changer.

Plus rauque que d'habitude. Comme si elle avait eu du mal à prononcer ces mots.

— Je ne crois pas. Si ç'avait été le cas, elle aurait été en état d'excitation, et le vagin aurait été humide. Les traces de frottement montrent que c'était le contraire.

— Quand a eu lieu le viol ?

— Huit à dix heures avant la mort.

Mortka se dit que l'affaire commençait à se tenir. Ils avaient un mobile. La fille se fait violer. Elle rentre chez elle. Fait sa valise. Elle veut s'enfuir. Le violeur la voit. Il a peur d'être dénoncé. Il la tue. Ce scénario supposait que le violeur et meurtrier habitait la Cité. Celtycki devenait un suspect évident. Il habitait la Cité et avait une relation suivie avec Zuzanna. Il n'aurait pas été le premier homme vieillissant à perdre la boule pour la nounou de ses gamins.

— Vous avez des traces qui permettraient d'identifier le violeur ? demanda Mortka.

— Malheureusement, non. Je suppose qu'elle a pris un long bain après toute l'histoire. Elle a dû se nettoyer très soigneusement.

— D'autres lésions ?

— Égratignures typiques et hématomes. Vous voulez voir ?

Mortka fit non de la tête.

— Tout est dans le rapport ?

— Bien sûr, inspecteur. Avec la documentation photographique.

La doctoresse Trymek tendit à la Sèche un épais dossier fermé par un élastique.

— Vous avez d'autres questions ?

— Moi, non. Et vous ? fit-il à sa collègue.

— Moi non plus.

— Alors faisons venir notre invité.

— Je vais le chercher, proposa la Sèche.

À juste titre. C'est elle qui avait informé les parents de la mort de leur fille. Une de ces obligations pénibles que Mortka lui avait confiées. Pas par méchanceté. La lieutenante était bonne, mais si elle voulait devenir encore meilleure, il lui fallait acquérir de l'expérience. Y compris dans une situation aussi incroyablement désagréable et stressante. Il se souvenait de la première fois où il avait dû annoncer à des parents la mort de leur enfant. Le garçon avait déjà la quarantaine, les parents, plus de soixante-dix ans, et il avait cru que la tâche serait facile. Il y était allé. Il était arrivé dans un petit appartement bien tenu à Targówek. Il avait annoncé l'évènement aux deux vieux de manière professionnelle, mais avec empathie. Il était reparti très content de lui. Les problèmes apparurent plus tard. C'était à l'époque où Ola était enceinte pour la première fois. Il commença soudain à craindre que quelque chose lui arrive. Quand le téléphone sonnait, il ne pouvait s'empêcher de penser que c'était l'hôpital ou un collègue, pour lui annoncer que sa femme était morte. Il avait demandé de l'aide à son père, un médecin d'expérience. Ils n'en parlaient jamais à la maison, mais Mortka devinait à son visage quand il venait de perdre un patient. Il rentrait à la maison, sombre et renfermé, s'enfermait une dizaine de minutes dans sa chambre et quand il en ressortait, il affichait à l'inverse une gaieté forcée.

Son père l'avait écouté avant de dire brièvement :

— Tu t'y feras.

Curieusement, cela l'avait aidé. Les crises de panique avaient cessé, et il avait bel et bien fini par s'habituer.

La Sèche revint dans la salle d'autopsie avec le père de la fille. Szymon Latkowski était un petit bonhomme bedonnant, aux cheveux grisonnants et rares. Il avançait de façon rigide, froissant à chaque pas son costume gris. Il s'approcha de Mortka, lui tendit la main. Sa poigne était ferme et directe, mais il avait la paume moite. Il se tourna ensuite vers Trymek, lui attrapa la main, la porta à ses lèvres sans s'incliner et baisa le gant de caoutchouc. Après quoi il désigna le sac.

— C'est elle ? demanda-t-il.

— Si vous pouviez...

Latkowski passa sans un mot devant Mortka. Il s'immobilisa devant le corps, le considéra quelques secondes avec une mine sérieuse.

— Oui. C'est elle. C'est ma fille. Zuzanna Latkowska.

— Merci. Nous sommes désolés de ce que vous êtes en train de vivre.

— Je vous remercie. (Latkowski regarda sa montre.) Avec qui je dois régler les formalités ?

— Les formalités ?

— Ce n'est pas une situation normale, donc j'imagine qu'il y a des procédures spécifiques pour récupérer le corps, n'est-ce pas ?

— Vous devrez demander au parquet l'autorisation de reprendre le corps, répondit Trymek.

— Pas à vous ? fit-il en désignant Mortka.

— Non. Au procureur, confirma l'inspecteur. Je vous donne tout de suite les coordonnées de la personne qui suit le dossier.

— Parfait. Vous vouliez me parler. J'imagine que c'est à propos de ma fille. C'est quoi, vos questions ?

Mortka le regarda d'un air incrédule.

— Vous voulez en parler ici ?

— Pourquoi pas ? De toute façon, je n'ai pas grand-chose à raconter. Donc autant le faire ici.

— Nous aurions préféré nous rendre à la Criminelle.

— Ça n'a pas de sens, répliqua Latkowski. Il y a d'énormes bouchons à cette heure. Le trajet sera interminable, et je dois être rentré chez moi avant quatre heures.

— Pour quelle raison ? demanda la Sèche avant que Mortka ait décidé quoi répliquer.

— Pour dîner, expliqua Latkowski, comme si sa réponse avait été la chose la plus évidente sous le soleil. Je rentre toujours du travail à quatre heures. Si j'arrivais plus tard, ça éveillerait des soupçons.

Mortka fronça les sourcils. Puis il comprit de quoi il s'agissait. Et cela lui déplut.

— Votre femme sait ce qu'il est arrivé à votre fille ?

— Non. Et elle n'a pas besoin de le savoir, répondit paisiblement Latkowski. Je réglerai tout moi-même. Y compris l'enterrement.

— Vous êtes bien conscient que votre fille est morte ?

— Vous me prenez pour un imbécile ? s'indigna l'homme. Elle est allongée devant nous. Je vois bien qu'elle est morte. Mais ça ne veut pas dire que je dois l'annoncer à ma femme !

La Sèche regarda Mortka d'un air interrogatif. L'inspecteur avait du mal à intégrer l'absurdité de la situation. Il en ferait état dans son rapport, mais il se demandait comment présenter les choses pour que ce soit crédible. Entre-temps, Latkowski, qui jusque-là avait été un modèle de maîtrise de soi, était devenu tout rouge, avec les yeux injectés de sang.

— Et je vous interdis aussi de lui en parler, annonça-t-il. Sinon, j'irai porter plainte. Je me plaindrai de vous.

Il fit une pause solennelle avant de lancer une dernière menace :

— Je prendrai un avocat !

— De toute façon, votre femme finira bien par l'apprendre, commença Mortka d'un ton tranquille. Elle ne pourra plus avoir de contacts avec sa fille, n'est-ce pas ?

— Ça aussi, j'y ai pensé. Je lui ai envoyé hier un SMS

avec un autre appareil, disant que c'était le nouveau numéro de Zuzanna. Elles se parleront par SMS et par mails. Finalement, Zuzanna ne venait que rarement chez nous. J'écrirai un peu plus tard qu'elle vient d'obtenir une bourse pour l'Angleterre et qu'elle est partie.

— Et ensuite ? poursuivit Mortka.

— Ensuite, je verrai. J'inventerai quelque chose. Mais il ne faut pas que Malgosia l'apprenne. Si elle l'apprend, elle va s'effondrer. S'effondrer complètement ! Vous m'entendez ? S'effondrer ! Complètement !

Des larmes lui vinrent aux yeux quand il prononça ces derniers mots. Des larmes qui lui coulèrent doucement sur les joues, l'une après l'autre. Bientôt Latkowski eut le visage mouillé comme si on lui avait versé un seau d'eau dessus. Il pleurait et tremblait, la bouche ouverte comme un poisson hors de l'eau.

La Sèche passa devant Mortka pour s'approcher de ce père. Elle le prit dans ses bras et le serra. Latkowski essaya d'abord de se dégager, mais la Sèche le tenait fermement. Il était trop faible pour ne pas s'avouer vaincu. Il s'appuya sur la policière et sanglota, se recroquevillant progressivement sur lui-même.

Ç'aurait pu être pire.

C'est ce que se répétait Piotr Celtycki depuis le matin. Il continuait à avoir des ennuis, il en était bien conscient. Mais la situation du jour était indiscutablement meilleure que celle de la veille. Et si rien ne changeait d'ici le soir, il se permettrait un bon petit whisky. Et pourquoi pas, un cigare de qualité.

Pour commencer, il s'était débarrassé de ce foutu ordinateur. Personne n'avait remarqué qu'il s'était absenté quelques heures de la Cité. Deuxièmement, les filles avaient tenu le coup. Bon, il ne pouvait en être absolument sûr ; mais si elles avaient craqué hier, il se trouverait ce matin dans une pièce à glace sans tain à répondre à des centaines de questions stupides, et son téléphone serait en surchauffe sous une quantité d'appels sans réponse. Que rien de tel ne se soit produit poussait à conclure qu'elles avaient su tenir leur langue. Par ailleurs, il pensait avoir fait une certaine impression. Ces dernières années, on avait cessé de le prendre au sérieux. Mais l'incident de la veille avait tout changé. OK, il ne prenait pas ça comme un grand *come back*, mais l'essentiel c'est qu'il était passé de l'état d'objet à celui de sujet. Et finalement – dernier signe qui laissait présager une bonne journée –, l'appel de ce matin. Une information concrète qu'il s'était réjoui d'apprendre. Il semblait que le cauchemar était presque terminé et que tout allait bientôt rentrer dans l'ordre. Il restait juste à trouver une nouvelle garde d'enfants, mais ils ne referaient pas la même erreur, ils recruteraient quelqu'un d'extérieur à la Cité.

Ça ne voulait pas dire pour autant que tout se passerait sans accroc. Magda restait le risque principal. Elle s'était bien conduite pendant toute la journée, et il était fier d'elle. C'était presque comme dans le temps. Mais le soir, après avoir couché les enfants, elle avait pris ses pilules puis bu un verre de vin avant de tituber en gémissant et en poussant des grognements bizarres. Elle avait été prise de tremblements et il craignit un instant qu'elle ne soit victime d'une attaque. Mais au moment où il l'avait prise par les épaules pour l'accompagner jusqu'au lit, elle l'avait repoussé avec une force inattendue.

— On est dans la merde ! lança-t-elle d'une voix forte.

Trop forte. Elle avait presque crié. Il ne manquerait plus que les voisins se disent que la nuit suivant la mort de Zuzanna, les Celtycki avaient commencé à se disputer. La Cité ressemblait à un champ de mines. Il y aurait tout de suite quelqu'un pour prévenir la police.

— Chérie…

— Ne me parle pas comme ça !

— D'accord. Mais nous ne sommes pas dans la merde. Tout va s'arranger.

Il avançait vers elle au fil de ses paroles. Il souriait

gentiment, espérant que cela la calmerait un peu. Sa femme le regarda d'un air méfiant.

— Tu n'en sais rien. Aujourd'hui, tu n'en sais rien. Tu ne peux être sûr de rien.

— Je peux.

Il fit un pas de plus pour se rapprocher à portée de main, mais il ne voulut pas l'effaroucher.

— Si, je peux, répéta-t-il, avançant encore.

Elle plissa les yeux et lui jeta un regard d'une lucidité inattendue, reconnaissable à l'expression de mépris qui lui tordit le visage.

— Arrête, avec tes manœuvres, murmura-t-elle. Je vais me coucher.

— Bien, chérie.

Elle passa dans la chambre à coucher. Il l'entendit s'affaler sur le lit avant de se relever quelques secondes plus tard en bredouillant quelques « putain de merde ». Elle revint dans la cuisine. Elle s'appuya contre le chambranle. Elle renifla.

— Tu as couché avec elle ?

— Mais d'où tu sors cette idée ?

— Fais pas ton politicien avec moi. Je ne suis pas une électrice. À supposer que tu en aies encore. Tu as couché avec elle ?

— Non.

C'était la vérité, mais il sentit qu'elle ne le croyait pas. Elle n'insista pourtant pas.

— Et avec les autres ?

— Non.

C'était un mensonge, mais elle le crut.

— Bien sûr que non, grommela-t-elle. Tu n'es plus au niveau, c'est ça ?

Il ne céda pas à la provocation. Pas cette fois. Pas de dispute. Pas de paroles criées fiévreusement qu'un indiscret pourrait entendre. Maîtrise entière et contrôle de la situation. Il se servit un verre d'eau. Puis, sachant qu'elle continuait à le regarder, il remplit un deuxième verre qu'il lui tendit. Elle ne l'accepta que pour le lui jeter à la figure.

Elle repartit dans la chambre à coucher. Deux minutes plus tard, elle dormait. Celtycki essuya la petite flaque sur le plancher et alla s'allonger sur le canapé du salon. Il y passa la nuit.

Oui, Magda pouvait être un problème. Il n'en laissait rien paraître, mais elle le déstabilisait. Il craignait qu'elle ne fasse une bêtise. Juste au moment où les choses commençaient à s'arranger. Il fallait lui démontrer qu'il avait la situation bien en main. Et que c'était lui le patron. Ceci dit, *first things first*. Il traversa la cour et entra dans la cage d'escalier de Zuza. Bien que l'appartement ne fût qu'au premier, il prit l'ascenseur. Il ne voulait pas avoir l'air fripé. Il se regarda dans la glace. Il avait mis un pantalon de costume et une chemise à rayures qui l'amincissait, c'était important. Il s'était soigneusement rasé. Il se demandait s'il avait eu raison : une barbe de trois jours lui aurait donné un air plus viril, plus fort et déterminé – ce qu'il était, bien sûr, mais encore fallait-il le montrer. La communication non verbale et l'aspect extérieur étaient des armes essentielles si on tenait à faire impression sur un public. Ils devaient appuyer le message verbal. Or son prochain discours s'annonçait sacrément important.

Il entra dans l'appartement et se dirigea vers la pièce principale. Les filles l'y attendaient : Marta, Anna et Izabela, qui avaient habité avec Zuza, ainsi que Kasia, Jola, Dorota et Basia qui louaient l'autre appartement. Il les salua et s'installa au centre, afin que toutes puissent bien le voir et l'entendre.

Il était habitué à prendre la parole en public, que ce soit lors de conférences de presse, à la tribune de la Diète (l'hebdo *Polityka* qualifiait ses discours de « brillants », quand bien même on l'accusait de paresse en commissions), ou au cours de rencontres avec les électeurs. Mais là, il avait un léger trac.

— Vous vous demandez toutes ce qu'il s'est passé hier. Je suis venu pour vous l'expliquer et répondre à toutes vos questions, commença-t-il. Vous avez le droit d'être chamboulées. Nous venons tous de vivre une tragédie.

Elles le fixaient avec de beaux yeux tristes, tout en l'écoutant avec attention.

— Comme la police, je veux savoir au plus vite ce qu'il est arrivé à Zuzanna, et que les coupables soient punis. J'ai passé hier plusieurs coups de téléphone pour demander à des amis de me rendre service, et j'ai ainsi appris que l'affaire était suivie par les meilleurs enquêteurs.

Il n'avait téléphoné à personne. Il n'aurait pas osé. Dans sa situation, les gens souhaitaient avoir le moins de contacts possibles avec lui. Il était conscient de devoir en tenir compte.

— C'est pourquoi je voudrais que vous collaboriez avec la police et le parquet. Je sais par plusieurs sources que l'événement d'hier n'a rien à voir avec nos affaires. Qu'est-ce que ça signifie pour nous ? (Il fit une pause prolongée pour reprendre sa respiration, puis il reprit.) Cela signifie que ce n'est pas la peine de raconter certaines histoires à la police. Pour deux raisons. Premièrement, ça créerait une confusion inutile et rendrait plus compliquée la recherche et la condamnation du véritable coupable. Ce n'est pas ce que nous voulons, n'est-ce pas ? Deuxièmement, cela vous ferait du tort. Je n'ai pas besoin de vous expliquer en quoi ?

Il n'en avait pas besoin. Elles le savaient parfaitement. Mais cela suffirait-il à leur clouer le bec ? Sa façon de gérer la crise déciderait de son retour éventuel en scène. Les gens lui devaient trop pour être tentés de le vendre. Pour l'instant, il marquait des points. Il ne voulait pas que ça change. Il envisagea de durcir les menaces, mais craignit que ce soit contre-productif. C'est pourquoi il leur offrit plutôt la plus belle des carottes.

— Je sais de certaines sources que la police doit arrêter le coupable aujourd'hui, dit-il.

C'était la nouvelle du jour. Il perçut plusieurs questions chuchotées simultanément. *Comme à une conférence de presse*, se dit-il, *sauf que les journalistes sont bien plus bruyants*. Il apaisa les filles d'un geste de la main.

— Ils ont des preuves très solides, poursuivit-il. Le mobile, l'identité de l'assassin, en un mot, ils ont tout. L'affaire sera bouclée dans la journée. Et comme je l'ai dit, elle n'a rien à voir avec vous. Je peux vous dire qu'il y a eu un malheureux concours de circonstances. Zuza s'est trouvée au mauvais endroit au mauvais moment, et elle est tombée sur un pervers. C'est terrible, mais ce sont des choses qui arrivent. Dommage que ce soit tombé sur Zuza.

Le moment était venu où elles auraient pu lui poser des questions, mais aucune d'elles n'en profita. Tant mieux. Il avait envie de rentrer chez lui, d'ôter sa chemise et son pantalon trop serré. Il avait abreuvé les filles d'une quantité d'informations : il était normal qu'elles aient besoin de temps pour y réfléchir.

— Tout va bientôt redevenir comme avant. Ça pourra prendre quelques jours, peut-être un peu plus. J'espère que vous comprenez que les affaires vont se calmer. Mais à leur rythme. Tout va se rétablir. Je vous le promets.

Il prit congé et rentra chez lui. Ania le rattrapa dans la cour. Près de l'endroit où, la veille, on avait trouvé le corps de Zuza.

— Piotr !

Elle était la seule à l'appeler par son prénom. Il s'arrêta.

— Qu'est-ce qu'il y a ?

— C'est vrai ?

— Bien sûr que oui, répondit-il par automatisme.

— Qu'ils ont trouvé le coupable, et que ça n'a rien à voir avec…

— Rien à voir. Mauvais endroit au mauvais moment, et le mauvais bonhomme, répéta-t-il.

— C'est qui ? demanda-t-elle.

— Désolé, mais je n'ai pas le droit de le révéler. En plus,

je veux que votre surprise ne soit pas feinte au moment où vous recevrez l'information.

Elle comprit, ce qui ne l'étonna pas. Elle avait l'esprit vif. Pas assez pour deviner ce que préparait Zuzanna, mais quand même. Merde, s'il avait su plus tôt, il aurait pu penser à installer un système de surveillance dans l'appartement pour garder les filles à l'œil.

— Et tes copines ?

— Elles font face.

— Elles n'ont rien raconté ?

— Il me semble que non.

Il se sentit soulagé. Il n'avait toujours pas de certitude, mais la probabilité que rien n'ait fuité s'était sensiblement renforcée. Compte tenu des circonstances, cela relevait presque du miracle. Visiblement, les longues heures qu'il avait passées à user des bancs d'églises au long de sa carrière politique avaient fini par payer.

— Surveille-les.

— Sans faute, promit-elle.

Il rentra chez lui de vraiment bonne humeur.

Au moment où ils arrivaient au palais Mostowski, la pluie commençait à tomber, quelques gouttelettes vinrent s'écraser sur le pare-brise. Mortka coupa le moteur. Le ciel était gris, couvert d'une couche épaisse de nuages qui s'assombrissaient de plus en plus. Aucune chance d'éclaircie. Le véritable automne polonais, selon lui. Rien à voir avec tous ces lieux communs sur les lueurs dorées dans des feuillages d'arrière-saison. Il était censé faire froid, humide, sombre et venteux. Alors seulement, les choses étaient à leur place.

— On descend ou on attend que ça passe ? demanda la Sèche.

— On y va, grogna-t-il.

Ils traversèrent le parking. Ils aperçurent près de la sortie l'inspecteur Maciej Gruda, un policier de la génération précédant celle de Mortka, un vétéran des années sauvages qui avaient suivi 1990 et du début des années 2000. La plupart de ses congénères avaient soit quitté le service, soit été discrètement invités à le faire. Très peu avaient pu poursuivre leur carrière. Il était le seul dans le service, attaché là comme un chien à sa niche. Il fumait, la capuche de son blouson rabattue sur la tête. Il avait l'air d'un malfrat, ou d'un poète.

— Salut ! lança Mortka en le croisant.

Ils ne s'étaient jamais bien aimés. On dit que les contraires s'attirent. Eux se ressemblaient trop. Obsédés par le devoir, sérieux et concentrés sur leur travail.

— Salut, jeunesse. Bonjour, lieutenante.

— Bonjour, inspecteur.

— Tu as appris pour Kochan ?

Mortka s'immobilisa, ce qu'il regretta aussitôt. Des gouttes de pluie froide se glissèrent dans le col de sa veste.

— Qu'il a repris le service ? Oui.

Gruda fit non de la tête. Il jeta sa cigarette à moitié fumée dans une flaque devant lui.

— Je ne parle pas de ça.

Il leur fit signe d'avancer. Ils entrèrent tous les trois ensemble dans l'immeuble.

— Kochan a résolu la première affaire que venait de lui confier Andrzejewski, expliqua Gruda. Tu te souviens de la disparition d'Anna Stolarczyk ?

— Rappelle-la moi.

— Une fille de vingt ans et quelques. C'était vers 2005, je crois. Elle avait disparu. On n'avait pas retrouvé le corps, juste quelques traces de sang dans sa salle de bains.

— Et qu'est-ce qu'il a fait, Kochan ?

— Il a retrouvé le corps. En fin de compte, c'est sa colocataire et son amant qui l'ont zigouillée. Ils avaient caché le corps dans un puits chez elle à la campagne. On vient de le repêcher. Après cinq ans, tu peux imaginer dans quel état.

Mortka sortit un mouchoir de sa poche et s'essuya la nuque. Il réfléchit à ce qu'il venait d'entendre.

— Ça n'a pas l'air sorcier. Pourquoi personne n'avait rien trouvé en 2005 ?

Gruda haussa les épaules.

— Parce que ça serait la première enquête bâclée ?

Mortka accéléra le pas pour ne pas avoir l'air de lui donner raison.

— Et ça donne quoi ? demanda-t-il après un silence.

— Comme toujours. La nana charge son ex du pire, répondit Gruda. Le mec lui a fait un gosse avant de se barrer en Angleterre. On va émettre un mandat européen. On devrait rapidement le coincer. À ce moment-là, c'est lui qui chargera la nana. Et le tribunal qui décidera de qui a fait quoi. Mais comment te dire, là, Kochan vient de marquer un point.

— Sûr.

— Il a reçu le dossier hier. Moins de vingt-quatre heures plus tard, il avait un coupable. Si toute la police polonaise avait cette efficacité…

— On est efficaces. Plus de 90 % de meurtres résolus, pas vrai ?

— C'est clair. Pour être efficaces, ça, on l'est, même que ça fait peur.

Mortka s'interrogea. Pourquoi Gruda lui racontait-il cette histoire ? Pour l'informer de ce qu'il se passait dans le service ? Ou essayait-il de prendre la défense de Kochan ? Mais pourquoi ? Rien ne dépendait de Mortka.

— Il a eu du bol, fit-il. Ça arrive. Tu te rappelles comment il s'est planté la dernière fois ?

Bien sûr que Gruda se rappelait. Un tueur en série qu'ils avaient failli manquer. Par chance, l'affaire n'était pas sortie dans la presse. Tout le service s'y était mis, sans quoi des têtes seraient tombées. Ça s'était terminé avec quelques lignes dans les journaux locaux.

C'est à ce moment-là que Mortka la remarqua. Elle était assise près de l'entrée de son bureau. Il ne la reconnut pas d'emblée. Les images de surveillance étaient en noir et blanc, et la caméra était installée en hauteur. Mais la coiffure et la silhouette étaient très ressemblantes. L'âge coïncidait. Elle correspondait au portrait-robot.

Il poussa légèrement la Sèche du coude en lui désignant la femme. Comprenant ce qu'il voulait dire, elle se rangea derrière lui pour le couvrir et bloquer une fuite éventuelle de la visiteuse. Compte tenu du lieu où ils se trouvaient, cela paraissait peu vraisemblable, mais la policière ne voulait prendre aucun risque. Voyant ce qu'il se passait, Gruda prit du champ pour ne pas déranger les collègues.

Mortka s'arrêta devant la femme. Il toussa. Elle leva les yeux. Curieusement, elle était plus âgée qu'il ne l'avait pensé. Ou plus fatiguée. Son visage était marqué de rides profondes. Elle avait les yeux cerclés de cernes d'une couleur jaunâtre maladive.

— Inspecteur Mortka ? demanda-t-elle.

— Oui, confirma-t-il.

— Je suis Svitlana, déclara-t-elle. Je suis venue avouer l'assassinat de Zuzanna.

Chapitre 9

La bonne humeur de Celtycki s'évanouit dès son retour chez lui. Il lui suffit de voir Magda dont le lourd regard annonçait éloquemment : « Je te l'avais bien dit. » Il comprit vite la cause de cet accueil sépulcral : assis à la table de la cuisine, un individu en jeans et polo blanc tenait dans une main une délicate tasse de porcelaine Rosenthal. Un miracle qu'il ne l'ait pas écrasée entre ses gros doigts.

Celtycki n'aurait pas été un habile politicien (ce qu'il avait été, du moins pendant un moment) s'il n'avait pas été capable de retomber sur ses pieds dans toute situation inattendue.

— Bonjour.

— Bonjour, lui renvoya le personnage.

D'un coup, Celtycki le reconnut. Il habitait dans l'immeuble voisin. À cause de son apparence, le politicien l'avait longtemps pris pour un garde du corps. Mais après quelques mois, il avait réalisé que l'homme était propriétaire d'un appartement ici même. Ça l'avait étonné : il s'était demandé où il avait pu trouver l'argent, compte tenu du prix du mètre carré.

— Chérie, tu me présentes notre invité ?

— Non, répondit Magda. Il ne m'a pas dit qui il était, juste qu'il venait te voir.

Difficile à croire, mais le type rougit.

— Mieszko, fit-il.

— Heureux de faire votre connaissance. (Le politicien lui tendit la main.) Piotr Celtycki.

L'autre avait une poignée de main solide. Trop solide, donc non professionnelle. L'exercice demandait de se montrer ferme, non de broyer la main de son interlocuteur, ce qui, contrairement aux apparences, pouvait être pris pour un signe de faiblesse. Mais Mieszko n'avait jamais suivi de cours de communication non verbale.

— Nous allons dans mon bureau ?

— OK.

Mieszko se leva, remercia pour le café et, au soulagement de Celtycki (et certainement aussi de Magda), il reposa la tasse à moitié pleine sur la table. Sans l'écraser ni la jeter contre le mur pour faire une démonstration de sa force.

Ils passèrent dans le bureau du politicien. Celtycki remarqua avec satisfaction que le lieu faisait impression sur Mieszko. Ce balaise regardait tout autour de lui avec un air incertain. Cela suffisait au politicien. Il prit place derrière son monstrueux bureau et se passa les doigts dans les cheveux.

— Qu'est-ce qui nous vaut le plaisir de votre visite ?

Mieszko frémit comme si quelqu'un lui avait enfoncé un doigt dans le dos.

— Des amis m'ont demandé de venir, fit-il doucement.

Il toussa et répéta d'une voix plus forte :

— Des amis m'ont demandé de venir.

— Des amis à moi ou à vous ?

Le balaise haussa les épaules.

— Et pourquoi êtes-vous venu ?

— Pour vous aider.

— En quoi ? (Celtycki ouvrit les bras d'un geste théâtral.) Comme vous voyez, tout va bien pour moi. Je n'ai pas besoin d'aide.

Mieszko remua ses mâchoires comme s'il mastiquait un chewing-gum sans goût.

— En quoi pourriez-vous m'aider ? insista Celtycki.

— C'est le pape ? demanda soudain Mieszko, désignant une des photos.

— Oui, confirma le politicien. C'est Karol Wojtyla. Jean-Paul II. À côté, c'est Georges Bush Senior, Président des États-Unis, mais à l'époque vice-président sous Ronald Reagan, et plus loin c'est Javier Solana, secrétaire général de l'OTAN dans les années 1995-1999.

— Vous étiez donc quelqu'un de connu ?

« Étiez ». Cette question posée au passé lui fit mal. Celtycki réagit par une grimace en rien professionnelle.

— On peut le dire comme ça. J'ai eu l'occasion de contribuer à quelques-uns des grands succès de la Pologne. En quoi voulez-vous m'aider ?

Mieszko haussa les épaules une nouvelle fois.

— Au fond, je n'en sais rien, reconnut-il sincèrement. Des amis m'ont demandé de passer vous voir, donc je suis venu.

— Voir si je vais bien ? s'enquit Celtycki. Dites-leur que je me porte à merveille. Qu'ils n'ont pas à s'inquiéter. Une situation désagréable est survenue, j'ai dit que je m'en occuperais, et je m'en suis occupé comme promis. La vie peut reprendre son cours normal, et vraiment, la dernière chose dont j'ai besoin, c'est qu'on vienne me harceler chez moi.

Il regretta aussitôt cette dernière phrase. Il l'avait prononcée sur un ton un peu trop agressif, ce qui pouvait être interprété comme l'annonce d'une possible défaillance future. Mais le balaise ne semblait pas avoir écouté, tout absorbé qu'il était par la photo suivante. Celle avec Romano Prodi, futur chef de la Commission européenne. Savait-il de qui il s'agissait ? Sans doute non.

— Je devais juste passer, reprit Mieszko, tandis que Celtycki perdait patience. Histoire de me montrer. Pour ce qui est de l'aide, peut-être que vous n'en avez pas besoin maintenant, mais dans l'avenir, qui sait ? J'habite à côté, alors ? Je veille sur les affaires de nos amis…

— Et vous faites quoi, exactement ?

— J'apporte de l'aide.

Cette fois, Celtycki pouffa avec mépris à dessein en secouant la tête, incrédule. Que ce connard aille faire part de sa réaction à ses « amis ». Il comprenait leur inquiétude, mais ils auraient pu envoyer un type doté d'un minimum d'intelligence.

— Vous l'avez vraiment tuée ? demanda Mieszko.

Celtycki allait ouvrir la bouche, avant de se mordre les lèvres. Un type se pointe sans être annoncé, il se réfère à des « amis » et commence à l'interroger. Et s'il s'agissait d'un flic ? Ils utilisent ce genre d'abrutis. N'aurait-il pas dû d'abord se présenter, montrer sa carte ? En fait, aucun flic n'aurait les moyens d'acheter un appartement dans la Cité. Celtycki regretta de ne plus bénéficier de l'immunité parlementaire. Avec son immunité, les choses auraient été beaucoup plus simples.

Au lieu de répondre, il se contenta de nier de la tête. Que l'autre abruti sache qu'il n'avait pas affaire à n'importe qui, mais à quelqu'un de sérieux. Et qu'il transmette la nouvelle aux « amis ». Et s'il travaillait pour la police, ce mouvement de tête resterait toujours comme argument de défense.

Miesko poussa un léger sifflement.

— Vous la jouez fine.

Celtycki goûta le compliment, mais ne répondit pas. Il haussa les épaules en affectant l'indifférence. Une attitude dont il pourrait toujours se justifier. Même s'il se sentait menacé par cette conversation et souhaitait se débarrasser au plus vite de l'importun visiteur.

— Il pourrait y avoir des soucis. J'habite pas loin. Tenez (il prit dans sa poche une carte qu'il tendit à Celtycki), vous avez là mon adresse. Comme on est voisins, je ne sais pas, si des fois il y a un besoin, je peux venir réparer un tuyau, ou autre chose. On est voisins, n'est-ce pas ?

Mieszko cligna de l'œil d'un air entendu.

— Je vous libère, dit-il après un silence.

Il partit. Celtycki l'entendit encore dire au revoir à sa femme. Quelques secondes plus tard, Magda apparut sur le seuil du bureau. Elle n'aimait pas y entrer, même si elle n'avait jamais dit pourquoi. Cela convenait à Celtycki. Un homme doit avoir un coin à lui, chez lui. Un coin tranquille où se reposer, réfléchir ou travailler dans un calme au moins relatif.

— C'était qui ?

— Un ami d'ami, répondit-il. Un gros bras. Tu n'as pas à te faire de souci à cause de lui.

Magda croisa les mains sur sa poitrine.

— J'ai peur, dit-elle.

Celtycki lui adressa un sourire compréhensif. Il s'approcha, la prit dans ses bras, l'embrassa sur le front. Elle sentait bon le shampoing aux fruits et la crème de beauté. Il la serra contre lui.

— Tu veux aller au lit ? demanda-t-elle.

Il lui fallut quelques secondes pour réfléchir à sa réponse.

— Non, fit-il avant de retourner à sa table de travail.

Dans son royaume, et à la bouteille de whisky dans le tiroir.

La femme se tortillait sur sa chaise comme si celle-ci lui brûlait les fesses. Elle jetait des regards alentour, s'attardant sur son reflet dans la glace sans tain.

— J'ai l'air vieillie, fit-elle avec un fort accent de l'Est.

Mortka voulut spontanément la rassurer, mais préféra considérer qu'une salle d'interrogatoire n'était pas un lieu pour faire des compliments. L'Ukrainienne se montrait confuse.

— C'est-à-dire… poursuivit-elle, hier j'avais l'air plus jeune. C'est comme si j'avais pris dix ans en une nuit.

Elle ne se présentait en vérité pas sous son meilleur jour. Le visage gris, les yeux cernés, les cheveux gras. Mais elle n'avait sans doute jamais été une belle femme, juste une de celles dont on peut dire qu'elles sont potables.

Mortka brancha l'enregistreur.

— Interrogatoire dans l'affaire du meurtre de Zuzana

Latkowska. Conduit par l'inspecteur Jakub Mortka. La personne interrogée est… Veuillez vous présenter.

— Svitlana Aleksandrivna Chwedczuk.

— Citoyenne ukrainienne, ajouta Mortka. D'où venez-vous ?

— De Lvov.

— Avez-vous des origines polonaises ?

Elle fit non de la tête.

— Puis-je vous demander de répondre à voix haute ?

— Non. Je n'en ai pas.

— Vous êtes depuis longtemps en Pologne ?

— Depuis cinq ans, répondit-elle après réflexion.

— Vous avez un permis de résidence ?

Nouvelle hésitation.

— Non.

Il connaissait la réponse, mais il avait décidé de poser la question pour voir comment elle répondrait. Reconnaîtrait-elle l'irrégularité de sa situation ou botterait-elle en touche ?

— Vous travaillez en Pologne ?

— Oui.

— En quelle qualité ?

— Je fais des ménages. Parfois je garde des enfants, mais les enfants ne sont pas mon fort.

— C'est-à-dire que vous séjournez sur le territoire de la République de Pologne et occupez des emplois de manière illégale ?

— Oui.

Il perçut à peine sa voix.

— Pardon ?

Elle se redressa et reprit son souffle.

— Oui, redit-elle d'une voix plus forte.

— Merci.

Il jeta un œil sur les notes posées devant lui. Il n'en avait pas besoin. Il souhaitait seulement faire une courte pause. Il considérait qu'un interrogatoire devait trouver son rythme. C'était aussi important pour l'enquêteur que pour la personne interrogée. Le rythme dépendait de la situation. Par exemple, si la personne interrogée résistait, il fallait la bombarder de questions, la contraindre à mentir pour la mettre devant ses contradictions. Ici, il pouvait se permettre un travail plus calme. L'Ukrainienne n'essayait pas de le mener en bateau, elle ne mentait pas, elle coopérait, elle n'était pas hystérique.

— La Cité des Rêves. Qu'est-ce que vous y faisiez ?

— Je nettoyais les cages d'escalier et la cour. Les appartements des gens aussi, quand on me le demandait.

— L'appartement de Piotr Celtycki, par exemple ?

— Je ne connais pas les noms, répliqua-t-elle.

— Je comprends. Passons dans ce cas au jour où est morte Zuzana Latkowska. Racontez-moi ce qu'il s'est passé.

Elle avala sa salive et lança un regard craintif à l'inspecteur.

— C'était un accident.

— Racontez-moi les choses dans l'ordre.

— C'est-à-dire ? Je ne comprends pas.

— Quand êtes-vous arrivée au travail ?

— Je suis arrivée tôt. Très tôt le matin, comme l'exigent ces messieurs.

— Quels messieurs ?

— Les messieurs de l'administration. Selon les consignes, tout devait être propre et en ordre avant que les habitants se lèvent. Qu'ils n'aient pas à nous voir travailler.

— Pourquoi ?

— Parce que ces messieurs de l'administration l'ont décidé. Il faut que tout soit propre quand les gens se lèvent. Il fallait donc arriver très tôt à la Cité. Faire ce qu'on avait à faire, et disparaître.

— Hier, vous êtes donc arrivée très tôt à la Cité ?

— Oui.

— À quelle heure ?

— Sans doute vers quatre heures. À peu près.

— Et qu'est-ce qu'il s'est passé ?

— J'ai voulu commencer à nettoyer. Je suis arrivée à la cage d'escalier quand cette fille est sortie.

— Zuzanna Latkowkska.

— Je ne sais pas comment elle s'appelait.

— Et ensuite ?

— Je la connaissais. Elle avait été très désagréable avec moi plusieurs fois.

— C'est-à-dire ?

— Elle me criait dessus. Elle m'engueulait. Je faisais aussi le ménage là où elle travaillait. Elle s'y occupait des enfants. Et elle faisait beaucoup de mauvaises choses. Un jour, une chaîne en or a disparu, et elle a dit que c'était moi qui l'avais volée. Jamais je n'aurais fait ça. Je pense maintenant que c'est elle qui l'a volée.

Elle faisait donc des ménages chez Celtycki. Mortka nota aussitôt l'information.

— Et qu'est-ce que ça a donné ? demanda-t-il.

— La dame ne la croyait pas complètement, mais elle l'a crue plus que moi, parce qu'elle a continué à travailler là, et moi pas. Et c'est dommage, parce que c'étaient de très bons citoyens. J'étais très en colère.

— Qu'est-ce que ça veut dire, des bons citoyens ?

— Ils payaient bien. Cent zlotys, des fois deux cents. Parce que d'autres vous demandent beaucoup de travail, vraiment beaucoup, et du travail difficile, et ne vous jettent ensuite qu'un billet de vingt. Et ils hurlent s'ils trouvent un grain de poussière quelque part ou s'imaginent en voir un. Il y en a qui vous traitent comme un chien, ou pire. Fais ci, va là, plus vite. Et qui crient. Oh là là, qu'est-ce qu'ils peuvent crier ! Mais là-bas, la dame était très gentille. Elle ne criait jamais. Elle permettait que je fasse des pauses. J'ai eu beaucoup de peine pour cette chaîne en or. Mais ce n'est pas moi qui l'ai volée.

— Revenons à ce matin-là. Qu'est-ce qu'il s'est passé ?

Elle soupira. Les bras lui retombèrent le long du corps.

— Dès que je l'ai vue ce matin-là, ça m'a gâché l'humeur. C'est une histoire malheureuse. Elle allait son chemin, et moi le mien. Tout d'un coup, elle m'a vue. Et elle a bifurqué pour m'arrêter.

— Pourquoi ?

— Je n'en sais rien. Elle s'est approchée de moi, et elle a commencé à me crier dessus. À m'insulter. Que je ne suis qu'une sale Ukrainienne, que je ferais mieux de me secouer. Puis elle a dit qu'elle savait que j'avais volé la chaîne, que je ne devrais plus travailler ici. Elle a dit qu'elle irait se plaindre à l'administration, leur raconter que j'avais volé d'autres trucs ou cassé une vitre. Et qu'on allait me virer. Mais ça, je ne voulais pas, parce que c'était un bon travail. Il faut se lever tôt, faire le ménage sans que les Polonais le voient, mais ça pourrait être pire. Elle voulait me prendre ça. Elle m'a dit que je devrais débarrasser le plancher et partir crever ailleurs. Elle savait ce qu'avaient fait les nationalistes ukrainiens de Bandera avec les nazis, et les massacres de Volhynie, et qu'il n'y avait pas de place en Pologne pour des collabos. Qu'est-ce que j'y peux, moi ? Ça date de quand, tout ça ?

— Et qu'est-ce qu'il s'est passé ?

Elle frémit.

— J'avais un couteau. Pour le ménage, parce qu'il y des choses qu'on doit gratter pour les nettoyer. Je lui ai donné un coup avec ce couteau. Ce n'est pas ce que je voulais, mais elle m'avait tellement crié dessus… Je ne sais pas pourquoi elle me détestait comme ça. Je l'ai frappée et je l'ai tuée.

Elle plissa le front, se demandant si elle devait ajouter quelque chose.

— C'est comme ça que ça s'est passé, monsieur l'inspecteur.

Mortka se frotta les joues. Puis il prit un stylo à bille. Il le fit tourner un moment entre ses doigts, avant de se lever. Il alla à la porte avant de revenir vers Svitlana qui suivait chacun de ses mouvements.

— Levez-vous, demanda-t-il.

Elle le regarda d'un air surpris.

— Pour quoi faire ?

— Levez-vous, fit-il d'un ton plus ferme.

Elle obéit. Il lui tendit le stylo. Plus précisément, il le lui fourra dans une main.

— Imaginez maintenant qu'il s'agit d'un couteau.

Elle secoua la tête.

— Maintenant, frappez-moi comme vous avez attaqué Zuzanna.

— Je ne veux pas.

— Faites-le.

Elle hésitait. Il l'encouragea d'un geste. Elle serra les doigts sur le stylo. Son bras décrivit un arc de cercle. Il s'attendait à ce que l'Ukrainienne se contente d'esquisser le geste, mais elle était trop énervée pour y penser. Elle frappa de toutes ses forces. Mortka arrêta sa main au dernier moment. Il avait une petite marque bleue à hauteur de la poitrine.

Effrayée, l'Ukrainienne lâcha le stylo et recula de deux pas.

— Excusez-moi, souffla-t-elle.

Mortka frotta la tache sur sa chemise.

— Ça se lave, dit la femme.

— C'est comme ça que vous avez frappé Zuzanna ? demanda-t-il.

— Exactement.

Il regarda à nouveau l'endroit où se trouvait la tache. Le coup avait été puissant. Si la femme avait tenu un couteau, la lame aurait sans difficulté traversé les côtes et touché le cœur. La mort aurait été instantanée. Mais il ne fallait pas chercher midi à quatorze heures, il y a loin de la poitrine, des côtes et du cœur jusqu'au bas-ventre. L'Ukrainienne n'avait pas la moindre idée de comment était morte Zuzanna.

— Dites-moi plutôt ce qu'il s'est vraiment passé, demanda-t-il.

Zuza ne décrochait pas, ce qui mit Aleks en pétard. Elle savait bien qu'il devait retrouver Zielinski. Elle aurait dû appeler elle-même, envoyer un SMS, ou se manifester sur Facebook et demander comment ça s'était passé. Elle n'en avait rien fait. Le moment était peut-être venu de rompre avec elle et de chercher de nouvelles expériences émotionnelles et sexuelles. Stagner, même dans une relation, n'était pas conforme à son développement personnel. Il lui en toucherait un mot quand ils se retrouveraient.

En dépit de tout ça, il se réjouit en entendant sonner son téléphone, mais il se rembrunit en voyant s'afficher le nom de Zielinski. Il pensait que l'examen de leur proposition prendrait plus de temps. Un contact aussi rapide ne pouvait annoncer qu'une très mauvaise ou très bonne nouvelle.

Il décrocha.

— Salut.

La voix de Zielinski était couverte par un bruit de circulation sur un fond musical d'autoradio.

— Salut, répondit Aleks.

— J'ai réfléchi à votre proposition.

— Et ?

Il s'efforçait de gommer la nervosité de sa voix. La porte de la chambre s'ouvrit avec un léger grincement, et Marek se glissa dans l'embrasure. Il regarda Aleks d'un air interrogatif en demandant du bout des lèvres : « Ziel ? » Aleks confirma d'un geste.

— L'idée n'est pas mauvaise du tout. Votre approche du business me plaît : précise et ciblée sur un public clairement défini. On voit chez vous ce qui manque à la génération précédente dans ce domaine. Cette façon naturelle de valoriser les nouvelles technologies pour faire de l'argent. C'est de bon augure.

— Merci.

Aleks leva un pouce en direction de Marek.

— Mais ça ne peut pas marcher, ajouta Zielinski.

Aleks baissa le bras.

— Pourquoi ? Vous venez de me dire que…

— On se tutoie, d'accord ?

— Oui. D'accord. Tu viens de me dire…

— Ce que je pense… coupa Zielinski. L'idée est bonne. Mais tu sais quel est l'élément essentiel dans ce genre de projet ?

— Le concept ?

— Les gens. C'est les gens la ressource la plus importante. Pas l'idée. Putain, je te parle franchement, parce que je sens que nous sommes sur la même longueur d'onde. J'ai déjà vu des dizaines de projets super, présentés par des tarés qui n'en tiraient que de la merde. Dans votre cas, je te le dis franchement, il y a un truc qui cloche.

— Ce n'est pas vrai. On est une équipe forte, concentrée sur l'objectif, qui sait ce qu'elle veut et comment y arriver.

Marek leva les sourcils. Sans demander la permission, il entra dans la chambre d'Aleks. Il s'adossa au mur et croisa les bras. Il attendait la conclusion de la conversation.

— C'est ce que tu crois. Tu en es même intimement persuadé, j'en suis sûr. Mais c'est faux. Tu veux savoir ce que j'ai vu hier ?

— Quoi ?

— Des gens de peu de foi. Des gens qui courent monétiser leur idée parce qu'ils ne croient pas en elle.

— Nous y croyons.

— Si vous y croyiez, vous m'auriez apporté plus de matériau.

— On a un prototype.

— Sur vos ordis perso. Alors que votre plateforme principale doit être sur les mobiles. Et merde, bordel, putain !

Le reste des invectives se perdit dans un boucan de Klaxons.

Zielinski resta muet plusieurs secondes. Il soufflait dans le haut-parleur.

— Excuse. C'est un débile qui a essayé de me griller la priorité.

— Pas de problème.

Tu vois, je connais des gens qui croient profondément en leur projet. Ils viennent me voir avec des plans à un stade bien plus avancé. Après des mois de dur travail auquel ils ont sacrifié leur emploi, leurs économies, leur appart et même, pour certains, leur famille. Sérieux! Je connais un couple qui s'est séparé à cause d'un rêve que voulait réaliser le mec. Des gens vraiment engagés dans ce qu'ils font. Vous, vous êtes capables de vous sacrifier comme ça? Vous êtes prêts à vous couper un bras pour votre projet?

— Oui!

— Non. Si c'était le cas, comme tu dis, notre rencontre aurait eu une tout autre allure. Et cette conversation aussi.

— C'est faux! Prenons, prenons… (Aleks regardait Marek contre le mur) Prenons par exemple Marek! Marek s'est tellement donné dans le projet qu'il a raté tous ses exams. Il a perdu sa bourse. Pour pouvoir continuer à vivre dans Varsovie, il a pris un crédit étudiant. Et maintenant, il risque d'être viré de la fac parce qu'il s'est complètement focalisé sur le prototype au lieu de bosser ses exams.

Il se rendait compte qu'il parlait trop vite, mais il n'arrivait pas à ralentir. Comme s'il avait été possédé.

— Il s'en sortira, répondit Zielinski. Mais je comprends que pour vous ce soit un moment désagréable. Crois-moi, j'ai été à votre place. Mais ne considère pas ça comme une défaite. Prends-le comme un *feedback*, une leçon de la vie. L'échec est un capital précieux. Si tu sais bien l'investir, il te fera un sacré beau retour. Bon, salut, et bonne chance, parce qu'on m'appelle sur une autre ligne.

Il coupa avant qu'Aleks ait eu le temps d'ouvrir la bouche. Le gamin écarta le téléphone de son oreille et regarda l'écran. Il fixa le fond d'écran qui affichait une Zuza souriante et fut pris d'une envie soudaine de balancer l'appareil contre le mur.

— Et alors? demanda Marek.

— Il n'investit pas, répondit Aleks.

— Merde. Et pourquoi tu lui as parlé de mes études?

— J'ai pensé que ça aiderait.

Marek fonça sur lui.

— Ça ne le regarde pas. Tu comprends ? C'est des conneries de raconter tout ça !

Attirés par la dispute, Misiek et Skunks émergèrent de leurs chambres. À ce moment, le portable sonna de nouveau. Aleks prit la communication aussitôt sans regarder d'où venait l'appel.

— Oui, j'écoute.

— Lieutenant de police Anna Suchocka, de la Section criminelle. Je parle avec monsieur Aleksandr Chelmonski ?

— Oui, répondit-il, inquiet. C'est à quel sujet ?

— Où vous trouvez-vous actuellement ?

— Chez moi.

— C'est où ?

Il donna l'adresse.

— Ne bougez pas. Une voiture de police va venir vous chercher dans dix minutes.

— Mais il s'agit de quoi ?

— Je vous dis de ne pas bouger de chez vous.

Elle coupa la communication. Décontenancé, Aleks releva la tête et regarda ses copains.

— C'était qui ? demanda Skunks.

— La police. Ils viennent me chercher.

— Ils ont dit pourquoi ? intervint Misiek.

Aleks fit non de la tête.

— Et merde ! jura Skunks. À cause de toi, on est obligés d'effacer illico les fichiers Torrent.

— Tu me trouves Dmytro, tu l'arrêtes, et tu l'amènes à Varsovie, disait Mortka dans l'appareil au moment où la Sèche entrait dans le bureau.

Le directeur adjoint Andrzejewski lui avait pris sa place. Il lui adressa un signe de tête, mais sans lui rendre sa chaise. Mortka poursuivait :

— Je comprends que ça va gâcher ton idylle avec Piaseczno, sauf que je me la mets où je pense… Si tu as si peur, je vous envoie une unité d'intervention en appui… Je disais ça pour aider… Tu me règles cette affaire…

La Sèche attendit patiemment que Mortka ait terminé. Elle observa Andrzejewski qui ne cessait de chercher un inexistant paquet de cigarettes dans les poches de sa veste. Le combat du chef de la Section contre son addiction au tabac était devenu une petite légende. Il avait plusieurs fois arrêté de fumer. Pour des motifs égoïstes, ses subordonnés suivaient attentivement ses efforts. Ils savaient que le chef devenait particulièrement nerveux dès qu'il avait fumé « sa dernière cigarette », et qu'il valait mieux alors ne pas se mettre sur sa route. Il se calmait après une semaine, mais ne retrouvait sa joie de vivre et sa convivialité qu'au moment où il retombait dans le vice. À présent, cela faisait deux mois qu'il n'avait pas fumé, et il était près de battre son record qui datait de deux ans. Peut-être réussirait-il cette fois, qui sait ? De plus, les dégâts collatéraux étaient plutôt modérés : cela faisait plus d'un mois qu'il n'avait pas accordé un seul congé.

— Comment peux-tu être sûr que ce n'est pas elle ? demanda Andrzejewski.

Mortka comprenait la déception de son supérieur. Mieux valait une affaire résolue qu'une de plus à enterrer. Particulièrement quand le cas se terminait magnifiquement avec les aveux spontanés d'une suspecte.

— La fille violée s'enfuit de l'appartement qu'elle loue. Elle tombe sur la femme de ménage ukrainienne, et elle perd la boule parce qu'elle a toujours à l'esprit les massacres de Volhynie. La femme de ménage a un couteau de l'armée dans la main, et elle poignarde l'étudiante, dit Mortka. Qui peut vraiment croire à une telle version ?

Andrzejewski répondit par un grognement maussade.

— De plus, elle ne sait même pas comment le coup a été porté. Elle croit qu'il est venu d'en haut, droit dans le cœur.

Le policier se frappa la poitrine.

— Alors que Zuzanna est morte d'une hémorragie de l'artère fémorale, après avoir été touchée à l'aine. Ce n'est pas une erreur de détail.

Pour illustrer les paroles de Mortka, la Sèche fit un geste de haut en bas, comme si elle avait brandi un poignard.

— Dans le cœur, fit-elle.

Après quoi elle fit un geste appuyé de bas en haut en bloquant sa main sous le bas-ventre de son vis-à-vis.

— Dans l'aine. Impossible de se tromper.

Le directeur adjoint fit une moue.

— Merci pour la démonstration, dit-il avec un soupçon d'ironie, avant de se tourner vers Mortka. Alors, il s'est passé quoi d'après toi ?

— Dmytro a mis la main sur elle et l'a obligée à s'accuser.

— Pourquoi aurait-il fait ça ? demanda le directeur adjoint.

— Justement, grommela Mortka. Pourquoi ?

— Peut-être pour qu'on lui fiche la paix ? risqua la Sèche. Tu as dit que tu lui avais fait peur.

— Pas à ce point-là.

— Le Kub, c'est quoi ta théorie ? demanda Andrzejewski.

Mortka se contenta de lever les bras. Le directeur adjoint poussa un grognement. Sa main partit se balader dans sa poche puis, se souvenant qu'il n'y trouverait pas de cigarettes, il fit une grimace.

— Et qu'en est-il de cette Ukrainienne ?

— Elle n'arrête pas de confirmer que c'est elle qui a tué la fille.

— Qu'est-ce qu'on peut en faire ?

— Si nécessaire, on la met en garde à vue.

— Combien de temps ?

— Le temps qu'il faudra, proposa Mortka.

La Sèche le regarda, étonnée. Elle ne travaillait pas depuis longtemps avec lui, mais il lui semblait qu'elle avait eu le temps de le découvrir. Il n'avait aucune réticence à effrayer les suspects. Le plus souvent de manière indirecte, à coup de sous-entendus, laissant au suspect le soin de se compléter le film, mais il pouvait aussi pousser plus loin. Cependant, il n'était pas du genre à mettre ses menaces à exécution. Il semblait à la Sèche que Mortka était un type qui s'efforçait toujours d'être juste, même quand ça lui coûtait, même à rebours de ses désirs les plus profonds. Et voilà qu'il proposait ouvertement à son supérieur de boucler en garde à vue une femme innocente et sans défense. Une femme victime au même titre que Zuzanna – ce qui signifiait la maintenir en cellule, sans motif d'accusation, le plus longtemps possible. Il devait avoir une arrière-pensée, et elle était curieuse de savoir laquelle.

Andrzejewski se pinçait les lèvres en réfléchissant aux conséquences. Svitlana était Ukrainienne, donc tôt ou tard l'ambassade s'en mêlerait.

— Si le procureur joue le jeu, dit-il.

— Il le fera.

Le directeur adjoint pivota sur sa chaise et lança un regard interrogatif à la Sèche.

— Et toi, tu as quoi ?

— Nous avons retrouvé le copain de Zuzanna. Une patrouille est partie le chercher pour nous l'amener.

— Seulement maintenant ? s'étonna Andrzejewski.

— Nous avons eu des problèmes pour l'identifier. Par ailleurs, nous pensions qu'il n'avait probablement rien à voir dans l'affaire. Nous étions concentrés sur la recherche de Svitlana, expliqua Mortka.

Andrzejewski n'avait pas l'air convaincu, mais il s'abstint de tout commentaire.

— Autre chose ?

— Oui.

La Sèche se redressa pour se grandir de quelques centimètres.

— Nous avons obtenu de l'administration la liste des habitants de la Cité, et nous les avons contrôlés dans nos bases de données.

— Nous avons cherché qui aurait été condamné pour viol ou violence sexuelle, ou qui aurait été soupçonné, précisa Mortka.

— Et ça donne quoi ?

— Nous n'avons rien trouvé de tel. Par contre, nous sommes tombés sur Mieszko Ziemianski.

Andrzejewski leva les sourcils.

— Mieszko comme le premier roi de Pologne ?

— C'est ça. Mieszko Ziemianski.

— Bon Dieu, on ne peut pas faire plus polonais comme nom.

— Il aurait pu s'appeler Wojtyla, risqua la Sèche.

Le visage d'Andrzejewski resta imperturbable. Il leva un doigt vers elle comme en signe de menace. Mortka se contenta de sourire légèrement.

— Qu'est-ce qu'on a sur ce Polono-Polonais ?

— Rien d'extraordinaire. Le plus grave est une implication dans un cambriolage il y a quelques années. Mais j'ai parlé avec des enquêteurs des renseignements, et il semble que Mieszko soit aussi probablement mêlé à des histoires de chantage, d'extorsion, de trafic de drogue et de participation à une bande du crime organisé.

— Laquelle ?

— Celle de Borzestowski.

Lorsqu'elle prononça le nom, la Sèche eut l'impression que la température de la pièce augmentait brutalement de quelques degrés.

— Oh, putain… souffla le directeur adjoint.

— Ce n'est peut-être qu'une coïncidence s'il habite là, fit Mortka sans conviction.

— Un homme de Borzestowski ? Qui ne fait qu'habiter là ?

Andrzejewski n'eut pas besoin de préciser sa pensée.

— Est-ce qu'il y a dans cette ville un seul coin où ce fumier n'aura pas fourré ses pattes ? demanda-t-il.

Le chef de la Section se leva de la chaise. La Sèche nota avec dégoût qu'il y avait laissé l'empreinte de ses fesses.

— Remuez-vous ! lança-t-il en guise d'adieu.

Ils attendirent qu'il ait fermé la porte derrière lui.

— Et on fait quoi maintenant ? demanda la Sèche.

Mortka se gratta une oreille.

— Tu t'occupes du copain de Zuzanna.
— Et toi ?
— Je retourne voir notre Ukrainienne, fit l'inspecteur avec un sourire triste. Il va falloir que je l'interroge jusqu'à lui faire avouer qu'elle n'a pas tué la fille.

Chapitre 10

La Sèche observait Aleksandr Chelmonski assis devant elle, cherchant à déterminer pourquoi elle ne l'aimait pas. Elle mit un moment à comprendre que c'était tout simplement parce que ce garçon était inauthentique. Il était évident qu'il s'efforçait avec une telle ardeur d'être quelqu'un d'autre qu'il ne savait probablement pas qui il était vraiment. Et pire, il ne s'en rendait même pas compte.

— Vous voulez sûrement savoir pourquoi on vous a amené ici ? demanda-t-elle.

Il acquiesça d'un signe de tête. Elle savait d'expérience que les gens dans pareille situation s'attendaient au pire et faisaient un examen de conscience plus scrupuleux qu'avant d'aller à confesse. Elle se demandait si Aleksander avait des horreurs à cacher.

— Qu'est-ce que vous en pensez ?

— Je ne sais pas, répondit-il après quelques secondes de réflexion.

Paradoxalement, cela sonnait comme un signe d'innocence. Ceux qui avaient des choses à cacher répondaient d'ordinaire tout de suite, comme automatiquement. Les sans reproches réfléchissaient longuement en s'efforçant de se rappeler s'ils n'auraient pas fait quelque connerie.

— Zuzanna Latkowska.

— Qu'est-ce qu'elle a fait ?

— Vous la connaissiez ?

— Il lui est arrivé quelque chose ? Elle a été attaquée ? Elle est à l'hôpital ?

— Répondez d'abord à ma question.

— Qu'est-ce qu'il est arrivé à Zuza ? s'écria-t-il en se dressant sur ses jambes.

— Elle est morte, répondit-elle, ce qui le fit se rasseoir.

Il retomba sur sa chaise comme s'il avait reçu un coup.

— Comment c'est arrivé ? souffla-t-il, la gorge serrée.

Elle se concentra pour éveiller en elle une dose convenable d'empathie.

— Elle a été victime d'un meurtre. Nous ne savons toujours pas qui a pu faire ça. C'est pourquoi nous avons besoin de votre aide. Vous me comprenez ?

Elle dut attendre longtemps sa réponse. La lèvre inférieure du garçon tremblait et ses sourcils remuaient dans un sens et dans l'autre.

— Oui, je pense, reconnut-il alors que les réserves de patience de la Sèche étaient sur le point de s'épuiser.

— Vous voulez boire quelque chose ? Un café ? Un thé ? De l'eau ? proposa-t-elle.

Il fit non de la tête.

— Elle est vraiment…

Il ne trouvait pas le courage de terminer sa phrase.

— Oui, tout à fait, confirma la Sèche. Je suis désolée.

Il leva les doigts jusqu'à ses yeux et les appuya contre ses paupières comme s'il avait voulu se les enfoncer dans le crâne. Il devint tout rouge, et sa gorge émit un affreux gémissement rauque. La Sèche regarda sa montre. Elle décida de lui donner deux minutes. Mais elle n'eut pas besoin d'attendre aussi longtemps. Une minute plus tard, le garçon tira un mouchoir de sa poche pour s'essuyer le visage.

— Excusez-moi, bafouilla-t-il.

— De rien. Je comprends que pour vous c'est un moment difficile… Je peux vous poser quelques questions ?

— Oui.

— Quelle était votre relation avec Zuzanna Latkowska ?

Il rectifia sa position sur la chaise avant de répondre. Il se figea. Posa les mains en forme de pyramide sur la table.

— Je suis… J'étais… J'étais son petit copain.

— Depuis longtemps ?

— Presque un an. On devait fêter notre anniversaire… dans un mois ou quelque chose comme ça. Je ne suis pas très fort pour les dates.

— Comme tous les hommes, répliqua la Sèche avec un léger sourire. Moi non plus, d'ailleurs. Je mets toujours une alarme dans mon téléphone. Des mois à l'avance, s'il le faut, pour ne pas oublier.

Elle se pencha vers le garçon, diminuant la distance qui les séparait.

— Quand l'avez-vous vue pour la dernière fois ?

— Avant-hier. À la fac.

— Quand exactement ?

— Dans la matinée. On avait des exercices à faire. Je suis ensuite retourné à la maison pour préparer une présentation. Zuza s'est rendue à un séminaire spécialisé sur le reportage. On ne s'est pas revus après.

— Mais vous vous êtes parlé ? Sur le Net ou par téléphone ?

— Non. J'étais occupé. On avait un rendez-vous important.

— Qui, on ?

— Des copains et moi. À propos… d'un programme sur lequel on travaillait. Informatique.

La Sèche fit signe de la tête qu'elle comprenait. Elle décida de ne pas développer ce sujet dont elle ne tirerait rien d'intéressant. L'essentiel était que d'après le garçon il n'avait pas rencontré la fille le soir avant sa mort. D'où il résultait que ce n'était pas lui qui l'avait violée. Il pouvait bien sûr mentir, et la Sèche se dit qu'elle vérifierait son alibi.

— Et Zuza, où travaillait-elle ?

— Elle s'occupait des enfants de son proprio. Un politicien. Vous avez parlé avec lui ?

— Oui. Et qu'est-ce qu'elle faisait d'autre ?

— Elle suivait des cours d'écriture de reportage. Elle voulait devenir comme Kapuscinski. Traiter des sujets importants. Aider les pauvres. Quand je me suis un peu moqué d'elle à ce sujet, ça l'a vexée.

— Pourquoi vous êtes-vous moqué d'elle ?

— Ça intéresse qui, maintenant, ce genre de choses ? répondit le garçon en penchant la tête. Ça m'énervait un peu.

— Elle avait des ennemis ? Quelqu'un susceptible, d'après vous, de lui faire du mal ?

— Zuza ? Non. Elle était…

— Comment ?

— Sincère, répondit Aleks en affichant une expression de surprise.

Il s'étonnait lui-même que ce terme lui vienne à l'esprit en premier pour la décrire.

— Vous pouvez développer ?

— Je ne sais pas comment le dire autrement. (Il prit une profonde inspiration avant d'ajouter :) Elle y croyait.

— En Dieu ?

— Aussi. Mais surtout, elle croyait en un monde meilleur pour tous. Elle voulait aider, fit-il en pesant soigneusement ses mots. Et elle pensait pouvoir y arriver en devenant journaliste.

— Et vous n'y croyez pas ?

— Je fais spécialisation *public relations*, dit-il comme si cela devait suffire comme explication.

— C'est-à-dire que vous n'y croyez pas ?

— Je pense que ce temps est dépassé.

— Zuzanna était de cet avis ?

— Non.

— Et pourquoi devenir journaliste ?

— Il faut demander ça à ceux qui veulent le devenir. Moi je veux faire des *public relations*.

— C'est-à-dire ?

— Être celui qui dit aux journalistes ce qu'ils doivent écrire.

— Et vous pensez que les journalistes vont vous écouter ?

— Oui. Parce qu'ils sont paresseux, fit-il d'un ton sûr de lui. Ça vous étonne, hein ?

— Qu'est-ce qui vous fait dire ça ?

— Le fait que vous soyez devenue policière. On entre dans la police pour aider les gens.

— Ce n'est pas mon cas, corrigea-t-elle.

— Non ?

— Non. Je suis devenue policière parce que c'est un des rares métiers qui permet, quand les conditions sont réunies, de faire du mal aux gens qu'on déteste.

Il poussa un gémissement, comme s'il avait reçu un coup de poing à l'estomac. Il se plia en deux, et ses joues se gonflèrent soudain, comme si deux petites pommes s'y étaient coincées de chaque côté. La Sèche s'écarta, devinant ce qui allait se produire. Le garçon jaillit de son siège et se rua sur la corbeille à papier placée dans un coin. Il vomit, une fois, puis une deuxième, toussant et se raclant la gorge. Lorsqu'il releva enfin la tête, il avait l'air d'un morceau de plastique recraché par un chien.

— Elle est vraiment morte ? demanda-t-il, toujours penché sur la corbeille.

— Oui.

— C'est étrange.

Il cracha, portant des yeux vitreux sur la mosaïque marronnasse qu'il avait projetée si violemment de son estomac.

— Excusez-moi.

— Pas de mal. Ce sont des choses qui arrivent. Pourquoi c'est étrange ?

— J'ai pensé à elle ce matin. En prenant ma douche.

La Sèche se raidit, espérant ne pas l'entendre dire ce qu'elle pensait. Le garçon s'en rendit compte et rougit brusquement.

— Non ! nia-t-il farouchement. C'est pas ça. Je veux dire qu'elle passait des fois la nuit chez moi.

— Bien sûr.

— Elle utilisait la salle de bains. Et aujourd'hui j'ai trouvé des cheveux à elle. Dans l'écoulement. Elle ne nettoyait jamais après elle. Ensuite, ça reste, et tout s'accroche dessus.

— Et ça vous a dérangé ?

— C'est un peu dégoûtant, murmura-t-il, confus. J'étais en colère contre elle, oui..

La Sèche s'efforça de ne pas montrer de désapprobation. Elle s'en voulait autant à elle-même qu'au garçon. L'interrogatoire avait dérapé, elle en avait perdu la maîtrise, et maintenant, au lieu de recueillir des informations il lui fallait écouter des banalités sur l'hygiène personnelle. Comment était-ce possible ? Soudain, elle eut comme un éclair, et une suite d'associations se fondirent en une simple histoire évidente. Elle bondit de sa place.

— On reprendra cette conversation, fit-elle à Aleks en sortant de la pièce.

Elle avait plus urgent à régler. Avant que les filles de l'appartement de Zuza ne nettoient la salle de bains.

Un tableau. Kochan ne se rappelait pas son titre, ni qui l'avait peint, mais il l'avait gardé profondément en mémoire. Un couple de paysans américains sur fond de chaumière. Lui, un chauve à lunettes, tenant une fourche. Elle, tout en noir. Tous deux tirant des têtes comme si on leur broyait les pieds dans un étau. L'inspecteur adjoint avait à présent l'impression d'être tombé sur le couple de cette peinture.

Après avoir recueilli les aveux de Karolina Wozniak, il avait transmis le dossier au procureur. Il y avait eu un peu de confusion parce qu'on ne savait pas avec certitude sous quel statut précis il avait opéré. Pour ne pas en rajouter, il s'était éclipsé après avoir reçu la quantité voulue de félicitations. Il avait d'abord pensé rentrer chez lui et passer le reste de la journée à se la couler douce mais, cédant à une autre tentation, il avait pris le dossier suivant sur la pile.

Une affaire qui datait de quatre ans, et dont il se souvenait. Deux filles de seize et quatorze ans, tuées à trois jours d'intervalle dans deux quartiers différents de la ville. Toutes deux étranglées à l'aide d'un fil de Nylon. Aucune trace de violence sexuelle. Pendant plusieurs semaines, une bonne moitié de la police de la capitale vécut dans la crainte d'avoir affaire à un tueur en série. On envoya des patrouilles supplémentaires sur la voie publique, en particulier aux abords des écoles et des lieux fréquentés par la jeunesse. En priant pour que les journalistes n'aient vent de rien. Cette fois, la chance sourit aux policiers, et les médias ignorèrent l'affaire. Et surtout, il n'y eut pas d'autre attaque. Ni à Varsovie, ni ailleurs en Pologne. Aucun coupable ne fut jamais démasqué.

Il lut le dossier. Il téléphona aux parents de la fille de quatorze ans pour les rencontrer. Il se retrouva un peu plus tard dans un appartement déplaisant du quartier d'Ochota, un logement sinistre avec un autel à la mémoire de la fille assassinée à l'endroit où on aurait mis une télé, et un couple fantomatique de l'autre côté de la table. Lui, Krzysztof Mroz, cinquante et un ans, enseignant et chercheur. Elle, Renata Mroz, quarante-six ans, employée de bureau dans le même établissement privé que son mari. Un enfant. Mort.

— L'enquête a repris ? demanda-t-il d'une voix aussi sèche que sa peau écaillée.

— On reprend régulièrement les affaires anciennes. Par exemple lorsque de nouveaux éléments apparaissent.

— Il y a des éléments nouveaux ? fit Renata Mroz. C'est-à-dire que...

Kochan rectifia sa position sur sa chaise et prit la tasse de thé devant lui. Il but une gorgée. Trop chaud et trop amer.

— Non, mais nous ressortons régulièrement les dossiers

pour vérifier s'il n'y aurait pas quelque chose de nouveau à tenter.

Krzysztof Mroz leva une petite cuillère en argent qu'il fit tourner entre ses doigts.

— C'est-à-dire qu'il n'y a rien de nouveau ?

— Non. Mais après toutes ces années, auriez-vous de nouvelles réflexions ou remarques qui vous viendraient à l'esprit ?

Krzysztof Mroz reposa lentement la cuillère sur la table, puis il caressa la main de sa femme. Mais quand il porta à nouveau le regard sur Kochan, celui-ci n'y vit que de la glace.

— Je vous raccompagne.

Sans attendre la réaction de l'inspecteur adjoint, il s'approcha de lui, le prit délicatement par le bras et le tira sur ses pieds. On aurait dit qu'il aidait un vieux à se lever. Trop surpris pour réagir, Kochan se laissa guider. Lorsqu'ils arrivèrent dans l'entrée, hors de portée de Renata Mroz, l'homme reprit la parole.

— Vous nous avez causé une grande peine. La mort de notre fille a été le plus terrible moment de notre vie. Renata ne s'en est toujours pas remise. Vous comprenez ce que vous nous faites en venant ici sans rien à nous dire ?

Étonnamment, l'homme n'avait pas l'air énervé. Il parlait avec calme, tout à fait maître de lui. Il exprimait davantage une déception que de la colère. Kochan ne répondit pas. Il ne trouvait pas les mots qu'il fallait.

— Concernant d'éventuelles remarques de notre part… Nous essayons de penser le moins possible à tout ça. Nous nous sommes même débarrassés des affaires de Jagodka. Nous les avons distribuées à des enfants dans le besoin. Des nécessiteux. Ses vêtements, son ordinateur, ses disques, ses livres. Nous n'avons rien gardé. Mais vous pourrez trouver dans vos dossiers la lettre que j'ai envoyée au parquet et à la police. Après avoir interrogé des juristes, j'ai énuméré toutes les négligences et les erreurs commises à notre avis pendant l'enquête, et qui ont empêché d'arrêter le coupable. Vous devriez repartir d'un examen détaillé de cette lettre. Elle pourrait vous inspirer.

Kochan essaya de se rappeler s'il avait vu la lettre de Mroz dans le dossier remis par Andrzejewski. Il lui semblait que non, mais il n'en était pas sûr.

— C'est ce que je vais faire, affirma-t-il.

— Je vous remercie. Et ne revenez plus chez nous tant que vous n'aurez pas quelque chose de véritablement important. Ou plutôt, avant d'avoir attrapé ce salopard.

— D'accord.

— Merci.

Mroz poussa délicatement mais fermement Kochan dans la cage d'escalier puis referma sa porte. L'inspecteur adjoint eut encore le temps d'entendre le bruit du verrou. Il jura par devers lui. Ça s'était plus mal passé qu'il ne s'y était attendu. Qu'est-ce qui lui avait pris ? Il aurait mieux fait de rentrer à la maison, s'allonger sur le canapé, allumer la télé et vider quelques bières pour fêter le succès de la veille.

Il descendit l'escalier. À mi-étage, il prit son téléphone dans sa poche et composa le numéro de sa femme. Elle répondit à la troisième sonnerie.

— Salut chérie, fit-il.

— Salut.

— Écoute…

Il se mordit la lèvre inférieure. Il regarda l'étage où la porte venait de se refermer.

— Je ne sais pas à quelle heure je vais rentrer. J'ai plein de travail.

À sa grande irritation, il perçut comme un soulagement dans sa respiration à elle. Il serra le poing. Elle aurait pu passer l'éponge. Il avait commis une erreur. Une seule faute, et voilà qu'elle en faisait toute une histoire, comme si on ne savait pas ce qui s'était passé.

— Dommage, mentit-elle. J'ai préparé à dîner.

— Je mangerai quelque chose dans un kiosque, coupa-t-il. Ne m'attendez pas.

Il raccrocha puis dévala les marches. Il retournait à la Crim'. Il voulait revoir les documents. Vérifier si la lettre de Mroz s'y trouvait ou non. Comprendre qui pouvait bien être ce foutu étrangleur.

Ils avaient investi la petite salle de bains. Jankowski, le technicien, était penché sur la baignoire, deux sacoches ouvertes à côté de lui. La première contenait son équipement de criminologue, la deuxième, des outils. Dans l'entrée, la Sèche bloquait le passage. On apercevait derrière elle les locataires qui tentaient de distinguer ce que faisait exactement le technicien.

Jankowski touillait dans l'écoulement avec un bout de fil de fer recourbé, tout en égrenant des jurons. La Sèche ne s'en faisait pas pour autant. Elle savait que Jankowski était toujours en pétard. En revanche, c'était un remarquable professionnel. Peut-être le meilleur à Varsovie.

— Et alors ? demanda-t-elle.

Elle remarqua que les filles qui se tenaient derrière tendaient l'oreille, guettant la réponse. Sucha entra et ferma la porte derrière elle. Jankowski se leva de la baignoire et la regarda avec reproche. L'espace était si exigu dans la salle de bains qu'ils se frôlaient presque.

— Tu devrais appeler un plombier, pas moi. Qu'est-ce que tu veux que j'explore encore ici ? L'évacuation des chiottes ?

— Si je soupçonne un seul instant qu'il pourrait s'y trouver des éléments importants pour l'affaire, je te le demanderai sans hésiter, répondit la Sèche.

— Génial, les contribuables dépensent leur argent durement gagné pour payer mon salaire, et on me réduit au rôle d'homme à tout faire… Et puis ouvre cette porte. Au moins, je pourrai mater les jolies filles. On étouffe à s'activer ici.

— Plus tard. Il y a quelque chose là-dedans ?

Jankowski se pencha de nouveau sur la baignoire.

— On dirait bien, oui, admit-il à contrecœur. Beaucoup

de cheveux. Ce n'est pas étonnant vu le nombre de filles qui vivent ici.

— Et ce qu'on cherche ?

Le technicien posa le morceau de fil de fer, retira ses gants et se gratta la tête.

— Ça pourrait être là. Mais je ne peux pas le sortir par ici. Il faudrait pouvoir accéder au siphon.

— Eh bien, fais-le.

Le technicien tapota les carreaux.

— La baignoire est intégrée.

— Et ?

— Théoriquement, il devrait y avoir une plaque amovible fixée par des aimants ou quelque chose dans le genre. Histoire qu'on puisse accéder facilement à l'installation.

— Mais il n'y en a pas, devina la Sèche.

— Exactement. Un quelconque crétin n'a pas réfléchi. Et maintenant, pour atteindre les tuyaux, il faut casser des carreaux.

Sucha prit une décision sans attendre. Elle fouilla dans le sac à outils, en tira le marteau le plus lourd qu'elle trouva et le tendit au technicien.

— Mets-toi au travail.

Jankowski sourit largement.

— J'aime ton style, dit-il. Mais tu en prends l'entière responsabilité, d'accord ?

— Bien entendu. Tu veux que je le mette noir sur blanc ?

— Toute déclaration écrite serait bienvenue.

Ils restèrent tous deux immobiles un instant. Derrière la porte on entendait les faibles murmures des filles, et dans les murs, le bruit de l'eau qui s'écoulait dans les tuyaux.

— Tu veux que je l'écrive maintenant ? demanda Sucha, brisant le silence.

— Non, pas maintenant, mais dès notre retour.

— Pas de problème. Et directement en double exemplaire.

Jankowski attrapa le marteau. Il étudia la baignoire, chercha le meilleur endroit pour cogner et cogna fort.

Une rayure longue et profonde apparut sur le carreau rose. Le technicien frappa une fois de plus et le carreau se fissura ainsi que le panneau de gypse sur lequel il était appliqué. Une des filles tambourina sur la porte fermée.

— Qu'est-ce qui se passe là-dedans ? Hé ho !

La Sèche reconnut la voix. C'était Anna, celle avec laquelle Mortka s'était enfermé dans la chambre la première fois qu'ils étaient venus ici. La policière ouvrit la porte, juste assez pour y passer la tête.

— Nous sommes occupés. S'il vous plaît, ne nous dérangez pas dans notre travail, déclara-t-elle avec sévérité.

— Mais qu'est-ce qui se passe ? insista la fille.

— S'il vous plaît, laissez-nous travailler.

— Je vais chercher M. Celtycki, menaça Anna.

— Faites donc. Je lui dirai exactement la même chose qu'à vous.

La fille souffla d'agacement puis tourna les talons. La Sèche la suivit des yeux tandis qu'elle enfilait ses chaussures et attrapait une veste vert foncé accrochée au porte-manteau. La flic referma la porte.

— Dépêchons-nous avant que le propriétaire se pointe.

— Je croyais qu'on était venus ici dans les règles, grommela Jankowski en luttant avec le tuyau en plastique.

Il s'escrimait à dévisser le raccord, auquel, manifestement, personne n'avait touché depuis des années.

— C'est le cas. Le procureur signera plus tard. Je n'ai juste pas envie de parler au proprio tout de suite.

— Le procureur n'est pas au courant ?

La Sèche haussa les épaules.

— Pas eu le temps.

— Tu n'es qu'une chèvre à la con ! lança Jankowski en secouant le tuyau.

Il touchait enfin au but. Il sépara les deux parties. Un filet d'eau sale coula sous la baignoire. Le technicien fourra les doigts dans le siphon et commença à chercher. Il en extirpa environ vingt centimètres de cheveux emmêlés, couverts d'une substance grise nauséabonde où l'on distinguait de petites taches blanchâtres.

— C'est ça ? demanda-t-elle.

Le technicien examina sa trouvaille en la retournant dans tous les sens.

— Je crois, oui, confirma-t-il. Je pense que c'est du sperme.

L'idée était venue à la Sèche pendant l'interrogatoire d'Aleks. Puisque les locataires de l'appartement étaient toutes des filles, l'écoulement de la baignoire devait forcément être encombré de cheveux. Impossible autrement. Elle doutait que chacune ait soigneusement nettoyé derrière elle. De retour chez elle, Zuzanna avait dû prendre un bain pour se laver de toute souillure. Se débarrasser de la semence du violeur. Qui avait pu rester prise dans des cheveux dans le tuyau. Une hypothèse hardie, mais à vérifier. Si elle avait raison, ils disposeraient d'une preuve matérielle inestimable. C'est pour la même raison qu'ils avaient cherché les sous-vêtements sales de la fille, mais sans les trouver. Elle avait dû soit les laver, soit les jeter ou les abandonner sur le lieu du viol.

— Ne te réjouis pas trop vite, prévint Jankowski. Vu comme c'est, avec l'effet des produits chimiques, l'ADN a pu être endommagé. Pour autant qu'il s'agisse de sperme et non d'autre chose aussi moche.

— On verra bien.

Jankowski haussa les épaules. Il rangea les cheveux dans une pochette préparée à cet effet, la referma soigneusement et la remit dans sa sacoche. Puis il ramassa le reste des affaires.

— On fait le ménage ? demanda-t-il en montrant les carreaux.

— Les filles sauront faire, commenta la Sèche.

Ils quittèrent aussitôt l'appartement sans donner d'explications aux locataires qui attendaient devant la porte.

Ils avaient réussi à terminer avant l'arrivée de Celtycki. La Sèche se demanda la tête que ferait le politicien en voyant tout le désordre qu'ils avaient laissé. Elle regretta un peu de ne pas pouvoir assister à la scène.

Chapitre 11

Il regardait le bracelet de diamants à son poignet et la petite toile d'araignée que dessinaient ses délicats reflets sur la table sombre. Mortka se demandait d'où elle le tenait. Aucune femme ne saurait se sentir seule et désespérée au point d'aller s'acheter pareille merveille, il devait donc s'agir d'un cadeau. D'un homme. Sans doute d'un ancien petit ami, peut-être même d'un fiancé. En tout cas, une liaison sérieuse, du moment que le type s'était résolu à pareille dépense. Ou alors il était riche à millions. Il se demandait qui cela pouvait bien être. Il lui revint soudain qu'il savait peu de choses sur Olga. Sur son passé, qui elle était, qui elle fréquentait. Comment s'était déroulée sa vie. Étrangement, il n'éprouvait pas le besoin d'en apprendre plus. Tout simplement, ça ne l'intéressait pas. Ce qui l'inquiétait un peu, car il n'y voyait pas un bon signe. Il avait établi une liaison avec Olga. Encore floue, mais de plus en plus sérieuse de semaine en semaine. Il aurait dû être curieux du passé de la femme chez qui il avait quasiment élu domicile.

— Tu penses à ton travail ? fit Olga.

— Non, répondit-il. À toi.

Elle sourit et rajusta une mèche rebelle sur son front. Sans en être sûr, il eut l'impression qu'elle venait de rougir.

— Vous avez déjà trouvé l'assassin ? De cette jeune femme ?

— Non.

— Qu'est-ce qu'il se passe ?

— Je n'ai pas envie d'en parler. Raconte-moi plutôt comment ça va dans ton travail.

— Mon travail est ennuyeux.

— Le mien aussi, au fond.

Il planta sa fourchette dans la côtelette et en détacha un morceau. C'était Olga qui avait préparé le dîner. Mortka ne savait même pas au juste ce qu'il mangeait. Il avait identifié la salade de roquette, les petits oignons rouges, mais pas la viande brillante sous le glaçage. La dernière fois qu'il avait vu un plat pareil, c'était dans une émission culinaire à la télé.

Il commença à mâcher. La viande juteuse était agréablement tendre. Ce devait être du veau.

— D'accord, fit-il en avalant. Pourquoi une femme de ménage ukrainienne avoue-t-elle un crime qu'elle n'a pas commis ?

Les yeux d'Olga brillèrent comme les diamants à son poignet.

— C'est sûr que ce n'est pas elle ?

— Certain, confirma-t-il. Elle se trouvait sur le lieu du crime, c'est sans doute elle qui a découvert le corps, mais elle n'a pas la moindre idée de la manière dont la fille a été tuée.

— Dans ce cas, on l'a menacée. Mais qui ?

— Bonne question. On a notre hypothèse. Mais il y a encore mieux comme question.

— Pourquoi l'a-t-on obligée à s'accuser ?

Il hocha la tête.

— Exactement.

Il goûta le vin. Un rouge râpeux qui restait sur la langue. Il ne put décider si c'était bien ou mal. Il se dit qu'il lirait des trucs sur le sujet quand il aurait un moment de libre.

— J'ai cuisiné cette femme pendant des heures, poursuivit-il. Je l'ai approchée de tous les côtés. Et elle continue à se cramponner à son histoire invraisemblable.

— Elle a peur.

— Moi aussi, je sais faire peur.

— Je n'en doute pas, fit-elle d'une voix un peu plus basse qui fit passer des frissons dans le dos de Mortka. Tu l'as menacée ?

Mortka se tut, cherchant une réponse, la plus diplomatique possible sans être un mensonge absolu.

— Je lui ai présenté les conséquences de son comportement, dit-il.

— Donc, tu l'as menacée ! s'exclama-t-elle avec enthousiasme, avant de se pencher sur lui et de lui demander sur un ton de conspiratrice : Vous avez le droit de faire ce genre de choses ?

— Bien sûr que non.

— Mais vous le faites ?

Il hésita.

— La majorité des interrogatoires en phase préliminaire ne sont ni enregistrés ni consignés, répliqua-t-il en choisissant ses mots. Nous ne rédigeons de protocoles que plus tard, ce qui nous donne une plus grande liberté de méthode.

— Alors, qu'est-ce que tu lui as dit ? reprit Olga tout excitée.

Elle avait complètement oublié l'assiette devant elle et le verre de vin.

— J'ai évoqué le fait qu'elle pourrait être condamnée à perpétuité.

— Et c'est le cas ?

Il fit non de la tête.

— À mon sens, elle ne pourrait prendre que douze ans.

— C'est déjà beaucoup. Pour une femme surtout, dit-elle. Le Kub, peut-être que quelqu'un la paye pour qu'elle avoue ?

— C'est possible, reconnut-il.

Entre menaces et motivation financière, il ne pouvait se résoudre à choisir ce qui était le pire dans une telle situation. Si quelqu'un a peur, la police peut lui offrir une protection. Tendre une main secourable. Si elle se laisse acheter, cela signifie que Svitlana aurait librement accepté de devenir bouc émissaire. Il croyait cela possible parce qu'elle ne se rendait pas compte de ce que ça impliquait. Il était certain d'une chose, l'Ukrainienne était déterminée à prendre la culpabilité sur elle. Il devait trouver le moyen de la toucher. De briser sa résistance.

— J'aime bien quand tu t'emballes, fit Olga.

— Excuse-moi. Je ne recommencerai pas. Mais c'est toi qui m'as lancé, essaya-t-il de plaisanter.

Elle rapprocha sa chaise. Elle lui posa sur la cuisse une main qu'elle fit remonter lentement.

— Mais pas de problème. J'ai bien dit que je j'aimais ça, souffla-t-elle avant de lui mordiller le lobe de l'oreille. Ne sois pas mal à l'aise.

Ça ne risquait pas. Toute pensée liée à son travail disparut instantanément de son esprit, le laissant libre de se concentrer sur le moment présent.

D'ordinaire, c'était Skunks qui s'occupait de la vodka. Il venait de Roztocz dont il rapportait les spécialités locales, préparées dans les chaumières avec des alambics qui rappelaient l'époque du communisme, à partir d'une eau cristalline et d'herbes aromatiques. Pour Aleks, ça n'avait qu'un goût d'alcool à 90° dilué et mélangé à des plantes ramassées sur les pelouses de son immeuble. Il soupçonnait Skunks de les arnaquer pour se faire de quoi payer le loyer. À présent, cela dit, ils buvaient à la mémoire de Zuza, et il avait fallu dégotter quelque chose de mieux. Ils s'étaient décidés pour une vodka Finlandia.

Ils avaient déplacé la table dans l'entrée et posé dessus la vodka, des chips, du saucisson et des cornichons en boîte. Misiek avait déniché deux bougies qu'il avait allumées, et il avait lancé une lugubre musique métal sur son ordi.

Aleks n'était pas d'humeur à faire une veillée. Il était rentré de la Crim' tout pâle, épuisé, agité. Il avait envie de s'enfermer dans sa chambre, de rester seul, peut-être de dormir, même s'il n'était pas sûr d'y parvenir. Les autres ne lui laissèrent pas le choix. Ils l'assirent de force, lui remplirent son verre et lui ordonnèrent de boire. Il s'exécuta, espérant qu'ils lui ficheraient rapidement la paix. Après quoi Skunks sortit un paquet de clopes, lui en glissa une dans le bec et l'alluma. La fumée lui piquait les yeux. Sur l'insistance des gars, Aleks raconta l'interrogatoire et tout le reste. Ils l'écoutèrent avec attention tout en buvant et grignotant.

— Mais ils ne te soupçonnent pas ?

— Non. Non. Certainement pas.

Une demi-heure, une heure passèrent. Aleks ne se rendait pas vraiment compte. Le temps s'écoulait de façon étrange. Il avait l'impression de tourner en rond comme un chien qui essaye de se mordre la queue. Il était persuadé d'avoir déjà tout dit à Misiek, mais il lui expliqua de nouveau.

— Ça n'aurait pas dû se passer comme ça. J'avais prévu de la plaquer.

— Vrai ?

— Vrai. Parce que tu vois…

Il saisit Misiek par le col de son T-shirt et serra l'étoffe dans sa main.

— Dans la vie, ce qui compte, c'est le développement. Ne pas faire du surplace. Si tu ne bouges pas, tu recules. Donc, c'est avancer qu'il faut. Tu comprends ?

— Ouais.

Le garçon souffla et tenta de concentrer son regard sur son colocataire dont le visage se défaisait.

— Ça faisait si longtemps qu'on était ensemble. Des années… Mais ça n'aurait pas dû être le cas. Tu comprends ?

— Je comprends.

— Voilà.

Il fronça les sourcils et claqua de la langue. Quelque chose lui échappait. Une idée importante qu'il voulait absolument partager, mais qu'il ne parvenait pas à formuler. Il leva une main pour faire taire les autres et tenta de se concentrer. En vain. Il se rabattit sur la Finlandia, se resservit, sans oublier Misiek. Puis il attrapa le paquet de clopes sur la table.

— Skunks, je peux ?

Assis de l'autre côté de la table, Skunks acquiesça.

— Aujourd'hui, tu as tous les droits.

Aleks alluma une cigarette, alors qu'en principe, il évitait le tabac. Il ne fumait presque pas. Il faisait attention à lui.

Entre-temps, Marek émergea de sa chambre où il avait disparu quelques minutes plus tôt. Il observa toute la compagnie, s'arrêtant un peu plus longuement sur Aleks.

— Et alors ?

— Zuza est morte, bredouilla Aleks.

— Je sais, vieux, je sais.

Marek s'approcha de Skunks et lui tapota l'épaule. L'informaticien leva péniblement la tête et haussa les épaules.

— Viens avec moi, dit le garçon.

— Pour quoi faire ?

— Viens, je te dis.

Skunks soupira, mécontent. Il vida le verre de vodka posé devant lui et se leva en rotant. De minuscules morceaux de chips tombèrent de son T-shirt sur le canapé.

— *Sorry*, les gars, fit-il.

Traînant les pieds dans ses pantoufles, il suivit Marek qui rentrait dans sa chambre.

— Ferme la porte.

— Tu déconnes ?

— Tu la fermes, un point c'est tout, dit Marek en s'installant devant son ordinateur.

Skunks claqua la porte du plus fort qu'il put, à faire trembler les vitres. Marek se retourna sur sa chaise pour jeter un regard furieux à son colocataire.

— Putain, tu voudrais pas la claquer encore plus fort ? grogna-t-il très mécontent.

— Si je pouvais, je le ferais. Tu veux quoi ?

Marek lui montra l'ordi allumé avec une fenêtre ouverte sur le navigateur Opera.

— Et alors ?

— Tu te rappelles que Zuza venait de temps en temps chez nous.

— Et ?

— Elle avait un compte sur Dropbox.

— Sur quoi ?

— Ce serveur Internet.

Le visage de Skunks s'éclaira d'un sourire en coin.

— J'avais entendu « crottebox », et je me suis demandé de quoi tu voulais parler.

— Dropbox.

Maintenant je vois. Et alors ?

Marek hésita, se demandant s'il devait en rester là ou continuer. Puis il fit signe à son copain d'approcher. Il tapa l'adresse de Dropbox.

— Un jour qu'elle était venue voir Aleks alors qu'il n'était pas là, elle m'a demandé si elle pouvait se servir de mon ordi.

— Ah…

Marek tapa rapidement le login et le mot de passe. L'écran scintilla, puis apparurent quelques icônes et dossiers.

— C'est à elle ? demanda Skunks.

— Oui.

— Tu avais regardé son mot de passe ?

— Par hasard.

— Comment ça, par hasard ?

— En fait, je lui matais les nichons.

Skunks montra les dents.

— C'est vrai qu'elle avait de beaux nichons.

— En effet, confirma Marek.

Sur quoi il ouvrit un des dossiers. Il trouva une série de fichiers terminés en .jpg qui signalaient des photos.

— Voilà ce que j'ai trouvé, dit-il en cliquant sur la souris.

Une première photo se chargea. Puis une deuxième.

Skunks s'appuya sur le bureau pour se pencher vers l'écran. Il plissa les yeux.

— Putain ! souffla-t-il après quelques secondes. Tu as trouvé ça dans ses dossiers ? Pour de vrai ?

— Oui.

— Putain !

Skunks se couvrit la bouche d'une main en se mordant les doigts.

— Tu sais ce que c'est ? demanda Marek.

L'informaticien fit non de la tête.

— Le financement de notre projet.

Un grand silence se fit dans l'appartement. La playlist métal venait de se terminer. Ils entendirent Misiek se lever de table pour aller la relancer du début.

— Finies les réunions avec des débiles qui ne comprennent rien à ce qu'on leur apporte. Plus de courbettes devant les petits malins qui s'assoient sur le pognon. Finis les déguisements, les numéros de cirque. Fini le léchage de cul, dit Marek tout excité. On prend ça, et on vide la caisse.

Skunks sortit la main de sa bouche. Il l'essuya sur son jean sale avant de jeter un nouveau coup d'œil sur l'écran.

— Aleks ne doit jamais savoir, dit-il.

— Jamais, déclara Marek.

Ils hochèrent la tête d'un même mouvement.

— J'avais peur que tu ne sois pas d'accord, reconnut Marek.

Skunks haussa les épaules.

— Et pourquoi je serais pas d'accord ? demanda-t-il.

— Aleks, putain, qu'est-ce que tu fabriques ? hurla Misiek.

Le cri venait de la cuisine. Marek rabattit en vitesse le couvercle de son ordi et courut rejoindre Misiek. Le garçon se tenait sur le seuil, de sorte qu'ils se percutèrent. Misiek tomba en avant et atterrit de tout son long sur le plancher. Marek gémit de douleur lorsque Skunks le coinça contre le mur. Aleks, cependant, ne vit rien de la collision. Il était devant la fenêtre, appuyé au rebord du balcon. Il serrait dans sa main droite un grand couteau de cuisine comprimé sur son poignet gauche.

Les autres se regardèrent. Ça n'annonçait rien de bon. Aleks qui, quelques instants auparavant, expliquait avec passion pourquoi il voulait se séparer de Zuza semblait maintenant complètement ailleurs. Une cigarette se consumait sur ses lèvres, mais il n'en sentait pas la brûlure. Il y avait un petit tas de cendres devant ses pieds. Il n'arrêtait pas de pleurer, sans bruit, et peut-être même sans s'en rendre compte. Des filets de morve lui coulaient des narines. Et ce couteau dans sa main… Il ne s'agissait pas d'une démonstration ou d'une provocation d'ivrogne, même si l'alcool jouait son rôle. Là, c'était du sérieux. Et si Aleks se retenait encore, ce n'était pas par doute, mais parce que les affaires sérieuses exigent une réflexion sérieuse.

— Salut, Aleks, fit Marek qui décida d'intervenir en premier.

Le garçon leva la tête. Il avait l'air surpris par la voix de son copain.

— Salut.

— Qu'est-ce que tu fais, Aleks ?

Silence. Long comme deux battements de cœur.

— Rien de spécial. J'arrive.

Alors qu'il parlait, le mégot lui tomba des lèvres pour finir sur le carrelage de la cuisine.

— Le couteau, c'est pour quoi ?

Aleks réfléchit longuement avant de répondre gaiement :

— Rien. Je voulais me faire des tartines.

Marek avança d'un pas. Il ne quittait pas des yeux la lame toujours appuyée sur la peau d'Aleks. Il se demandait fiévreusement de quelle manière il devrait réagir pour éviter d'avoir du sang dans toute la cuisine.

— Misiek va te faire tes tartines. Allez viens, Aleks, on boit un coup.

— Misiek ne sait pas à quoi je les veux.

— Dis-le-lui.

Aleks resserra sa prise sur le couteau à s'en faire blanchir les jointures. La lame était perpendiculaire au poignet. De cette façon, il ne se ferait pas grand mal. Mais dès que Marek fit un pas, il la déplaça de sorte qu'elle soit parallèle au bras : s'il se coupait maintenant, le sang jaillirait abondamment. Ils ne pourraient pas stopper l'hémorragie. Pas après une telle quantité de vodka. Marek n'était même pas sûr qu'ils aient des bandages à la maison. Peut-être des pansements, mais ça ne suffirait jamais. Sa seule consolation était qu'Aleks ne tournait pas le couteau dans leur direction et n'essayait pas de les menacer. Il n'aurait pas su comment se comporter dans pareille situation. Et il n'avait certainement pas l'intention d'appeler les flics. Surtout pas avec cette bombe qu'il venait de trouver sur Dropbox.

— Aleks ?

— Sortez. Je veux être seul. Je vous rejoindrai tout de suite.

Le garçon augmenta la pression sur le couteau. Il respira profondément. Il avait cessé de pleurer. Le monde autour de lui avait rétréci aux dimensions d'un petit cocon où il n'y avait plus de place que pour lui et son couteau dans la main.

Marek se dit que ça allait mal finir, il lui restait une dernière chance de prévenir un malheur. Il était conscient qu'il avait trop bu, donc était enclin à prendre des risques inconsidérés. Il devait y regarder à deux fois et éviter toute précipitation. L'avantage de la consommation d'alcool était qu'il avait cessé d'écouter la voix du bon sens ordinaire.

Il s'approcha d'Aleks, saisit la main qui tenait le couteau et la fit tourner d'un geste décidé qui l'orienta vers le mur. Il s'attendait à une résistance, à un début de lutte, mais Aleks se laissa faire sans difficulté.

— Marek…

— Quoi ?

— Zuza est morte.

— Je sais, vieux.

Aleks s'appuya sur son copain qui le retint, et Marek

sentit qu'il recommençait à pleurer, inondant son T-shirt de larmes et de bave.

Bronislaw Szczerski jeta un œil sur le réveil posé sur la table de nuit. Il était près d'une heure du matin, mais les coups à la porte ne cessaient pas, se faisant même de plus en plus insistants.

— J'arrive ! Minute, j'arrive !

Il n'avait aucune idée de qui ça pouvait être, mais il sortit du lit. Il se frotta le visage et traîna les pieds jusqu'à la porte. Il jeta un œil par le judas. Un homme d'une trentaine d'années en veste de cuir se tenait de l'autre côté. Un homme que Szczerski voyait pour la première fois.

— C'est qui ?

— Inspecteur adjoint Dariusz Kochan. Police. Ouvrez.

Le cœur de Szczerski se serra.

— Je n'ai rien à voir là-dedans.

— Dans quoi ?

— Tout ça. Fichez-moi le camp ! cria-t-il en s'en retournant vers le lit.

Les coups à la porte redoublèrent d'intensité. Il retourna au judas.

— Ouvrez !

— Comment je peux savoir que vous êtes de la police ?

L'homme de l'autre côté sortit sa carte et la présenta devant le judas, empêchant d'y voir autre chose.

— Ça ira ?

Szczerski examina le document. Il avait l'air authentique. À contrecœur, il ouvrit. Et reçut en plein visage un coup qui l'envoya sur le cul. L'inspecteur adjoint entra tranquillement et referma la porte derrière lui.

— Vous n'avez pas le droit ! gémit Szczerski en se tenant le nez.

Pour toute réponse, le policier le frappa à nouveau, cette fois d'un coup de pied dans la cuisse. L'homme poussa un glapissement comme s'il avait reçu un coup de pilon à viande.

— J'ai tous les droits! rétorqua Kochan. Lève-toi, saloperie.

Szczerski se redressa lentement, craignant de nouveaux coups. Mais rien ne vint. Kochan le poussa à l'intérieur de la pièce, et l'homme se traîna en boitant à la place que le policier lui indiqua.

— Il y a qui d'autre ici, à part toi ?

— Personne.

— Sûr ? Pas même un joli petit cul de douze ans ?

— Non !

Kochan alluma la lumière. Szczerski cligna des yeux. Le policier inspecta d'abord la cuisine, puis la salle de bains. Lorsqu'il revint, l'homme découvrit avec frayeur que l'inspecteur tenait en main un pistolet. Il se souvint du film *Magnum Force* de Clint Eastwood, et sentit ses genoux fléchir.

— Ne me tuez pas… implora-t-il.

Kochan eut un large sourire.

— Personne ne va te tuer, vieux pervers… Enfin, je crois. Assieds-toi dans le canapé.

Szczerski obéit aussitôt. Kochan prit une chaise, la posa en face de l'homme et s'assit. Il appuya sa main armée sur le dossier, comme pour viser Szczerski.

— On va parler de ta fille, fit l'inspecteur adjoint. Raconte-moi comment tu l'as tuée.

— Je ne l'ai pas tuée ! Je l'aimais !

Kochan prit de l'élan pour envoyer une grande claque sur la joue de Szczerski. Les murs du studio retentirent du bruit de la gifle, et la moitié du visage de l'homme vira à l'écarlate.

— Je t'interdis de dire ça !

— Excusez-moi, bredouilla Szczerski, stupéfait.

— Dis-moi comment tu l'as tuée !

— Je ne l'ai pas fait.

— Tu l'as violée quand elle était petite. Tu es allé en taule. Tu en es sorti, et quoi ? Quatre mois plus tard, elle est morte. Quatre mois.

Kochan compta sur ses doigts.

— C'est tout le temps que tu as pu te retenir. Ta petite fifille avait bien grandi, tandis que tu pourrissais au trou. Pourquoi tu l'as tuée ? Elle ne voulait plus te prendre dans la bouche, c'est ça ? Elle ne voulait plus te branler ? C'est ça qui t'a foutu en rogne, et tu l'as tuée ? Et ensuite l'autre, parce que tu avais encore besoin de décharger, c'est ça ?

— Quelle autre ? demanda Szczerski.

Kochan se figea. Il avait perçu dans la voix du type un étonnement authentique et sincère. Szczerski ne savait pas de quoi parlait l'inspecteur adjoint. Gosia, la fille de Szczerski, était morte la première. Jagoda, trois jours plus tard. Après la découverte du corps de Gosia, la première action avait été l'arrestation du père. Il avait un alibi, mais fragile et douteux. Au moment de la mort de sa fille, il était au cinéma. Il avait réussi à raconter le film. Une des caissières du multiplex avait confirmé lui avoir vendu un billet, mais elle ne se souvenait pas pour quelle séance. Aucun membre du personnel ne se rappelait s'il était vraiment entré dans la salle. Les enquêteurs estimaient qu'il aurait pu, pour se constituer un alibi, voir le film plus tôt afin d'être en mesure d'en parler puis acheter un deuxième billet pour l'heure où il avait prévu de tuer sa fille. Mais alors était survenu le deuxième crime où rien ne reliait Szczerski à la victime. On n'avait trouvé aucune preuve contre lui. On ne lui avait pas parlé de cet assassinat parce qu'on ne voyait pas de raison de le faire. De plus, on avait essayé de garder l'affaire secrète.

Jusqu'ici, Kochan était persuadé que l'abandon rapide de l'hypothèse de la culpabilité de Szczerski avait été une erreur. Il avait décidé de cuisiner le type. Il espérait qu'une méthode « active » d'interrogatoire jointe à une visite à cette heure tardive viendrait à bout de lui. Il se soucierait d'éventuels problèmes liés au viol de l'intégrité physique du suspect le moment venu. Il pourrait écrire que Szczerski avait résisté à son arrestation, ou quelque chose comme ça. Dans l'appartement, ils ne seraient que tous les deux. Qui les gens allaient-ils croire ? Un pédophile, assassin de sa propre fille et de deux autres gamines, ou le policier venu l'arrêter ? À présent, cependant, ce plan futé tombait à l'eau. Le mec était innocent.

— Je ne sais rien, poursuivit Szczerski.

— Silence.

— Depuis ma sortie de taule, je me soigne, gémit l'homme sur un ton implorant. Je suis suivi par un psy. Je n'ai jamais manqué un rendez-vous de toutes ces années. Je ne me suis même jamais approché de Gosia. Vos collègues ont vérifié, ils savent.

— Ce n'est pas mon problème.

Kochan se leva de sa chaise. Il s'approcha de Szczerski et se pencha de façon à bien lui mettre son pistolet sous le nez. L'inspecteur adjoint cherchait une issue à la situation pour s'éviter les ennuis. Il choisit d'intimider Szczerski. Assez pour le convaincre qu'il ferait mieux de garder pour lui toute info sur sa visite. Mais sans forcer. Si le type paniquait, il pourrait faire des bêtises. Kochan devait donc se montrer modéré, ce qui n'avait jamais été son point fort.

— Je t'ai à l'œil, pigé ? siffla-t-il. Quand tu vas faire tes courses, quand tu vas au boulot, quand tu vas chier. Je sais tout sur toi. Ça imprime dans ta petite cervelle de pervers ?

— Oui.

Kochan tapota l'épaule de Szczerski, puis il se dirigea vers la porte. Avant de sortir, il prit le temps de se retourner pour jeter à l'homme un regard chargé de mépris. Szczerski était toujours dans le canapé. Blême et terrorisé.

— Je t'ai à l'œil, fit l'inspecteur adjoint avant de disparaître dans l'obscurité de la cage d'escalier.

Chapitre 12

Piotr Celtycki se réveilla avec un sentiment d'optimisme rare chez lui. Depuis qu'il avait ouvert les yeux, il éprouvait comme une certitude que tout allait s'arranger. L'affaire de Zuza qui lui empoisonnait la vie venait de se régler. Dommage pour la fille, mais elle avait bien cherché son malheur. Aucune de ses colocataires n'avait craqué. Si la police avait disposé d'éléments, elle se serait déjà manifestée. Il avait lu que la majorité des affaires se résolvaient dans les premières vingt-quatre heures. Dans le cas présent, le délai était expiré. Cela signifiait que les enquêteurs tournaient en rond et qu'ils se rapprochaient d'une décision de classement, dans l'attente de l'apparition éventuelle d'éléments nouveaux. Qui n'apparaîtraient jamais. La visite de la police dans l'appartement de Zuza la veille lui avait bien un peu pourri le sang, mais quand il avait appris qu'ils étaient juste venus fouiller l'écoulement d'eau, ça lui avait remonté le moral. Qu'est-ce qu'ils auraient bien pu trouver là ?

— Qu'est-ce qui te fait sourire ? demanda Magda.

Il se contenta en guise de réponse de s'approcher d'elle, de la prendre dans ses bras et de la serrer. Elle embaumait le shampoing aux herbes. Il sentit son pénis durcir et n'en sourit que plus largement. Il avait oublié quand, pour la dernière fois, il s'était trouvé excité par sa femme. Il se dit qu'il devrait retrouver Ania.

— Aujourd'hui sera une belle journée, si tu m'accordes

une petite faveur, fredonna-t-il à l'oreille de Magda, reprenant un hit quelque peu oublié d'Helena Majdaniec.

Magda lui donna une petite tape enjouée. Celtycki se prépara un café avec la machine à expresso. Les enfants prenaient leur petit déjeuner à la table. Il se joignit à eux, écouta quelques histoires d'intérêt moyen sur l'école : ce qu'avait dit cette andouille de Barbara, ce qu'avait fait l'ennuyeux Jacek, et ainsi de suite. Les cours qu'il avait suivis pour être un homme politique dynamique lui avaient heureusement appris à feindre l'intérêt même s'il mourait d'ennui. Un savoir-faire utile.

Magda conduisit les gamins à l'école avant d'aller retrouver une amie dans un salon de beauté du centre-ville. Celtycki avait donc l'appartement pour lui tout seul jusqu'à la mi-journée. Il se demanda comment profiter de l'occasion. D'habitude, Magda rentrait chez eux après avoir accompagné les enfants. Ils rasaient alors les murs en veillant soigneusement à ne pas se croiser, ce qui n'était pas aisé. Dès qu'elle rentrait, elle allumait la télé qui jouait toujours trop fort, et ça le rendait dingue, d'autant qu'il ne comprenait pas comment on pouvait passer son temps à regarder des rediffusions. Il se demandait à quoi bon payer un abonnement au câble pour quelques dizaines de chaînes qui diffusaient toutes toujours les mêmes choses. Elle le regardait de travers quand il se servait encore un whisky avant midi, puis quand il se rendait plus tard de son bureau aux toilettes en s'efforçant de ne pas tituber.

Les choses empiraient avec le retour des enfants de l'école.

Non, se dit-il avec irritation, ce genre de journée devait prendre fin. Assez picolé en tournant entre quatre murs. Il débordait d'énergie et il était temps de la mettre à profit, de passer à l'action. Et de se rappeler au bon souvenir de tous ceux qui avaient une dette envers lui. Il comprenait que la campagne menée quelques années plus tôt contre lui avait eu des conséquences catastrophiques sur son image, qu'il fallait maintenant reconstruire. Il devait refaire surface dans la conscience des électeurs, créer un récit nouveau autour de sa personne. Le conseil municipal de Varsovie lui parut un bon point de départ vers un grand retour. Redémarrer avec une initiative sociale inattendue. Varsovie était une ville de médias. Il n'atterrirait pas en première page des journaux, mais sur les réseaux sociaux et YouTube, pourquoi pas. Il suffirait de préparer quelques bonnes formules, de diffuser quelques exemples de discours vigoureux où il démolissait ses adversaires, et la route du Parlement s'ouvrirait. Et de là… *Sky is the limit*, comme disent les Américains. Ça lui prendrait plus de temps qu'il ne l'avait prévu, plus de temps même que Geremek ne l'avait supposé, mais putain, il avait droit à une deuxième chance. Maintenant. La mort de Zuza devait enfin lui procurer quelques avantages.

Il prépara une liste de gens à contacter et d'arguments pour les convaincre. Puis il établit un plan de campagne, divisé en trimestres, en mois, et même en semaines. Mais d'abord, il voulait profiter de ce qu'il était seul, et il appela Ania. Enfin, ils avaient une occasion de s'envoyer en l'air dans des conditions civilisées, et sans stresser à l'idée que Magda pose des questions stupides du genre où il allait et à quelle heure il comptait rentrer. Comme par malheur, la fille ne répondit pas. Celtycki essaya de se rappeler si Ania avait cours à cette heure-ci, mais sans succès. Il pourrait s'habiller, se rendre à l'autre bout de la Cité, vérifier si elle était dans l'appartement. Mais il n'en avait pas vraiment envie. Il l'appellerait plus tard. Cependant, un processus engagé ne souffrant pas d'être interrompu, il alla se masturber dans la salle de bains.

Il était en pleine action quand il entendit frapper à la porte. Il s'interrompit, avant de choisir de continuer, mais les coups ne cessaient pas, devenant même de plus en plus insistants. Celtycki grommela son mécontentement, enfila un pantalon et se dirigea vers l'entrée. Il vit dans la grande glace son propre reflet et l'érection qui lui gonflait le pantalon. Il retourna prendre une robe de chambre dans la salle de bains avant d'ouvrir enfin.

Sur le seuil il découvrit Mieszko, jambes légèrement écartées, bras croisés sur la poitrine, une expression mêlée de gêne et de colère sur le visage.

— On a un problème, fit-il à Celtycki avant de le repousser à l'intérieur d'un coup violent sur la poitrine.

Il entra après lui.

— On a des ennuis, reprit-il en fermant la porte derrière lui. À cause de toi.

Cette affaire est une erreur, reconnut Kochan en son for intérieur. Il avait eu de la chance une fois dans sa vie, il avait réussi avec cette Wozniak, et il s'était dit que la chance avait tourné et que tout marcherait dorénavant comme sur des roulettes. Mais non. Il s'était planté une fois de plus et priait maintenant pour que Szczerski n'aille pas porter plainte contre lui.

Sur son élan, il rendit visite à la dernière personne concernée, Iwona Kwiatkowska, la mère de Gosia et ex-épouse de Bronislaw Szczerski. C'était elle qui avait informé la police que son mari abusait sans doute sexuellement de leur enfant. Lorsque les soupçons furent confirmés, elle demanda le divorce et reprit son nom de jeune fille. Elle faisait une impression sympathique. Une blonde légèrement enrobée avec un vaste postérieur qui peinait à se comprimer dans une jupe à carreaux, elle arrivait à peine à l'épaule de Kochan. Pas du tout son type.

— Vous allez bien ?

Kochan se força à sourire.

— Oui. Pourquoi vous posez la question ?

— Vous avez une petite mine.

— J'ai peu dormi, répondit-il en toute sincérité.

Elle réagit avec un éclair de compréhension dans les yeux.

— Prenez un verre de lait chaud avec du miel. Des fois, ça suffit. Sinon, essayez avec des herbes naturelles. Il y a une marque, « Bonne nuit ». Et si ça n'aide pas, il reste la pharmacie. Mais ce n'est pas pareil. Bien sûr, ça fait dormir. Mais après, on se réveille patraque, comme si on s'était promené en somnambule. Avec du brouillard dans la tête.

Kochan remercia du conseil.

— Vous avez d'autres questions ? demanda-t-elle. Parce que, vous voyez…

— Vous êtes pressée d'aller au travail, acheva-t-il à sa place.

Ils avaient parlé plus de dix minutes. Kochan lui avait fait le même numéro qu'aux époux Mroz, il lui avait posé les mêmes questions ; et si Kwiatkowska l'avait reçu bien plus aimablement, il n'en avait appris que la même chose, c'est-à-dire rien.

— Exactement.

— Je pourrais voir la chambre de Gosia ? demanda-t-il pour conclure, sans espérer toutefois y trouver quoi que ce soit. Pour autant que…

— Je n'ai touché à rien, rassura-t-elle. C'est la porte à côté de la cuisine. Vous pouvez y aller. Vous n'allez pas vous perdre. Pendant ce temps, je me prépare.

Il remercia d'un hochement de tête.

En entrant dans la chambre de Gosia Kwiatkowska (la mère avait aussi changé le nom de sa fille), il comprit d'emblée que rien n'avait bougé depuis sa mort, pas le moindre petit détail. Livres et cahiers sur le bureau, les crayons dans un gobelet, et une fougère sur le rebord du balcon. Le sac à dos sous la table, la veste à capuche accrochée au dossier de la chaise. La mère devait régulièrement faire le ménage, parce qu'on ne voyait aucune poussière, mais rien n'avait été dérangé.

Il se dit que les gens réagissaient de manières étrangement diverses à une tragédie. Les Mroz s'étaient débarrassés de toutes les affaires de leur fille, comme pour l'effacer de leur mémoire, couper leur douleur, sans toutefois y parvenir. Ils prenaient leur repas sous l'autel fantomatique et les photos de leur enfant, torturés par le souvenir. Kwiatkowska avait transformé la chambre de Gosia en temple de mémoire et, à la différence des Mroz, elle semblait avoir accepté son destin. Kochan se gratta le nez. Il se demandait si sa présence ici avait un sens quelconque. Qu'espérait-il trouver ? Un journal intime où Gosia aurait désigné son assassin ? Les techniciens l'auraient découvert, s'il avait existé. Ou la mère, au fil de toutes ces années. Il ferait mieux de prendre congé et de rentrer au bureau chercher dans son tas de dossiers un autre plus prometteur.

Mais il se retint. Quelque chose le lui interdisait.

Il s'approcha du magnétophone posé sur une étagère, un appareil tout plat, à côté de quelques cassettes et de CD. Il y avait là toute la collection des albums, EP et autres de Nirvana. Au-dessus du lit était accroché un portrait de Kurt Cobain. Kochan n'avait jamais compris d'où venait le culte de ce musicien. Il préférait d'autres morceaux, d'autres styles. Au lycée, il avait été un fan de Scooter.

Kwiatkowska entra dans la chambre. Elle portait maintenant un chemisier blanc et une veste assortie, pas de première jeunesse mais encore élégante.

— Je dois y aller, déclara-t-elle sur un ton d'excuse.

— Bien sûr, marmonna-t-il en mettant les mains dans ses poches.

Il était mécontent. Quelque chose clochait dans cette chambre, mais il ne voyait pas quoi. Soudain, il comprit.

— Où est son ordinateur ?

Tout ado a son ordi. Pour regarder Internet, communiquer avec ceux de son âge, poster des âneries sur Facebook. Ici, rien.

— Nous n'en avions pas. Comme vous voyez, nous vivions plutôt chichement. J'économisais pour lui en acheter un. Pour le bac, qu'elle puisse travailler dessus, mais je n'ai pas eu le temps.

Kochan eut du mal à se retenir de pousser un juron. Il était certain d'avoir touché juste. C'était ça. Dans le mille.

— Elle venait des fois utiliser le mien au travail, ajouta Kwiatkowska après un silence.

Kochan sentit son cœur battre plus fort

— C'est-à-dire ? demanda-t-il.

— Eh bien… Pour écrire des trucs, profiter d'Internet, échanger, bla-bla.

— La police a consulté votre ordinateur à l'époque ?

Il eut un élan de sympathie pour cette femme, car elle comprit immédiatement pourquoi il posait la question. Et ce qu'elle pouvait signifier pour l'enquête. Elle savait ce qu'il lui restait à faire.

— Venez avec moi, inspecteur, fit-elle.

Mortka prit un feutre et inscrivit plusieurs mots au tableau blanc : « Zuzanna, Svitlana, Dmytro, Celtycki, Aleks, viol ». Il souligna ce dernier. Puis il recula de deux pas pour regarder son œuvre, avant de se retourner vers le bureau. La Sèche face à lui avait l'air embêtée, et de l'autre côté le technicien affichait une mine maussade, blessé qu'on l'ait contacté seulement si tard. Il est vrai qu'il n'était pas de permanence au moment où on avait trouvé le corps de Zuzanna, mais cela n'avait aucune importance pour lui. À l'inverse, si on l'avait appelé, il aurait pesté contre le monde entier avant de rappeler l'épisode jusqu'à la fin des temps.

— C'est tout ce que nous avons, fit l'inspecteur en montrant le tableau. Une étudiante morte, une Ukrainienne qui avoue un meurtre qu'elle n'a pas commis, et un Ukrainien disparu dans la nature.

La Sèche se redressa.

— Disparu ?

— Oui, confirma Mortka. Les gars de Piaseczno devaient aller l'arrêter pour nous l'amener, mais Dmytro s'est évaporé avec ses potes. Personne ne sait où ils sont. La rumeur dit qu'ils se sont carapatés en Ukraine, mais il est plus vraisemblable qu'ils se sont planqués quelque part, le temps que l'affaire retombe.

— L'un n'exclut pas l'autre, fit la Sèche. Quelqu'un les cherche ?

— Certes, mais je ne pense pas qu'on les trouve. Ce serait plus facile si on avait du concret les concernant. Mais là… Autant chercher une aiguille dans une botte de foin… Quoi d'autre ? (Mortka tapa avec le feutre contre le tableau.) Un politicien au rancart qui pue à un kilomètre, mais qu'on ne sait pas comment approcher. Et un gamin avec un alibi.

— Et l'ADN du violeur présumé, souffla la Sèche.

— Vous l'avez identifié ? demanda Mortka.

La question s'adressait au technicien. Jankowski fit non de la tête.

— Ça va prendre un peu de temps. Tu comprends, des équipements compliqués, biologie de pointe… Non, tu ne peux pas piger.

Mortka haussa les épaules.

— La Sèche, je voudrais que tu me comprennes bien, reprit-il. Tu as eu un coup de génie. Mais même si on obtient l'ADN, ça ne nous aidera pas beaucoup tant qu'on n'aura pas de suspect. Sinon, quoi ? On récolte des échantillons de tous les hommes de la Cité, en espérant tomber juste ?

— Pourquoi pas ? C'est ce qu'ils font en Angleterre.

— En Angleterre, ils ont de l'argent, tempéra l'inspecteur. Nous, on travaille en Pologne.

— Le pire, ce serait que Celtycki figure au nombre des suspects, lança Jankowski.

La Sèche et Mortka le regardèrent d'un air interrogatif. Le technicien soupira comme s'il devait expliquer des choses élémentaires à des enfants.

— Même si c'était son ADN, il pourrait toujours expliquer qu'il allait se branler dans la douche des filles. Il y a des obsédés comme ça.

Mortka revint au tableau. Cette affaire n'aurait pas dû être si compliquée. Ce genre de cas était habituellement résolu en une journée. Ou au moins, vous aviez un suspect concret, un gars ou un voisin pervers sur qui travailler. Mais là, toujours rien. Ils avaient commis une erreur au tout début. Ils s'étaient trop concentrés sur la recherche de l'Ukrainienne. Ils avaient perdu beaucoup de temps, un vrai cadeau pour l'assassin. Qui que ce soit, il avait eu la possibilité d'effacer les traces, d'imaginer un alibi, de préparer des explications, de leur mettre une fausse coupable entre les pattes. Maintenant, ce serait plus difficile.

— On a quelque chose du labo ? demanda Mortka.

Jankowski prit le dossier posé devant lui. Il le feuilleta rapidement.

— Pas grand-chose. Mais à quoi pouvez-vous vous attendre avec des amateurs ?

— À des éléments concrets, coupa l'inspecteur avant que le technicien n'ait eu le temps de pousser son couplet.

Jankowski grimaça et se renfrogna un peu plus. On aurait dit que son seul plaisir dans la vie était de râler. En particulier contre les collègues moins compétents que lui. Un plaisir que Mortka venait de lui ôter.

— Les éléments concrets ne vous donnent ici aucune piste sérieuse. Pas de marques de pas. S'il y a eu des traces biologiques, le vent les aura emportées. Il s'agit d'un lieu public, et la moitié de la Cité passe par là. La valeur probante de ces matériaux est insignifiante. Par contre, nous avons le couteau.

— Ah !

— Les empreintes sur le manche sont celles de Svitlana.

Mortka haussa les épaules.

— Logique. Elle a reconnu avoir eu un couteau.

— Elle a reconnu aussi avoir tué Zuzanna, rappela la Sèche.

— Mais ce n'est pas elle.

— Qu'est-ce que tu en sais ? demanda le technicien.

— Ce n'est pas elle qui l'a violée ! dit Mortka en tapant sur le tableau. Et tout part de là. Quelqu'un l'a violée. La veille. Elle a décidé de fuir. L'apprenant, l'autre a pris peur d'être dénoncé et il a paniqué. À moins qu'il n'ait tout planifié de sang-froid. Ce qui revient au même. En tout cas, tant que nous n'aurons pas établi ce qu'il s'est passé la veille, nous ne découvrirons pas qui l'a tuée.

Il regarda sa main. Le marqueur lui avait laissé une tache bleue sur la peau. Ce n'était pas le moment de salir son costume.

— Revenons à Zuzanna, reprit-il après un silence. On cherche qui elle était. Ce qu'elle faisait. Qui elle voyait. Tout ce qu'on peut trouver la concernant. Ensuite... Celtycki.

— Je me souviens de lui à la télé, fit Jankowski. Les autres politiciens faisaient tout pour le cacher, pour simuler, dissimuler, mais pas lui. Sur lui, ça se voyait tout de suite.

— Quoi donc ?

— Que c'était une fripouille.

— Merci pour cette précieuse remarque, grommela Mortka. Donc, Celtycki.

— Qu'est-ce qu'on a sur lui ? fit la Sèche, tout excitée.

L'inspecteur ne sut que lui répondre. Ils n'avaient toujours aucun indice justifiant que l'on travaille son cas. Mais ils n'avaient personne d'autre à étudier non plus. Celtycki, c'était au moins une adresse à laquelle frapper.

— Elle s'occupait de ses enfants, dit-il tranquillement. Ils ont pu avoir une aventure. La chose devenant hors de contrôle, il a peur qu'elle n'aille tout raconter à sa femme.

— Ou plus simplement, il a l'habitude de sauter sur les jeunettes, fit la Sèche. Et celle-là ne s'est pas laissé faire.

Mortka hocha la tête. L'hypothèse lui plaisait.

— Il a un alibi.

— Il dormait chez lui à côté de sa femme, rétorqua la Sèche. Il a très bien pu s'éclipser de l'appartement, tuer Zuzanna et revenir avant que quiconque remarque qu'il était sorti.

— Ç'aurait été un gros risque. Et d'une. De deux, il aurait fallu qu'il sache que la fille prévoyait de partir le matin même.

— Celui qui l'a violée devait le savoir, répondit-elle. On n'en sortira pas.

Mortka était d'accord avec elle en son for intérieur.

— Il faut s'intéresser à lui de plus près. Si ce n'est pas son premier viol, on trouvera peut-être une autre victime parmi les filles qui habitent ou ont habité chez lui. Tu peux creuser de ce côté-là ?

— Je vais essayer, proposa la Sèche. Et ça vaudrait la peine de parler à sa femme.

— Sa femme ?

— Les épouses trompées en savent souvent plus que leur mari, surtout si on sait comment les approcher.

— Tu t'en occupes ?

— Moi ? Oui. Et toi, tu fais quoi ?

Instruit par l'expérience, Mortka prit le marqueur et, s'en servant comme d'une baguette, il frappa le tableau juste en-dessous de l'inscription « Zuzanna ».

— Je vais tâcher de savoir qui c'est.

Cette fois, Mieszko n'avait plus rien du gentil nounours attardé qui avait rendu visite à Celtycki la veille. Il était devenu un grand fauve en furie que l'homme politique ne voyait pas comment dompter.

— Qu'est-ce qu'il s'est passé ?

Au lieu de répondre, Mieszko se contenta d'armer son bras. Celtycki eut l'impression d'un geste au ralenti qui fendrait de la gelée plutôt que l'air, mais il n'eut pas le temps de réagir. Il sentit seulement le poing de Mieszko s'enfoncer dans son estomac, puis une douleur qui le fit tomber à genoux et vomir sur le carrelage italien. Il avait sous les yeux les jambes du voyou qui, à la différence de la visite précédente, avait cette fois chaussé des bottes de cuir militaires, et non des Adidas.

Mieszko empoigna Celtycki par son vêtement et le souleva de terre en évitant la flaque de vomi. Puis il le jeta vers la cuisine. Le politicien chancelant frappa le montant de la porte avant de retomber sur le dos. Mieszko se précipita sur lui, serrant et desserrant les poings. La seule consolation de Celtycki était que le voyou ne portait pas de gants. Si ç'avait été le cas, cela aurait signifié qu'il ne sortirait pas vivant de la séance.

— Je vais aller voir la police ! s'écria l'homme politique, tendant les mains dans un geste de défense.

— Merci de ne pas dire de conneries ! rétorqua Mieszko. Debout !

Celtycki fit non de la tête.

— Debout ! répéta Mieszko. Je suis désolé que ça se passe comme ça…

Il ne termina pas sa phrase et haussa les épaules.

— Levez-vous.

Le politicien se redressa. Ses jambes tremblaient. Il s'appuya contre la table. Là, Mieszko lui asséna un nouveau coup. Encore à l'estomac. Celtycki se serait remis à vomir s'il avait eu de quoi. Il s'affala sur la table en hurlant entre ses dents.

— Chacun son boulot, dit Mieszko. Je fais le mien, vous faites le vôtre. Sauf que vous, vous avez foiré.

— Je n'y comprends rien, souffla le politicien entre deux crispations dans le ventre.

— Vous avez fait le con. Et on m'a dit de vous dire que nos amis communs n'étaient pas contents du tout.

— Mais de quoi ?

Mieszko soupira. Puis une enveloppe format A4 fermée atterrit près du visage de Celtycki. Le politicien eut un sursaut.

— C'est quoi ?

— Je n'en sais rien. On m'a dit de vous le remettre. C'est ce que nos amis ont reçu aujourd'hui.

Celtycki osa se retourner. Mieszko n'avait plus l'air d'un ours furieux. Plutôt d'un animal de cirque blasé et un peu perdu.

— Bien. Merci pour la livraison, dit Celtycki. Je pense que pourrons résoudre ensemble notre problème.

— Non, non, corrigea Mieszko. C'est votre problème, à vous. C'est ce qu'on m'a dit de vous dire clairement.

Le politicien comprit que le voyou qui se tenait devant lui ne se rendait pas vraiment compte de ce qu'il se passait. Et qu'il ne savait pas qui étaient ces « amis communs » auxquels il ne cessait de se référer. Ça valait peut-être mieux. Il n'avait pas l'air trop intelligent. Il serait capable de lâcher le morceau avec un coup dans le nez, ou après avoir sniffé.

Celtycki prit l'enveloppe. Il l'ouvrit et en sortit le contenu. Deux photos et une feuille imprimée. Il lui suffit d'y jeter un œil pour comprendre de quoi il s'agissait. Les documents de Zuzanna. De son foutu ordi maintenant au fond de la Vistule. Elle avait donc fait des copies. Mais où, comment, chez qui ? Il se sentit faiblir, et son visage devint livide. Il ne savait plus quoi dire.

— C'est à vous de vous en occuper, lança Mieszko.

— Oui, fit Celtycki machinalement.

— Mais cette fois, comme il faut.

— Oui.

— On m'a demandé de m'assurer que vous avez bien compris.

— Oui.

— Regardez-moi.

Silence.

— Regardez-moi, insista-t-il.

Celtycki releva la tête avec peine. Mieszko sortit de dessous sa veste un grand hachoir de cuisine. Il l'agita sous le nez du politicien, puis en pointa la lame vers une des photos au mur.

— Vous avez de bien jolis enfants, fit-il comme à regret. Surtout les petites.

Mieszko baissa le bras. Il poussa un soupir de soulagement et rangea le hachoir.

— Faites ce qu'il faut. S'il vous plaît, répéta-t-il au moment de sortir de l'appartement.

Chapitre 13

Iwona Kwiatkowska travaillait dans un petit bureau de comptable situé dans la cave d'un immeuble d'habitation à Ursynow. Le local avait bien sûr été rénové, repeint, adapté à sa nouvelle fonction, mais il en émanait toujours l'odeur typique d'humidité et de pommes de terre moisies des caves polonaises.

Quatre autres femmes en plus d'Iwona y travaillaient au rythme des tubes de Radio d'Or. Toutes du même âge et d'aspect similaire, comme des reproductions de gravures de mode – la quarantaine élégante et volubile. Kwiatkowska salua ses collègues qui couvrirent Kochan de regards curieux.

— Ce monsieur est de la police, fit la dame, se sentant tenue d'expliquer la présence du visiteur. Inspecteur adjoint…

— Dariusz Kochan, se présenta le policier. Je suis chargé des dossiers classés.

Les femmes continuaient à l'observer. L'inspecteur adjoint se demanda si elles n'allaient pas lui demander de montrer sa carte. Mais l'une d'elles qui devait être la cheffe s'exclama soudain :

— Allez les filles, au travail !

Les trois autres retournèrent paresseusement à leurs bureaux. La cheffe resta immobile, gardant un silence éloquent, avant de déclarer en levant un stylo à bille qui devait lui donner un air important :

— Iwona, je comprends que pour vous il doit s'agir d'une affaire essentielle, mais…

— Je resterai plus tard en fin de journée, répliqua aussitôt Kwiatkowska.

La cheffe lui adressa un sourire de reconnaissance.

— Et pour vous, lieutenant, qu'est-ce que je peux vous offrir ? Un petit café, un thé ?

Kochan mit quelques secondes à comprendre que la femme s'adressait à lui. Il hésita quelques secondes de plus à lui faire remarquer qu'il n'était pas lieutenant. Il se contenta finalement de décliner l'offre.

— Non, rien, merci.

Kwiatkowska prit place à son bureau où régnait un ordre incroyable. Les stylos étaient élégamment rangés par couleurs, les uns à côté des autres, près d'un carnet de notes. Plus loin, des dossiers identifiés au marqueur. Derrière l'écran, une photo de Gosia dans un cadre de bronze. De longs cheveux noirs qui descendaient à mi-hauteur du cou, de grands yeux sombres et un teint pâle. Sur cette photo, elle n'était pas maquillée. Kochan se demanda si, à la différence des filles de son âge, elle n'utilisait jamais de cosmétiques, ou si c'était un hasard. La première hypothèse lui parut être la bonne. Gosia avait un large sourire.

— J'ai eu la chance de la prendre à un moment où elle riait, dit Kwiatkowska. Elle était toujours terriblement sérieuse. Triste. Quoi d'étonnant ?

Elle prononça ces derniers mots presque en chuchotant.

— Qu'est-ce qui l'avait amusée comme ça ? demanda Kochan.

— C'était un drôle d'après-midi. En été, l'appartement était très chaud, et on avait du mal à y rester. On a eu une envie soudaine d'aller au zoo. On est tombées au moment où ils nourrissaient les hippopotames. Je ne sais pas pourquoi, mais quand les animaux sont sortis de l'eau, elle a éclaté de rire comme une gamine.

Kwiatkowska fit un geste pour prendre la photo, mais l'ordinateur sonna et l'écran s'alluma. La femme tapa le mot de passe. Elle se concentra un long moment sur les icônes du bureau. Il y en avait beaucoup, principalement des fichiers Excel.

— Il n'y est pas, souffla-t-elle, déçue.

Kochan se pencha pour regarder l'écran.

— Pas quoi ?

— Le site Bla-Bla. Celui dont elle se servait le plus souvent. Il n'y est pas.

— Il n'est peut-être juste pas sur le bureau. Cherchez un peu.

— Oui, mais comment ?

Kochan s'excusa et lui prit la souris. Il tira le clavier vers lui, cliqua sur le menu démarrer, puis tapa « Bla-Bla » dans la fenêtre « recherche de programmes ». Rien. Il lança une nouvelle recherche en entrant juste « BB ». Toujours rien.

— Vous avez effacé des choses ?

— Non.

Kochan plissa le front. Il pourrait emballer l'ordinateur et l'apporter au labo dont les magiciens réussiraient certainement à récupérer toutes les données perdues. Sauf que ça prendrait des semaines, étant donné qu'il n'y avait pas urgence. L'ordinateur végéterait au bout d'une file d'attente jusqu'à ce que quelqu'un prenne Kochan en pitié. Dans le meilleur des cas. Il s'agissait, après tout, d'une affaire sortie du congélateur. De plus, il n'était pas certain que la cheffe lui permettrait de réquisitionner l'appareil, et demander un mandat serait compliqué et prendrait du temps.

— Oh, mon Dieu ! s'exclama soudain Kwiatkowska.

— Qu'est-ce qu'il y a ?

— On a changé de matériel il y a deux ans.

Kochan ferma les yeux.

— Putain de sa mère !

Les autres comptables s'arrachèrent à leur tâche pour le regarder, avec plus de surprise que de réprobation. Il s'excusa d'un geste.

— Et maintenant ? demanda-t-il. Où est l'ancien ordinateur ?

— Suivez-moi.

Kwiatkowska le conduisit par un étroit couloir jusqu'à une porte où était inscrit « Informatique ». Elle tourna la poignée et jeta un œil à l'intérieur. Un petit maigrichon d'allure négligée s'y trouvait, penché sur un clavier. Allant sur la cinquantaine, il portait un jean délavé, une chemise et une veste de pêcheur. Il occupait un réduit encombré d'équipements électroniques, de câbles et de prises. L'ensemble formait comme une gigantesque toile d'araignée mécanique. Un petit tas de papiers d'emballages de Snickers s'était accumulé sous les pieds du personnage.

— Marek…

— Oui ?

L'homme leva la tête du clavier.

— Vous vous rappelez que vous m'avez acheté un nouvel ordinateur il y a deux ans ?

— Oui, confirma Marek.

— Et vous avez gardé l'ancien ?

Marek se gratta la tête, enregistra les modifs qu'il venait de faire sur son document puis fit pivoter sa chaise vers le mur masqué par des matériels électroniques. Une construction hasardeuse et menaçante qui donnait l'impression de devoir à tout moment s'effondrer sur la tête de l'informaticien.

— Je l'ai, fit-il après avoir étudié son foutoir quelques secondes.

— Et vous pourriez me le rebrancher ?

— Pour faire quoi ?

Kochan sortit son insigne qu'il fit tourner sous le nez de l'homme.

— Police. Ça concerne le service.

— Il s'agit de Gosia, ajouta Kwiatkowska.

Marek se leva. Il dépassait Kochan d'une tête.

— S'il s'agit de Gosia… commença-t-il. Laissez-moi cinq minutes.

Ça ne lui en prit finalement que quatre. Kochan admira la dextérité de l'informaticien qui dégagea une vieille machine, une tour noire, sans démolir son échafaudage. Il essuya l'appareil avec un chiffon humide avant de le brancher sur son moniteur. Il le mit en route, et l'inspecteur adjoint constata avec soulagement qu'il fonctionnait.

— On va avoir besoin d'Internet ? demanda l'informaticien. Si oui, il faudra que je reconfigure.

— Ça ne devrait pas être nécessaire, le rassura l'inspecteur adjoint.

Ils trouvèrent bientôt l'icône Bla-Bla. L'informaticien cliqua sur un petit soleil souriant. Le programme s'ouvrit et demanda un mot de passe. Marek claqua de la langue.

— On peut faire sans, dit-il, mais ça prendra du temps.

— Essayons un mot de passe, proposa Kochan. Qu'est-ce que ça pourrait être ?

Les doigts de l'homme dansèrent sur le clavier. Il écrivit quelque chose, appuya sur *Enter*. Le programme moulina avant de redemander le mot de passe.

— Ça ne peut pas être « Gosia », affirma l'informaticien.

Kochan interrogea du regard Kwiatkowska qui se contenta de hocher la tête. Elle n'avait aucune idée. Et là, le policier se souvint du poster dans la chambre de la fille.

— Essayez « Nirvana ».

Marek obéit. Rien. Kochan se concentra pour se rappeler le nom du chanteur du groupe. Celui qui s'était tiré une balle dans la tête.

— Et « Kurt Cobain » ? demanda-t-il.

— En un mot ou séparément ?

— Les deux.

Rien et rien.

— « *Nevermind* », proposa Kwiatkowska. C'est le titre de leur disque.

Toujours rien.

— « *Smells like teen spirit* », lança Kochan.

Au lycée, il avait été en classe avec un groupe de nanas inspirées qui écoutaient cette chanson jusqu'à la nausée. Rien.

— Vous avez peut-être mal orthographié.

— Et je devrais écrire comment ?
— Peut-être sans espaces.
— Je sais, coupa Kwiatkowska d'une voix sourde.
Les deux hommes se retournèrent vers elle. La femme était toute pâle. Ses mains tremblaient.
— Écrivez : « *Rape me* ».
— En un ou deux mots ?
Elle ne répondit pas. L'informaticien leva les sourcils, étonné, et tapa le mot de passe. Le programme démarra aussitôt.
— En deux mots, grommela-t-il, mais Kochan ne l'écoutait plus.
Il lisait la liste des contacts de la fille. Un nom retint aussitôt son attention, « Jagoda ». Il le pointa du doigt. L'informaticien cliqua à l'endroit voulu. Une fenêtre s'ouvrit sur un tchat. Kochan le parcourut en vitesse et fut pris d'une envie d'applaudir et de danser de joie.
— Vous pouvez me l'imprimer ? dit-il.
Il se redressa et regarda Kwiatkowska qui se retenait de lire. Elle avait peur. Étrange. Chez elle comme ici, elle s'était montrée forte et décidée, et maintenant le sol semblait s'effondrer sous ses pieds.
— Est-ce que…
Elle ne parvint pas à finir sa phrase.
— On le tient, dit Kochan. Je sais qui a tué votre fille.

L'Institut de journalisme de l'université de Varsovie était situé dans un austère et sombre bâtiment au croisement des avenues Sainte-Croix et du Nouveau-Monde, à proximité du bâtiment encore plus sinistre du ministère des Finances. Au printemps et à l'été, la cour lui donnait un air plus accueillant grâce à un espace de verdure où les jeunes venaient s'allonger avec des canettes de bière, et où les plus décontractés des enseignants venaient faire leurs cours. En automne, les pelouses se transformaient en flaques de boue, les arbres ressemblaient à des squelettes, tandis que des poivrots se retrouvaient sur un banc pour écluser leur gnôle en profitant de la franchise universitaire qui empêchait la police de leur infliger des amendes pour ivresse sur la voie publique. Quelques étudiants venaient mettre le nez dehors, le temps de fumer une cigarette devant l'entrée.

Mortka s'arrêta pour prendre un appel sur son téléphone.

— Bonjour, fit une voix de femme. C'est moi qui suis votre dossier d'assurance concernant la collision où vous êtes impliqué. J'ai votre numéro sur la déclaration.

L'inspecteur émit un sifflement. C'étaient des rapides.

— Je vous écoute.

— Notre décision vous est envoyée par courrier, mais je peux déjà vous informer qu'on ne peut pas prendre en charge les dommages.

Mortka en resta bouche bée. Puis :

— Comment ça ?

— Après étude de la déclaration, nous avons conclu que la responsabilité n'incombait pas à notre client. N'étant pas responsable, il n'est pas couvert par l'assurance aux tiers, fit-elle comme si elle récitait une formule écrite sur son écran.

Ce qui devait d'ailleurs être le cas.

— Comment c'est possible ?

— Je répète. Après étude de la déclaration…

— J'ai entendu ! cria-t-il dans l'appareil, ce qui attira l'attention des étudiants occupés à fumer, et des poivrots sur leur banc. Mais je ne comprends pas, poursuivit-il un ton plus bas. Vous avez lu la déclaration ?

— Je l'ai devant les yeux, répondit la femme.

— Ça ne veut pas dire que vous l'ayez lue.

— Je l'ai lue.

La voix se fit sèche et désagréable.

— Vous avez compris que votre client est rentré dans ma voiture qui était en stationnement. Depuis un moment. Le moteur était à l'arrêt. Votre client a foncé consciemment dans ma voiture.

— D'après la déclaration que vous avez signée, la voiture était garée sur un emplacement non autorisé.

La veine au cou de Mortka commença à pulser.

— Elle n'était pas garée. Elle était à l'arrêt.

— Vous avez bloqué notre client en vous arrêtant à un endroit interdit.

— Il m'est rentré dedans.

— Vous avez bloqué notre client, répéta la femme de sorte que Mortka comprit qu'il n'arriverait nulle part ainsi.

— Est-ce que vous savez qui je suis ? reprit-il, d'un autre biais.

— J'ai toutes vos données.

— Je suis inspecteur de police. Section criminelle. J'étais en service dans le cadre d'une enquête pour meurtre.

La femme se tut. Mortka l'entendit pianoter sur un clavier, et il se dit qu'il allait sans doute la ramener à la raison.

— Est-ce que c'était une voiture de police ? demanda-t-elle soudain.

— Pardon ?

— Est-ce que c'était une voiture de police ?

— Non. Une voiture banalisée.

— Votre voiture de service ?

— Non. Un véhicule personnel que j'utilise pour le service.

— Signalé comme tel ?

— Comment ça, signalé ?

— Donc, non, répondit la femme à sa place. Expliquez-nous, dans ce cas, comment notre client aurait pu savoir que vous étiez là en service, et que vous êtes de la police. Par ailleurs, est-ce que cela vous donne le droit de bloquer les véhicules des citoyens ?

— Écoutez-moi...

Elle n'en avait manifestement pas l'intention.

— Dans le cas présent, je ne vois aucune base pour verser des dommages en vertu du contrat d'assurance de notre client, récita-t-elle. Vous allez recevoir un courrier, et vous aurez la possibilité de faire appel. Je vous souhaite une bonne journée.

Elle raccrocha. Mortka baissa la main qui tenait le téléphone. Il n'avait plus fumé depuis la fac, même s'il avait assisté à des choses terribles dans sa carrière, même si on avait essayé de le tuer, et s'il avait lui-même dû à plusieurs reprises appuyer sur la détente de son arme de service. Mais pour la première fois, il eut envie d'aborder les étudiants qui fumaient dans le froid pour leur mendier une clope ou deux. Ou aux soiffards sur le banc, mais il craignait que ceux-ci ne lui proposent un coup de gnôle.

Avant qu'il ait eu le temps de se décider, une tête frisée, un homme dans les quarante ans, sortit par la porte de l'Institut du journalisme. Mortka reconnut d'après la télé un journaliste sans émission en propre mais qui intervenait souvent comme commentateur. Il ne s'était pas donné la peine de retenir son nom, pas plus que pour le reste de la bande des têtes parlantes à l'écran. Il n'appréciait pas leur travail. Rien de plus simple que de réunir autour d'une table des gens d'opinions différentes et de les laisser s'engueuler pendant quarante-cinq minutes. Sa mère faisait ça toutes les semaines le dimanche à midi, sans que personne ne paye pour ça.

L'homme regarda à gauche puis à droite, avant de fixer Mortka. Il pointa le policier du doigt.

— Vous êtes de la police ? C'est nous que vous venez voir ?

Les étudiants qui fumaient se tournèrent vers l'inspecteur pour lui lancer des coups d'œil curieux. Les poivrots sur le banc avaient aussi dû entendre parce qu'ils rangèrent précipitamment leurs bouteilles.

— Oui.

— Alors, je vous en prie. Je vous en prie. Nous vous attendons.

Mortka pénétra dans l'immeuble.

— Milosz Ostrowski, se présenta l'homme en tendant la main au policier.

Sur quoi il le guida vers une cage d'escalier.

— Vous avez réussi à convoquer toute la promotion ? demanda le policier alors qu'ils dépassaient la bibliothèque.

Ostrowski émit un rire râpeux.

— Aucune chance, fit-il. Ils sont tous en quatrième année. On ne les voit pratiquement plus. Ils ont peu de cours, et quand ils en ont, le plus souvent ils n'y assistent pas. Soit ils ont un travail, soit ils sont partis dans une autre filière avec plus de perspectives.

— Dans le journalisme, il n'y en a pas ?

Ostrowski s'arrêta à mi-étage. Il attendit que passe un petit groupe d'étudiants, non seulement pour éviter d'être entendu, mais aussi pour souffler. La montée de l'escalier l'avait fatigué.

— Vous voyez, inspecteur, il y a quelques années, il suffisait de téléphoner à une rédaction et de dire combien on voulait être payé, et vous étiez embauché.

— Et maintenant ?

— Maintenant, vous pouvez espérer au mieux faire des piges, ou vous lancer en *freelance* en espérant un coup de chance. Internet nous a bouffés.

— Peut-être faut-il donc chercher un job sur Internet ?

— Sur Internet, il n'y a pas d'argent.

Ostrowski reprit sa montée.

— Je ne vais pas vous raconter d'histoires. Les choses vont mal, et elles ne font qu'empirer. Nous formons ici, maintenant, une génération qui foutra un jour le pays en l'air. Rappelez-vous ce que je vous dis.

— Des journalistes ?

— Des journalistes au chômage, précisa Ostrowski. Qui signeront la première connerie venue pourvu qu'ils puissent gagner leur vie et se faire un nom.

Sur quoi le journaliste eut un sourire canaille. L'inspecteur n'était pas sûr que l'autre ait parlé sérieusement, ou seulement plaisanté.

— Je ne vous ai rien dit, ajouta-t-il d'un air entendu. Je tiens encore à garder mon emploi ici. Nous voici arrivés.

Ils étaient parvenus au quatrième étage. Un long couloir obscur à vous rendre claustrophobe. Ils entendaient derrière les portes des bruits de cours : écriture au tableau, cliquettements d'ordinateurs, discours de profs fatigués.

— Qui allons-nous voir ? demanda Mortka.

— Ceux de son groupe de spécialisation, expliqua Ostrowski. Des jeunes plutôt futés, même s'ils rêvent encore à la presse papier. C'est ce qu'il y a de pire, ajouta-t-il après un silence.

Ostrowski ouvrit la porte de la salle. Neuf étudiants étaient assis autour de la table, engagés dans une discussion enflammée ; ils se turent instantanément pour se tourner vers l'inspecteur qui sentit se poser sur lui des regards interrogatifs.

— Bonjour. Je m'appelle Jakub Mortka. Je suis policier à la Criminelle, et je viens pour parler de votre camarade qui a été assassinée.

Il vit à leur mine qu'il n'avait pas choisi la meilleure entrée en matière.

Aleks se réveilla avec l'impression que quelqu'un lui gambadait sur la tête, et que ce quelqu'un lui avait d'abord pissé dans la bouche. Il se pencha de côté, ce qui n'était pas un mince effort, pour prendre son portable. Il vérifia par réflexe si Zuza ne lui avait pas envoyé de SMS. Il recevait d'habitude des messages de sa part tous les matins. Des trucs insignifiants : elle était déjà debout, elle avait pris son petit déjeuner, remarqué quelqu'un de bizarre dans le métro, des bêtises. Parfois ça l'énervait. Que pouvait-il répondre ? « Salut, moi aussi j'ai pris mes *corn flakes* » ? « Salut, j'ai vu un mec en godasses dépareillées qui donnait à bouffer aux pigeons » ? N'importe quoi.

Pourtant, quand il réalisa qu'il n'y aurait plus de messages, il ressentit une douleur bien pire que celle qui lui broyait le crâne. Il n'avait pas pensé à Zuza la veille, en tout cas pas comme il l'aurait dû. Il s'était retrouvé cassé, sous le choc. Il avait repoussé des souvenirs qui revenaient maintenant et l'attaquaient comme une meute de loups.

Il la voyait. Fumant une cigarette à la fenêtre. Quand elle fumait encore. Elle portait une culotte bleue et des chaussettes en éponge.

— Les voisins vont te voir, dit-il.

Elle rit, et le temps d'un clin d'œil écarta les rideaux pour écraser ses seins contre la fenêtre. Puis elle se jeta au lit sur lui.

Il sentit sous ses doigts un petit trou causé par la brûlure de sa cigarette tombée sur le canapé.

Il voulut se lever, mais c'était une erreur, car tout son organisme faisait grève. Son estomac se contractait, ses muscles refusaient d'obéir, et les élancements dans sa tête se transformaient en coups de marteau. Mais il ne pouvait plus rester couché. Il tira la couverture et regarda ses pieds nus. Il ne se souvenait pas de s'être déshabillé la veille. Visiblement, un des gars avait dû l'aider. Une chance qu'ils ne lui aient pas enlevé son slip. Il espérait aussi qu'ils ne lui avaient pas dessiné une bite sur le front. En temps normal, il aurait pu s'y attendre, mais hier il s'était agi de Zuzanna. Et ça demandait le respect.

Il se leva en trébuchant comme s'il descendait d'un manège. Il était encore saoul. Et ce goût dans la bouche… Il devait absolument se brosser les dents.

Il chaussa des pantoufles, sans trop savoir pourquoi vu qu'il ne les portait jamais, et sortit de la pièce en traînant les pieds. L'entrée était restée encombrée par la table. Deux bouteilles de vodka vides trônaient à côté d'une troisième renversée. Un tas de mégots composait une sorte de sculpture futuriste. Il aperçut encore une rangée de canettes de bière. Il se demanda d'où elles pouvaient sortir : ils n'avaient pas mélangé les alcools. À vrai dire, il ne se rappelait pas grand-chose de la veille au soir.

Puis il eut un éclair. Il était assis avec Misiek, avachi contre lui, plutôt, et lui parlait des filles de leur promo qu'il allait se faire parce qu'il était « enfin libre ». Il avait énuméré toutes les qualités et les défauts des unes et des autres, établi une liste des filles dans l'ordre où il prévoyait de les aborder. Il avait affirmé qu'en tant que « veuf », il pourrait en choper au moins une grâce à la compassion. Puis il était passé sans heurt à la méthode du coaching PNL qu'il comptait utiliser pour parvenir à ses fins. Il ne croyait pas un mot de ce qu'il disait, il aurait seulement voulu disparaître, mais il se sentait obligé de sortir ce genre de connerie : les gars faisaient tout pour le consoler, il fallait bien se montrer consolé. Et un type consolé le montre en faisant des projets d'avenir.

L'avenir, pour le moment, il n'y croyait pas. Sous aucune forme. Il se défilait, l'avenir, il se décomposait en mille morceaux.

En s'appuyant contre le mur, il avança précautionneusement vers la salle de bains. Il entendait Skunks, Misiek et Marek qui discutaient dans la cuisine. Il mit un moment à saisir de quoi il retournait.

— Vous avez vraiment envoyé le truc ? Vous êtes maboul ?

C'était la voix de Misiek.

— Calmos, répondit Marek. Tout est sous contrôle. C'est l'occasion de trouver le pognon pour le projet.

— De quelle manière ?

Aleks sourit en lui-même. Il lui plaisait que Misiek prenne sa défense. Il n'en voulait pas aux gars d'avoir contacté un autre investisseur sans lui en parler. Finalement, ils ne s'en étaient pas trop bien tiré ces derniers temps. Il préférait ne pas y penser, mais il obliqua tout de même vers la cuisine.

— À qui vous avez envoyé la présentation ? demanda-t-il.

La frayeur qu'il lut dans leurs yeux lorsqu'il apparut à la porte l'amusa pour de bon. Comme s'il avait été un zombie ou un fantôme. Il faut dire qu'il n'avait pas vraiment meilleure mine. Il leur fit un signe comme quoi tout était OK, qu'il ne leur faisait aucun reproche. Il se demanda s'ils le comprenaient.

— À un… commença Skunks.
— On va t'expliquer, coupa Marek. C'est un nouveau contact.
— Je vois, fit Aleks.
— Écoute, *sorry* qu'on l'ait fait sans toi, mais tu es dans un tel état. Il faut que tu te reposes.
— C'est pas faux, reconnut-il.
Il soupira profondément.
— Alors, *good luck,* les gars. Vous me raconterez.
Il les salua d'un hochement de tête et passa dans la salle de bains. Il prit sa brosse à dents, y étala soigneusement le dentifrice, fit couler de l'eau et but directement au robinet, jusqu'à la nausée.

La Galerie Mokotow avait été la plus connue des galeries marchandes de Varsovie ; mais depuis l'apparition de toutes ces Arkadia et autres Blue Cities, elle donnait l'impression de servir essentiellement de parking pour cadres du Mordor, éventuellement d'un endroit où s'arrêter avant de rentrer chez soi pour acheter une chemise sans traces du rouge à lèvres d'une collègue de bureau.
La Sèche retrouva Magdalena Celtycka dans un des cafés du centre commercial. La femme était devant un grand verre de café latte et un gâteau qu'elle ne mangeait pas, mais triturait nerveusement avec une petite fourchette. Elle avait à ses pieds plusieurs sacs de marques de vêtements.
La policière prit place en face d'elle. Magdalena Celtycka tressaillit, puis regarda sa montre.
— Vous êtes ponctuelle, nota-t-elle avec étonnement.
— Pourquoi je ne le serais pas ? répondit la Sèche.
Celtycka lui adressa un sourire entendu.
— J'ai l'habitude de la compagnie d'hommes politiques et de célébrités. Le genre de personnes qui ne tiennent pas compte du temps des autres.
La Sèche promena son regard sur les clients du café. Personne qui retînt l'attention. Personne d'allure suspecte,

aucun homme impatient de reprendre avec Celtycka une promenade romantique de boutique en boutique, aucune femme qui attendrait qu'une amie finisse de régler ses affaires avec les organes de répression.

— Vous êtes venue seule ? demanda la policière.

— Juste avec une amie qui m'aide à faire quelques courses.

— Et comment s'appelle votre amie ?

Celtycka battit des cils.

— Visa Platinum.

Une serveuse en tablier marron s'approcha de la table.

— Qu'est-ce que je vous sers ? demanda-t-elle à la Sèche.

— Une eau. Plate.

La serveuse se pencha sur la policière comme si elle attendait la suite. N'entendant rien, elle repartit la mine mauvaise.

— Il fallait prendre autre chose, fit Celtycka. Je vous invite. La carte de mon mari a les épaules larges.

— Merci. Non.

— C'est vous qui décidez. Pourquoi vouliez-vous me voir ?

— Pour parler. J'ai quelques questions.

— Concernant Zuzanna.

— Vous avez bon flair.

Celtycka planta sa fourchette dans le gâteau et en détacha un morceau qu'elle repoussa sur le côté.

— Je vous écoute.

— Combien de temps Zuzanna a-t-elle travaillé chez vous ?

— À s'occuper des enfants ? Depuis son arrivée, il y a deux ans. Elle payait son loyer comme ça. Ça l'arrangeait et nous aussi, parce que nous avions ainsi une personne de confiance à qui confier les enfants.

— Mais vos enfants vont à l'école, non ?

— Exact. Elle s'occupait d'eux quand ils étaient

malades, l'après-midi pour faire les devoirs, et le soir quand nous sortions.

La serveuse revint à la table. Elle posa devant la Sèche une bouteille d'eau minérale et un verre avant de repartir sans un mot.

— Si je vous comprends bien… ni vous ni votre mari n'avez d'emploi stable ?

— Stable, non. Nos revenus viennent principalement des loyers de nos appartements. Mon mari a quelques activités de conseil, il écrit des articles, il nous reste aussi quelques économies de nos années grasses que nous avons investies dans des placements très profitables.

Elle s'interrompit, prenant conscience de ce que sous-entendait la policière.

— Vous voulez dire que n'ayant pas d'emploi stable je pourrais m'occuper moi-même des enfants quand ils tombent malades ? Que je n'ai pas besoin de baby-sitter et que je suis une mauvaise mère ?

— Je n'ai rien dit de tel.

— Il vous a suffi de le penser.

On put croire un instant que Celtycka allait se lever de table et sortir du café. Mais elle piqua sa fourchette dans le gâteau, avala un morceau qu'elle fit descendre avec une gorgée de café.

— Posez vos questions, et allez-vous en. Vous m'avez déjà bousillé toute la matinée.

— Quel genre de fille c'était ?

— Gentille. Responsable. À qui on peut confier des enfants.

— Quelle était l'opinion de votre mari ?

— Qu'elle était gentille, responsable, et qu'on pouvait lui confier les enfants. Pourquoi vous ne lui demandez pas directement ?

— Il y a des choses dont il vaut mieux parler avec une épouse. Zuzanna était une jolie fille, n'est-ce pas ? Est-ce que votre mari…

— Couchait avec elle ? demanda abruptement Celtycka.

Je me demandais si vous alliez me poser cette question. Eh bien non, il ne couchait pas avec elle.

Celtycka jouait l'indifférence, mais sa main la trahissait. Elle tremblait légèrement, et la fourchette cognait contre l'assiette comme pour envoyer un message en morse. La Sèche pensa qu'elle s'était peut-être trompée. Jusqu'ici, ils n'avaient considéré que la potentielle culpabilité de Celtycki. Mais *quid* de son épouse ? Elle aussi faisait une bonne, sinon meilleure, suspecte que son mari. Une femme jalouse. Trompée. Humiliée. Des nuits d'insomnie consumées à la fenêtre. Jusqu'au matin où elle voit passer la cause de son malheur. Quelque chose craque en elle. Elle prend un couteau, sort en courant de l'appartement. La Sèche se dit que l'histoire n'était pas complète : il y avait quelques blancs, mais cela ne changeait rien au fait qu'elle était peut-être assise au café en face d'une meurtrière.

— Vous êtes sûre ?

Celtycka eut un sourire faux.

— Mon mari s'est toujours référé dans sa carrière politique aux valeurs chrétiennes, traditionnelles, catholiques. Et croyez-moi, ce n'était pas pour la frime. La Bible, la vision chrétienne du monde, les commandements étaient des impératifs pour lui. Et maintenant, c'est le prix qu'il paye. Un des commandements dit « Tu ne commettras point d'adultère ».

— Vous êtes bien sa deuxième épouse ?

La poitrine de la femme se souleva quand elle retint sa respiration. Des rougeurs d'indignation lui inondèrent les joues.

— C'est bien ça, confirma-t-elle en tentant de dominer son émotion. La vie est plus compliquée que vous ne croyez.

— C'est pour ça que je vous demandais si votre mari couche avec d'autres femmes.

Elle jaillit de son siège.

— C'est tout ce que vous aviez comme question ? C'est tout ? fit-elle en fouillant dans son sac.

— Non.

— Dommage. Vous avez perdu votre temps. Il aurait fallu réfléchir avant de parler.

Elle sortir de son sac un billet de vingt zlotys qu'elle déposa à côté de son café latte et de son gâteau à peine entamé.

— Au revoir, madame.

Elle se dirigea d'un pas rapide vers la sortie du café, s'arrêta après quelques pas, pencha la tête, et la Sèche eut la conviction qu'elle venait de lâcher quelques injures bien senties. Puis elle fit demi-tour et, évitant le regard de la policière, revint à la table reprendre son sac de courses avant de s'éloigner encore plus rapidement que la première fois. La policière la suivit des yeux jusqu'à ce qu'elle disparaisse au coin de la rue.

— Excusez-moi, la dame est partie ? demanda la serveuse en tablier marron.

— Oui, mais elle a payé, répondit la Sèche en montrant le billet.

— Oui, sauf que… (la serveuse avait l'air gênée) vingt zlotys, ce n'est pas tout à fait assez.

La Sèche se dit que ce n'était pas son problème. Elle payerait son eau et partirait. En cas d'ennuis, elle sortirait sa carte, mais l'idée l'ennuya à cause de la fille. On lui retiendrait la différence sur son salaire. Finalement, la situation avait du piquant.

— Apportez-moi l'addition. Je paierai la différence, fit-elle.

On ne peut pas tout le temps être une teigne.

CHAPITRE 14

Il entra dans l'appartement sans frapper, ce qui était plutôt impoli, mais après tout il était le propriétaire. Il jeta un œil dans la cuisine où les filles avaient l'habitude de se retrouver. Il remarqua un cendrier plein de mégots sur le rebord de la fenêtre. Ça le mit en rogne : il leur avait rappelé cent fois qu'il était interdit de fumer à l'intérieur. Elles pouvaient sortir sur le balcon. Au printemps et en été elles y clopaient tout le temps, mais en hiver elles avaient peur de se geler les fesses. Il leur en toucherait un mot à la prochaine occasion. Aujourd'hui, il y avait plus urgent.

Il vérifia le reste de l'appartement. La chambre de Zuza était fermée. Il se demanda quand il pourrait la relouer. Il s'assura que personne ne se trouvait dans les autres pièces puis se rendit chez Ania. Elle lisait un livre, allongée sur son lit. Elle leva la tête en le voyant entrer.

— Piotr ?

Celtycki ferma la porte derrière lui. La fille était en chaussettes blanches, et ne portait qu'un minishort et un chemisier à rayures. Elle était très appétissante. Et lui avait grand besoin de se relaxer avant d'être en état de s'occuper des ennuis qui venaient de lui tomber dessus comme un coup de tonnerre dans un ciel bleu. Il ne comprenait pas ce qui avait pu se passer, ni pourquoi. Mais il savait que s'il ne s'aérait pas l'esprit, il allait perdre la boule. Et Ania savait comment l'aider pour ça.

— Qu'est-ce que tu fais ici ?

— Je t'ai appelée. Plusieurs fois.

Elle reposa son livre et tendit la main vers son portable posé sur le bureau. Il eut le bonheur de voir ses épaules se tendre et ses seins se dessiner sous la mince étoffe. Il devina qu'elle ne portait pas de soutien-gorge.

La fille regarda l'écran. Elle fit une moue avant de reposer l'appareil.

— En effet, confirma-t-elle avant de se rallonger. Qu'est-ce qu'il s'est passé ?

— J'ai eu une très mauvaise journée.

Abandonnant le livre, elle le regarda pour de bon. Avec attention et sentiment. C'est ce qu'il préférait en elle. Elle savait se dévouer à lui tout entière.

— Qu'est-ce qu'il s'est passé ?

— Tu n'as pas besoin de savoir, répliqua-t-il.

Il n'était pas venu ici pour se plaindre. Autant qu'elle croie qu'il maîtrisait la situation.

— OK.

Il porta les mains à son pantalon, défit sa ceinture, puis baissa la fermeture Éclair. Il laissa le pantalon lui glisser sur les chevilles. Il enleva son slip. La veine violette sur le côté de son pénis se gonfla jusqu'à ressembler à un gros ver.

— Qu'est-ce qu'il te prend ? demanda-t-elle.

— Fais-moi une pipe.

Il la voyait déjà s'humecter les lèvres, s'agenouiller devant lui pour se mettre à l'ouvrage. Il frissonna, rien qu'à l'idée de ce qui l'attendait. Mais Ania ne bougeait pas. Au lieu d'ouvrir la bouche, elle serrait les lèvres. Puis elle dit :

— Il faut qu'on parle.

— Après, souffla-t-il, décontenancé. Magda va rentrer dans pas longtemps.

— On doit parler tout de suite, reprit-elle sèchement. Tout ça doit finir.

Le visage de Celtycki se tordit en une grimace d'idiotie qui le fit ressembler à sa propre caricature.

— Ça, quoi ?

— C'est terminé.

— Merde, arrête de dire des conneries.

— Je parle sérieusement.

Il cligna des yeux. Il remarquait avec étonnement que des larmes lui venaient alors qu'il n'avait absolument pas envie de pleurer. À l'intérieur, il brûlait, et tout son corps était parcouru d'un tremblement. Il se frotta les paupières du revers de la main, espérant qu'Ania ne le remarquerait pas.

— Mais pourquoi ?

— Je n'ai aucun avenir avec toi.

Il se sentit soulagé. C'était un refrain auquel il pouvait s'attendre, et qui au fond le flattait. Pauvre petite Ania. Elle était tombée amoureuse de lui. Ça devait bien arriver. Ces jeunes femmes étaient si émotives : après le contact physique – et ils avaient eu plus que leur part –, apparaissaient les sentiments. Il la comprenait, il éprouvait de la compassion – et peut-être plus que ça, car c'était vraiment une fille super. Mais il ne pouvait pas lui donner ce qu'elle attendait. Il n'allait pas finir comme un quelconque pantin, la risée de tous.

— Tu as toujours su que c'était impossible, fit-il doucement. Je suis marié. J'ai des enfants. Mais ça ne nous empêche pas de passer de bons moments ensemble.

Il montra d'un doigt son pénis dans un geste d'invitation à la gaudriole.

— Tu ne comprends pas, Piotr. Je n'ai pas. D'avenir. Avec toi. Tu. Ne. Me. Sers. À. Rien.

Il rougit violemment. Du bout des doigts jusqu'au sommet du crâne. Il pensa qu'elle mentait. Qu'elle le faisait marcher. C'était sûrement un jeu sexuel bizarre qu'elle avait lu sur Internet. Mais non. Elle parlait sérieusement. Il voulut l'empoigner par les cheveux. La tenir par sa gueule d'abrutie pour l'obliger à lui sucer la bite, puisque c'était pour ça qu'il était venu et qu'il n'en démordrait pas. Alors qu'il levait la main, il réalisa qu'il avait baissé son pantalon, qu'il était à moitié nu, et qu'elle pourrait facilement lui balancer un coup dans les roustons. Il baissa le bras.

— Tu fais une grosse erreur, gronda-t-il.

— S'il te plaît. Ne prend pas ça au tragique. J'ai beaucoup apprécié. Tu es peut-être un type très chouette, mais j'arrive à la fin de mes études, et il faut que je m'installe d'une manière ou d'une autre. Je ne vais pas vivre ici éternellement à subir tes parties de cul.

— Tu veux t'installer, Ania ? Moi, je connais beaucoup de monde en ville. Moi.

Elle afficha un sourire rayonnant.

— Et grâce à toi, moi aussi maintenant.

— Tu penses que… souffla-t-il. Il suffit que je passe un coup de fil.

Elle ne répondit pas à la menace. Elle continuait à sourire, débordant de charme. Sa main avança sur la couverture pour reprendre le livre.

— Tu pourrais sortir ? demanda-t-elle. J'ai envie de lire.

Mortka sentit sur lui le regard de neuf paires d'yeux. Il était en bout de table, présidant la réunion, tandis qu'Ostrowski s'était installé devant la fenêtre, appuyé au rebord. Le policier avait l'impression d'être scruté et jaugé par tous ces jeunes, alors que c'était lui qui devait scruter et jauger. Il faisait des efforts, mais les autres avaient le nombre pour eux.

Les filles étaient en majorité. Cinq. Il leur donna des surnoms pour fixer au moins partiellement les personnalités. Rousseurs, Poupée, Métal, Tôle et Grand Pif. Il passa aux garçons. En les observant, il n'arrivait pas à croire qu'il pût s'agir de futurs journalistes. Ils manquaient singulièrement de présence. Sauf un, à la beauté un peu efféminée. Dans l'ordre : Sportif, Zoska (il se demanda s'il convenait d'affubler le gars d'un pseudo tiré d'une série), Chewing-gum (il en mâchouillait un), et Bouclettes.

— Comme vous le savez, commença-t-il, votre camarade Zuzanna a été assassinée. Je mène l'enquête dans cette affaire, et je ferai tout pour retrouver l'assassin.

— Comment est-elle morte ? l'interrompit Zoska.

Il avait une voix étonnamment virile et profonde qui, combinée avec son allure, rappelait un garçon qui aurait mué trop vite.

— Je regrette, mais je ne peux pas communiquer ce genre d'information.

— Secret de l'enquête, commenta le garçon.

— Exactement.

— Mais dans ce cas, comment faites-vous pour interroger les suspects ? renchérit Poupée. Toute communication est à deux sens. Votre seule question donne une information à la personne que vous interrogez. Ce qui m'intéresse, c'est la façon dont vous choisissez. Ce que vous pouvez dire et ne pas dire ?

Elle croisa les mains, attendant une réponse. Mortka se frotta le menton, se demandant quelle serait la façon la plus courtoise de l'envoyer sur les roses. Rien ne lui venait à l'esprit, mais par chance le journaliste lui vint en aide.

— C'est une excellente question, fit chaleureusement Ostrowski. Mais le commissaire n'est pas venu pour qu'on lui pose des questions, n'est-ce pas ? Peut-être aura-t-il un autre jour la bonté de venir nous parler de son travail…

— Inspecteur, pas commissaire, corrigea Mortka. Mais ce n'est pas ça qui compte. Je suis venu vous parler de Zuzanna.

— Un meurtre particulièrement violent, paraît-il. C'est vrai ? insista Poupée.

Mortka l'observa plus attentivement. Une blonde très maquillée, mais aux traits enfantins. Il l'avait d'abord négligée. Elle lui faisait l'effet maintenant d'avoir l'esprit rapide et futé. Et surtout agaçant.

— D'où tenez-vous ça ?

— Une amie d'amie partageait son appartement avec Zuza. Elle a raconté qu'il était venu plein de policiers. Ils ont caché le corps avec un paravent parce que c'était trop horrible.

— C'est la procédure standard, fit l'inspecteur.

— Si ç'avait été un meurtre brutal, l'inspecteur aurait dit « meurtre brutal », fit remarquer Métal.

Chemise noire, pantalon noir, ceinture à clous, bottines aux pieds, et abondance de boucles d'oreille. Si elle n'était pas encore tatouée, ça ne tarderait plus.

— Arrête avec ça. Tout le monde n'est pas obligé de parler comme un juriste.

— Oui, mais il est policier.

— Pour devenir policier, pas besoin de faire son droit.

— Il se trouve que moi, j'ai fait droit, intervint Mortka.

Où ça ? s'enquit Métal.

— Ici.

— Et pourquoi vous êtes devenu flic ? s'étonna Poupée.

La bonne réponse était qu'il n'avait pas bien choisi ses options au moment où il commençait à devoir gagner sa vie. Faire carrière dans la police lui avait semblé une bonne idée, mais la réponse lui resta en travers du gosier. Il se souvint d'avoir été une exception à la fac. Tous ses collègues avaient continué en sciences politiques, relations internationales ou affaires européennes. Il était le seul à n'avoir fait que droit.

— Revenons à Zuzanna, proposa-t-il.

Ils acquiescèrent de la tête, mais sans conviction. Il devait veiller à ce qu'ils ne repartent pas dans de nouvelles digressions.

— Vous la connaissiez bien ?

— Je vais peut-être expliquer ce que nous faisons ici, intervint Ostrowski derrière Mortka. Le groupe est spécialisé en presse écrite. Le travail de ces jeunes consiste à écrire des articles de journaux. Nous nous concentrons sur les reportages et les formats longs, plutôt que sur l'actualité. Chaque étudiant apporte ainsi deux dossiers par semestre. On les retravaille ensemble, on les corrige. Si c'est bon, on essaye de les faire passer dans des rédactions amies.

— Zuza a donc aussi apporté des dossiers.

— Oui, confirma Ostrowski

— Sur quels sujets ?

Ostrowski s'essuya le front.

— Je vais chercher dans mes papiers pour savoir ce qu'on a eu l'an dernier. Je sais qu'elle avait un reportage sur un centre de soins palliatifs pour enfants. Très émouvant. Très prenant. Un vrai tire-larmes.

— Vous l'avez publié ?

Le journaliste fit signe que non.

— Le problème était que Zuzanna y était allée en tant que bénévole sans révéler à personne qu'elle venait pour écrire sur le sujet. Elle a donc bénéficié d'informations que les gens ne lui auraient pas révélées s'ils avaient su qu'elle faisait du journalisme, ce qui posait un problème éthique. Nous en avons d'ailleurs longuement parlé (le groupe fit « oui, oui » de la tête, à l'exception de Sportif qui soupira comme si cela lui rappelait un souvenir particulièrement ennuyeux), et nous avons conclu que pour cette raison on ne pouvait pas publier le papier.

— Qu'y avait-il de particulier ? s'enquit Mortka.

Peut-être était-ce la piste qu'ils cherchaient ? Un pensionnaire trahit un secret sur son lit de mort. Il a pour confidente une jeune fille, une jeune journaliste. Mais il s'agissait d'un centre de soins palliatifs pour enfants, il se faisait des films : il était peu probable que des enfants mourants aient de dangereux secrets à cacher.

— Si je le trouve, je peux vous l'envoyer, promit Ostrowski.

— Merci. Et dernièrement, sur quoi travaillait-elle ?

— Je ne sais pas, reconnut le journaliste. Quelqu'un est au courant ?

Personne ne réagit. Après quelques secondes de silence, Métal leva un doigt.

— Oui ?

— Oh ! Zuza m'avait demandé de garder le secret, mais comme il est arrivé ce qui est arrivé…

Elle secoua la tête, rabattant sa chevelure noire sur son visage. Mortka pensa qu'elle le faisait exprès.

— Je ne sais pas pourquoi je vous en parle maintenant. J'aurais dû plus tôt, mais ça vient juste de me revenir.

— Je vous écoute. Allez-y, l'encouragea l'inspecteur.

— C'est que… (elle prit une profonde respiration) elle voulait écrire un texte sur les vigiles de la Cité où elle habitait.

— Qu'on fait travailler sans limite, qu'on oblige à se charger des poubelles, et qui se font exploiter de toutes les manières, compléta Ostrowski en pesant ses mots. Un bon sujet.

— Ce n'est pas ça, corrigea Métal. Qui revendent de la drogue. À tous les résidents. Même aux gosses.

Ça colle, se dit Mortka. De la drogue. La Cité était neuve et habitée par des gens fortunés. Des gens harassés de travail, stressés. Ils ont bien besoin d'un peu d'oubli. Les affaires fleurissent. L'apprentie journaliste découvre le pot-aux-roses. Elle décide de tout raconter, mais mène son enquête de manière maladroite et se trahit. Ils la violent en guise d'avertissement. Zuzanna tente de s'échapper. Quelqu'un perd son sang-froid. La fille meurt. Les donneurs d'ordre au-dessus des vigiles, parce qu'il y a toujours quelqu'un au-dessus, décident de faire accuser une innocente femme de ménage ukrainienne. Il ne lui manquait plus que les preuves. Ça ne devrait pas être trop difficile d'en trouver, maintenant qu'il savait quoi chercher. Deux ou trois interpellations, quelques perquisitions, des interrogatoires musclés, et ils auraient tout ce qu'il fallait. Il allait poser la question suivante à Métal lorsque son téléphone retentit. Il le sortit de sa poche et regarda l'écran. Le contact était identifié à l'aide d'une seule lettre, un B majuscule. Il prit l'appel parce qu'il ne pouvait pas faire autrement.

Et ça le rendait furieux.

— Bonjour, inspecteur, fit Borzestowski. Il faut qu'on se rencontre. Tout de suite.

La sonnerie de la porte lui fit l'effet d'une perceuse lui vrillant les oreilles. Il essaya de l'ignorer, mais pas moyen.

Aleks ouvrit les yeux. À son grand regret, il se trouvait encore dans sa chambre d'étudiant à Bielany. Dans des draps qui gardaient toujours l'odeur de Zuza.

— Vous ouvrez, oui ou merde !

Sa propre voix lui fit mal. Râpeuse comme du papier de verre. Mais la sonnerie ne cessait pas, et Aleks réalisa qu'il était seul. Et que la personne dans la cage d'escalier était têtue comme une mule, elle ne renoncerait pas, elle ne s'en irait pas. Aleks avait commis l'erreur de crier : il venait de prouver qu'il y avait quelqu'un à l'intérieur.

Il sortit du lit. Passant à côté de la table et des bouteilles, luttant contre les nausées qui lui venaient des relents de cigarettes fumées la veille, il arriva à la porte et ouvrit. La policière l'attendait. Celle-là même qui l'avait interrogé.

— Oui ?

— Je vais entrer, OK ?

Sans attendre de réponse, la Sèche s'engouffra dans l'appartement. Aleks ne protesta pas, cela ne lui vint même pas à l'esprit. Il lui sembla qu'elle regardait d'un air de désapprobation la table, les bouteilles vides et les cendriers pleins. Son cœur se serra à l'idée qu'elle s'imagine qu'ils avaient bu pour faire la fête, et non sous l'effet de la tristesse. Mais il n'en avait au fond rien à foutre. Il voulait se recoucher. Se rendormir.

— Qu'est-ce que vous voulez ? demanda-t-il.

— Où sont tes copains ?

— Partis.

Parler lui demandait un effort. Sa langue s'emmêlait.

— Il faut qu'on discute. Ta chambre, c'est laquelle ?

Il l'indiqua d'un geste. Elle acquiesça et entra.

La visite à Aleks était une décision personnelle de la Sèche. Après sa rencontre avec Magda Celtycka, elle avait préféré ne pas retourner à la Crim', et faire preuve d'initiative en cuisinant encore un peu le gamin. Elle vérifia d'abord la chambre. Une piaule typique d'étudiant : une étagère de livres, quelques manuels de cours, des romans fantastiques, et quantité d'ouvrages sur le développement personnel, la technique PNL et comment obtenir le succès en sept jours sans se fatiguer. D'après la Sèche, de l'argent jeté par les fenêtres. Une armoire ouverte, avec des fringues. Elle remarqua que le garçon faisait attention à sa tenue. Deux costumes accrochés dans des housses, jeans et chemises pliés, chaussettes roulées en boule, et les chemises avaient même l'air repassées. Elle appréciait cet ordre soigné. Elle remarqua un ordinateur personnel et un ours en peluche honteusement caché dans un coin du lit.

— Un cadeau de Zuza, fit Aleks comme s'il avait lu dans ses pensées (alors qu'il parvenait à peine à entendre les siennes). Vous êtes là pour quoi ?

— Je t'avais dit qu'on reprendrait notre conversation.

— Ouais.

— Nous y voilà.

— On doit vraiment faire ça aujourd'hui ?

— Oui.

Il poussa un grognement et s'affala sur le lit comme un petit vieux après un AVC. Il attrapa l'oreiller et le pressa sur sa poitrine.

— Bon…

— Elle passait souvent la nuit avec toi ? demanda-t-elle pour commencer.

— Des fois.

— Assez souvent pour laisser des affaires à elle ?

Il fit non de la tête.

— Elle les apportait avec elle chaque fois ?

— Dans son sac à dos.

— Elle aurait voulu rester ici ?

— Je ne sais pas. Pourquoi vous posez la question ?

— Tu as dit que vous étiez ensemble depuis un an ou presque.

— C'est ça.

— J'aurais cru qu'après un an il y aurait plus de choses à elle ici, fit-elle en montrant la chambre d'un geste circulaire. Sa chemise de nuit dans l'armoire, un peu de linge de rechange. Sa brosse à dents dans la salle de bains et une brosse à cheveux. Un déodorant. Son livre préféré, ou un livre qu'elle aurait oublié. Et pourtant chez toi, il n'y a que ce nounours.

— Je ne comprends pas.

— Vous n'étiez peut-être pas aussi proches que ça.

Il ne comprenait toujours pas. Il la regardait, même si se concentrer lui demandait beaucoup d'efforts.

— Elle avait peut-être quelqu'un d'autre ?

— Non.

— Pourquoi non ? Quelqu'un avec qui elle se serait sentie plus en sécurité ? Quelqu'un de sûr, chez qui elle pouvait laisser sa brosse à dents ?

Ce qui se produisit alors les étonna autant l'un et l'autre. Aleks poussa un cri incompréhensible. Il lança l'oreiller sur la Sèche avant de se jeter poings en avant sur elle. Elle para l'oreiller qui vola dans un coin. C'était une manœuvre habile de la part du garçon, même s'il n'en avait sans doute pas conscience. Une autre que la Sèche aurait été en difficulté, mais elle avait passé trop de temps dans des salles d'entraînement à se faire malmener par des types deux fois plus grands qu'elle pour se laisser prendre à une telle ruse. Prise de distance, ciseau, coup de savate dans la cuisse. Le garçon tomba à genoux. Elle l'attrapa par un bras et lui fit une clé. Elle le coucha au sol, l'écrasa contre le plancher et affermit sa prise. Il hurla tandis que ses os et articulations grinçaient. Elle pensa qu'un jeune comme ça devrait davantage prendre soin de sa condition physique.

— On se calme, dit-elle, bien inutilement.

Passé le premier choc, Aleks s'était allongé, doux comme un agneau. Elle eut honte, pour lui, pas pour elle-même. Elle s'était attendue à trouver dans ce gamin de vingt ans et quelque un adversaire plus sérieux. Elle le lâcha et se redressa. Il resta couché, se contentant de rouler sur le dos. Il soufflait, avec de la bave aux lèvres.

— Je vais considérer qu'il s'agit d'un accès de démence, et non d'une attaque contre un agent de la force publique.

À cet instant elle entendit un râle dans son dos. Elle

se retourna. Un grand type se tenait sur le seuil, un gros au teint malsain et aux cheveux gras. Il avait un sac de courses à la main. Elle ne l'avait pas entendu entrer. Heureusement qu'il n'avait pas souhaité se joindre à la bagarre, car avec sa masse et l'effet de surprise, elle aurait pu avoir des problèmes.

— Calmos, le Skunks, fit Aleks. Madame est de la police.

— Ah bon, grogna le gros. Dans ce cas, je vais vous faire un thé.

Il partit vers la cuisine. Elle le retint.

— Pas la peine. Je m'en vais.

Aleks tenta de se relever. La Sèche eut l'impression qu'il voulait la raccompagner jusqu'à la porte. Elle allait lui dire que ce n'était pas nécessaire, mais ses efforts maladroits étaient trop comiques à voir. Il avait du mal à plier la jambe là où elle l'avait frappé. Et plutôt bien frappé, car elle avait le coup de savate puissant. Elle avait peut-être un peu exagéré avec la clef de bras, car lorsqu'il s'appuya sur ses mains, il serra les dents.

— Aleksandr... dit-elle.

Il la regarda avec des yeux troubles.

— Oui.

— C'est une affaire grave. Je n'ai aucune envie de te chercher des noises, je veux juste trouver le coupable.

— Je sais.

Elle tira de sa poche une carte de visite qu'elle posa sur le rebord du lit. Elle passa devant le garçon au sac de courses. Il puait. À l'évidence, il n'avait pas que les cheveux sales. Un peu écœurée, elle le toucha d'un doigt et indiqua Aleks.

— Qu'il se passe du Voltarène. Si ça ne va pas mieux demain, qu'il aille faire une radio. Il y a peut-être quelque chose à la clavicule. Il aura un bleu à la cuisse, assez moche, mais qui se résorbera tout seul.

— Bien, madame.

Il puait, certes, mais il était bien élevé.

— Pourquoi vous me posez toutes ces questions ?

Elle se retourna. Aleks avait réussi à se remettre debout. Il se tenait l'épaule et s'appuyait contre le montant en métal de la porte. Tout pâle et tremblant, il avait l'air d'un sac de malheurs.

— Parce qu'elle a été violée la nuit de sa mort, dit-elle.

Elle attendit que ses mots parviennent à destination et observa attentivement le visage pétrifié du garçon. C'était un moment important. Ils n'avaient jamais rayé Aleks de la liste des suspects, même s'ils devraient peut-être le faire maintenant. Il ne semblait pas capable d'un tel acte. Ç'avait été sa première impression, et elle venait d'en avoir la confirmation. Cependant, les statistiques étaient claires : le coupable se trouvait le plus souvent dans l'entourage immédiat de la victime. Si toutefois c'était vraiment Aleks, il faudrait aussi qu'il soit un acteur génial. Et ça, elle en doutait.

— Si quelque chose te revient, tu m'appelles.

Chapitre 15

La rupture dans la carrière criminelle de Borzestowski s'était produite en 2004. Pruszkow fini, Wolomin effacé, le groupe de Korek démantelé, de même que le gang de Zoliborz. Borzestowski, qui avait jusque-là été un simple exécutant, commença à figurer au premier plan. Ça ne plut pas à tout le monde, mais le sort lui sourit à nouveau. La police baptisa l'affaire « la Troïka du Neptune ». Trois gangsters de Varsovie, Mario, Szyszka et Wilk, se réunirent au restaurant Neptune. Selon des rumeurs qui circulaient, ils devaient conclure une alliance : se partager la ville et casser cet insoumis de Borzestowski qui commençait à faire preuve de trop d'indépendance. Les trois messieurs devaient également évoquer le prix à mettre sur sa tête, et décider si le travail devait être confié à quelqu'un du pays ou à un professionnel engagé à l'étranger.

Trois hommes entrèrent donc au Neptune, et personne ne les revit jamais. Personne ne sut ce qui leur était arrivé. Ils s'étaient évaporés. Des théories sans nombre virent le jour, dont la plus vraisemblable désignait Borzestowski. C'était lui qui tirait le plus grand avantage de cette disparition. Sauf que, d'une part, Borzestowski ne se trouvait pas à Varsovie à ce moment-là et, d'autre part, il était un peu léger pour monter un pareil numéro. Personne ne lui serait venu en aide, car toute la capitale le savait : Mario, Szyszka et Wilk régneraient, et B. mordrait la poussière. Même ses gars l'avaient laissé tomber. Pas pour longtemps :

ils revinrent bientôt, la queue entre les jambes, implorer son pardon. Certains furent graciés. Pas tous. Mais depuis lors, méthodiquement et sans jamais se montrer, toujours dans l'ombre, Borzestowski était devenu chaque jour plus puissant.

Mortka savait qu'en acceptant le rendez-vous il commettait une erreur. Il devait ignorer ce gangster. Refuser d'accourir au moindre appel. Mais il s'était passé trop de choses entre eux. Ils savaient trop de choses l'un sur l'autre. Les règles du jeu avaient changé, mais l'inspecteur n'avait pas encore trouvé de stratégie gagnante.

En arrivant sur place, il se demanda d'abord si Borzestowski ne s'était pas trompé. Mais la Porsche Cayenne garée à proximité lui confirma qu'il était à la bonne adresse. Une boutique de fauteuils de massage.

L'intérieur faisait davantage penser à une concession automobile qu'à un magasin de meubles. Parquet luisant, vaste espace, jeune vendeur en chemise blanche, et Borzestowski qui tournait autour des fauteuils. Le gangster se montrait rarement sans garde du corps ; cette fois il était visiblement seul. Mortka n'aurait su dire si c'était bon ou mauvais signe.

Il s'approcha de Borzestowski qui s'était accroupi pour étudier la qualité d'un tissu. Il passa un doigt sur la garniture de cuir pour voir s'il y laisserait des traces de gras.

— Regardez-moi ça, inspecteur. Il y a plus d'électronique là-dedans que dans votre ordinateur de bureau ! lança le gangster.

Mortka voulut bien le croire. Le prix affiché sur le bout de carton accroché au dossier parlait de lui-même. Plus de douze mille zlotys.

— Si ça vous intéresse, je peux volontiers vous donner des détails sur ce modèle. Très bon rapport qualité-prix, tout ce qu'il y a de plus fonctionnel, élégante finition italienne… débita le vendeur qui s'était empressé de les rejoindre.

Le gangster se leva avec un léger grognement. Un seul regard suffit à réduire l'homme au silence.

— Disons que je vais acheter quelque chose aujourd'hui, fit Borzestowski, mais pour l'instant vous dégagez. L'inspecteur et moi devons discuter de deux ou trois choses.

— Oui, naturellement.

Le vendeur s'inclina avant de se retirer dans le coin le plus éloigné du magasin.

Le gangster prit place dans le fauteuil. Il se tortilla dessus pour vérifier s'il était confortable, mais il se releva rapidement, visiblement mécontent.

— J'ai des problèmes de dos, déclara-t-il de manière inattendue. Séquelles d'aventures de jeunesse qui se rappellent méchamment à mon souvenir. Je me renforce la colonne vertébrale en me musclant pour répartir différemment mon poids, mais ça ne suffit plus. Je suis obligé de m'acheter ce genre de machine. Ça me préservera peut-être encore un moment des antidouleurs. Je ne veux pas être opéré. Ils ont le scalpel qui dérape facilement, et je ne veux pas passer le reste de ma vie en fauteuil roulant.

Passé un premier étonnement, Mortka pensa qu'il devait être la seule personne à qui Borzestowski pouvait confier ce genre de choses. À qui d'autre ? Certainement pas à ses hommes, qui prendraient ça pour un signe de faiblesse, ni aux jolis petits culs qu'il faisait valser le soir. Il y aurait peut-être son frère, mais Mortka savait qu'il le voyait rarement.

— Je vous en offre un ? demanda le gangster.

— Pas nécessaire.

— Il ne s'agit pas d'un pot-de-vin, juste d'un petit cadeau. *No strings attached*, comme disent les Anglais. Faites votre choix.

— Ce n'est vraiment pas nécessaire, répéta Mortka.

— Mais si, mais si, poursuivit Borzestowski, imperturbable. C'est un équipement très relaxant, qui facilite le repos, qui vous régénère après une journée difficile. Et j'ai l'impression que vous en avez grand besoin. Je vous vois épuisé, manquant d'énergie, et ça pèse sur votre efficacité…

— Tout va bien chez moi.

— Alors, putain, pourquoi tu ne fais pas ton boulot ? brailla le gangster.

Le cri fit sursauter le vendeur, il leur lança un regard apeuré et perdu, et le gangster lui fit signe que tout était en ordre. Mortka douta que cela suffise à tranquilliser l'autre qui devait prier pour que quelqu'un entre dans le magasin.

Le policier s'approcha du gangster. Il sentit une forte odeur d'eau de Cologne et une haleine mentholée.

— Pas sur ce ton, dit-il.

— Ne viens pas me faire la leçon, inspecteur, gronda Borzestowski.

Ils se tenaient face à face, se mesurant du regard, et Mortka se rendit vite compte qu'il était en position de perdant. Les yeux commencèrent à lui piquer, mais le simple fait de ciller serait un aveu de défaite. Le gangster demeurait impassible, légèrement amusé, les paupières figées, comme fixées avec de la colle.

Mortka cligna enfin des yeux et détourna la tête, une erreur de plus. Borzestowski s'avança vers le fauteuil suivant. Noir et massif, il coûtait un peu moins de douze mille zlotys. Pas beaucoup moins.

— Comprenez-moi bien, inspecteur. Je veux seulement que vous fassiez correctement votre travail. Rien d'autre.

— Heureux de l'entendre.

— On vous a confié une affaire simple. Et une solution simple s'est présentée à vous simplement, torturée par le remords, consciente de l'ombre que son acte jetait sur les relations polono-ukrainiennes. Tout est déjà réglé, inspecteur. Qu'est-ce qui vous prend de continuer à creuser ?

Mortka ne répondit pas. Il n'avait pas l'intention de s'expliquer devant cet homme. De plus, il ne comprenait pas de quoi il retournait. Il était étonné que ce soit Borzestowski ou un de ses types qui ait forcé Svitlana à se désigner comme coupable. Cette nouvelle pièce cadrait toujours avec le puzzle qu'il avait imaginé, simplement celui-ci se révélait plus grand qu'il ne l'avait pensé.

Mais justement… Pourquoi Borzestowski avouait-il ? Que cherchait-il à accomplir ? Quelque chose clochait. Il s'était passé un truc. Mais quoi ?

— Inspecteur ? (Borzestowski lui passa une main devant les yeux.) Tout va bien ? Vous êtes devenu muet ?

— Disons que mes enquêtes ne regardent que moi.

— Disons que depuis que vous m'avez appelé pour un petit service, ce n'est plus tout à fait vrai.

— Moi aussi, je vous ai aidé. Vous avez oublié ?

Borzestowski montra les dents.

— Non, inspecteur. Vous vous êtes d'abord aidé vous-même. Je lis en vous comme dans un livre, inspecteur. Vous êtes un homme fier, qui ne supporte pas d'être trompé. À un moment, nos intérêts ont coïncidé, rien de plus. Mais l'affaire présente, c'est une tout autre histoire.

— Tu ne sais rien de moi.

— Vous vous trompez grandement. Je sais par exemple que vous devriez boucler ce dossier. Tout le monde sera content. Même cette Ukrainienne qui purgera une juste peine, mais qui en sortira la conscience tranquille, plus quelques avantages. Vous non plus, vous ne devriez avoir aucun remords. Je sais que pour vous, la famille est sacrée. Et croyez-moi, je comprends ça, et je le respecte. Compte tenu de nos relations passées, vous savez que je dis la vérité. Je sais aussi une chose très, très importante…

— Laquelle ?

Borzestowski cessa de sourire. Mortka sentit son corps se tendre instinctivement et se préparer à la lutte. Mais il n'y eut aucune lutte. Juste quelques mots.

— Cette courtière en bourse chez qui vous dormez si souvent… Elle n'est pas de votre famille, je pense. Et en fait, ça vaut mieux, parce que, compte tenu de ce que vous faites, ce serait très inconvenant. Vous me suivez, inspecteur ?

Il n'avait pas besoin de réponse. Un coup d'œil sur Mortka lui suffit. Il lui donna une tape sur l'épaule avant d'aller rejoindre le vendeur.

— Excusez-moi, mais là, j'ai un fauteuil neuf à acheter.

Celtycki était incapable de s'avouer certaines choses. Par exemple à quel point il avait été triste et furieux après son exclusion du parti. Non parce que c'était arrivé. Ça, il pouvait l'accepter comme partie inhérente au jeu politique, même s'il avait toute sa vie pensé que ce serait lui qui virerait les autres. Non, deux choses l'avaient particulièrement affecté. D'abord, personne ne l'avait appelé pour le consoler, alors qu'il n'était pas un nouveau venu dans le parti. Combien de gens avait-il aidé, combien en avait-il promu à des postes élevés, dont il croyait qu'ils étaient devenus des amis ? Toutes ces dettes de reconnaissance, ces assurances de fidélité et de soutien ne valaient que dalle. Ensuite, on l'avait effacé de l'histoire du parti, alors que c'était grâce à lui que tout avait si bien démarré. Tout son travail avait été réduit à un épisode indigne. Ça, il ne pouvait l'oublier.

Il se sentait maintenant plus mal que jamais.

Qu'est-ce que cette connasse allait s'imaginer ?

Pour un catholique, il avait des opinions plutôt libérales concernant les affaires sexuelles. Il avait compris que l'homme était condamné au péché. C'est pour cette raison qu'avait été inventé le sacrement de pénitence. Et pour la même raison, il n'exigeait pas de fidélité de la part de ses maîtresses. (Magda, c'était autre chose. Elle était la mère de sa postérité, et il devait avoir la certitude que ses enfants étaient bien ses enfants. Et puis c'était une question de prestige. Une épouse trompée peut compter sur la compréhension et la compassion de ses amies, tandis qu'un mari trompé n'a droit qu'aux blagues de ses collègues.) Concernant la petite, il savait que leurs routes se sépareraient un jour. Mais pas de cette manière. Qu'est-ce qu'il lui était passé par la tête ? Elle avait vingt et un ans. Elle croyait s'en sortir sans lui ? Elle croyait tout savoir ? Avoir tout appris ? Elle ne se rendait pas compte à quel point elle avait besoin de lui. À moins qu'elle ait prévu de rentrer dans son patelin pour épouser le garagiste du coin et lui faire une flopée de gamins. Dans ce cas, oui. Mais pas plus. Si elle avait davantage d'ambition, elle aurait de mauvaises surprises. Il lui prouverait combien elle s'était trompée. Et douloureusement. Il l'écraserait, il détruirait tous ses rêves, il lui ferait voir qu'elle n'était rien qu'un petit cul parmi d'autres dans cette grande ville pleine de jolis petits culs. Il fut arraché à ses pensées par le téléphone. Il était dans son bureau. L'aigle, ses diplômes accrochés au mur, ses livres sérieux sur les étagères, toutes ces choses lui faisaient du bien, car elles symbolisaient l'existence à laquelle il se sentait appelé, et vers laquelle il envisageait de revenir triomphalement.

— Oui ! lança-t-il.

— On a des ennuis.

C'était Ostrowski, le journaliste. La voix tremblante, presque brisée, étouffée comme s'il était enfermé dans un placard et devait parler la main sur la bouche.

— Qu'est-ce qui se passe ?

— Le vigile m'a vu.

Il ne comprit pas tout de suite ce que cela voulait dire. Mais il était heureux qu'Ostrowski l'appelle. Cela signifiait qu'il le respectait et savait de quoi il était capable. Ce journaliste était ce qu'il était, mais il connaissait les gens. Le politicien l'aiderait aujourd'hui et l'obligerait plus tard à l'inviter dans les médias avec des interlocuteurs bienveillants. Des écrans télé aux listes électorales, il n'y a qu'un petit pas.

— Dis-moi exactement ce qu'il s'est passé.

— Le vigile m'a vu. Le soir, avant la mort de Zuza. Je la raccompagnais chez elle. Comme je bloquais l'entrée, il est venu me dire de dégager.

Celtycki se gratta le menton.

— Il t'a reconnu ?

— Je n'en sais rien, merde, bredouilla le journaliste. Je ne suis pas descendu de voiture pour bavarder avec lui.

— Et où est le problème ? demanda Celtycki. Il t'a vu la ramener. Et alors ?

On entendait dans l'écouteur la respiration lourde du journaliste qui cherchait une réponse.

— Écoute, tout ça n'est pas bon, dit-il enfin. Je peux avoir de sérieux problèmes. Et si moi j'ai des problèmes…

Il ne termina pas sa phrase. À juste titre. Ils étaient encore deux gentlemen soucieux de s'aider mutuellement en cas d'emmerdes. Même s'ils approchaient de la frontière entre cet état civilisé et un jeu pénible et sale, ils ne l'avaient pas encore franchie. Et Celtycki préférait s'en tenir là.

Il soupira.

— Bon, je vais régler ça, fit-il.

— Mais vite. La police va certainement chercher le gars.

— Pourquoi ? demanda Celtycki, inquiet.

Le journaliste réfléchit un long moment avant de répondre.

— Pas au téléphone. Tout simplement… c'est comme ça, c'est tout.

— J'ai compris. Je m'en occupe.

Celtycki constata avec étonnement que sa jambe gauche s'agitait nerveusement.

Il coupa la conversation et jeta le téléphone sur le bureau. Il regarda ses mains. Il avait les paumes moites. Il les renifla et sentit une odeur désagréable. Ses tempes battaient douloureusement. Il prit une bouteille de whisky dans le placard et s'en versa deux doigts. Mais la migraine persista.

D'abord, les documents qui avaient fuité, et maintenant le vigile. Que lui réservait encore cette foutue journée ?

Il regarda sa montre. Il était près de trois heures. Il craignit de voir Magda débarquer bientôt avec les enfants. Il n'avait pas la force de les voir et de leur raconter sa journée. Il devait agir. La fuite des documents, et maintenant le vigile. Il décida de s'occuper d'abord du moindre de ces deux problèmes. Avant que la police ne le fasse.

L'inspecteur adjoint Dariusz Kochan pensa qu'il aurait fallu des salles spéciales pour de telles occasions. Comme celles dédiées aux enfants, avec des petits meubles colorés, des peluches et des fleurs peintes sur les murs. Les salles d'interrogatoire avaient été conçues, de manière consciente ou non, pour terroriser les suspects : austères, désagréables, menaçantes. Voilà pourquoi Renata Mroz était déjà crispée, sur les nerfs, prête à se battre. S'ils s'étaient trouvés dans un local chaleureux, un endroit où on pouvait boire un café ou un thé, avec des haut-parleurs discrets diffusant de la musique douce ou des chants d'oiseaux, tout aurait été plus facile.

Mais il devait faire avec ce qu'il avait.

Il s'assit en face de Renata Mroz. Et cette femme tranquille qui n'avait pratiquement rien dit lors de leur précédente rencontre l'attaqua d'emblée.

— Je viens de parler avec mon mari. Je l'ai appelé pour que vous n'alliez pas vous imaginer des trucs. Et il m'a dit que vous ne pouviez pas faire des choses comme ça. Vous n'avez pas le droit de me traîner ici comme si j'étais une délinquante. Vous imaginez ce que vont penser les voisins ? C'est un abus de pouvoir.

— Pour autant que je sache, l'agent vous a juste invitée à le suivre et conduite jusqu'ici, dit Kochan. Vous n'étiez pas obligée de venir.

— Je sais que je n'étais pas obligée.

— Et pourtant, vous voilà.

— C'est un abus de pouvoir.

Il choisit de ne pas relancer la prise de bec. Il croisa les doigts, se demandant comment parler à cette femme. Lorsqu'il faisait équipe avec Mortka, c'était celui-ci qui prenait le plus souvent la direction des interrogatoires. Et c'était bien normal : le Kub était plus élevé en grade et dirigeait la plupart des affaires, tandis que l'inspecteur adjoint n'avait qu'une fonction d'assistance. Kochan n'avait pas trop d'expérience en la matière, surtout quand il s'agissait de parler à une femme ayant dépassé la quarantaine. Avec des mecs de la rue, il était sûr qu'il aurait su s'y prendre. Une intuition soudaine lui dicta de ne rien dire. Il se contenta de sortir du dossier un tirage des archives du site Bla-Bla qu'il tendit à Renata Mroz. Puis il attendit.

— C'est quoi, ça ? demanda-t-elle.

Il garda le silence. Il voyait une hésitation se dessiner sur son visage. Une lutte intérieure. Sa main, dont Kochan remarquait pour la première fois combien elle était laide, osseuse et grise, s'avança vers les documents avant de s'arrêter à mi-chemin.

— Je ne vais pas lire ça, dit-elle fermement.

Il ne réagit pas.

— Je ne suis pas obligée, ajouta-t-elle après un instant, mais d'une voix qui trahissait déjà plus d'incertitude que de colère et d'indignation.

Kochan ne réagit pas. Il ne la regardait même pas, il ne vit donc pas les doigts reprendre leur progression pour saisir la première page, puis Renata Mroz se pencher pour lire. Il n'entendait que sa respiration sifflante, qui fut soudain coupée par un gémissement sourd.

Quand il se tourna enfin vers elle, c'était une tout autre personne qui se tenait devant lui. Brisée, effondrée. Il venait de la tuer. Ici, maintenant, dans cette pièce.

Parfait, se dit-il, *elle l'a bien mérité.*

— On peut se parler ? avança-t-il.

— Non, répondit-elle. Je ne veux pas parler.

Elle ferma les yeux, et son corps fut traversé de frissons.

— Le jour où notre fille est morte, mon mari n'était pas à la maison, avec moi, comme je l'ai déclaré, fit-elle. C'est lui qui m'a demandé de dire ça. Il était sorti quelque part, et il était rentré complètement abattu. Il m'a dit être allé à la fac, qu'un truc foirait dans ses recherches. Mais en fait, je ne sais pas où il était.

L'inspecteur adjoint soupira et se gratta le nez.

— Ce n'est pas tout, dit-il, sentant monter en lui une sorte de satisfaction. Reprenons depuis le début. Saviez-vous que votre mari abusait sexuellement de votre fille ?

CHAPITRE 16

Bartosz Hajduszkiewicz était toujours de bonne humeur, aidé en cela par un mélange d'alcool, de nicotine et d'amphétamines. Il se réjouissait surtout que les chiens n'aient rien flairé. Après la découverte du corps de la fille, il était resté tendu pendant des heures, à en avoir des crampes partout, comme après une séance de muscu. Il avait eu peur, s'ils débarquaient avec des chiens, des vrais, que ceux-ci viennent renifler son sac à dos. Il n'avait rien gardé chez lui. Il avait tout vendu la veille au soir et dans la nuit, mais les clébards étaient capables de détecter la moindre poussière d'amphet ou un minuscule fragment de feuille verte avant d'aboyer à pleine gueule. Là, les flics s'en seraient pris à lui, il se serait bien trouvé un gugusse de la Cité pour le balancer, et alors adieu. Que l'affaire se soit terminée sur un simple interrogatoire relevait du miracle, autant qu'une victoire sur le Spartak de Moscou. Non que Hajduszkiewicz ait craint la prison. Les potes qui s'y trouvaient n'en disaient que du bien. Il savait qu'il saurait faire face. Mais il regretterait son petit boulot de rêve. Vigile de merde peut-être, mais un business à se faire tailler des pipes. Les mecs de la Cité prenaient tout ce qui se présentait, et à des prix incroyables. Il y avait juste à vendre.

Il perdit néanmoins sa bonne humeur en découvrant le visiteur devant sa porte. C'était le politicard qui habitait la Cité dont Hajduszkiewicz avait la garde. Il ne lui avait jamais rien acheté – en revanche, les petits culs mignons qui lui louaient un appart venaient régulièrement le trouver. Dommage. Le mec était friqué et avait certainement des amis friqués. Si ceux-là devenaient des clients, c'était la fortune assurée.

Le vigile était tiraillé. D'un côté, il avait envie de laisser tomber l'affaire, parce qu'un client a beau être un client, il ne fallait pas venir lui marcher sur les pieds. De l'autre, le politicard avait visiblement les chocottes. Il devait y avoir moyen de lui presser le citron. Finalement, la cupidité l'emporta dans son duel avec la prudence. Il se décida à laisser entrer le type chez lui.

Il ne savait pas encore que c'était une erreur.

Celtycki s'engouffra sans un mot dans l'appart. Un petit deux-pièces dans le quartier de Sielce. Le politicien jeta un coup d'œil dans le salon, puis dans la cuisine. Pas de lumière allumée dans la salle de bains, donc elle devait être vide.

— Qu'est-ce que vous venez branler ici ? demanda le vigile. Vous achetez, vous payez, et hop, dehors.

Celtycki se figea. Il fronça les sourcils.

— Acheter quoi ?

— De la poudre. Vous voulez quoi ?

— Quelle poudre ?

— Vous n'êtes pas venu pour acheter ? s'étonna le vigile.

— Non.

— Merde alors ! jura Hajduszkiewicz.

Ce mec lui faisait perdre son temps. C'est vrai qu'il ne faisait rien de spécial, se tapant une bière en regardant des clips sur le Net, mais quand même. Il n'avait qu'à virer le gars, ce ne serait pas difficile, vu qu'il était deux ou trois fois plus costaud que l'intrus.

— Tu es seul ?

Il était seul. Sa mère était partie prendre son service à l'hosto, mais il n'avait pas envie de raconter sa vie.

— Vous voulez jouer à quoi ?

— On va causer.

Le politicien passa dans l'autre pièce. La télé était allumée parce que le vigile n'aimait pas le silence à la maison. Bartosz sentit la moutarde lui monter au nez. D'abord ce type se pointait chez lui, ensuite il ne voulait rien acheter, et maintenant il envahissait le salon sans se gêner et sans même enlever ses godasses. Alors qu'avec l'automne dehors on pataugeait dans la gadoue. Il avait laissé des traces sur le trottoir, et à l'intérieur ce serait pire. Ils avaient un beau tapis de chez Komfort avec des belles couleurs, bien épais, qu'il allait bousiller. Il passerait le restant de la journée à quatre pattes à essayer d'enlever cette merde. Il n'y arriverait pas, et sa mère lui ferait tout un foin en rentrant.

— Bien. Alors c'est toi, Bartosz Hajduszkiewicz.

— Et après ?

— Tu étais de service la nuit où on a tué Zuza.

— La fille ?

— Évidemment, la fille. Putain, qui d'autre ?

Le vigile fit une grimace et pensa que trop, c'était trop. Il ne lui restait plus qu'à virer le mec. Personne ne lui parlait comme ça dans sa propre maison.

— Tu avais pris le service à quelle heure ?

— Six heures.

Celtycki joignit les mains comme pour faire une prière.

— Parfait, mon gars. Maintenant, écoute bien. La nuit précédente, quelqu'un a ramené Zuza à la Cité, tu te rappelles ?

Il se rappelait. Une tire plutôt classe, le genre de choses qu'il remarquait. Mais au lieu de répondre, il se contenta de hausser les épaules.

— Bon. Maintenant, écoute…

Celtycki s'appuya contre la table. À côté de sa main trônait un énorme cendrier en porcelaine qui, depuis que la mère avait arrêté de fumer, ne contenait que des cacahouètes.

— Quoi que tu aies vu, tu dois l'oublier.

Le vigile eut un large sourire, et toute la colère qu'il ressentait s'évapora comme par magie. Il comprenait pourquoi le politicard était arrivé chez lui avec cet air de fouine. Sauf que ce connard l'avait mal jugé. Ça n'avait rien d'étonnant pour Hajduszkiewicz : tous les jours il voyait passer les gros riches de la Cité. Ils le houspillaient, ils houspillaient les femmes de ménage, ils ne se montraient aimables que pour venir chercher de la dope. Ils se voyaient en haut de l'échelle d'où ils croyaient pouvoir cracher sur tout le monde. Bartosz avait enfin l'occasion de montrer à l'un d'eux combien ils se trompaient.

— Et ça m'apportera quoi ?

Celtycki prit un portefeuille dans la poche de sa veste. Il fouilla dedans, mais n'y trouva que des reçus de carte de crédit.

— Je n'ai pas de liquide, mais disons que je t'allonge mille zlotys la prochaine fois qu'on se voit. Et jusque-là, motus et bouche cousue.

— Mille ? Pas question.

Celtycki fronça le nez. Il tapota le cuir de son portefeuille.

— Disons deux mille. Un point, c'est tout.

— Essaye encore.

Le politicien rangea son portefeuille. Son visage prit une mine sévère qui lui donna un air plutôt comique. Il aurait pu faire impression sur un vendeur d'aspirateurs, mais certainement pas sur le vigile.

— Tu ne comprends rien à rien, minable. Je connais du monde. Il suffit que je passe un coup de fil, et tu es terminé. Tu perds ton boulot. Les gens de ta famille perdent leur boulot. Et vous n'en retrouverez aucun, même pas comme balayeur de rue.

Le vigile croisa les bras de manière à faire saillir les muscles de sa poitrine et ses biceps, qu'il contracta pour en montrer la taille.

— Moi aussi, je connais du monde. Fiol, Mati et Zbyszek. Je les appelle et nous verrons bientôt si tu arriveras encore à marcher en sortant d'ici.

Il fit un pas en avant, ce qui suffit à faire reculer le politicien. Le vigile comprit qu'il avait gagné.

— On va faire comme ça, commença Hajduszkiewicz. C'est bien que tu aies parlé de tes potes. Ils ne sont sûrement pas dans la dèche. Et tu sais quoi ? Tu vas me les présenter. Je vais leur vendre de la came. J'aurai l'exclusivité comme dealer. Et tu vas faire gaffe que ça marche. Compris ? Tu vas faire le tapin pour moi, mec.

Il s'attendait à des protestations, mais Celtycki se contenta de pâlir. Le vigile s'approcha de la fenêtre, tira les lourdes tentures et les rideaux gris pour regarder la cour. Peu de choses avaient changé depuis l'époque où il y avait joué enfant. C'était toujours la même merde. Mais il ne resterait pas ici longtemps. Il plaquerait ce boulot de merde où on n'était respecté par personne. Il s'achèterait un costard. Une bagnôle. Il quitterait l'appartement de sa mère. Il commencerait une nouvelle vie. Une vie meilleure. Et tout ça, grâce à ce débile qui lui avait niqué son tapis. Il se dit qu'il ne le nettoierait même pas et qu'il en payerait un neuf à sa mère.

Il était là à rêvasser tout en observant une vieille dame qui trimballait deux gros sacs de courses et qui devait s'arrêter tous les quelques pas pour reprendre son souffle. Dommage pour lui qu'il n'ait pas regardé Celtycki. Qu'il n'ait pas su que ce politicard avait eu une sale journée. Qu'après avoir été battu, il avait été plaqué, avant d'être maintenant humilié par une sorte de gros bras de poste de garde. Il ne savait pas que Celtycki ne pouvait lui faire connaître personne, car ce serait sa fin. Parce qu'il devait étouffer une affaire, et non faire des vagues. Qu'il en avait par-dessus la tête. Parce que la quantité de coups que peut encaisser un homme avant de craquer est limitée. Qu'il avait la certitude que personne ne l'avait vu entrer ici. Pour finir, Bartosz ne vit pas le politicard s'emparer du cendrier massif. S'il l'avait vu, il aurait remarqué les cacahouètes qui volaient avec les restes de coques, salopant un peu plus le tapis.

Mortka entra dans son bureau à la Crim'. Il attrapa sa chaise comme pour s'y asseoir, mais au lieu de cela il la poussa violemment. Elle partit vers le fond et vint cogner contre le mur.

— Qu'est-ce qui se passe ? demanda la Sèche.

Mortka lui lança un regard lourd et secoua la tête. Il ne pouvait rien lui dire. Il ne pouvait parler à personne. Dans le temps, peut-être à Kochan, mais plus maintenant. Que s'était-il passé ? L'affaire était simple. Une fille avait été assassinée, et tout le monde perdait la boule. Borzestowski était allé jusqu'à le menacer, ce qui n'était pas sans risque, même pour lui. Pire, le type était capable de mettre ses menaces à exécution. Il se demanda s'il ne ferait pas mieux d'appeler Olga pour la mettre en garde. Mais comment s'y prendre pour éviter qu'elle panique ? Et que lui dire, exactement ? Autre question, que savait Borzestowski d'elle ? La faisait-il suivre ? Savait-il où elle habitait, où elle travaillait, où elle allait faire ses courses ? Suivait-il aussi Mortka ? Et si oui, depuis quand ?

Le mieux serait de demander discrètement à quelqu'un de garder un œil sur Olga. Mais à qui ? Ça ne pourrait que provoquer une série de questions embarrassantes auxquelles il n'avait pas envie de répondre maintenant.

Il prit soudain conscience que la Sèche lui parlait. Il se reconnecta, mais ne perçut que la fin de son discours.

— … raison pour laquelle je considère que ce n'est pas lui.

— Qui ? risqua-t-il.

— Aleks.

— Ah oui. Ce n'est pas lui.

— Alors, on le raye ?

— De quoi ?

— De la liste des suspects.

Elle le regarda, attendant sa décision. Il approuva de la tête, sans pour autant se sentir convaincu. Il pensait à Zuzanna. S'il pouvait découvrir pourquoi elle était morte, il saurait pourquoi Borzestowski le menaçait, lui. Mais il fallait faire vite. Il posa une feuille de papier devant lui et prit un stylo. Il réfléchissait toujours mieux lorsqu'il pouvait établir un plan. Point par point. Mais pour l'heure l'afflux de pensées dans sa tête était tel qu'il ne parvenait pas à le maîtriser. Il reprit la feuille, la déchira et la froissa pour la jeter dans la corbeille. Raté. La petite boule atterrit à côté.

— Le vigile qu'on a auditionné…

La Sèche jeta un œil sur ses notes.

— Bartosz Hajduszkiewicz ?

— Je voudrais son adresse. Il faut lui rendre visite.

— Pas de problème. Et pourquoi ?

— Je te raconterai plus tard.

— D'accord. Je cherche l'adresse, fit la Sèche, mais au lieu de chercher elle regarda Mortka.

— Qu'est-ce qui se passe ? demanda-t-il.

— Rien en fait, mais toi, tu voudrais peut-être savoir, fit-elle avec réticence.

— Quoi ?

— Kochan vient encore de résoudre une vieille affaire. L'assassinat de deux gamines. Toutes les deux du même âge, étranglées de la même manière avec une corde.

— Je vois de quoi il s'agit, coupa-t-il.

Il se souvenait parfaitement de l'histoire. Une sale enquête. Le pire était qu'on n'avait jamais identifié le coupable. Et voilà que Kochan venait de réussir, et en combien de temps ? Un jour et demi ? Mortka comprit ce qu'il lui restait à faire. Si Kochan s'en tirait si bien, il fallait en profiter. Essayer de le lâcher sur Borzestowski. Qu'il commence à creuser l'affaire d'où tout était parti.

— L'adresse, dit-il en sortant du bureau.

Il enfila le couloir jusqu'au local qu'on avait attribué à l'inspecteur adjoint et entra sans frapper. Il avait de la chance car le policier était présent : assis devant l'écran de l'ordinateur, il rédigeait son rapport. Il avait étalé quantité de papiers noircis de notes de la première enquête, comme on le voyait aux feuilles jaunies. Mortka n'avait pas souvenir d'avoir vu Kochan travailler avec autant de flamme et de méticulosité. Il avait été du genre à arriver le dernier au travail et à en repartir le premier. L'inspecteur pensa alors que Kochan avait peut-être aujourd'hui la seule chose qui lui avait manqué : l'indépendance.

L'inspecteur adjoint interrompit son travail, leva la tête de ses papiers et observa Mortka avec un mélange d'agacement et de satisfaction.

— Tu es venu juste pour te planter là, ou tu as quelque chose à me dire ?

— J'ai appris que tu avais encore résolu une affaire. Je voulais te féliciter.

Kochan pouffa, montrant clairement que les compliments le laissaient de glace.

— Superbe. Mais *sorry*, le Kub, il me reste un quart d'heure pour finir le rapport au procureur, ensuite j'aurai toute la mécanique sur le dos, tu vois ce que je veux dire. Donc, si tu pouvais te casser…

Mortka ignora la dernière remarque et s'approcha de la table. Kochan se cala contre le dossier de sa chaise.

— Qu'est-ce que tu fous, merde ?

L'inspecteur prit le premier dossier d'une pile. Il l'ouvrit, le referma, le reposa, avant de prendre le suivant.

— Je travaille, là, le Kub.

Il continuait son manège sans savoir si ce qu'il cherchait se trouvait ici. Mais il eut de la chance. Il mit enfin la main sur le bon dossier. Il le jeta sous le nez de Kochan.

— Encore une fois, félicitations. Mais si tu veux vraiment m'impressionner, occupe-toi de ça.

Il sortit, laissant l'inspecteur adjoint seul. Kochan jeta un regard fatigué sur le dossier devant lui. Il n'avait même pas besoin de l'ouvrir pour savoir ce qu'il contenait. Il l'avait déjà consulté.

À l'intérieur se trouvaient les documents concernant la Troïka du Neptune.

Marek fut réveillé non par les secousses, mais par l'odeur. Skunks devrait vraiment se laver. Ou aller voir un médecin, si jamais c'était dû à une maladie. Il avait entendu à la radio une publicité pour des pilules qui éliminaient la transpiration excessive. Skunks devrait se goinfrer avec. Ou mieux, en mettre plein sa baignoire, et se plonger dedans.

Il regarda sa montre. Il avait dormi cinq minutes. Il s'était levé tôt ce matin pour aller en cours, et par miracle il avait réussi à suivre. La cuite de la veille l'avait pourtant complètement anéanti. Il avait moins bu que les autres, mais quand même plus qu'il n'aurait voulu. À peine rentré chez lui, il s'était affalé sur son lit sans rien manger, alors que son estomac criait famine. Mais Skunks était sans pitié. Il lui avait donné cinq minutes. Pas une de plus.

Marek se tourna sur le côté, espérant que ce serait un signe suffisant pour que Skunks lui fiche la paix. Mais celui qui ignorait sa propre puanteur ne pouvait que difficilement se laisser rebuter par un geste aussi subtil. Skunks secoua Marek de plus belle, et il n'eut plus d'autre choix que de sortir du lit.

— Qu'est-ce qu'il y a ?

— La police est venue, souffla Skunks.

Marek se frotta le visage si fort qu'il en devint tout rouge.

— Pour quelle raison ?

— Je n'en sais rien. Elle a parlé avec Aleks.

— Qui ça, elle ?

— C'était une fliquesse. Et elle lui a cassé la gueule.

— Cassé la gueule ?

— C'est ce qu'on dirait.

Skunks était d'un naturel flegmatique. Il se comportait d'habitude comme si rien n'avait d'importance. C'est pourquoi sa mine soucieuse avait de quoi perturber Marek.

— De quoi elle a parlé ? Tu as discuté avec elle ?

— Non. J'ai voulu lui faire un thé, mais elle est partie.

— Il n'y a pas de quoi s'inquiéter, dit le garçon après un moment. Sa nana a été tuée. C'est normal qu'ils débarquent pour lui poser des questions.

— Mais pourquoi elle lui a tapé dessus ?

— Je n'étais pas là. Demande à Aleks.

Ils se turent et tendirent l'oreille : Aleks sortait de sa chambre comme si on l'avait appelé. Ils eurent peur qu'il ait entendu quelque chose et se dirige vers eux. Mais il allait aux toilettes. Ils écoutèrent la porte claquer.

— On a peut-être un peu exagéré, Marek.

— En quoi ?

— Avec tous ces mails. Il faut décrocher. Prévenir les flics et tout leur montrer.

Marek fit non de la tête. Ils travaillaient sur leur portail depuis des mois. Ils y avaient consacré beaucoup d'efforts. Ils y avaient passé des nuits entières, carburant aux cigarettes, aux sandwichs et au Red Bull. À ce rythme, Marek avait foutu en l'air son année d'études, et il s'attendait à devoir redoubler. Et pourtant, le résultat était une grande déception. Ce n'était pas leur faute : le code était bon, l'idée était bonne. Mais qu'importe puisque dans ce milieu censé miser sur l'innovation et des visages nouveaux il n'y avait, comme partout ailleurs, que les relations qui comptaient, copinage et combine. Les copains filaient du fric aux copains, faveur contre faveur. Aleks était naïf de croire qu'il en irait autrement, mais pas Marek. Marek avait bien vu comment le système fonctionnait dans sa ville natale et il reconnaissait les mêmes mécanismes dans le petit monde des start-up. Seul comptait celui qui avait la main sur le pognon, et comme la principale source de pognon était l'Union européenne, tout ramenait à la politique. Les documents de Zuza étaient pour eux comme un billet de loto gagnant. Une chance sur un million dont ils devaient profiter s'ils voulaient atteindre leur but et non taper du code à longueur de journée en tant que *senior junior product media developer* pour je ne sais quelle grosse boîte.

— Relax, Skunks, dit-il. Rien de mal n'est arrivé. La police est venue voir Aleks et lui poser quelques questions. Il n'y a pas de quoi s'en faire.

— Nous avons été trop loin.

— Nous n'avons pas été trop loin. N'importe qui aurait fait pareil à notre place.

— On pourrait peut-être au moins déménager ?
— Pourquoi ?
— Pour se planquer.
— Et tu veux te cacher de qui ? Nous avons envoyé le mail depuis une adresse sécurisée, hébergée sur un serveur sécurisé. Personne ne nous trouvera.

Ils interrompirent leur conversation parce que Aleks tirait la chasse d'eau. Ils attendirent qu'il se traîne de retour dans sa chambre et referme la porte. Miracle, cette pause fit du bien à Skunks. Il se calma. Il semblait même qu'il puait moins, ou alors Marek s'était habitué à l'odeur.

— Ils ont répondu quelque chose ? demanda Skunks.
— La dernière fois que j'ai vérifié, ce n'était pas encore le cas. Mais calmos. Après tout, on ne sait pas s'ils ont reçu l'info.
— On ne sait pas, reprit Skunks en écho.
— Il faut attendre.

Skunks acquiesça. Marek se demanda si son coloc allait ajouter quelque chose. Mais non. Il garda le silence. Marek s'allongea sur le lit et s'enfouit sous la couverture. Skunks se secoua.

— Bon, j'y vais.
— C'est ça, approuva Marek. Mais ne fais pas de conneries.

Skunks rentra chez lui. Sans ajouter qu'à son avis il était un peu trop tard pour ça.

Chapitre 17

Ils s'arrêtèrent devant la porte en contreplaqué moche de l'appartement de Bartosz Hajduszkiewicz. Mortka venait de raconter à la Sèche ce qu'il avait appris lors de sa rencontre avec les étudiants. Ces éléments nouveaux faisaient du vigile le suspect numéro un.

L'inspecteur entendit des bruits dans l'appartement. La télé était allumée, donc il y avait quelqu'un. Il frappa trois coups. Il ne se passa rien pendant un long moment, puis ils entendirent des pas lourds et une voix énervée.

— C'est qui ?

Mortka et la Sèche échangèrent un regard. L'inspecteur fit signe à sa collègue de répondre. Il était peu probable que Hajduszkiewicz reconnaisse la voix de la policière, et il y avait plus de chances qu'il ouvre s'il entendait une femme.

— L'administration. On a un nouveau règlement à vous faire signer.

Claquement de verrous, et le visage tout pâle et en sueur du vigile apparut dans la fente. Ils n'eurent rien besoin de dire, il les reconnut aussitôt. Il tenta de refermer la porte, mais Mortka donna un coup d'épaule qui le projeta à l'intérieur. Il atterrit dans une étagère à chaussures posée contre le mur. L'autre en profita pour se réfugier dans sa chambre et claquer la porte. Mortka fit signe à la Sèche en levant un pouce. Il saisit son arme. Ôta le cran d'arrêt.

— Sors de là ! cria-t-il.

Pas de réaction. Il inspira un grand coup.

— Tu me couvres, souffla-t-il à la Sèche.

Elle acquiesça. Elle sortit aussi son arme, même s'ils étaient tous deux conscients que tirer dans un si petit logement serait une très mauvaise idée.

Il compta jusqu'à trois à voix basse et fit irruption dans la chambre. Elle était vide, la fenêtre était ouverte. Il s'y précipita et vit du premier étage Bartosz Hajduszkiewicz qui se relevait de terre.

— Fouille la piaule ! cria-t-il à la Sèche en se lançant dans l'escalier.

Il ne pensait pas pouvoir rattraper le vigile. Avec son saut désespéré, Hajduszkiewicz avait pris trop d'avance. Pourtant Mortka décida d'essayer quand même. Il se récitait déjà la liste des choses à faire ensuite : lancer un avis à toutes les polices de Varsovie, établir et diffuser un portrait-robot, coordonner les recherches. Il ne rentrerait sans doute pas chez lui ce soir-là. Mais une heureuse surprise l'attendait en dessous de la fenêtre. Le vigile n'avait pris que trente mètres d'avance, et il comprit rapidement pourquoi : Hajduszkiewicz boitait. Sa jambe gauche était tordue d'une manière qui suggérait une sérieuse fracture. Le fait qu'il bouge encore était le résultat d'une forte dose d'adrénaline. Ou d'une détermination farouche. Le policier se lança à sa poursuite. Le vigile lança un regard par-dessus son épaule et accéléra, mais de peu. Il sautillait sur sa jambe valide, trébuchant et tirant l'autre qui était cassée.

— Halte ! Police ! s'écria Mortka, attirant l'attention des quelques personnes présentes dans la rue.

Il vit d'abord de la curiosité dans les regards, puis de la peur, et enfin de la déception. Rien d'étonnant : sa poursuite n'avait rien de commun avec ce qu'on voit à la télé. Il avançait d'un pas pressé, son pistolet à la main, en hurlant « Halte ! » à un grand type qui fuyait si lentement qu'un gamin de quatre ans aurait pu le rattraper. C'était la poursuite la plus ridicule au monde.

Mais pourquoi le vigile s'était-il échappé ? Ils n'avaient rien de concret contre lui. Il aurait pu se contenter de ne pas les laisser entrer. Il devait être au courant. Pourquoi donc avait-il pris le risque de sauter de son premier étage ?

Mortka préféra ne pas tenter seul de l'arrêter. Même avec une jambe cassée, il restait un type costaud et potentiellement dangereux. Il décida de se tenir à distance. Il sortit son portable et composa le numéro du commissariat de Sielce.

— Inspecteur Mortka de la Crim' à l'appareil, annonça-t-il. Je suis à la poursuite d'un suspect, et j'ai besoin de renfort.

Il lança un nouveau regard sur le vigile. Celui-ci avait eu le temps de parcourir encore deux mètres pendant qu'il parlait, mais il venait de s'arrêter pour s'appuyer contre le capot d'une Opel. Il soufflait lourdement et jurait sous la douleur.

— Vous n'êtes pas obligés de vous presser, ajouta l'inspecteur.

Mais les gars de Sielce avaient pris l'appel très au sérieux. Deux minutes plus tard, deux véhicules de police arrivaient, d'où jaillirent trois policiers et une policière. Mortka se félicita de ne pas avoir essayé d'agir seul. Hajduszkiewicz résista avec acharnement. Il fallut faire usage d'un Taser et de gaz lacrymo avant de parvenir à lui passer les menottes et à le pousser dans un véhicule. Ils l'emmeneraient d'abord à l'hôpital puis à la Crim'.

Mortka remonta dans l'appartement. Il retrouva la Sèche dans la chambre de Hajduszkiewicz, une petite pièce où s'entassaient une armoire, une table, une commode et quantité d'affiches et d'écharpes de l'équipe de la Legia Warszawa. La policière était assise sur le canapé, le visage entre les mains, caché derrière ses cheveux défaits. Il connaissait suffisamment la Sèche pour savoir qu'elle ne s'autoriserait jamais à montrer sa faiblesse sans raison. Même devant lui. Surtout devant lui Elle devait toujours être la plus forte.

— Dans la salle d'eau, fit-elle.

Il la respectait trop pour lui poser la moindre question,

et il n'essaya pas non plus de lui remonter le moral. Il se contenta d'aller voir ce qu'il se passait.

La Sèche avait une bonne raison d'être dévastée.

Une très bonne raison.

Après la rencontre chez le procureur, Kochan était épuisé. Il pensa qu'il devrait appeler chez lui, prévenir qu'il rentrerait à pas d'heure, mais il n'y arrivait pas. Il ne voulait pas parler à sa femme dans l'état où il se trouvait. Il ne voulait pas voir son propre fils. Pas après ce qu'il s'était passé.

Il décida de prendre l'air. À l'entrée, il tomba sur Kwiatkowska. Elle était exactement là où il l'avait laissée. Il était étonné qu'elle soit restée plantée là pendant des heures. Lui, il serait parti depuis longtemps. Il se souvint soudain qu'il lui avait demandé de l'attendre, et que ça lui était complètement sorti de la tête.

— Je croyais que vous étiez retournée au travail, fit-il en manière de justification.

— Je les ai appelés. Je leur ai dit que je ne pourrais pas venir aujourd'hui. Ils ont compris.

Il se sentit honteux de l'avoir oubliée, même si elle n'avait pas l'air de lui en vouloir.

— On fait un tour ? proposa-t-il.

Elle accepta. À l'extérieur, le froid était mordant. Kochan fourra les mains dans les poches de sa veste, et ils partirent vers le cinéma Muranow où chaque soir des gens cultivés venaient voir des films cultivés de pays exotiques. Ils gardèrent le silence jusqu'à ce que l'inspecteur adjoint comprenne qu'elle voulait en apprendre davantage, mais n'oserait jamais poser de question.

— Les éléments qu'on a rassemblés prouvent que votre fille participait à un groupe de discussion d'enfants sexuellement abusés par leurs parents, commença-t-il. C'est comme ça qu'elle a rencontré Jagoda, même si leur amitié est restée purement virtuelle. Un jour, cette fille est venue sur le forum et a raconté que son père la violait depuis des années. Elle voulait se suicider. Votre fille l'en a empêchée.

Elle lui a conseillé de tout raconter à la police. Le père de Jagoda vérifiait régulièrement l'ordinateur de sa fille, l'épouse nous l'a confirmé. C'est donc sûrement comme ça qu'il a tout appris. Il a attiré Gosia dans un piège pour la tuer. Avant de tuer sa propre fille. Ce n'est pour le moment qu'une hypothèse, mais ça s'est sûrement passé à peu près ainsi.

Kwiatkowska écoutait en silence. Elle sortit un mouchoir pour essuyer ses yeux pleins de larmes.

— Votre fille a été héroïque, dit Kochan pour la réconforter.

— Et maintenant ?

— Nous avons déjà arrêté Mroz. On est en train de réunir des preuves. Puis il y aura l'acte d'accusation : double meurtre, mobile, préméditation, le procureur va le qualifier en assassinat, et le juge lui flanquera perpète. Terminé.

— Non, inspecteur, fit-elle à voix basse. Pour moi, ce ne sera jamais fini. Pas pour moi.

Elle essaya de sourire et lui tendit les mains. Il sortit les siennes de ses poches et serra fort celles de la femme.

— Merci, fit-elle.

Il la prit dans ses bras, se surprenant lui-même. Son geste était spontané, sans la moindre connotation sexuelle. Il voulait juste l'aider. La consoler. Il doutait d'y parvenir, mais il voulait au moins essayer.

Il la relâcha, puis ils avancèrent d'une dizaine de mètres jusqu'au banc le plus proche. Kochan sortit son mouchoir pour en éponger l'assise. Ils regardèrent la file grise des voitures qui remontaient l'avenue Anders, et le mur gris du parc Krasinski de l'autre côté de la rue.

— Renata Mroz était au courant de tout, reprit-il un peu plus tard. Il a suffi de lui montrer les échanges imprimés, et elle a craché le morceau. Ce qu'elle ne savait pas, elle l'a deviné. Je ne comprends pas.

— Quoi ?

— Comment elle a pu habiter tant d'années sous le

même toit et dormir dans le même lit que le type qui violait leur fille !

— Il y a des femmes comme ça.

— Vous n'en faites pas partie. Quand vous avez su, vous avez appelé la police. Vous y avez mis un terme.

Elle se tourna vers lui et le regarda droit dans les yeux avec gravité.

— Vous pensez vraiment que j'ai appelé dès que j'ai su ?

Il en eut la gorge sèche.

— Oui.

— Désolée, mais non. (Elle rajusta les plis de son manteau d'automne.) Nous avons une capacité infinie à nous mentir. Vous ne croirez jamais le nombre de fois où je me suis persuadée que je n'avais pas vu ce que j'avais vu. C'est ma plus grande faute. Je ne me le pardonnerai jamais. Et jamais Gosia ne me l'a pardonné. Elle ne m'en a jamais parlé, mais ce n'était pas nécessaire. C'est resté là, entre nous. Une blessure. Un abîme qui nous a séparées à jamais. Elle a cessé d'être ma fille. Elle n'était plus qu'une personne que j'avais mise au monde, et à qui j'avais permis qu'on fasse du mal.

— Mais alors, pourquoi avez-vous fini par appeler la police ? Qu'est-ce qu'il s'est passé ?

— Rien. Il ne s'est rien passé. Un beau jour, tout simplement, j'ai cessé de me mentir. Mais pourquoi ? (Elle haussa les épaules.) Même pour moi, c'est un mystère. Comme tous les autres jours, je me suis levée, j'ai pris le petit déjeuner, je suis partie au travail, mais deux heures plus tard je me suis retrouvée au commissariat. C'est tout.

Le tramway qui venait de démarrer s'immobilisa sans raison après quelques mètres. Kochan vit les voyageurs désorientés se demander ce qu'il se passait. Un type ouvrit une fenêtre et passa la tête à l'extérieur, essayant de voir s'il y avait eu un accident. Sur quoi le tramway repartit sans prévenir.

— Je ne suis pas la seule. Vous devez le savoir encore mieux que moi. Avec votre travail. Combien connaissez-vous de femmes qui vivent avec des hommes qui les battent ? Qui les martyrisent. Qui les envoient à l'hôpital.

Son cœur battit plus fort. Combien de temps avait-elle passé à la Crim' ? Elle aurait entendu quelque chose ? On lui aurait dit quelque chose ? Non. Elle ne parlait pas de lui. Elle ne le regardait même pas.

— Et pourtant, elles vivent des années avec ces hommes mauvais. Et si on leur demande pourquoi, elles ne savent pas répondre. C'était mon cas. (Elle s'interrompit pour s'essuyer la bouche avec la main.) Vous faites un bon travail.

— Vraiment ? demanda-t-il incrédule.

Il était d'un tout autre avis sur ce sujet.

— Vous arrêtez les méchants… Expliquez-moi comment vous faites la différence entre un bon et un mauvais ?

— Je ne sais pas.

— C'est ça, moi non plus, je ne savais pas. Renata non plus.

Elle se leva du banc. Elle lui tendit la main pour lui dire au revoir.

— Ne la jugez pas trop sévèrement, dit-elle en partant.

— Tu es déjà rentrée chez toi ?

— Euh… Salut, le Kub, répondit gaiement Olga. Tu viens aujourd'hui ?

— Ça va être dur.

— Le boulot ? avança-t-elle.

— Le boulot, confirma-t-il.

Il prit une profonde inspiration.

— Dis-moi, Olga, tu as bien fermé la porte de l'appartement ?

— Évidemment.

— Tu peux vérifier pour moi ? Et n'ouvrir à personne.

— Mon Dieu… Le Kub ! Qu'est-ce qui se passe ?

Par chance, elle ne lui laissa pas le temps d'inventer un mensonge.

— Tu as vu quelque chose au travail ? Il est arrivé malheur à quelqu'un ?

— C'est ça, confirma-t-il avec soulagement.

C'était une bonne excuse. Très vraie.

— Ne t'en fais pas pour moi, fit-elle d'une voix douce et apaisante. Même si c'est adorable. Je serai prudente.

— Tu vérifies la porte ?

Elle eut un petit rire.

— Je vérifie. Et toi, tu les attrapes tous !

— Je vais les attraper.

Elle raccrocha la première. Quant à lui, il garda un moment l'appareil contre son oreille.

« Il est arrivé malheur à quelqu'un ? » Il avait failli éclater de rire en l'entendant poser la question. Une définition parfaite. Ce quelqu'un était Piotr Celtycki. Ils avaient trouvé l'homme politique dans la baignoire. Ses vêtements déchirés traînaient par terre près du bac à linge sale. Comme le carrelage, les meubles et les produits de toilette, les fringues étaient tachées d'un sang écarlate. À côté se trouvaient des lames, des scies, des couteaux et le hachoir à viande avec lesquels le vigile avait maladroitement tenté de découper le corps de Celtycki, sans y parvenir. Il n'avait fait que le bousiller. Des morceaux de muscles sauvagement tailladés émergeaient de blessures profondes, entre des bouts d'organes déchirés et des os brisés à coup de pilon. La tête pendait sur le rebord de la baignoire, la trachée ouverte, rattachée au reste du corps par une grosse bande de peau que, pour une raison inconnue, le gars n'avait pas complètement découpée. « Il est arrivé malheur à quelqu'un »...

— Tu es prêt ? demanda la Sèche.

Bonne question, se dit-il. La policière s'était extraordinairement vite remise. Au moins faisait-elle semblant. De nouveau directe, dure, maîtresse d'elle-même. Comme si elle voulait à tout prix prouver qu'elle n'avait même pas besoin d'un truc aussi trivial que quelques mots d'encouragement. Et lui ? Il n'était pas choqué. Ce n'était pas un concours et il n'avait pas l'intention de se vanter, mais il avait vu pire. Le corps humain peut paraître fragile, mais les muscles sont fibreux, emmêlés comme des cordages, et les os d'une dureté surprenante. Tous ces couteaux et hachoirs étaient parfaits pour préparer des côtelettes pour le déjeuner du dimanche, mais pas pour découper un bonhomme. Le résultat était celui qu'aurait laissé un gamin de trois ans dans un abattoir. Et pourtant le vigile s'était donné du mal.

— Absolument, dit Mortka en rangeant son portable dans sa poche.

Il prit ses notes sur son bureau, et ils passèrent dans la salle d'interrogatoire.

— Comment tu veux la jouer ? demanda-t-elle.

Il haussa les épaules.

— Le type est sous antidouleurs. Il sort de l'hôpital avec une jambe cassée et des séquelles de Taser. Je ne sais même pas si on devrait lui parler maintenant.

— Mais c'est ce qu'on va faire.

— Bien sûr.

Ils entrèrent dans la pièce. Bartosz Hajduszkiewicz était sur une chaise, la jambe gauche plâtrée jusqu'à la hanche. Il était menotté. À la vue des policiers, il tenta de se lever.

— Putain, vous allez me relâcher ! cria-t-il. Je suis innocent. Il suffit que je dise un mot, et tout le quartier va vous tomber dessus.

— Tout ton quartier de Sielce ? demanda Mortka de façon rhétorique. Avec tout mon respect, nous n'avons pas vraiment peur du quartier de Sielce.

Ce n'était qu'à moitié vrai. À moitié, parce qu'ils n'avaient vraiment pas peur, même si le district de Mokotow, qui comprenait Sielce, à la mode, chic et cher, avec de beaux appartements et des restaurants de luxe, figurait toujours en haut de la liste des quartiers les plus dangereux de Varsovie. Les vantardises de Hajduszkiewicz n'étaient que des vantardises. Ils avaient interrogé les policiers du coin qui avaient fait parler leurs indics. Le vigile n'était qu'un petit dealer, un trafiquant de seconde zone.

Il connaissait peu de monde et ne pouvait pas faire grand-chose. Aussi insignifiant à la rue que dans la vie.

— On se calme, dit la Sèche.

— Ma collègue est de bon conseil, confirma Mortka en se tournant vers le jeune agent qui surveillait le vigile. Vous pouvez sortir. Allez boire un café, ou autre chose.

L'agent salua de la tête et sortit sans un mot. Le vigile pâlit comme si l'agent avait été le garant de sa sécurité personnelle.

— Ça se présente comme ça, reprit Mortka en priant pour que Hajduszkiewicz ne demande pas un avocat. À l'adresse où vous êtes domicilié, nous avons trouvé le corps d'un homme politique connu et respecté. Piotr Celtycki.

Mortka doutait que Celtycki pût aujourd'hui être qualifié de « respecté », mais il voulait augmenter la pression sur le suspect.

— Profanation de cadavre (« profanation » sonnait plus fort que « mutilation », mais il ignorait si le vigile était capable de saisir ce genre de nuance). Nous avons trouvé à côté du corps des couteaux et des instruments de cuisine. Tous avec tes empreintes.

Un mensonge : ils n'avaient pas encore reçu les analyses du laboratoire.

Mais ils n'avaient pas trouvé de gants en caoutchouc dans l'appartement, et Hajduszkiewicz n'en portait pas au moment de son arrestation. Mortka partait donc de l'idée qu'ils retrouveraient des empreintes. Et il comprit à la tête du vigile qu'il était tombé juste.

— On a donc un assassinat avec actes de cruauté, sur fond de drogue, et sans motif évident. Tu penses que ça peut aller chercher dans les combien, la Sèche ?

— Vingt-cinq ans ? fit-elle.

— À mon avis, perpétuité, mais tout dépend du procureur.

— Je suis innocent ! hurla le vigile en s'agitant de nouveau sur sa chaise. Écoutez-moi, bande de débiles ! Je suis innocent ! Vous comprenez ça, race de chiens !

Mortka envoya un coup de poing sur son plâtre. Les yeux de Hajduszkiewicz se firent d'abord tout ronds, puis des larmes apparurent. Il gémit pitoyablement, la bouche ouverte. L'inspecteur jeta un œil à la Sèche. Elle n'avait pas réagi. Elle avait les bras croisés sur la poitrine, mais on voyait à une légère grimace que le geste ne lui avait pas plu. À lui non plus, d'ailleurs. Il avait perdu le contrôle une fraction de seconde. Les policiers ne sont pas des saints. Il arrivait, rarement, vraiment rarement, que se produisent des situations exceptionnelles. Mais il n'avait jamais frappé un suspect. Jamais. Il avait parfois dépassé certaines limites. Mais celle-là, jamais.

Qu'est-ce qu'il lui prenait ?

Ce n'était pas le moment d'y penser. Il s'approcha de Hajduszkiewicz et s'agenouilla à côté de lui en s'accoudant à son épaule.

— Perpétuité, ou au moins vingt-cinq ans, fit-il à voix basse. Donc, tu ne me traites pas de débile ou de chien, ni de tout ce qui te passe par la tête. Pour l'instant, s'il y a une chance que tu sortes de taule un peu plus tôt, ça ne dépend que de moi.

Nouveau mensonge, ou vérité surfaite. Mais il y avait longtemps qu'il se permettait de telles manœuvres.

Le vigile cessa de piauler. Mortka lui laissa encore le temps d'évaluer la situation et de se calmer. Et c'est Hajduszkiwicz qui, le premier, rompit le silence.

— C'était de la légitime défense.

— C'est quoi cette histoire ?

— Je discutais avec le type. Je discutais normalement. Et à un moment, il s'est jeté sur moi avec un énorme putain de cendrier. Il m'a cogné la tête, que j'en ai vu trente-six chandelles. J'ai répondu. Une fois, deux fois, à la troisième, il était mort.

— Et c'est pour ça que tu as voulu le couper en morceaux ? demanda la Sèche.

— J'ai eu la trouille, merde. C'est un politicard, et ceux-là, putain, c'est qu'une mafia. Qui c'est qui va croire que c'est lui qui a commencé ? Je me suis dit que ça serait mieux que je le découpe et que j'aille le jeter. Et merde… C'est lui qui a commencé…

Le vigile avait de nouveau des larmes dans les yeux.

Mortka reprit ses papiers. Il commença par examiner les photos de la scène. Une grande pièce. On voyait des traces de lutte et beaucoup de sang. Près de la table, des cacahouètes étaient éparpillées sur le sol. Elles avaient pu se trouver dans le cendrier, conclut l'inspecteur. De fait, le vigile avait à l'arrière de la tête des traces de coups donnés par un objet contondant. Ils avaient jusque-là supposé que Celtycki l'avait frappé pour se défendre. Et si le politicien avait été l'agresseur ?

Hajduszkiewicz regarda le policier avec des yeux pleins d'espoir, et l'inspecteur comprit clairement qu'il avait affaire à un idiot fini. Pas d'un point de vue clinique, mais au sens de la vie courante. Si seulement il les avait appelés, s'il avait raconté comment ça s'était passé, l'affaire se serait peut-être terminée avec une accusation pour possession de narcotiques retrouvés chez lui, avec une sentence allégée.

— Écoute… dit Mortka, et il attendit que le vigile soit concentré. Tu dois tout me raconter, exactement comment ça s'est passé. Très précisément. Tu comprends ?

— Oui.

— Alors, vas-y.

Anna Kochan fut réveillée par des bruits dans la grande pièce. Elle se releva sur un coude et regarda son fils. Par chance, Janek dormait à poings fermés. Elle reposa la tête sur l'oreiller, mais le bruit redoubla. Elle aurait pu l'ignorer, se serrer contre son fils dans ce lit trop petit pour deux et attendre que cette nuit finisse, mais quelque chose lui dit que cette fois ça ne marcherait pas. Qu'il s'était passé quelque chose. Que cette fois, il ne s'arrêterait pas, ne laisserait pas tomber, qu'il viendrait les réveiller, tous les deux. Et ça, elle ne le voulait pas. Si elle avait une fierté dans la vie, c'était que son fils n'ait jamais vu son père battre sa mère.

Elle se dégagea précautionneusement du lit. Louvoyant entre les jouets pour n'en écraser aucun, elle s'approcha de la porte. Elle pressa la poignée et ouvrit. Elle passa dans l'autre pièce où elle aperçut son mari.

L'inspecteur adjoint Kochan était dans son fauteuil. Le petit bar était ouvert. Sa lutte inégale avec le meuble résistant avait été la source du bruit. Il tenait un verre à moitié plein d'un liquide transparent. Elle savait que ce n'était pas de l'eau, d'autant qu'un carton de jus de fruits était ouvert à côté.

Il leva lentement la tête et la regarda droit dans les yeux. Il avait déjà bu avant de rentrer à la maison. Elle reconnaissait tout de suite ce genre de choses.

— Et voilà ma belle femme qui arrive… fit-il en bafouillant. Dis-moi… dis-moi…

— Quoi, Dariusz ? demanda-t-elle en se disant qu'il n'était pas encore trop atteint.

Elle réussirait peut-être à le guider jusqu'à son lit et à le faire dormir.

— Pourquoi tu t'es mariée avec moi ? Bouh… Pourquoi tu m'as épousé ?

La question était glaçante. À quelle réponse s'attendait-il ?

— Parce que je t'aime, Dariusz.

Il se leva alors qu'elle s'approchait. Elle se figea. Il la dépassait d'une tête. Il était plus fort, ce qu'elle avait pu constater plus d'une fois. Et là, il avait l'air ivre, ivre comme il ne l'avait pas été depuis longtemps.

— Et maintenant, tu m'aimes ? demanda-t-il en traînant sur chaque mot.

Il tenait à ce qu'elle le comprenne bien.

— Bien sûr que oui, répondit-elle.

De plus en plus terrifiée, elle vit Kochan lâcher le verre de vodka. Elle regarda le verre tomber sur le plancher, elle regarda l'alcool se répandre en dessinant un ruban argenté sur le sol avant de venir mouiller le tapis. Prise d'une peur animale, elle vit son mari lever le poing pour frapper violemment l'armoire juste à côté de son visage.

— Et maintenant ? demanda Kochan. Maintenant tu m'aimes ?

— Oui.

Il serra de nouveau le poing. Et envoya un deuxième coup qui fit trembler le meuble derrière sa tête.

— Et maintenant, putain ?

— Oui.

Et encore. Et encore. Elle cessa de compter. Aucun des coups ne lui était destiné, même si elle aurait préféré ça, même si elle priait pour qu'il la frappe. Que tout ce cirque finisse, et que commence ce dont elle avait l'habitude.

— Et maintenant ? souffla-t-il.

Elle ne répondit pas. Il s'approcha. Elle sentait son haleine qui puait la vodka.

— Casse-toi, dit-il. Je ne veux plus te voir. Prends le gamin, et casse-toi.

Il s'écarta et retourna vers le fauteuil. Il s'y effondra, complètement vidé. À bout. Elle battit en retraite prudemment. Deux pas. Puis trois. Il ne réagissait pas. C'est au moment où elle sortait de la pièce qu'il lui lança un verre. Il l'atteignit à l'épaule. Même pas mal.

— Casse-toi, répéta-t-il.

Il renonça au verre et but directement au goulot. Et lorsqu'il se réveilla le lendemain, ravagé, malodorant, il n'y avait plus dans l'appartement ni d'Anna ni de Janek.

Chapitre 18

De bon matin, Mortka faisait tourner entre ses mains un gobelet de café où une bonne âme avait versé quelques dodues cuillerées de sucre. Il étudiait le tableau devant lui, se demandant si quelque chose émergerait du chaos de ses notes. Il était de plus en plus convaincu que oui, certainement. Mais il n'avait aucune idée de quoi.

— Comment Mme Celtycka a-t-elle réagi à la mort de son mari ? demanda Szydlon assis à côté de lui.

— Pas si mal, intervint la Sèche.

— Mais encore ?

— Elle a un peu pleurniché, mais on n'a pas eu besoin de faire venir une ambulance, ni de lui donner de calmants.

— Il avait combien d'enfants ?

— Trois. De ce que j'ai compris, elle doit les emmener chez ses parents, en dehors de Varsovie, et elle leur en parlera une fois réglées les formalités de l'enterrement.

— Pauvre famille, grommela le procureur.

Mortka se dit qu'il avait vu pire. Des familles où la mort du père, seul nourricier, annonçait la misère. Les Celtycki, eux, s'en sortiraient.

— Les médias sont au courant ? renchérit Szydlon.

Ils n'ont rien vu passer, répliqua la Sèche. Tant que la famille ne les aura pas informés, rien ne sortira.

— On devrait peut-être nous-mêmes leur donner le tuyau ? suggéra le procureur. En fait, nous avons déjà le coupable, pas vrai ? Ça fera bien dans le paysage.

Un meurtre sauvage, aussitôt suivi d'une arrestation. Les gens se sentiront protégés quand ils constateront l'efficacité des services.

Il se voit déjà pérorer sous les flashs à propos d'un succès où il n'a aucune part, se dit Mortka.

— À moins que ça les foute en rogne, fit la Sèche. Quand il s'agit d'un homme politique, on met la main sur le coupable dans l'heure qui suit, mais si c'est la mémé de l'étage du dessous qui est la victime, on peut toujours attendre.

— Pas faux, reconnut Szydlon à contrecœur.

Mortka regardait ailleurs. Il ne faisait attention qu'au bruit des feuilles de papier qu'il tournait. Il s'était passé quelque chose. Entre le meurtre de Zuza et la mort de Celtycki, il s'était passé quelque chose. Qui avait poussé ce politicien à agir. La reconstitution de son dernier emploi du temps avait été un jeu d'enfant. Sorti de chez lui dans l'après-midi, il avait discuté avec le vigile de garde. Prétextant une affaire personnelle, et à l'aide de moyens de persuasion concrets (deux cents zlotys), il lui avait soutiré l'adresse de Bartosz Hajduszkiewicz, qui était censé avoir vu une personne ramener Zuza la veille de sa mort. Celtycki voulait l'obliger à garder le silence. Hajduszkiewicz avait bel et bien vu quelque chose : une voiture. Bleue sans doute, ou noire. Sans doute une Mazda, ou une Toyota, en tout cas une Japonaise. Sans doute une Japonaise. Elle avait bloqué l'entrée, attirant l'attention du vigile. C'est tout. Et c'était pour ça que Piotr Celtycki était mort. Pourquoi le vigile n'avait-il pas communiqué l'info plus tôt à la police ? Parce que, selon ses dires, il ne voulait pas s'exposer. Et voilà qu'il allait finir au trou pour de longues années, parce qu'il n'avait pas voulu s'exposer. Bravo.

— Il a aussi reconnu le meurtre de la fille ? demanda le procureur.

— Hajduszkiewicz ? précisa Mortka en quittant le tableau des yeux.

— Oui, lui.

— Il répète tout le temps qu'il n'a rien à voir avec sa mort.

— Il avait un motif, il avait l'opportunité, et qu'il ne l'avoue pas n'a rien d'étonnant, commenta le procureur.

Et on ne pouvait nier la logique de son raisonnement.

— On l'a contrôlé ce matin-là, dit Mortka. On n'a pas trouvé de traces de sang : ni sur ses mains, ni sur ses vêtements, ni sous ses ongles. Et sur le couteau, ce ne sont pas ses empreintes.

— Il a eu le temps de se préparer, pas vrai ?

— Bien sûr, mais je crois pas qu'il aurait été en mesure d'effacer ses traces de manière professionnelle vu le foutoir qu'il a laissé hier. Ça ne colle pas.

Le procureur s'ébroua, et fit une mine d'enfant dépité.

— Nous avons une coupable, cette Ukrainienne. Nous avons un deuxième coupable, le vigile. Et vous insistez pour continuer à creuser. On boucle l'affaire, et on s'occupe plutôt d'un truc plus rentable, non ?

Mortka jeta un coup d'œil à la Sèche. La policière lui fit comprendre d'un léger signe de tête qu'elle était prête à soutenir la position de son chef, quoi qu'il dise. Cette loyauté lui plaisait. Il se leva pour aller au tableau. Il prit le feutre qu'il tapota à côté du nom de Celtycki écrit en grande lettres.

— Pourquoi est-il mort ? demanda-t-il.

Le procureur ouvrit les bras.

— Il s'est rendu chez Hajduszkiewicz pour protéger la personne qui avait ramené Zuza la veille de sa mort. De qui s'agit-il ? De l'Ukrainienne que nous avons arrêtée ? dit Mortka. Du vigile, celui-là même qui l'a ensuite tué ? Ça n'a pas de sens, et vous le savez très bien. Il y a là une chose plus importante que nous ne voyons pas encore, dont nous ignorons tout, mais qui est l'élément moteur de la situation.

— Ça ne peut pas être si compliqué que ça, avança le procureur.

— Alors, expliquez-moi.

Szydlon consulta ses notes, et l'inspecteur eut vraiment un instant l'espoir que le procureur allait suggérer une hypothèse sensée qui mettrait de l'ordre dans toute l'histoire. Mais rien ne vint. Szydlon se contenta de ranger ses papiers, d'en égaliser les bords, puis de ranger le petit tas dans sa mallette qu'il referma.

— C'est vous qui portez l'accusation, pas moi. Vous pourrez donc écrire ce que vous jugerez opportun, fit Mortka en reposant le feutre.

Le procureur souffla et s'étira sur sa chaise. Il ferma les paupières, et on aurait pu croire un moment qu'il allait s'endormir.

— Ce vigile reste toujours suspect, fit-il.

— Nous avons récupéré ses chaussures et les vêtements qu'il portait ce jour-là, intervint la Sèche. Nous avons tout envoyé au labo. Ils sont en cours d'analyse.

— Et si on ne trouve rien ?

— C'est le plus vraisemblable, car le plus vraisemblable, c'est que ce n'est pas lui.

— Je partage l'avis de l'inspecteur Mortka, fit la Sèche. Sa réaction après avoir tué Celtycki montre qu'il n'aurait pas été capable de garder son sang-froid s'il avait tué Zuzanna Latkowska.

Le procureur balaya dédaigneusement la remarque d'un revers de main auquel la Sèche répondit par un regard assassin. Si Szydlon l'avait remarqué, il aurait vérifié l'état de ses pneus avant de monter dans sa voiture.

— Nous avons deux suspects, reprit le procureur, et pour souligner ses paroles il leva deux doigts. Deux suspects, dont l'un reconnaît le crime. Or nous continuons à tourner en rond comme des cons. Qu'est-ce que je vais leur dire, là-haut ?

— Que nous cherchons le coupable, répondit Mortka.

— Et comment on va le trouver ?

— Il faut découvrir qui a ramené Zuza cette nuit-là à la Cité, affirma l'inspecteur. Qui que soit cette personne, c'est d'elle que tout est parti.

Le procureur hocha la tête en réfléchissant à ce qu'il venait d'entendre.

— Deux jours, décida-t-il. Je vous donne deux jours. Ensuite, et en l'absence de résultat, je rédigerai l'acte d'accusation de l'un de ces deux qui font la paire.

— Lequel ? demanda la Sèche.

— Je la jouerai à pile ou face, répondit le procureur en prenant ses affaires.

Magdalena Celtycka se représentait souvent la fin de son mari. Non par méchanceté. Plutôt comme pour un scénario de film, une comédie romantique, dont elle serait l'héroïne, dans le style d'une Meg Ryan ou d'une Sandra Bullock, restant seule avec trois enfants après la mort du père. Brisée au début, elle a des difficultés, puis elle se reprend, rencontre un nouvel amour et mord enfin la vie à pleines dents. Dans ces fantasmes, la mort du mari était enjolivée par une quantité d'éléments qui confirmaient au spectateur l'infini bonheur du couple, le grand amour réciproque des époux, et sa grande, son immense douleur à elle à l'annonce de sa mort à lui. Tout cela pour justifier ces fantasmes en toute bonne conscience. Même s'il pouvait sembler, s'étant mille fois repassé le film dans sa tête, qu'elle était mentalement préparée à la mort de Piotr, à présent elle ne savait tout simplement pas quoi faire. Et c'est ce qui l'effrayait.

Piotr avait dominé leur existence commune. C'était lui qui avait toujours agi, préparé des projets, noué des contacts, rendu des services en échange de faveurs futures. C'était lui qui avait patiemment et avec persévérance bâti l'avenir de la famille. Au début, elle avait essayé de l'aider, mais il l'avait si souvent écartée, et de manière si rude, qu'elle s'était résignée à son rôle passif d'observatrice de son ascension jusqu'au sommet d'où s'était précipitée sa chute spectaculaire. Lorsqu'il s'était retrouvé au fond du trou, lorsqu'il en avait été réduit à rêver d'un jour lointain où il pourrait revenir dans le grand jeu, être élu député, nommé ministre, choisi pour président, elle comprit qu'elle ne pouvait plus le quitter. Car même dans cette situation, c'était encore lui qui avait tout, et elle rien. Elle avait donc appris à trouver son plaisir existentiel en s'adonnant au shopping dans les galeries marchandes.

Maintenant, Piotr était mort. Elle était seule dans l'appartement désert. Prise d'un élan sentimental, elle sortit de son placard le whisky dont il se délectait si volontiers, et elle s'en versa une ration méritée. Elle avala une gorgée puis grimaça. Elle ne comprenait pas comment il pouvait aimer ça. Ces effluves de vase.

Elle avait fait sa connaissance au milieu des années quatre-vingt-dix alors qu'elle travaillait pour une de ses campagnes électorales de l'époque. Pour être sincère, elle ne se souvenait pas de laquelle. Elle ne s'était jamais intéressée à la politique. Elle ne s'était engagée que sur l'insistance de son petit copain du moment, et Magda avait toujours été sensible aux pressions des hommes. Piotr à qui l'on voyait déjà un avenir prometteur, et qui déjà chaque jour prenait de l'importance, lui avait rapidement mis la main dessus. Il lui avait confié des tâches de plus en plus délicates, ce qui le conduisit à avoir avec elle un contact de plus en plus rapproché. Le petit copain de l'époque (quel était son prénom, déjà ?) en fut d'abord enchanté puis, lorsqu'il se rendit compte que sa relation déraillait, il commença à lui faire des scènes de jalousie. Elle se moqua de lui, étant donné que Piotr était professionnel à cent pour cent, et de plus, marié. Il était le premier homme à apprécier son intellect et ses talents, et non son apparence. Mais le soir des élections où ils remportèrent une victoire mirifique, Piotr se saoula – elle aussi d'ailleurs. Il l'entraîna dans son bureau, un petit local au siège du parti, et il la baisa sur la table de travail. Elle comprit alors que son petit copain avait raison. Bizarrement, elle ne regrettait rien. Avec un autre, ç'aurait sans doute été différent. Mais là, il s'agissait de Piotr. Elle se sentit flattée qu'il l'ait choisie, elle, parmi toutes les filles qui tournicotaient dans le coin..

Leur liaison secrète débuta ainsi : les longues soirées de travail dans son bureau de parlementaire, dont les dernières heures étaient consacrées au sexe et au plaisir ; les déplacements sur le terrain, séparés mais ensemble ; les prétendues réunions urgentes, et finalement les rendez-vous à l'ancienne dans des chambres d'hôtel. Elle rompit rapidement avec le petit copain qui n'était pas idiot et avait tout compris. Il la traita de pute, avant de disparaître, emportant avec lui sa fierté blessée. Ils devaient encore se cacher de l'épouse de Piotr. Puis Magda tomba enceinte. Il lui proposa d'avorter, elle décida de garder l'enfant. Ils se disputèrent et se séparèrent pendant deux semaines difficiles. Mais il revint. Il lui dit n'avoir contracté avec son épouse qu'un mariage civil. Il régla rapidement le divorce et encore plus rapidement le mariage à l'église, qu'ils voulaient célébrer avant que son ventre s'arrondisse – ce qui fut fait. Les plus importants hommes politiques de tous les groupes parlementaires, des stars de la télévision et du cinéma, des musiciens, des artistes, des hommes d'affaires vinrent assister à la noce. Le président Kwasniewski et le primat de Pologne leur adressèrent des vœux. Une belle journée.

Elle reprit une gorgée de whisky, grimaça et vida le reste dans l'évier. Elle rinça le verre à l'eau pour enlever l'odeur. Que faire maintenant ? Elle avait trois enfants et la paperasse de l'héritage devant elle. Et des funérailles à organiser dès que le corps de Piotr lui serait rendu. Elle avait demandé à le voir. On lui avait répondu qu'il valait mieux pas. Elle n'avait pas insisté. Elle pensait qu'ils avaient raison, mais elle n'en était plus aussi certaine maintenant. Elle éprouvait un besoin pressant de le revoir. De le serrer dans ses bras. De sentir l'odeur de sa peau. Elle craignait seulement de s'enfuir en hurlant parce qu'il serait froid comme la pierre.

Étrangement, aucune de ces scènes ne figurait dans son film fantasmé. Pas de saloperie de whisky, pas de sentiment de vide ou d'impuissance.

Elle leva les yeux et se rendit compte que, depuis le moment où elle avait reposé le verre, il s'était passé presque une heure. Elle ne comprit pas comment c'était possible.

Elle passa dans le salon. Elle y trouva son sac à main où elle prit son téléphone. Elle devait faire une liste des personnes à informer de la mort de Piotr. La famille. Quelques rares amis. Mais elle ne s'en sentait pas la force. Elle composa un seul numéro. Celui d'un homme qui savait tout et qui pouvait l'aider. Il décrocha rapidement.

— Salut, Magda ! Qu'est-ce qu'il se passe ? Des soucis avec Piotr ?

— Il est mort.

La nouvelle le sidéra. Elle pensa que Piotr en aurait éprouvé une certaine satisfaction.

— Je t'envoie quelqu'un, fit-il après un instant, puis il raccrocha.

Elle jeta le téléphone sur le plancher. Elle s'allongea sur le canapé puis se roula en boule. Puis elle décida qu'elle boirait bien quelque chose. Quelque chose qui ne serait pas du whisky.

Adam Keller était un juriste en vue, membre d'un des meilleurs bureaux d'avocats de Varsovie, c'est-à-dire de Pologne, et il pouvait à ce titre se permettre d'arriver de temps en temps au bureau vers midi. Il passait avec Ola ces heures volées à la routine quotidienne. Dès qu'elle avait conduit les enfants à l'école, elle revenait vers lui, sautait dans son pyjama, et ils pouvaient se donner encore deux ou trois heures. Ces moments étaient pour lui incroyablement plaisants.

Adam s'était pendant de longues années concentré sur sa carrière, laissant complètement sa vie personnelle de côté. Après quoi il s'était dit bêtement qu'un homme avec son statut devait au moins avoir, s'il ne s'était pas marié, une partenaire présentable – c'est-à-dire une femme jeune, belle, attirante, mais avec de la classe. Il eut ainsi trois liaisons prolongées. Dont chacune fut un échec pire que la précédente.

Et plusieurs liaisons brèves dont il ne se souvenait plus très exactement. Jusqu'à ce qu'il fasse la connaissance d'Ola. Une mère de deux enfants. Une femme avec un passé. Elle comprenait le plaisir qu'il pouvait y avoir à passer une soirée tranquille à la maison à regarder un bon film à la télé en buvant un verre de vin. Elle n'avait pas envie de sortir chaque week-end dans un club étouffant pour écouter une musique assourdissante, elle ne s'embarrassait pas d'un troupeau de collègues stupides et bavardes. Adam pensait de plus en plus souvent qu'elle était la femme qui pourrait lui donner un enfant. Le plus tôt serait le mieux, compte tenu de leur âge. Il saurait être un bon père et beau-père.

Il lui arrivait de s'étonner à quel point ils étaient liés. Ainsi pour l'appartement. Il l'avait acheté lui-même, puis arrangé à son goût et à son idée. Mais ces derniers temps, quand il regardait autour de lui, il avait l'impression que la moitié des choses appartenaient à Ola. Les fleurs en pot qu'elle avait apportées, un tableau au mur, des photographies où ils figuraient tous les deux, des souvenirs de voyages. Elle avait progressivement colonisé sa vie.

Ça ne le gênait absolument en rien.

Le seul problème était le mari d'Ola. L'inspecteur Jakub Mortka. Quand Adam apprit que l'ex de sa partenaire était dans la police, il s'attendit au pire : une pluie de contraventions pour les motifs les plus futiles, des contrôles surprise, des recherches dans son passé où il n'y avait à vrai dire rien à trouver, mais qui seraient désagréables. Finalement, il s'était pris d'affection pour le Kub. Il avait l'impression que c'était réciproque. Encore qu'il s'étonnât toujours qu'un homme pût vivre avec si peu d'estime de soi. Mortka semblait être du genre à ne rien voir de positif en lui-même, et s'il persévérait, c'était uniquement dû à un sens un peu imbécile du devoir. Mais c'était son problème, et l'avocat n'avait pas l'intention de s'en occuper. Ce qui le chagrinait était autre chose : le fait que malgré leur bonne entente et leur relation adroitement arrangée par Ola, il restait toujours entre eux trois une sorte d'étrange tension préoccupante. Des crispations soudaines qui pouvaient se faire sentir même dans la plus banale de leurs conversations.

Ola revenait de la cuisine. Elle ne portait que la veste de flanelle de son pyjama, et des chaussettes. Elle glissait sur le parquet de bois à petits pas prudents. Lorsqu'ils étaient seuls, ils s'amusaient parfois à jouer à Tom Cruise. Adam entrait alors dans la chambre vêtu d'une chemise comme celle de l'acteur dans la célèbre scène de *Risky Business*.

Elle lui donna un verre de jus d'orange et plongea dans les draps. La télé en face du lit diffusait l'émission matinale, son coupé. Adam savait juste que la femme invitée dans ce programme était une championne de gym aquatique.

— J'ai mis les assiettes dans la machine. Je les laverai…

— La femme de ménage s'en occupera, fit-il. Pas de problème.

— Alors d'accord.

Elle se serra contre lui. Elle sentait bon le parfum. Un parfum délicat. Un parfum raffiné pour femme mûre.

— Qu'est-ce que tu vas faire aujourd'hui ?

Il soupira. Elle lui rappelait inutilement qu'on l'attendait au bureau. Il lui arrivait, certaines matinées comme celle-ci, d'oublier son travail.

— Fusions et risques juridiques, grommela-t-il.

— Plus concrètement ?

— Questions de propriété intellectuelle, répondit-il.

— Je peux t'aider ?

Il fit signe que non. Dernièrement, elle lui posait souvent ce genre de questions. Il se demandait si c'était vraiment parce qu'elle voulait l'aider, ou si c'était plutôt pour essayer de se faufiler dans son cabinet. Il savait qu'elle n'était pas satisfaite de son poste actuel. Des questions ordinaires au civil, des divorces, des successions et des conflits entre copropriétaires et syndics. Elle valait mieux que ça. Elle dépassait de loin son entourage. Il le savait, mais ne voulait pas la mêler à ses affaires. Les deux sphères, professionnelle et privée, devaient rester strictement séparées. De plus, même s'il n'oserait jamais le lui dire, elle serait incapable de faire face à la pression. Là-bas, elle craquerait au bout d'un mois. Deux au mieux.

Heureusement, elle n'insistait pas.

Il but son verre de jus et lui caressa le dos et la nuque. Son téléphone sonna à ce moment là. Il écarta Ola et prit l'appareil. Il éprouvait des remords d'avoir laissé ses collaborateurs seuls face à un dossier aussi compliqué, mais il savait qu'il serait au bureau vers midi et aurait le temps de tout mettre en ordre avant la prochaine vidéo-conférence. Il regarda l'écran de son téléphone. Ce n'était pas l'appel d'un de ses collaborateurs mais d'un client potentiel. Un client très prometteur pour lequel cela valait la peine de se mettre en frais. Il s'excusa d'un geste auprès d'Olga et sortit du lit. Il prit la communication en marchant vers le salon.

— Adam Keller, j'écoute, dit-il sur un ton professionnel.

— Cher Maître, fit la voix à l'autre bout. J'ai une petite, toute petite faveur à vous demander.

L'avocat se retourna. Il apercevait par la porte entrouverte Ola allongée sur le ventre ; ses jambes lisses et la ligne de ses fesses.

— Je suis tout ouïe.

Chapitre 19

Mieszko voulait éviter une nouvelle visite de l'appartement. D'autant que Betti avait tout de suite compris qu'un truc clochait, et qu'elle lui avait enfoncé un doigt dans le ventre. Comme si elle avait eu un radar dans la tête, ou une sorte de sonar. Un sixième sens.

Mais qu'y pouvait-il, si tout ça l'énervait ? C'étaient des gens ordinaires, des voisins qui s'habillaient comme il faut, avec des boulots comme il faut (sans doute) et des voitures comme il faut. Alors, oui, ils étaient mêlés à des choses étranges, des trucs qu'il ne pigeait pas vraiment, mais cela ne changeait rien au fait qu'il ne se sentait pas dans son assiette quand il devait aller les trouver, leur faire peur et les cogner. D'ailleurs, depuis un certain temps, quelque chose ne tournait plus rond dans sa tête. Il avait enfin atteint la situation qu'il souhaitait : il avait un appart, une femme, de quoi manger sur la table et de l'argent dans les poches. Toutefois, pour préserver cette vie, il était obligé de faire une seule chose qui ne lui plaisait pas : travailler pour Borzestowski. Il ne pouvait plus le quitter. Pas après ce qu'il avait vu. Ce serait signer son arrêt de mort. Il était donc pris au piège et ne savait comment s'en échapper. Il en payait le prix : il avait des problèmes d'érection. Pas toujours, mais assez souvent pour que cela lui bousille le moral. Betti le harcelait ensuite pour savoir ce qui clochait chez lui, et lui, il lui disait de fermer sa gueule, et elle se rebiffait. Il aurait dû lui mettre une torgnôle, mais il n'arrivait pas à s'y décider.

Il savait qu'elle le surveillait, debout à la fenêtre à l'observer tandis qu'il traversait la place pour entrer dans la cage d'escalier de l'immeuble d'en face. Elle le voyait peut-être même monter les marches jusqu'à l'appartement voulu. Il craignait qu'elle s'imagine qu'il avait là une nana. Il ne voulait pas qu'elle se dise ça.

Magda Celtycka était saoule. Il le devina au premier coup d'œil, même si elle faisait tout pour dissimuler son état. Les yeux troubles, les mouvements rigides qui tentaient de masquer une démarche vacillante, l'articulation excessivement précise, tout parlait unanimement contre elle.

— Ah, c'est vous, fit-elle. C'est vous qui deviez venir.

— Oui, madame.

— Pour m'aider.

Il aperçut sur la table de la cuisine une bouteille de vin rouge. Presque vide. À côté, un verre. Pour changer, à moitié plein.

— Oui, madame, fit-il sans avoir la moindre idée de quoi elle voulait parler.

On l'avait envoyé pour une tout autre raison, et sa question le surprit.

— Très bien. C'est très bien que je puisse compter sur vous. Vous êtes très costaud. La première fois que je vous ai vu, je l'avais déjà remarqué. Que vous étiez costaud.

Se tenant juste devant lui, elle lui prit les biceps de ses deux mains. Elle serra.

— Comme ils sont durs, dit-elle, ajoutant comme pour s'expliquer : Mon mari est mort.

— Je suis désolé.

Elle pouffa.

— Vous prendrez quelque chose ? J'ai un très bon whisky.

— Non merci.

— Ah, dommage… Laissez-vous tenter…

Elle fit une mine attristée. Mieszko n'y comprenait rien. La veille, il s'était servi du mari comme d'une serpillère pour essuyer le plancher, et aujourd'hui cette femme bourrée essayait de toute évidence de le draguer. Comme si elle n'était pas consciente qu'avec ses larmes tout son maquillage avait coulé et qu'elle ressemblait à une sorte de panda malpropre.

— J'ai vu, là, un film. Sur une femme... Vous l'avez vu ?

— Non.

— Le mari est mort. Il lui a laissé des lettres. Grâce à ses lettres, elle découvre un homme qui l'a aidée. Elle tombe amoureuse. Un très beau film. Vous êtes sûr que vous ne l'avez pas vu ?

— Remettez-vous.

— Mais de quoi ? Non merci. Je me sens très bien.

Elle leva son verre et but quelques gorgées. Une goutte de rouge lui resta sur la lèvre inférieure.

— Cette fille qui a été tuée dans la Cité... commença-t-il.

— Zuza, précisa Celtycka. Mon mari ne l'a jamais baisée.

— Elle avait des documents. Des documents qui ont fuité.

Elle frémit, une lueur de peur dans son regard. Elle commençait à dessaouler. Un peu.

— Ce n'est pas moi. Je n'ai rien. Nous n'avions rien.

— Quelqu'un les a fait fuiter.

— Pas moi.

— Alors, qui ?

— Mon Dieu, qu'est-ce que j'en sais ! gémit-elle.

La goutte de vin tomba de sa lèvre sur son chemisier blanc où elle fit une tache écarlate.

— Et c'est pour ça que Piotr est mort ? C'est pour ça que vous l'avez tué ? Il n'aurait jamais...

Il lui ferma la bouche d'une main, et l'écrasa de tout son poids contre le mur. Il avait peur qu'elle ne lui fasse une crise d'hystérie, et il voulait la calmer. Mais il obtint le résultat contraire. Elle hurla dans sa paume, et ses yeux s'injectèrent de sang. Elle se débattit, tenta de le frapper et de le mordre, il serra plus fort. Elle s'étrangla avec sa salive et commença à s'étouffer. Il la vit devenir toute rouge et il la relâcha. Elle tomba sur le sol.

— Mais pourquoi, bande de putes, qu'on a toujours des problèmes avec vous ? demanda-t-il.

Parlant de « putes », il n'avait aucune femme particulière à l'esprit, mais tous ses voisins. Ces gens comme il faut, qui en voulaient toujours plus, toujours trop. Comme celle-là.

Celtycka reprenait son souffle. Son visage retrouva sa couleur habituelle, mais ses yeux restaient rouges.

— Certains documents ont disparu, répéta Mieszko, ça rend certaines personnes nerveuses.

— Ce n'est pas nous.

— Je sais. (Il s'épongea le front.) Ils le savent aussi. Mais ils doivent trouver qui a fait ça.

— Je comprends.

— C'est quel genre de documents ?

— Ils ne vous l'ont pas dit ?

— Non.

— Alors moi non plus, je ne vous dirai rien.

Il montra d'un signe de la tête qu'il comprenait. Lui-même aurait fait pareil. Ces gens mystérieux qu'il avait en tête et dont il parlait semblaient tenir Borzestowski en laisse. Alors que Borzestowski était le type le plus terrifiant qu'il connaisse. Ça donnait à réfléchir.

— Qui a pu faire ce truc ?

— Je ne sais pas. Vraiment, je n'en ai aucune, mais aucune idée.

— Une de ces filles qui habitent chez vous ? Zuza avait une amie proche ? avança Mieszko.

— Ce n'est pas elles.

— Sûr et certain ?

— Je ne sais pas.

Il allait devoir cuisiner ces filles. Il ne savait pas encore comment il s'y prendrait, vu qu'il ne pourrait pas appliquer ses méthodes habituelles, mais il y serait bien obligé. Il réfléchit plus loin.

— Elle avait un copain ?

— Ouais.

— Qui ça ?

— Je ne sais pas. Je ne l'ai jamais rencontré.

— Jamais ?

— Piotr le connaissait. Le gamin avait essayé de l'embringuer dans ses affaires. Avec ses copains, il avait besoin d'argent.

Mieszko sentit un picotement dans le cou. Il ne se prenait pas pour le type le plus intelligent de la terre, mais il savait combien font deux et deux.

— Vous avez ses coordonnées, son numéro de téléphone ?

Elle fronça les sourcils, et il put presque voir ses pensées se frayer difficilement un chemin au travers des vapeurs d'alcool.

— Le gamin a dû laisser une carte de visite à Piotr. Il s'appelait quelque chose comme Kwasniewski.

— Elle est où, cette carte de visite ?

— Dans le bureau de Piotr.

Il passa dans la pièce voisine. Elle se releva et le suivit en s'appuyant d'un bras contre le mur. Il essaya de tourner la poignée, mais la solide porte en bois était verouillée.

— La clef?

— C'est Piotr qui l'a.

Il envoya de toutes ses forces un coup de pied dans la serrure. Magda Celtycka poussa un cri et se couvrit la bouche des deux mains. La porte gémit, mais ne s'ouvrit pas. Il envoya un deuxième coup de pied puis se jeta contre la porte de tout son poids. La serrure céda, laissant un grand trou dans le montant.

— Vous réparerez ça plus tard, lança-t-il.

Il commença à fouiller le bureau. Les tiroirs étaient bouclés. Il trouva la clef du meuble sur la table, à côté de la souris de l'ordinateur. Il trouva dans le premier tiroir deux cartons remplis de coupures de journaux concernant Celtycki. Toutes soigneusement découpées, avec la date, le nom du journal, et le titre de l'article notés sur un autocollant. À côté, une pile de CD. Une fiche indiquait qu'il s'agissait d'enregistrements d'émissions de télé où il était intervenu.

Il trouva dans un second tiroir un gros étui à cartes de visite en cuir. Il l'ouvrit et en étudia le contenu. Il sentit monter en lui une irritation croissante. Il y avait près de deux cents cartes. Une longue liste de noms qui ne lui disaient rien. Il mit un moment à se rendre compte que la majorité étaient anciennes. Jaunies, sales et écornées. Oubliées là depuis longtemps. Il en trouva enfin une neuve qui n'avait pas été rangée dans sa pochette individuelle, juste jetée dans le porte-cartes.

— Aleksandr Chelmonski, lut-il, avant d'interroger Magda du regard.

— Peut-être.

Il sortit son portefeuille et y glissa la carte indiquant le numéro de téléphone du garçon.

— Si vous avez besoin de moi, j'habite en face, fit-il en guise d'adieu. Mais je ne pense pas que vous ayez vraiment besoin de moi.

Mortka sortit de la Criminelle. Il boutonna son blouson, regrettant de n'avoir pas de capuche ni même de casquette ordinaire. Il remonta vers l'avenue Anders, dépassa le parking de la police bondé, puis coupa par le square des Prisonniers politiques du stalinisme. Un nom lugubre pour un endroit lugubre à cette époque de l'année. Les branches des arbres sans feuillage découpaient le ciel en formes inégales.

Le café où il se rendait se trouvait de l'autre côté de la rue Anielewicz. Le Paradox Café. Il entra dans une vaste salle claire. Les murs étaient recouverts de cartes de pays imaginaires, tandis que des ouvrages de littérature fantastique et des jeux de société s'alignaient sur des étagères. À cette heure matinale, le lieu était presque désert. Un jeune barbu à chemise à carreaux nettoyait le comptoir du bar. D'autres jeunes à cheveux longs, de son âge, jouaient à un étrange jeu de tarot. Adam attendait, assis dans un coin en buvant du thé dans une tasse blanche. Une théière fumante était posée à côté. Mortka s'approcha de l'avocat. Ils se saluèrent d'une sèche poignée de mains. Le policier s'installa sur la chaise en face.

— Tu prends quelque chose ? demanda le juriste.

Mortka fit non de la tête.

L'inspecteur avait appris à supporter le nouveau mec de son ex-épouse. Il s'était fait à l'idée que sa route s'était séparée de celle d'Ola, et que tous deux avaient entamé de nouvelles vies. Du moins l'espérait-il. Mais il évitait autant que possible de rencontrer l'avocat. Cette fois pourtant, c'était Adam qui l'avait appelé et il avait insisté pour qu'ils se voient. Mortka avait accepté à contrecœur, principalement parce qu'il craignait qu'Ola l'apprenne s'il refusait et qu'elle lui en tienne rigueur. Pour le bien de leur relation, il avait donc accepté cette petite concession.

— Cet endroit te plaît? demanda Adam. C'est un stagiaire de chez nous qui m'en a parlé. Comme quoi l'ambiance était cool ici. Je me suis dit que j'irais vérifier, puisque ce n'est pas loin de ton travail. Je ne voulais pas te faire traverser toute la ville. Tu dois être bien occupé, non ?

— Qu'est-ce que tu veux ? lança Mortka.

— Tu es direct, constata le juriste en soupirant. C'est peut-être mieux, parce que la situation est délicate.

Une armée de pensées mauvaises traversa l'esprit de l'inspecteur. Il venait d'arriver quelque chose à Ola ou aux garçons. Adam venait de la quitter, ou bien il l'avait demandée en mariage et il l'invitait à la noce.

— Tu mènes une enquête sur la mort d'une fille, dit Adam puis il se tut, attendant une réaction qui ne tarda pas.

Mortka se redressa. Il fronça les sourcils et pinça les lèvres.

— Quoi ? fit-il brusquement.

— Écoute, le Kub. (Le juriste se pencha vers lui et reprit à voix basse.) Je ne connais pas les détails. Mais je sais des choses. La première est que tu as un coupable. L'affaire est comme bouclée. Deuxièmement…

L'avocat se tut. Il but une gorgée de thé. Mortka remarqua qu'une de ses mains tremblait.

— Deuxièmement… Certains éléments sensibles pourraient faire surface. Des documents, pour être précis. Ils ne concernent pas la fille. Ils ne concernent pas l'affaire elle-même. Mais s'ils fuitaient dans les médias, certaines personnes pourraient avoir des ennuis. Pas avec la loi, mais des ennuis personnels. C'est ce que nous voudrions éviter. C'est pourquoi, si par hasard tu tombais sur ces documents… Tu as mon numéro de téléphone.

À la différence de nombre de ses collègues, Mortka ne nourrissait pas de sentiments négatifs à l'égard de ceux qui défendaient devant le tribunal les bandits qu'il avait attrapés. Il en voulait plus souvent aux procureurs incapables de ficeler un acte d'accusation convenable, alors que tout leur avait été servi sur un plateau. Il savait que policiers, avocats et procureurs jouaient le même jeu. Mais ce jeu avait des règles. Et Adam était justement en train de les violer.

— Tu te rends compte de ce que tu viens de me dire ?

— Le Kub… Je sais ce que tu veux. Que les coupables soient punis. Et ils le seront. Mais cela ne veut pas dire que d'autres devraient en pâtir par ricochet. C'est de cela qu'il s'agit. De protéger des innocents. C'est bien ça ton travail, n'est-ce pas ?

— Ola est au courant ?

— De quoi ?

De cette histoire ?

— Qu'on se voit ? Non. Du sujet dont on parle, non plus. Cette affaire n'a absolument rien à voir avec elle.

— Et c'est très bien comme ça.

— Bien sûr.

Ce bref échange donna un regain d'assurance à Adam qui se permit même un léger sourire de satisfaction. Un sourire que Mortka lui aurait volontiers fait ravaler d'un coup de poing dans la figure.

— Qu'est-ce que tu sais de l'affaire ?

— Je t'ai dit tout ce que je pouvais, le Kub.

— Ne m'appelle pas le Kub. Qui t'envoie ?

Le juriste rectifia sa position. Sa main trembla de nouveau légèrement, et il la cacha sous la table.

— Secret professionnel.

— Secret de mes deux ! fit le policier d'une voix plus forte.

Les jeunes à l'autre extrémité de la salle se retournèrent avec curiosité. Mortka reprit à voix plus basse :

— Tu sais que je pourrais te régler ton compte avec ça. Il suffirait que je fasse un rapport. D'ailleurs, je devrais le faire. Tu aurais à répondre au pénal, et devant le Conseil de discipline. L'Ordre des avocats peut fermer les yeux sur beaucoup de choses, mais pas sur un truc comme ça.

Adam tapota d'un doigt le dessous de la table. Il repoussa sa tasse comme s'il avait peur de la renverser sur lui. Il y avait maintenant un espace vide entre eux.

— Non, fit-il après un temps de réflexion. Tu sais de quoi ça aurait l'air ? Ça aurait l'air d'un flic qui essaye de se venger de l'amant de son ex-femme. Ta parole contre la mienne, et les circonstances sont contre toi. Ne t'embarque pas dans un truc comme ça.

— Va te faire foutre.

Mortka se leva de table. Adam le saisit par le bras et le retint. Il était d'une force étonnante.

— Le Kub, pense à ta carrière. Tu seras où dans cinq ans ? Dans dix ans ? Je sais que tu n'es pas satisfait de ton travail dans la police. Mais voici le moment où de nouvelles possibilités s'ouvrent à toi. Profites-en.

— Qu'est-ce que c'est comme documents ?

— Je n'en sais rien. Je ne veux pas le savoir. Et tu devrais en faire autant.

Mortka tira son bras pour se libérer. Il défroissa sa manche.

— Tu sais qui est Borzestowski ? demanda-t-il.

— Plus ou moins, répondit Adam.

— Il veut la même chose que toi. Réfléchis donc au genre de personne pour qui tu travailles. Et arrête tout avant qu'il ne soit trop tard.

— Tu me menaces maintenant ?

Mortka fit non de la tête.

— Non, Adam. Maintenant, le plus grand danger pour toi, c'est toi.

Ses tempes battaient d'une douleur sourde et lancinante. L'inspecteur Dariusz Kochan pensa qu'il ferait mieux de rester chez lui, quitte à fournir un arrêt maladie bidon. Ça passerait, étant donné qu'il ne traitait que des affaires oubliées. Sauf que chez lui, il n'y avait plus d'Anna ni de Janek. La plupart de leurs vêtements, et même une partie des jouets, avaient disparu. Comment avait-elle pu faire ça ? Il n'arrivait pas à croire qu'il ait bu au point de dormir si profondément qu'il n'avait rien entendu. Et pourtant.

Il avait dit quelques paroles de trop. Il le regrettait un peu. Il avait perdu son sang-froid, mais pas comme d'habitude parce qu'il se souvenait d'avoir eu les idées particulièrement claires. Malgré tout, il était certain que tout s'était passé pour le mieux. Parce que la veille, il avait vu la fin de son histoire. Un jour, dans un an, ou dans cinq, il rentrerait à la maison frustré et fatigué. Il se précipiterait sur la bouteille et lèverait le poing. Une fois de trop. Tout le monde a ses limites. Même Anna. Il finirait dans une mare de son propre sang, un couteau de cuisine dans la poitrine. Le pire est que cela ressemblerait à un *happy end*. Celui d'une femme battue qui tue son bourreau de mari. La fin d'un enfer prolongé. Même si le procureur n'en venait pas à considérer ça comme un meurtre mais comme un cas de légitime défense, et même si sa femme atterrissait en prison pour des années, privée de contact avec son fils, ce serait encore mieux pour elle.

Tout était sa faute. Il était un homme mauvais. Il avait fini par le comprendre. Et il ne voulait pas mourir. Mais il ne pouvait pas rester chez lui sans rien faire. Quant à cette affaire des deux filles assassinées par un foutu pédophile, il en avait ras-le-bol. Il lui fallait du neuf. La Troïka du Neptune ? Pourquoi pas ?

Il avala son petit déjeuner, prit une douche et se rasa. Il s'habilla et s'aspergea copieusement de déodorant pour ne pas puer la vodka pas encore cuvée. Puis il commença à gamberger.

Et à présent, il était là, devant une maison, à Milanowek. Vue de l'extérieur, elle était tout à fait normale. Une maison individuelle ordinaire, pas une villa de loisirs, pas un de ces manoirs d'avant-guerre. Elle était juste située dans un endroit où même l'automne polonais devenait pittoresque : feuilles dorées plutôt que boue et pluie. L'intérieur, par contre, était époustouflant. Au sens où monsieur tout-le-monde en Pologne s'imagine le palais d'un milliardaire américain. Sols en marbre, stucs et moulures dans chaque recoin. Sauf que tout datait de quelques années et que personne n'en avait pris soin. Non que la maison tombât en ruine, mais il n'y avait plus d'argent pour l'entretenir.

Evelina Wilkiewicz l'attendait au salon. La fille de Wilk, un des membres de la Troïka, et dont le prénom s'ornait d'un « v » absent de l'alphabet polonais. Kochan se demanda quel bureau d'état civil avait pu accepter ça, et combien ça avait pu coûter. Elle n'avait pas plus de vingt-cinq ans. Donc, à la mort de son père, elle en avait à peine dix-neuf. Elle avait les cheveux teints en noir corbeau. Elle était vêtue d'un débardeur blanc et d'un pantalon noir. Elle s'était orné le cou d'un collier d'argent et portait des chaussures noires à talons hauts. *Qui porte ce genre de chaussures chez soi ?* se demanda Kochan. Il conclut qu'elle ne les avait mises que pour l'impressionner. Ce n'était pas le bon jour. Habituellement, il aurait fantasmé qu'il la sautait sur le canapé, mais là, il était juste énervé par le bruit agaçant de ses talons.

— Je n'ai aucune idée de la raison de votre visite, fit-elle en guise de bienvenue.

— Inspecteur adjoint Dariusz Kochan. Je m'occupe de dossiers anciens, d'affaires non résolues…

— Vous m'avez déjà dit ça au téléphone, coupa-t-elle. Mais ça ne m'explique pas ce que vous venez faire ici.

Elle le regardait droit dans les yeux, et il réalisa qu'Evelina n'était pas à sa place dans le paysage de Milanowek, une mignonne petite commune des environs de Varsovie. Non. Elle ressemblait à une fille du quartier de Praga. Une de celles qui savent vous niquer aussi bien que leurs mecs.

— Votre mère ne se joint pas à nous ?

— Elle est en haut, et ne descendra pas. Maman n'a plus de forces pour tout ça.

— On s'assoit ?

— Si vous y tenez.

Elle s'installa dans le canapé, et lui en face. Il s'enfonça dans un épais fauteuil en cuir. Elle tira de son sac un paquet de cigarettes minces et en alluma une. Quand elle l'écarta de ses lèvres pour souffler la fumée, il remarqua une trace de maquillage sur le filtre.

— Qu'est-ce que vous voulez ?

— Parler. Nous vérifions si de nouvelles pistes, des éléments, des évènements seraient apparus après des années…

Elle émit un rire perlé.

— Vous plaisantez, n'est-ce pas,

— Non. Pourquoi, je devrais ?

— Nous savons tous les deux que la police ne s'est pas décarcassée pour retrouver mon père.

Sa fierté professionnelle lui ordonnait de défendre les collègues.

— Compte tenu de sa personnalité, je ne m'étonne pas.

— Arrêtez ça. Vous pouvez raconter tout ce que vous voulez sur lui, mais moi, c'est un autre Wilk que j'ai connu.

Sensible, attentionné, un père merveilleux qui aurait fait n'importe quoi pour moi.

— C'est bien ce qu'il faisait.

— Pardon ?

— Extorsion, violences, trafic de drogues et trafic d'armes, chantage, proxénétisme, agressions… énuméra Kochan. Si c'était vraiment pour vous, je ne dirais pas que c'était le père de l'année.

— Vous ne savez que dalle.

— Plus que tu crois, mignonne.

Elle se figea, la cigarette à mi-chemin de sa bouche. Après un moment, elle l'écrasa sur le plateau de la table en verre, et reprit son sac pour en tirer cette fois une liasse de papiers agrafés. Elle la lança devant Kochan.

— Ce sont les nouvelles pistes, les éléments, les évènements… fit-elle en le singeant. Maman et moi menons depuis des années notre propre enquête sur la disparition de papa. Nous avons communiqué les résultats à la police et au parquet. Et quoi ? Rien. Aucune action. Nique la police, monsieur l'inspecteur adjoint.

Il prit les papiers et les parcourut. Les rapports d'un détective privé, des photos, des coupures de presse. Il n'avait pas le temps de les étudier, mais au premier coup d'œil il reconnut qu'il n'y avait rien de tel dans ses dossiers.

— Ce sont des photocopies, remarqua-t-il.

Elle lui ricana au nez.

— Tu n'imaginais pas que j'allais te donner les originaux ! Non, mais ! Ils sont chez l'avocat, en sécurité. À tout hasard.

— Je peux garder ça ? demanda-t-il.

— Vous avez déjà tout, fit-elle avec mépris. J'ai déjà dit que nous vous avions tout envoyé.

Il roula le tout et le cala sous son bras. Ils ne se dirent pas au revoir, car ni l'un ni l'autre n'en avait envie. Il se contenta de sortir. À l'extérieur, devant la porte du garage, une autre femme l'attendait. La mère d'Evelina. Leur ressemblance était grande, sans être frappante. Pour sa part, elle était blonde. Une de ces femmes très belles dans leur jeunesse, mais qui vieillissent vite et mal. Ni onguents ni crèmes n'y pouvaient rien, leur seul secours était le scalpel du chirurgien esthétique. Même Kochan aurait pu marquer sur son visage les endroits où il conviendrait de tailler et tirer. Les seins, en revanche, avaient de beaux restes. Ils se dessinaient joliment sous un tissu rouge. Cadeau de la nature, ou argent bien investi. Plutôt la deuxième hypothèse.

— C'est vous le policier ? dit-elle.

— Oui… Je fais des recherches concernant votre mari.

— Il n'était pas mon mari. Nous avons fait un enfant ensemble, c'est tout.

Elle se tut. Elle mit les mains dans les poches de sa veste et commença à se balancer d'avant en arrière pour se réchauffer.

— Et alors ? demanda Kochan au bout d'un moment.

— Rien. Je me demande seulement ce qu'il se passe.

— Ce qu'il se passe ?

— Parfaitement. La disparition de Wilk est tombée à pic pour un tas de gens. On nous a très fortement suggéré de cesser de le chercher.

— Mais vous n'avez pas cessé.

Elle fit un timide sourire.

— Nous avons arrêté. J'ai fait encore quelques démarches bidons, pour Evelina, mais nous avons arrêté. Ce sont des gens qu'on ne peut pas ignorer.

— Quels gens ?

— Des gens qui ne se présentent pas.

Quelques secondes de silence. Kochan jeta un œil à l'intérieur du garage. Il vit une vieille Opel Corsa verte qui ne cadrait pas avec le quartier, ni avec cette maison. La femme pointa un doigt vers le rouleau de documents sous le bras de Kochan.

— Ce sont nos papiers, n'est-ce pas ?

Il confirma.

— Je peux vous procurer les originaux, si ça peut vous rassurer. Après tout, ça fait tant d'années. Je n'arrive même pas à imaginer ce que ça donnerait s'il revenait. Je n'en ai pas envie, d'ailleurs.

— À la différence de votre fille.

— Evelina ne garde pas le même souvenir de son père que moi, remarqua-t-elle. Mais les originaux ne sont pas gratuits. Il faudra y mettre le prix.

Il fit non de la tête.

— Pas nécessaire.

Elle eut l'air déçu.

— Réfléchissez-y! lança-t-elle en s'éloignant. Je vous les ferai pour pas cher. En promotion.

Chapitre 20

D'abord, téléphoner à Borzestowski pour rendre compte. Le chef écouta, réfléchit puis donna ses instructions, qui ne plurent pas du tout à Mieszko. Il commença par googliser l'Aleksandr. Étudiant, il était actif dans le gouvernement local, participait à un club scientifique sur les *public relations* et autres merveilles. Mieszko fit une copie de sa photo et en tira quelques exemplaires.

— C'est qui ?

Il sursauta en entendant le son de sa voix. Il ne savait même pas qu'elle était encore dans l'appartement. Il l'avait complètement oubliée.

— C'est personne.

— Alors, pourquoi tu fais des copies ?

— Barre-toi ! beugla-t-il.

D'ordinaire, elle se barrait. Elle savait, lorsqu'il était de cette humeur, qu'il valait mieux s'écarter de son chemin. Mais là, ce ne fut pas le cas.

— Moi aussi, j'ai une photo pour toi, fit-elle en lui tendant un cliché tiré sur un mauvais papier.

Il le prit, y jeta un œil avant de le ranger dans son portefeuille.

Il sortit de chez lui. Nouvel appel. Cette fois, au numéro du gamin. Il prit un ton sérieux et répéta ce que lui avait ordonné de dire Borzestowski.

— Salut. Je m'appelle Marcin. Je t'appelle parce que j'ai eu tes coordonnées par un ami commun. Il paraît que vous cherchez un investisseur, et il se trouve que j'ai un peu de cash disponible. Je voudrais en savoir plus sur votre projet.

Le gamin donnait l'impression de ne pas bien réaliser. Mais lorsque l'homme lui répéta sa demande, il mordit à l'hameçon. Ils prirent rendez-vous. Une rencontre préliminaire, en tête à tête. Parce que Mieszko/Marcin voulait d'abord juste discuter.

Étape suivante. Borzestowski lui avait envoyé deux collègues pour l'aider. Mieszko ne les connaissait pas. Deux jeunes costauds en blouson de cuir et chaussures de sport. Ils le saluèrent comme s'il avait été une vieille connaissance.

— Supel, se présenta le premier.

— Karol, se présenta le second.

Supel était le plus grand et semblait plus coulant, mais en vérité aucun des deux ne lui plut. Ils en faisaient des tonnes. Ils voulaient frimer, alors que pour ce boulot il lui fallait des types avec la tête froide. Il ne pouvait toutefois pas protester. Borzestowski n'avait pas l'habitude de changer ses plans, l'heure du rendez-vous avec le petit approchait, et l'affaire devait être réglée dans les plus brefs délais. Encore heureux qu'on leur ait bien mis dans la tête que c'était Mieszko le chef. Lorsqu'il leur expliqua ce qu'ils auraient à faire, ils eurent l'air déçus. Mais il se fichait de leur bien-être. Il voulait minimiser les risques.

Il avait pris rendez-vous avec Aleksandr rue Rozbrat. Pas loin du siège du parti SLD. Il avait indiqué au gamin qu'ils iraient prendre quelque chose dans un bistrot du coin. L'endroit était bon. Près du centre, donc le gamin trouverait facilement. Et tranquille, au calme, avec peu de témoins, et sans doute pas de caméras de surveillance. Parfait.

Le garçon arriva depuis le stade de la Legia. Il avait dû descendre à la station de métro Polytechnique puis traverser le pont en autobus. Avant de finir à pied. Il avait vraiment l'air minable, en dépit de son manteau, de sa veste et de sa chemise blanche. Voûté, tête baissée, le regard fixé sur le trottoir devant lui : une cible facile. Mieszko prit son téléphone et l'appela. Il voulait s'assurer que le gars qu'il venait de repérer était bien Aleks. Il fallait ensuite l'éloigner du siège du parti : c'était l'endroit parfait pour attirer un étudiant, mais l'action elle-même devait se dérouler ailleurs.

Arrivé sous la plaque qui portait le sigle du parti, le garçon sortit son portable et le colla contre son oreille.

— Ouais ?

Mieszko entendit sa voix dans l'appareil.

— Salut, c'est moi, fit-il. Je suis un peu en retard.

— Pas de problème. On peut même reporter, si tu veux.

— Non, non. Avance plutôt vers le pont Poniatowski. J'arrive à ta rencontre.

— OK.

Le garçon coupa la communication et prit la direction indiquée. Mieszko lui emboîta le pas. Ils longèrent le parc Maréchal Rydz-Śmigły, occupé à cette heure par des retraités et des mères avec leurs enfants. Ils se rejoignirent à la hauteur du triste immeuble d'une clinique. Comme ils étaient encore loin de l'entrée, Mieszko estima que le risque était minimal. Il rabattit sa capuche et remonta son écharpe sur son nez. D'une main, il agrippa Aleks par la ceinture de son pantalon en le tirant vers lui, et de l'autre il lui enfonça la pointe d'un couteau à cran d'arrêt dans les reins.

— Tu fais ce que je dis, ou je te crève, souffla-t-il à l'oreille de l'étudiant.

Une information simple qu'il aurait dû comprendre sans problème. Mais il ne comprit pas. Il se débattit violemment, essayant de fuir. Mieszko le serra plus fort. La pointe traversa la couche de vêtements et la peau. Le gamin hurla de douleur.

— Fais ce que je dis, répéta Mieszko.

Il pria pour que l'autre l'écoute. Il ne s'y serait jamais pris comme ça si Borzestowski ne l'y avait pas obligé. Cette rue jusque-là déserte commença à se remplir de monde. Des gens qui attendaient à l'arrêt de bus de l'autre côté de la rue ; un petit vieux qui faisait faire pipi à son chien contre un arbre ; une gentille maman qui traversait la chaussée avec une poussette. Comment ne les avait-il pas vus plus tôt ? Il suffisait qu'un seul d'entre eux remarque ce qui se passait et il appellerait la police ou réagirait d'une manière ou d'une autre.

Une vieille BMW noire s'arrêta juste devant lui. *Putain*, se dit Mieszko avec colère, *la bagnôle la plus voyante pour ce genre d'action*. C'était celle de Supel. Cela dit, il préférait encore ça que se servir de la sienne. Le mieux aurait été que Borzestowski leur arrange un véhicule adéquat,mais il ne l'avait pas fait.

— En voiture, gronda Mieszko à l'oreille d'Aleks.

Le tenant toujours par la ceinture de son pantalon, il le poussa vers la portière ouverte. Il le jeta sur le siège arrière puis s'engouffra après lui à l'intérieur. Il claqua la portière et donna une tape sur la tête du conducteur.

— Roule !

Ils démarrèrent dans un crissement de pneus. Mieszko sentit une odeur de caoutchouc brûlé et jura en lui-même. Il n'y avait rien de mieux pour attirer l'attention.

Aleks jetait des coups d'œil à droite et à gauche, cherchant un moyen de fuir.

Supel tourna derrière la clinique et prit la direction de la voie rapide de la Vistule à près de cent à l'heure. Mieszko avait envie de le cogner. Ils étaient en plein enlèvement, et l'autre conduisait comme pour gagner un rallye de nuit.

— Où sont les documents ? gronda Mieszko.

— Quels documents ? demanda le garçon.

Ça serait plus simple, se dit Mieszko, *si je savais exactement de quoi il s'agit*. Il envoya un coup de poing dans la tête du gamin. Pas assez fort pour l'étourdir, mais assez pour lui faire mal.

— Où sont les documents ? rugit Mieszko.

— Merde, je sais pas de quoi vous parlez ! gémit le garçon.

Assis de l'autre côté de l'étudiant, Karol lui tira la chemise hors du pantalon, mettant son ventre à nu. Une sorte de bâton noir apparut dans la main du bandit, et une étincelle électrique en jaillit. Il l'appuya contre la peau d'Aleks, et le corps du garçon se raidit brutalement avant d'être secoué de tremblements. Son visage devint tout rouge, et de la bave lui coula de la bouche.

— Où sont les documents, putain ? hurla Karol.

L'étudiant ne répondit que par un gémissement incompréhensible. Karol voulut lui envoyer une deuxième décharge, Mieszko l'en empêcha au dernier moment.

— Qu'est-ce que tu fabriques ?

Calmos, fit gaiement Karol. C'est qu'un Taser. Pas de danger.

— Arrête ça.

Ils furent projetés de côté lorsque Supel prit le virage vers la voie rapide sans ralentir. Mieszko se demanda s'ils avaient eu la chance de passer au vert, ou si Supel avait décidé de violer encore d'autres règles. Puis il se dit qu'à un endroit ou un autre sur la voie ils tomberaient sur ces messieurs de la circulation. Et que lui, Mieszko, finirait en taule à cause d'un débile qui ne savait pas lever le pied.

Il se concentra sur Aleks. Le garçon revenait à lui. Continuer à le questionner n'avait aucun sens. Pas dans la voiture, et pas avec le malade et son Taser de l'autre côté. Mieszko devait rapidement trouver quelque chose. Il trouva.

— Où t'habites ? demanda-t-il en l'encourageant d'une baffe.

Aleks lui donna l'adresse.

— Salut, le Kub, quoi de neuf?

Mortka entendit la voix de son ex-épouse dans l'écouteur et comprit aussitôt qu'il venait de commettre une erreur. Pourquoi l'avait-il appelée ? Ça faisait à peine quelques secondes, et il avait déjà oublié. Il était en pétard. D'abord, Borzestowski. Maintenant, Adam. La mort de

Zuzanna. Le meurtre stupide de Celtycki. Et deux magnifiques suspects, sauf qu'ils étaient innocents. Une affaire simple qui s'embrouillait parce que quelqu'un avait omis de lui dire ce qui aurait dû être évident. Et Ola ? Il voulait la mettre en garde, mais ne savait pas comment. Il se retrouvait dans la peau de l'ex-mari qui balance le mec actuel. Ça ne pouvait pas marcher.

— Comment vont les garçons ? demanda-t-il.

— Les garçons ? Ils sont à l'école. Pourquoi ? Il se passe quelque chose ?

— Non, rien. J'étais juste curieux de savoir si tout était OK. Comment ça va, en classe ?

Il continuait à s'enfoncer, sentant venir la catastrophe.

— Qu'est-ce qu'il se passe ?

— Rien.

— La dernière fois que tu m'as dit ça, il y avait un fou qui voulait nous tuer.

Il partit d'un rire faux.

— Non. Cette fois, rien de tel, fit-il en prenant un ton léger.

— Dis-moi ce qu'il se passe !

Il changea de tactique.

— Je répète, rien ! Bon Dieu ! Je suis quand même leur père. J'ai le droit de savoir comment ça marche à l'école pour eux, non ? J'ai le droit ?

— Tu as le droit, et tu as même un mot de passe et un login pour le journal de classe numérique, donc arrête de te foutre de moi, le Kub.

Elle le connaissait trop bien. Elle flairait chacun de ses mensonges et chacune de ses excuses. C'était étrange. Il s'en tirait très bien en salle d'interrogatoire, il savait comment atteindre un bandit de grand chemin ou une vieille qui avait connu la guerre. Mais sa propre épouse réussissait toujours à l'acculer.

— Le Kub…

— Je voulais te parler de quelque chose, mais je me suis

rendu compte que si je te le disais, on allait se disputer. Et je ne veux pas me disputer avec toi.

— Tu n'aurais pas pu commencer tout de suite par là… demanda-t-elle.

Il l'entendit presque rire.

— Salut, le Kub.

— Salut, Ola.

Il jeta le téléphone sur le petit bureau puis posa la tête à côté en poussant un profond soupir. Il ne résista pas longtemps dans cette position. Il prit une feuille et un stylo. Il se refit un récapitulatif général, avec les personnes en premier, Borzestowski, Zuza, Celtycki, Hajduszkiewicz, Svitlana, Dmytro. Il sauta Adam. Il ne voulait pas encore le mêler à ça, et quelqu'un pourrait tomber sur cette note. Il laissa tout de même un espace pour lui. Un instant plus tard, il raya le nom de Borzestowski. Quelque chose s'était produit entre eux. Quoi ? Il traça en dessous un axe du temps. Il y inscrivit les événements successifs, l'assassinat de Zuza, la visite chez Dmytro, l'arrestation de Svitlana, la mort de Celtycki, les menaces de Borzestowski.

Toujours rien. Qu'ignoraient-ils ? Qu'avait-on omis de leur dire ?

La Sèche entra dans la pièce. La policière affichait un air aussi fatigué que satisfait.

— Les nôtres continuent à creuser sur Hajduszkiewicz, mais ça ne donnera rien, fit-elle pour commencer. C'est une impasse. Il vend des petites quantités. Il n'a accès à personne d'important.

Mortka s'y attendait. Une impasse de plus. Le vigile n'avait pas tué Zuza pour protéger quelqu'un au-dessus de lui. Il n'y avait personne au-dessus. Il aurait pu vouloir protéger ses arrières, mais l'inspecteur ne trouvait pas une telle version convaincante. Le vigile avait tué Celtycki par accident, et seulement après que le politicien se fut jeté sur lui. Hajduszkiewicz était un crétin et non un meurtrier de sang froid qui tue d'abord une fille innocente avant d'appeler la police sur le lieu du crime.

— Mais j'ai trouvé quelque chose d'intéressant, annonça-t-elle.

— Quoi ?

Elle fit un sourire mystérieux.

— Tu n'essayes pas de deviner ?

— Pas aujourd'hui.

Elle haussa les épaules.

— Les Celtycki ont encore un autre appartement dans la Cité.

— C'est-à-dire ?

— Ils ont le leur, les deux qu'ils louent aux étudiantes, et encore un autre.

— Comment tu as trouvé ?

— Comme toi. (Elle indiqua la feuille devant Mortka.) En creusant, et en me demandant quelle partie on avait oublié de fouiller. J'ai téléphoné à l'administrateur de la Cité…

— Lorenz ?

— Lui-même, confirma-t-elle. Pour lui demander de me donner les numéros d'hypothèques des appartements de Celtycki. Je voulais vérifier sa situation financière. Par manque de temps, j'ai pensé qu'appeler serait plus rapide.

— Et alors ? demanda Mortka se souvenant de la manière dont la Sèche avait traité le gérant.

— Il s'est montré étonnamment coopératif. Et il m'a communiqué quatre numéros.

Un appartement de plus. Il se demandait ce que cela impliquait.

— Il le loue aussi ? demanda-t-il.

— Justement, non. D'après Lorenz, il reste inoccupé, répondit la policière, très contente d'elle-même. Tu veux aller voir ce qu'il y a là-bas ?

L'inspecteur regarda sa montre. Au fond, qu'avait-il de mieux à faire ?

— Pourquoi pas ?

Une cage d'escalier. Un bloc d'immeubles à Bielany. Mieszko ne comprenait pas comment ils avaient pu arriver jusqu'ici sans se faire arrêter par personne. Supel ne s'était calmé qu'une fois sorti de la voie rapide. Et seulement parce que Mieszko avait menacé de lui péter sa tête de con sur le volant, ce qui avait déclenché des salves de rigolade, mais produit l'effet voulu.

— Il y a quelqu'un chez toi ? demanda-t-il.

— Je n'en sais rien, répondit Aleks.

Il paraissait sincère. Avant de descendre de voiture, Karol fit grésiller le Taser devant le nez d'Aleks en promettant, s'il se livrait à un quelconque numéro, de le lui enfoncer dans le cul et d'attendre pour l'enlever que la batterie se soit vidée. La menace porta, et le garçon se montra doux comme un agneau.

Mieszko lui prit ses clefs dans sa poche.

— C'est laquelle ? demanda-t-il.

— Celle avec le bout de caoutchouc bleu est pour la serrure du haut, répondit le garçon.

Mieszko vérifia. Elle rentrait comme il faut. Il la fit tourner et appuya sur la poignée. La porte s'ouvrit avec un léger grincement. Il lança à Supel et Karol des regards entendus. Les deux gars se prenaient tellement au jeu qu'il les laissa passer les premiers.

Ils poussèrent Aleks dans l'entrée. Ils inspectèrent le couloir et l'appartement. Rapides, brutaux, efficaces. Un gros à cheveux longs et en T-shirt déchiré émergea d'une des chambres. Plus grand que Karol, mais le voyou l'attrapa par les cheveux et lui défonça le portrait. Du sang coula de ses lèvres. Et le gros pouvait s'estimer heureux que ça s'arrête là.

Un autre jeune sortit de la cuisine. Misiek. Plutôt paumé, il regarda Karol assaisonner Skunks sans remarquer les pattes de Supel qui se tendaient vers lui. Ce dernier le saisit par la tignasse et lui cogna la tête contre le mur. On entendit craquer les os du nez. Supel lui mit encore un coup dans le ventre avant de l'expédier vers les autres. Ils ouvrirent la porte de la dernière chambre où se trouvait le quatrième locataire, Marek. Il tenait à la main une batte de base-ball en alu. Il recula d'un pas pour ne pas risquer de heurter le montant de la porte s'il devait en allonger un coup.

— Et maintenant, connards ? demanda-t-il, les dents serrées.

Il assura sa prise et secoua la tête d'un air combattif.

Il était clair que le premier qui s'approcherait de lui en prendrait plein la figure. Mais lui de son côté ne pouvait ni sortir de sa chambre, ni lâcher la batte pour appeler du secours.

— Putain, Marek, je te l'avais dit, que ça finirait comme ça, fit Misiek d'une voix plaintive. Tu n'as qu'à leur donner ce qu'ils veulent.

— Tais-toi, Misiek, lui répondit le garçon.

Mieszko comprit à sa mine que Marek ne pensait pas à ses copains, mais qu'il réfléchissait à une manière de se dépatouiller de ses ennuis. L'expression du visage d'Aleks était encore plus curieuse. Il s'était haussé sur les coudes pour mieux regarder avec un air d'incompréhension son pote qui tenait la batte. Mieszko savait réfléchir quand il le fallait. Et là, c'était le moment. La fille assassinée avait des mystérieux documents sur lesquels la moitié de Varsovie se ruait comme sur une chatte en chaleur. Son copain n'en savait rien, mais ces papiers avaient atterri chez les colocataires. Pourquoi ? Les colocs seraient des complices ? Pas à exclure. À moins qu'il s'agisse d'une coïncidence. Peu importait. Les colocs avaient de leur propre chef envoyé les documents aux bonnes personnes, sans en informer le garçon. Ils s'étaient mis dans cette situation sans s'en rendre compte. Quoi qu'il en soit, Mieszko était tombé pile avec cet Aleks. Le garçon les avait menés droit au but. Borzestowski serait content. Cette fois il lui donnerait peut-être quelques semaines de congé. Ou quelques mois. Ou, s'il était très satisfait, il lui permettrait même de quitter complètement le business. Mieszko avait un peu de fric de côté, de quoi ouvrir un bistrot ou une supérette. Le pognon rentrerait tout seul, et il ne lui resterait plus qu'à payer poliment ses impôts et lire ses bandes dessinées.

— Ton copain a raison, dit Mieszko. Tu nous donnes gentiment les documents, et nous, on s'en va, et vous ne nous reverrez plus jamais.

La réaction fut celle qu'il attendait – une lueur d'espoir dans les yeux de Misiek et de Skunks. Aleks n'avait pas complètement repris ses esprits, mais il ne comptait pas. Marek était hésitant. Mieszko heurta du bout de sa chaussure le Skunks qui saignait : celui-ci saisit l'allusion.

— Donne-leur, merde… souffla-t-il en crachant du sang sur son T-shirt.

Karol l'avait sonné plus fort qu'il n'y avait paru.

— Écoute ce que te dit ton pote. Allez, putain, va chercher, fit Mieszko pour l'encourager.

Marek jeta un œil sur l'ordi posé sur la table puis secoua énergiquement la tête.

— Pas question. Zuza est morte à cause de ces documents. Si je vous les donne, vous me ferez ensuite la peau comme vous avez fait pour elle.

— Ma parole que non.

— Je ne te connais même pas, connard.

Mieszko grimaça de mécontentement et montra les dents. Pourquoi tous ces types se sentaient-ils obligés de compliquer les choses ? Pourquoi l'autre l'insultait-il ? Mieszko voulait juste récupérer ce qu'il était venu chercher, et rentrer tranquillement chez lui. Le monde était simple. Pourquoi le compliquer ?

— Il faut vraiment qu'on pète les guiboles de tes potes ? demanda Mieszko. C'est vraiment ce que tu veux ?

— Ils vont commencer à crier, rétorqua Marek. Les voisins appelleront les flics. S'ils ne l'ont pas déjà fait. Barrez-vous avant qu'ils arrivent.

Mieszko regarda les garçons alignés sur le sol.

— Si un seul se met à crier, je vous casse les dents à tous, expliqua-t-il posément. J'aurai juste le temps. Alors, vous la bouclez. Et toi (il se tournait vers Marek) essaye pas de nous faire peur avec la volaille. Passe les documents, parce que je sens que je vais me fâcher.

— On va s'y prendre autrement, rétorqua le garçon, changeant soudain de tactique. Vous, vous reculez jusqu'à la fenêtre. Moi, je sors, et terminé.

— Tu te fous de ma gueule ?

— Pas du tout. Les documents sont sur le lecteur réseau. Si je n'entre pas mon mot de passe d'ici une heure, ils seront automatiquement mis sur Facebook et YouTube.

Mieszko évaluait la menace, mais Karol ouvrait déjà la bouche.

— Une heure, ça suffit pour lui tirer son mot de passe, non ?

Marek prit une attitude menaçante et leva la batte de base-ball.

— Alors connard, tu viens faire la fête ?

— Mais c'est qu'on l'emmerde ! clama alors Supel.

Il vint se placer devant Mieszko et porta la main à sa ceinture. Mieszko remarqua alors le renflement dans son dos. Une seconde plus tard, le bandit avait son revolver à la main. Le cœur de Mieszko battit la chamade. Personne ne l'avait prévenu que le duo serait armé. Il espéra qu'il s'agissait d'un faux, d'un jouet, d'un pistolet de paintball… Mais il aperçut sur le canon le sigle caractéristique d'une fabrique tchèque, l'inscription « Model 75 » et, en dessous, une deuxième plus longue qui devait fièrement annoncer : « *Made in Czechoslovakia* ». Mieszko avait entendu dire depuis un certain temps que les armes slovaques anciennes se vendaient bien. Les Slovaques les neutralisaient de manière si négligée qu'il suffisait d'une petite heure à un gars un peu doué pour les refaire fonctionner comme des coucous suisses.

— Pose-moi cette batte, et à plat ventre ! cria-t-il.

— C'est un faux, répondit Marek, la voix néanmoins tremblante.

Supel enleva la sécurité et posa le doigt sur la détente.

Mieszko expulsa tout l'air de ses poumons. C'était mal parti. Mais les choses s'arrangèrent : Marek lâcha la batte et croisa les mains derrière la nuque.

— À plat ventre !

Le garçon s'allongea docilement. Supel se tourna tout sourire vers Mieszko.

— Tu as vu, putain, comment on rétablit une situation, fit-il, content. Pas plus dur que de dire la messe.

Kochan eut du mal à trouver la maison qu'il cherchait. Il n'arrivait pas à se concentrer. Les dossiers d'Evelina Wilkiewicz s'étaient révélés être une mine d'information. Les deux femmes s'étaient vraiment démenées. Elles avaient engagé un détective privé, et publié des annonces dans les journaux. Le résultat consistait en des dizaines de déclarations de témoins potentiels. Et elles affirmaient avoir tout remis à la police. Kochan pouvait comprendre que personne ne s'en était soucié. Après tout, Varsovie se portait bien mieux sans le Wilk et ses potes. Il était plus judicieux d'affecter les maigres ressources de la police de la capitale à la protection des honnêtes gens. Mais tous ces éléments auraient dû figurer dans le dossier. Pourquoi ne s'y trouvaient-ils pas ? Paresse ou incompétence ? Ou pire, quelqu'un les aurait-il fait disparaître ?

Kochan préféra ne pas répondre à cette question. Il choisit plutôt d'analyser les nouvelles données. Comme il s'y attendait, la majorité des pistes proposées relevait des foutaises typiques de ce genre d'affaires. Ou bien c'était quelqu'un qui se faisait mousser, espérant une récompense, ou bien les déclarations étaient imprécises et confuses. Certaines étaient même dénuées de sens. Comme celle dont l'auteur déclarait avoir vu Wilk, guider une visite d'élèves dans le musée de Zamosc. Quelques-unes retinrent pourtant l'attention de Kochan. Par exemple, le témoignage d'un certain Henryk Czapla, un paysan des environs de Varsovie. Il racontait que la nuit de la disparition de Wilk, il était allé pêcher sur les bords de la Vistule. Il n'habitait pas loin. Il avait remarqué près de la rivière une voiture noire et plusieurs personnes. Il était sûr qu'il s'agissait d'une BMW. Quand ces individus avaient aperçu Czapla, ils s'étaient engouffrés dans la voiture et avaient démarré. Volontairement ou non, ils lui avaient foncé dessus. Pour le tuer, ou pour lui faire peur ? Il avait sauté dans un fossé. Il était rentré chez lui avec une cheville foulée.

Il y avait dans cette histoire quelques détails qui éveillèrent la curiosité de Kochan. Une BMW noire avait disparu du parking près du Neptune. On l'avait retrouvée par hasard quelques semaines plus tard à Piotrków Trybunalski, dans un parking ordinaire. Un type du coin avait fini par s'indigner qu'un Varsovien (la voiture avait des plaques de la capitale) occupe toujours la même place, et il avait téléphoné à la police. Le véhicule avait fait l'objet d'un nettoyage professionnel : on n'y avait retrouvé aucune trace. De son côté, Henryk Czapla semblait crédible. Son récit tenait debout, il n'avait rien enjolivé. Sa présence au bord de la Vistule était motivée. Ce n'était pas un poivrot, il était propriétaire d'une exploitation florissante. Il ne demandait aucune récompense. Il faisait l'effet d'un type profondément scandalisé par des gens qui avaient failli l'écraser. Il tenait à ce qu'ils soient arrêtés et punis. Et plus important, Henryk Czapla affirmait avoir aussitôt prévenu la police. Tout coïncidait, la BMW noire, l'heure de la nuit de la disparition de la Troïka. Kochan pensa que quelqu'un aurait pu avoir une étincelle et relier les faits entre eux, puis vérifier la piste. Mais il n'y avait pas la moindre mention de tout ça dans le dossier.

Kochan trouva enfin la bonne adresse. Une ferme près de Gass, un petit village juste au bord de la Vistule, non loin de Varsovie. Dans le temps, un ferry faisait traverser les voitures. La ferme était grande et soignée. On y avait récemment investi beaucoup d'argent : tout était repeint de frais, et ça brillait comme si les propriétaires attendaient la visite du pape. Une grande plaque sur le portail d'entrée annonçait la présence d'un élevage de chevaux. Le policier entra dans la cour et se gara près d'un véhicule tout-terrain sale et hors d'âge. Il descendit de voiture. Une vieille femme sortit de l'écurie voisine. Une blonde en pantalon de travail, bottes de caoutchouc, chemise à carreaux sous une doudoune. Elle s'essuya les mains avec un mouchoir et lui adressa un sourire amical.

— Bonjour ! lança-t-elle en arrivant à quelques mètres de Kochan. Qu'est-ce que je peux faire pour vous ?

Kochan sortit sa carte pour la montrer à la femme. Elle s'approcha et se pencha pour en toucher délicatement le coin.

— Excusez-moi, sans lunettes je lis mal, expliqua-t-elle.

Lorsqu'elle comprit ce qu'elle voyait, elle recula avec inquiétude.

— Il est arrivé quelque chose ? À Martin ? Kamil ?

— Non, non, corrigea Kochan. Je suis là pour autre chose.

La femme porta une main à son cœur et poussa un profond soupir de soulagement.

— Vous m'avez fait peur, dit-elle en riant. Excusez-moi, mais quand vous arrivez sans prévenir, on pense tout de suite qu'il est arrivé un malheur. Il s'agit de quoi ?

— Je voudrais parler à M. Henryk Czapla.

La femme cessa de sourire.

— Mon mari est mort, dit-elle.

Kochan se fit tout de suite un scénario : un témoin, première tentative d'assassinat lors de la fuite, le témoin fait une déposition, quelqu'un balance, et le témoin disparaît.

— C'est arrivé comment ?

— Il travaillait avec les chevaux. Soudain, il est tombé. Un AVC. On l'a emmené à l'hôpital. Quelques semaines plus tard, alors qu'on pensait qu'il s'était remis, nouvelle attaque. Terminé.

— Je suis désolé. Ça s'est passé quand ?

— Il y a deux ans.

Aucune coïncidence avec l'affaire de la Troïka.

L'enchaînement sensationnel de cause à effet qu'avait imaginé Kochan s'écroula.

— Pourquoi vous vouliez le voir ?

— Il y a quelques années, votre mari (il se demanda s'il devait dire « défunt mari ») a failli être écrasé par une BMW noire près de la Vistule.

— Oui. Je me souviens, confirma-t-elle. Vous revenez maintenant à cette affaire ? s'étonna-t-elle.

Il haussa les épaules, ne sachant pas lui-même ce qu'il faisait. Mortka lui avait montré le dossier, et il s'était jeté dessus comme un chien sur un os. Il avait du mal à le reconnaître, mais il voulait impressionner le Kub. Lui montrer de quoi il était capable. Mais pourquoi ? Il avait déjà fait ses preuves. Il avait résolu en un temps record deux affaires que personne n'avait réussi à élucider. Et celle-là ? Elle était étrange. Inquiétante. Et de toute façon, qui se souciait de ce qui était arrivé à Wilk et sa bande ?

— Vous voulez voir l'endroit ? proposa-t-elle. Là-bas, au bord de la Vistule.

Il regarda sa voiture, puis sa montre. Il avait du temps.

— Bien sûr.

La femme se pencha légèrement vers lui avec un regard scrutateur.

— Vous montez à cheval ? demanda-t-elle.

Chapitre 21

Aucun ne le dit comme ça, mais ils allaient se livrer à un cambriolage dans les règles. Une perquisition aurait supposé un mandat du parquet. Dans certains cas, on pouvait procéder à des visites « à la carte », c'est-à-dire en exhibant sa carte de service. Le papier formel n'était établi qu'a posteriori. Mais on n'avait recours à cette possibilité que dans les cas d'urgence extrême. Or Mortka et la Sèche voulaient juste vérifier ce qu'il y avait dans cet appartement vide.

Ils entrèrent sans problème sur le terrain de la Cité. Une femme, un fichu sur la tête, revenait justement de faire ses courses avec son gamin, et ils profitèrent de l'occasion. Dans sa guérite, le vigile, un type cette fois d'une bonne cinquantaine, ne détourna même pas le regard de l'écran de télé allumé dans son réduit.

— Il me semble qu'ils devraient être plus prudents après ce qu'il est arrivé à Zuzanna, chuchota la Sèche.

Mortka approuva. Ils auraient dû l'être, mais ce n'était pas le cas. Une situation somme toute normale : malgré les apparences, peu de gens apprenaient de leurs erreurs. Le choix le plus courant était d'effacer ses erreurs de la mémoire et de feindre que rien de mal n'était arrivé.

Ils suivirent tranquillement la femme avec l'enfant. Elle se dirigeait vers une autre cage d'escalier de l'immeuble où était situé le mystérieux appartement. Elle se tourna vers eux. L'enfant, une fillette de cinq ans, se cacha derrière sa mère. Les policiers virent pour la première fois son visage : un teint basané et de grands yeux en amande. Le foulard sur la tête lui donnait l'air d'une Rom.

— Vous allez chez qui ? demanda-t-elle sur un ton agressif, mais dans un polonais dont la pureté indiquait qu'elle n'appartenait à aucune minorité.

Mortka lui montra sa carte.

— Police.

La femme se détendit.

— Ah, c'est bien, fit-elle avec soulagement. Excusez-moi, mais après tout ce qui s'est passé ici... On ne sort plus qu'en regardant bien autour de soi, et si en plus on voit un étranger...

— Et qu'est-ce qui s'est passé, maman ? demanda la fillette.

— Je te raconterai plus tard, ma chérie, éluda la femme en roulant des yeux. Vous savez déjà des choses ? Il paraît que c'était cette femme de ménage, c'est vrai ?

— Je ne peux pas communiquer d'informations, répliqua Mortka.

— La société a le droit de savoir. Vous comprenez, c'est à cause des enfants, plaida-t-elle avec regard éloquent.

— Je suis désolé, mais il est trop tôt pour dire quoi que ce soit. Dès qu'on aura des certitudes à cent pour cent, vous serez informée.

— De quelle manière ?

— Le responsable du quartier viendra vous voir, intervint la Sèche.

— Un responsable de quartier ? pouffa la dame. Je ne savais même pas qu'on en avait un.

— Ça sera pour vous l'occasion de faire sa connaissance. Ça vaudra la peine.

Ils pénétrèrent ensemble dans l'immeuble. La fillette se précipita vers l'ascenseur. Elle pressa un bouton, et la porte s'ouvrit dans un chuintement.

— Vous montez ?

— On prend l'escalier, répondit Mortka.

— Sûr ?

— Sûr. Merci.

— Vous devriez attraper le salopard qui nous esquinte les voitures ! lança la femme au moment où la porte de l'ascenseur se refermait.

Mortka ne se donna même pas la peine de répondre. Le justicier des parkings que Lorenz avait décrit. Mortka commençait à éprouver une certaine sympathie pour lui. Il espérait que ce personnage, quel qu'il fût, rayerait copieusement la bagnôle de l'enfoiré qui lui avait défoncé sa Toyota.

— Peut-être a-t-il quelque chose à voir là-dedans ? suggéra la Sèche.

Au lieu de monter, ils descendirent dans le garage souterrain.

— Qui ça ?

— Le salopard qui s'attaque aux voitures.

— En quel sens ?

— Escalade de la violence, risqua-t-elle en forme d'hypothèse.

Mortka réfléchit. L'idée lui paraissait peu vraisemblable, mais il était prêt à vérifier toutes les suggestions.

— Zuza n'avait pas de voiture, dit-il après un moment. Or on a affaire à une guerre entre propriétaires qui ne savent plus où se garer.

Arrivés dans le parking, ils se dirigèrent vers la cage d'escalier d'où ils gagneraient l'appartement secret de Celtycki. Une petite précaution : ils n'avaient pas l'intention de saisir quoi que ce soit, juste de jeter un coup d'œil à l'intérieur avant de ressortir, mais au cas où quelqu'un remarquerait l'effraction, ils pourraient toujours dire qu'ils avaient bien été dans la Cité, mais dans un autre bâtiment. Avec un peu de chance, cela suffirait à les dégager de toute responsabilité.

La Sèche obliqua vers la place de gauche. Vide. Comme d'ailleurs la grande majorité, mais quelqu'un avait fixé une étagère contre le mur. La Sèche y prit quelque chose qu'elle tendit à Mortka. L'inspecteur plissa les yeux. La policière lui montrait un grand pot de cornichons

— Quand les gens n'ont pas de cave, ils se débrouillent comme ils peuvent, fit-il avec un sourire.

— Il y a aussi des champignons et des confitures. Tu as besoin de quelque chose ?

Il pointa sur elle un doigt réprobateur. Elle reposa le bocal, et ils poursuivirent leur chemin. L'amateur de conserves n'était pas seul à tirer un parti original de l'espace du parking. Nombre d'habitants, au moins ceux qui avaient acheté des emplacements, y entreposaient des vélos, des outils ou de vieux meubles. Et miracle, rien ne semblait disparaître. Visiblement, les gardiens n'étaient pas aussi mauvais qu'ils le croyaient. Ils vendaient peut-être de la drogue, mais ils ne se permettaient pas de voler.

Ils arrivèrent devant la bonne cage d'escalier et montèrent au troisième où ils trouvèrent l'appartement. Mortka frappa et attendit. Puis il frappa à nouveau et laissa encore passer quelques secondes. Il colla une oreille à la porte.

— Et alors ? demanda la Sèche.

— Vide, répondit Mortka.

Il jaugea la serrure. Solide, mais pas anti-effraction. Il devrait pouvoir en venir à bout. Il tira de sa poche un kit à crocheter les serrures. Puis tous deux enfilèrent des gants qu'ils avaient préparés.

— Je peux ? demanda la Sèche.

Il remarqua alors qu'elle avait déjà sorti son équipement. Elle avait même un passe-partout, ce dont l'inspecteur ne disposait pas.

— Tu as déjà fait ce genre de trucs ? s'étonna-t-il.

— Je me suis entraînée chez moi.

— Tu me couvres et tu surveilles l'escalier, coupa l'inspecteur.

Elle se sentit offensée, mais se garda de tout commentaire. Elle lui tourna le dos, se plaçant de sorte qu'un voisin ne puisse voir de son judas ce que fabriquait précisément Mortka. Le policier se bagarrait avec la serrure. Cela lui prit plus de temps qu'il ne l'avait pensé, mais il réussit enfin à actionner le cylindre. Il souffla un grand coup.

— La voie est libre ?

— Libre, confirma la Sèche.

— On entre. On regarde. On ressort. Si on trouve quelque chose, on appelle Szydlon.

— Je sais, répondit-elle avec agacement.

Mortka appuya sur la poignée, et ils entrèrent. Ils traversèrent une première pièce pour s'arrêter dans la suivante, pétrifiés par ce qu'ils virent.

— Oh, nom de Dieu, nom de Dieu de nom de Dieu… fit la Sèche.

Mortka ne pouvait qu'être d'accord avec elle.

Mieszko essayait d'évaluer la situation dans laquelle il se trouvait pour décider quoi faire. D'un certain point de vue, Marek avait raison. Plus ils restaient dans l'appartement, plus la probabilité que quelque chose foire augmentait. Mais pour le moment, ils ne pouvaient pas partir. On leur avait dit d'attendre un type qui vérifierait les documents, histoire de s'assurer qu'ils avaient bien mis la main sur tout ce qu'il fallait. Mieszko ne savait pas qui se pointerait.

La base de départ n'était pas des meilleures. Les quatre étudiants amochés étaient allongés sur le sol. Quatre, parce que Marek aussi avait pris plusieurs coups dans la gueule après avoir lâché la batte. Ils étaient trois à les surveiller. C'étaient surtout Supel et Karol qui surveillaient. Supel avait une pétoire tchèque. Karol ne voulant pas être en reste, il avait aussi sorti un pistolet. Mieszko ne reconnut pas le modèle. Tous les deux se promenaient dans l'appartement avec leur arme, et ça les démangeait visiblement de jouer de la gâchette. Pire : ils disparurent chacun leur tour dans la salle de bains d'où ils ressortirent tout excités et les yeux brillants. Mieszko était sûr qu'ils prenaient des amphètes.

Supel s'approcha de Mieszko. Il le toucha délicatement du coude et lui indiqua la grande pièce. Ils y passèrent ensemble, laissant Karol seul avec les étudiants.

— Qu'est-ce qu'il y a ? demanda Mieszko à voix basse.

— Je voulais te demander…

— Quoi ?

— Si tu pouvais dire un mot.

— Un mot de quoi ?

— Au grand B. Lui dire qu'on est à la hauteur.

Mieszko jeta un regard à Supel qui lui parut soudain plus jeune. Tandis que lui se sentit plus vieux.

— Tu as quel âge ? demanda-t-il.

— Qu'est-ce que ça peut te foutre ? répondit l'autre d'un ton agressif.

Il dansait d'un pied sur l'autre comme un boxeur qui se prépare à monter sur le ring. Le pistolet dans sa main montait et descendait, et Mieszko se demanda si le cran de sûreté était bloqué. Sans quoi le tir accidentel n'était plus qu'une question de minutes.

— Rien, je m'en fous, répliqua Mieszko. Oublie.

— T'inquiète, convint Supel. Alors, tu diras quoi au grand B. ? Ce mec est génial, non ?

— Ouais.

— Ça fait longtemps que tu bosses pour lui ?

— Plutôt.

— Et alors ? Et alors ?

— Ça roule, grogna-t-il, espérant clore cet échange.

Mais Supel insistait.

— Putain, ça me botterait de bosser pour lui. Tu lui glisses qu'on a été bons, hein ?

Mieszko acquiesça de la tête. Supel lui fit un large sourire et lui envoya une grande claque dans le dos. Beaucoup de jeunes se pressaient dans l'entourage de Borzestowski en essayant de se faire mousser, mais le chef se laissait rarement approcher. Ces dernières années, il était devenu extrêmement prudent. Il ne gardait autour de lui qu'un petit cercle de personnes indispensables à qui il ne disait que ce qu'ils avaient besoin de savoir. De plus, ses besoins en matière de main d'œuvre étaient plus faibles qu'auparavant. Borzestowski passait de plus en plus de temps dans des banques et des cabinets juridiques, et de moins en moins dans les bars ou dans la rue. Ces deux-là avaient eu de la chance, ils avaient surgi au bon moment, au bon endroit. Et ils avaient su faire fructifier leur chance. Mieszko réalisa néanmoins que le travail se révélait moins simple que prévu. Ils avaient compté sur un seul étudiant, pas sur quatre.

— Hé ! Assis !

Ils entendirent Karol crier, puis du boucan et des exclamations de douleur. Ils réagirent en un éclair, et Supel le plus rapidement des deux. Ils furent de retour dans la pièce en une demi-seconde. Karol, appuyé contre le mur, avait des larmes dans les yeux et se tenait l'entrejambe. Mieszko jeta un œil sur le sol : Aleks était toujours allongé, le gamin à la batte, aussi, le gros, pareil. Manquait le quatrième. Tout se déroula à la fois instantanément et comme au ralenti.

Misiek était déjà à la porte de l'appartement qu'il avait déjà ouverte. Il n'était qu'à deux pas de l'escalier. Supel tendit le bras. Il visa. La détonation fut si forte que la moitié de la Cité avait pu l'entendre. Misiek gémit en s'effondrant sur la porte qui se referma sous son poids. Il glissa à terre. Des filets de sang commencèrent à lui couler de la poitrine et de la bouche.

Skunks se mit à piauler. Mieszko n'en croyait pas ses oreilles, qu'un type aussi balaise pût avoir une voix aussi aiguë. Comme une gamine. Il lui tomba dessus, lui cogna le visage, de toutes ses forces, sans retenue. Le cri cessa, et Skunks, sonné, laissa pendre sa tête.

— Vos gueules, ou ça sera vous les suivants, gronda Mieszko qui, pour confirmer ses paroles, envoya un coup de pied dans le ventre d'Aleks.

Le garçon gémit et se roula en boule.

La crise était enrayée. Au moins pour un temps.

— Cet enculé m'a mordu les couilles, bafouilla Karol.

Mieszko lui ordonna de la boucler. Il s'approcha de Supel, lui fit baisser le bras qui visait toujours l'endroit où Misiek se tenait un instant plus tôt. Il observa la cage d'escalier. Regarda vers le haut, puis vers le bas. Aucun mouvement. Personne n'était sorti pour voir ce qu'il se passait. Aucun curieux. Mieszko réintégra l'appartement et ferma la porte à clef. Il revint dans la chambre. Il s'assit sur le canapé et se prit le visage dans les mains.

Le corps de Misiek était allongé dans l'entrée au milieu d'une flaque de sang qui ne cessait de s'élargir.

— À l'anglaise !

Barbara Czapla montrait à Kochan le mouvement, se dressant légèrement sur les étriers avant de retomber. Il essayait de l'imiter en gémissant de douleur.

— Vous m'avez dit que vous étiez déjà monté à cheval.

Il lui aurait répondu d'un geste de la main s'il n'avait eu peur de lâcher les rênes. L'inspecteur adjoint n'avait pourtant pas menti. Il avait déjà fait du cheval. Sur un poney, une fois au parc, et plus tard, deux fois à l'école primaire. Mais jamais on ne lui avait demandé d'exécuter un mouvement consistant à s'écraser les testicules en rythme sur une selle.

Ils entrèrent dans le bois qui longeait la Vistule, une bande de terrain plantée d'arbres tristes et sévères qui disparaissait sous un déluge de feuilles mortes. Le sentier était étroit. Kochan voyait devant lui le dos de Barbara Czapla et la croupe de son cheval, et sur les côtés des sacs d'ordures déchirés. Il aperçut même une vieille cuvette de WC cassée.

— Comment la BMW a-t-elle pu passer par ici ? cria-t-il.

— Par ici ? Non, pas par ici ! Je vous ai fait prendre un raccourci. Le chemin que peuvent emprunter les voitures est par là-bas, fit-elle en indiquant la droite.

Le cheval de Kochan s'ébroua en agitant la tête. Czapla le lui avait recommandé comme étant un animal particulièrement paisible et posé. Et de fait, il se contentait d'avancer paresseusement un sabot après l'autre. Mais pourquoi cette odeur ? Kochan se dit qu'au retour chez lui Anna aurait à laver tous ses vêtements pour les débarrasser de ces relents de paille et de sueur animale.

Puis il se souvint qu'Anna n'était plus là.

— C'est encore loin ?

— On y est presque !

Bientôt, le sentier s'élargit, et ils débouchèrent dans une clairière qui longeait le fleuve. Kochan rejoignit le cheval de Barbara Czapla, puis il tira sur les rênes. Il espérait arrêter sa monture et y parvint. Le cheval s'ébroua et commença à brouter.

La Vistule roulait ses eaux sombres devant eux. Les chants des oiseaux qui n'avaient pas encore migré, ou n'avaient pas l'intention de le faire, leur parvenaient de la forêt.

— Où elle était, cette BMW ? demanda Kochan.

La femme se pencha sur sa selle pour indiquer l'extrémité sud de la clairière.

— On peut passer par là-bas.

Kochan aperçut un chemin de terre inégal.

— Mon mari prenait toujours le raccourci qu'on a emprunté pour venir pêcher ici.

— Ah… Et la BMW ?

— La voiture était là-bas, dit-elle en montrant l'extrémité nord de la clairière. Lorsque les autres ont vu mon mari, ils sont montés dans leur voiture et lui ont foncé dessus. Ils ont failli l'écraser. Et ils sont partis par là.

— Ah.

— Vous voulez descendre de cheval pour aller voir ?

Il acquiesça. Elle lui prit les rênes. Il sauta sur le sol, humide et mou, et le regretta aussitôt. Ses chaussures allaient être trempées. Mais ses testicules et son bas ventre lui en furent reconnaissants. L'écurie n'étant pas si éloignée, il décida qu'il rentrerait à pied. Il jeta un coup d'œil alentour : des arbres, des buissons, la rivière. Exactement ce à quoi il pouvait s'attendre après toutes ces années. Mais comme Barbara Czapla le regardait d'un air attentif, il décida d'explorer un peu pour la forme. Il rejoignit l'extrémité nord de la clairière en regardant bien où il posait le pied pour ne pas patauger dans une des nombreuses flaques. Il songea que l'endroit devait être particulièrement beau en été. Un endroit idéal pour un barbecue. À condition que les moustiques ne s'en mêlent pas. Peut-être les passagers de la BMW étaient-ils venus pour ça ? Avec saucisses et vodka ? Pourquoi alors avaient-ils fui ? À moins que Henryk Czapla n'ait pas dit toute la vérité ? Il était venu au milieu de la nuit pour taquiner le goujon, et s'était en fait enivré – pour Kochan, la moitié au moins des pêcheurs à la ligne ne se rendaient au bord de l'eau que pour picoler tranquilles. Il ne s'attendait pas à avoir de la compagnie. Et voilà que des gens étaient venus se faire un barbecue et vider des bouteilles. Ils étaient probablement bruyants, peut-être vulgaires. Lui, le paysan à l'ancienne, le vieux local, il était allé leur faire la morale : comme quoi ils faisaient peur aux poissons. La dispute avait dégénéré, et le chauffeur avait voulu effrayer le pêcheur encombrant avec sa voiture pour le faire décamper. Il avait un peu exagéré et, s'en rendant compte, il avait préféré s'enfuir. Kochan se dit que cette version pouvait faire sens. Et que Czapla pouvait s'estimer heureux de s'en être tiré avec une cheville tordue.

L'inspecteur adjoint parvint à la lisière nord de la clairière. Il fit une pause, posa les mains sur ses hanches et se pencha en arrière comme pour faire de la gym. Il tournait la tête dans tous les sens. Des arbres, la rivière, des buissons. Exactement ce qu'il attendait. Ni plus ni moins.

Ou un peu plus ?

Des arbres, la rivière, des buissons. Beaucoup de buissons. Bien plus qu'à l'autre extrémité de la clairière. Bien plus qu'à l'endroit où patientaient les chevaux et Barbara Czapla. Plus fournis et plus denses. Bien qu'il fût difficile d'en juger à cause de l'absence de feuillage. On aurait dit les broussailles des dernières scènes de *La Belle au bois dormant* de Disney. Il aurait fallu une machette pour s'y tailler un chemin.

Pourquoi avaient-ils poussé autant ici ? Juste à l'endroit où s'était garée la BMW ? Pourquoi la terre était-elle aussi fertile ici ?

— Oh, putain… Oh, putain !

C'était un pressentiment. Rien qu'un pressentiment. Comme devant le puits, l'autre fois. Comme quand il avait consulté le contenu du site Bla-bla. Et maintenant comme alors, il avait raison.

Il n'aurait pas dû toucher à cette affaire. Le monde était vraiment plus beau sans Wilk et sa bande. Mieux valait ne jamais savoir ce qu'il leur était arrivé. Mais il avait déjà son téléphone en main et composait déjà le numéro. Une part de lui espérait que personne ne décrocherait ou que ce coin paumé des bords de la Vistule n'aurait pas de réseau.

— Oui, j'écoute ?

Il fut presque en colère d'entendre une voix au bout du fil. Il soupira, s'essuya le nez.

— Inspecteur adjoint Kochan.

Il se présenta en jetant un dernier coup d'œil sur les fourrés.

— J'ai besoin de quelques gars solides avec des pelles. Je vous donne les coordonnées de l'endroit.

— Pour quoi faire, des pelles ?

— Je crois que j'ai plusieurs clients à déterrer. Je dirais plus précisément, trois.

Chapitre 22

— C'est ce qu'il fallait faire, répéta Supel pour la énième fois.

Il avait raison. Misiek était déjà presque arrivé à la cage d'escalier. Il aurait certainement réussi à s'enfuir, fait tout un boucan, et les poulets auraient débarqué. Ils auraient été obligés de disparaître sans avoir fait le boulot. Ils auraient déçu Borzestowski, qui ne le leur aurait jamais pardonné. Et Mieszko savait comment Borzestowski traitait ses ennemis. Voilà pourquoi Supel avait raison. Mais il ne souhaitait pas le reconnaître devant eux. Il préférait réfléchir, décider si la meilleure solution ne serait pas de partir. Prendre le métro, rentrer à la maison. Faire ses valises, celles de Betti, prendre l'argent qu'il gardait dans le tiroir du bas, sous son linge, et filer en Irlande ou en Angleterre. Même s'il y avait là-bas trop de Polonais et si Betti n'aimait pas le froid. Ou alors dans le Sud. En Espagne. Il ne connaissait pas la langue, mais comme il avait appris l'anglais, il saurait bien apprendre l'espagnol. Il pourrait travailler comme magasinier ou dans une plantation d'olives. Il avait de la ressource. Il s'en sortirait.

Les trois étudiants étaient toujours allongés par terre. Karol trouva du ruban adhésif. Il les bâillonna puis leur attacha les mains dans le dos. Skunks s'était pissé dessus : il puait plus que jamais. Supel ressassait son mantra avec des ricanements sauvages en jetant des regards entendus à Karol, qui surveillait les jeunes. Il tenait en main la batte de base-ball de Marek, et dans l'autre le Taser, prêt à faire usage de l'une ou de l'autre si l'un des trois faisait mine de bouger. Skunks s'était déjà pris une décharge quand il avait voulu prendre une position plus confortable sur le côté. C'était à ce moment-là qu'il s'était pissé dessus.

Pendant ce temps, Mieszko travaillait. Il avait trouvé des gants de ménage jaunes en caoutchouc, aussi pourris que le reste de l'appartement. Et dans les toilettes, du Domestos. Il aurait préféré un désinfectant plus puissant, mais celui-ci ferait l'affaire. Ne trouvant aucun torchon, il se contenta de prendre quelques T-shirts et de les déchirer en morceaux.

Il porta ensuite avec Karol le corps de Misiek jusque dans la baignoire où ils l'abandonnèrent. Mieszko s'attela à un travail méticuleux, essuyant le sang du garçon sur le plancher, puis lavant le sol au Domestos. Le chlore émettait une odeur d'enfer et leur piquait les yeux, mais il voulait détruire toutes les traces biologiques. Il nettoya de la même manière tous les endroits qu'ils avaient pu toucher, esquintant tous les meubles en y laissant des traînées blanchâtres. Il prévoyait de passer l'aspirateur à la fin, juste au cas où. Après quoi il alluma la télé et trouva une chaîne d'info. Si leur feu avait déjà fait de la fumée, ils seraient au courant.

La sonnette de la porte retentit. Supel et Karol se dressèrent au garde-à-vous, le premier avait la mâchoire agitée de tremblements, le second porta la main à son revolver. D'un geste, Mieszko leur intima de se tenir tranquilles, et il posa un doigt sur ses lèvres pour ordonner le silence. Il s'approcha de la porte et regarda par le judas. Un homme se tenait dans le couloir. La capuche de son blouson était rabattue sur ses yeux et son visage, dissimulé sous un foulard. Il portait des lunettes de soleil. Mieszko attendait bien une visite annoncée par un appel du chef, mais comment savoir si l'homme qui venait de sonner était bien envoyé par Borzestowski ? En même temps, qui d'autre cela pouvait-il être ? Un flic ? Depuis le coup de feu, ils avaient été comme sur des charbons ardents, craignant qu'un des voisins surpris par le bruit inhabituel n'ait appelé la police. Comme personne ne s'était montré, ils s'étaient un peu calmés. Les flics, non. S'ils avaient dû débarquer, ç'aurait été plus tôt, et dans les règles : au moins à deux, et en uniforme. Ils ne se seraient pas amusés à se déguiser comme ça. Ils n'avaient pas de raisons. Pas encore. Mais tant de choses avaient foiré dans cette journée que Mieszko n'aurait pas été surpris de découvrir King Kong en personne derrière ces lunettes et ce foulard.

Il ouvrit la porte. L'individu s'engouffra rapidement pour se réfugier dans un coin de l'entrée. Il se rasséréna, avant d'apercevoir les étudiants sur le sol, surveillés par Supel et Karol, et d'esquisser un pas en arrière. Il se heurta à Mieszko derrière lui.

— Merde, qu'est-ce qu'il fait là ?

— Qui ? répondit le gangster.

— Le mec de Zuza, dit l'autre en s'efforçant de baisser la voix.

— C'est sa piaule.

— Et s'il me reconnaît ?

— Parce que vous vous connaissez ? s'étonna le gangster.

L'homme fit signe que oui. Mieszko le prit par le bras et lui fit enjamber les jeunes pour l'amener dans la chambre de Marek. Après la mort de Misiek, Marek avait très facilement accepté de coopérer. Il leur avait montré où se trouvaient les fichiers qu'ils cherchaient, ainsi que la copie dans Dropbox. Mieszko n'avait plus qu'à cliquer sur l'icône dans la barre des tâches.

Le visiteur referma la porte pour ne pas être vu et enleva le foulard. Le visage qui en émergea était celui de Milosz Ostrowski. Il tira un mouchoir de sa poche et s'essuya la bave et la sueur autour de la bouche.

— C'est ça ? demanda-t-il en s'asseyant devant l'ordinateur.

— Je ne sais pas. À toi de me dire.

Le caractère direct de la réponse ne plut pas au journaliste qui avait cependant assez de bon sens pour ne pas faire de commentaire. Il prit la souris et commença à ouvrir les fichiers l'un après l'autre, des textes, des photos, des petites séquences vidéo tournées avec un portable.

— C'est bien ça, confirma-t-il.

— Il y a tout ce qu'elle t'a montré ? demanda Mieszko.

— Non.

— Non ?

— Non, au sens où il y en a plus.

— C'est -à-dire ?

— C'est-à-dire qu'il y a plus de choses ici que ce que j'avais vu. Elle ne m'avait sûrement pas tout montré.

— Ah merde...

Mieszko s'appuya contre le mur en fixant le plancher.

— Et est-ce qu'il y a tout ce qu'elle a pu récupérer ?

— Comment je peux savoir ?

Mieszko eut envie de lui envoyer une baffe pour toute réponse, mais s'étonna lui-même de son absence de réaction. Comme si quelque chose s'était cassé en lui. Il était furax, absolument furax, et ce journaliste était la cible parfaite pour lui servir de défouloir. Car tout avait commencé avec lui. Sans lui, Mieszko serait tranquillement à la maison sur son canapé à zapper de chaîne en chaîne avec la télécommande en grignotant des chips et en lisant la dernière bande dessinée de Batman. Mais il se retint de le frapper car, en dépit de tout cela, une petite voix tout à fait nouvelle lui soufflait : « Laisse tomber, ça ne sert à rien. » Une petite voix qu'il écouta.

— Vous avez encore besoin de moi ? demanda le journaliste.

— Non. Fous le camp.

Ostrowski obtempéra. Il remit le foulard et fila hors de l'appartement. Mieszko effaça les fichiers indiqués par Marek. Ceux de l'ordinateur et ceux du lecteur réseau, en espérant qu'il n'y avait rien d'autre. À tout hasard, il prit un grand sac de sport qu'il trouva dans un coin et fit le tour de l'appartement. Il y fourra les ordis, les disquettes, les DVD et toutes les clefs USB qu'il trouva.

Il revint vers Karol et Supel. Les deux salopards avaient l'air fatigué, énervé et plutôt perdu. Ils ne tenaient que grâce aux amphètes. Vint alors le moment de se poser les deux questions qu'il avait jusqu'ici réussi à éviter. Que faire du corps dans la baignoire ? Et plus difficile, que faire des trois connards toujours en vie ?

Ils avaient envahi son appartement, et Magda Celtycka ne savait pas comment réagir. Piotr aurait su, se dit-elle, il aurait exigé de voir un mandat, des papiers officiels, des tampons, demandé la présence d'un avocat. Elle ne savait pas quoi faire. Elle reculait devant le visage tout rouge du policier, et celui tout pâle et osseux de la policière qui l'accompagnait.

— Alors, avec votre mari, vous aviez installé un bordel ! s'exclama Mortka.

Celtycka s'effondra sur une chaise. La tête lui tournait. Elle serra les poings et compta jusqu'à cinq. Il fallait qu'elle se calme. Qu'elle retrouve son sang-froid.

— Ce n'est pas un bordel, fit-elle, avant de le regretter.

Elle aurait dû garder le silence. Ses dénégations ne faisaient que confirmer l'accusation de l'inspecteur.

— Je suis un flic de Varsovie, s'emporta Mortka. Et je sais reconnaître un bordel quand j'en vois un. Un lit en forme de cœur, d'épais rideaux aux fenêtres, une barre pour danser, des sex-toys… la seule chose qui me chagrine, c'est que vous ayez arrangé ça aussi kitsch.

Elle décida de ne pas répondre. Que ce flic sorte tout ce qu'il avait sur le cœur ! Qu'il la fasse convoquer, ou même qu'il l'arrête ! Encore que cette dernière option lui paraissait peu vraisemblable. Mais quelle honte s'ils l'embarquaient à la vue de tous, menottes aux poignets ! Elle regretta de n'avoir pas d'arme chez elle. Elle aurait pu se tuer. Que ce flic aille ensuite s'expliquer ! Elle se rappela toutefois qu'il essayait peut-être seulement de l'intimider.

— Voilà… Votre mari et vous-même, vous avez été dégagés de la politique. Vous avez été virés, et vous n'avez plus aucune chance de retour. Par contre, vous disposez d'appartements à louer, et vous avez des relations. Des amis qui aiment bien les parties de cul. Vous louez deux appartements à de jeunes et belles étudiantes. Vous les présentez à vos amis. Tout ce beau monde se retrouve dans ce petit nid d'amour que vous avez organisé. Vos amis sont ravis, d'abord parce que les filles ont été sélectionnées, et ensuite parce que c'est discrétion garantie. Pas de paparazzi pour les attendre à la sortie du bordel. Et si quelqu'un leur pose des questions, ils sont simplement venus rendre visite à une vieille connaissance, Piotr Celtycki.

Pourquoi lui racontait-il tout ça ? Elle avait l'impression qu'il aimait s'écouter parler. Elle se sentait mal, elle avait envie d'aller aux toilettes, de vomir, mais quand elle essaya de se lever, elle se heurta à cette policière arrogante qui lui posa une main sur l'épaule. Délicatement, mais fermement.

— Zuzanna travaillait pour vous, poursuivait Mortka. Elle voulait devenir journaliste et elle avait là un sujet de premier choix. Elle a commencé à rassembler des documents, et d'une manière ou d'une autre vous l'avez appris. Ça représentait une menace pour la réputation de beaucoup de gens. C'est pour ça qu'elle est morte. Il me reste une question, la seule dont je veux connaître la réponse. Qui l'a tuée ?

Elle s'en tint à sa stratégie du silence. Il donna un coup de poing sur la table devant elle. Si fort qu'il la fit sursauter de peur.

— Qui l'a tuée ?

— Je ne sais pas !

Le policier recula. La policière de même. De deux pas seulement, juste assez pour la laisser respirer.

— Je ne sais pas, reprit-elle à voix basse. Et nous ne gérions pas un bordel. Nous n'avons jamais fait ça. Zuza n'a jamais travaillé pour nous. Elle s'occupait juste des enfants.

— Je ne vous crois pas.

Elle haussa les épaules.

— Elle savait s'y prendre avec les enfants. Ils ont nettement progressé à l'école à partir du moment où elle a été là. C'était dommage de la renvoyer. Mais c'était peut-être nécessaire…

— Les autres filles ?

— Ce n'est pas un bordel. On n'a jamais obligé personne à quoi que ce soit.

— Alors c'est quoi ?

Elle se rassit. Elle les regarda tour à tour en se demandant pourquoi elle se donnait la peine de leur répondre. De toute façon, ils ne comprendraient pas. La femme, peut-être. Quoique… Elle était de celles qui croyaient qu'avec beaucoup d'efforts, elles pourraient traverser la vie comme des hommes.

— Ces filles sont brillantes. Très douées. Elles suivent des études dans les meilleures facs, dans des filières prestigieuses. Mais ne nous y trompons pas : pour l'instant, elles sont avant tout jeunes et belles. Ça ne durera pas, et elles le savent. Pourquoi n'en profiteraient-elles pas tant que c'est possible ? Elles deviendront ensuite assistantes parlementaires, employées dans les ministères, stagiaires dans des cabinets d'avocats réputés. C'est un beau tremplin pour elles. Nous n'avons fait que les aider.

— C'est du proxénétisme, dit la Sèche.

Magda Celtycka fit non de la tête.

— Nous n'avons jamais pris d'argent. Ni aux filles, ni à nos amis. Nous n'avons fait qu'aider.

— D'argent, non, concéda Mortka. Mais des faveurs, n'est-ce pas ? Des commandes, des rapports d'expertise que personne ne lira jamais, mais qui font tomber quelques euros dans votre porte-monnaie. Ou quelque sinécure pour vous ou votre mari ?

— La loi parle « d'avantages matériels », ajouta la Sèche. Pas forcément de paiement direct en argent.

— Nous n'avons jamais forcé qui que ce soit.

— Celui qui « facilite ou permet », poursuivit la policière, encourt jusqu'à cinq ans de prison.

— Ça ne posera aucun problème au procureur, confirma Mortka.

Il se pencha vers elle. Elle détourna la tête pour ne pas avoir à le regarder. Elle posa les yeux sur la télé qui annonçait pour le soir une émission à laquelle Milosz Ostrowski devait participer. Mortka aperçut lui aussi le visage du journaliste à l'écran. Il prit la télécommande pour éteindre l'appareil.

— Vous êtes une adulte, commença-t-il d'une voix douce mais ferme. Ces filles aussi sont adultes. Tout comme vos amis. Si tout se passait vraiment comme vous le dites, on peut éventuellement décider qu'on se fiche de savoir à qui ces filles majeures offraient leur cul et en échange de quoi. Mais je veux savoir qui a tué Zuzanna. Maintenant. Je veux savoir comment ça s'est passé. Sinon, je vous jure que je ferai tout pour vous détruire. Je vous collerai en prison, je traînerai votre nom dans la boue, je vous retirerai la garde de vos enfants.

Elle gémit doucement.

— Laissez les enfants tranquilles, siffla-t-elle entre ses dents.

Elle s'efforçait de paraître menaçante. Elle voulait faire croire qu'elle pouvait jouer ce jeu-là. Sans succès.

— La Sèche ? lança Mortka.

— Trois enfants avec une mère seule, proxénète. Et alcoolique.

— Je ne suis pas alcoolique.

— La bouteille de vin vide dit le contraire, affirma la policière. Vous en buvez combien par semaine ?

— Arrêtez.

— Il me semble, inspecteur, que dans leur intérêt, nous devrions éloigner les enfants de cet environnement pathogène, conclut la Sèche. Ça irait d'ailleurs dans le sens des instructions ministérielles. Nous sommes supposés consacrer plus de temps à la protection des enfants de « bonne famille », comme on dit, des familles comme la vôtre, madame. Où, vu de l'extérieur, tout a l'air normal, mais à l'intérieur… Vous savez mieux que moi.

Quelques secondes de silence. Le policier se redressa. Les rougeurs avaient disparu de son visage, mais il était toujours effrayant.

— Qui l'a tuée ?

— Je ne sais pas, dit-elle, les larmes aux yeux. C'est vrai qu'elle écrivait des choses, mais je ne sais pas quoi. Piotr l'avait appris.

— Comment ?

— Je l'ignore. Vraiment, je n'en sais rien.

— Qu'est-ce qu'il s'est passé ?

— Il est allé voir Zuza. Il était furieux. Il lui a fait tout un scandale. Il lui a pris son ordinateur et lui a dit de foutre le camp. C'est tout. Elle devait quitter l'appartement et la boucler.

— Où est son ordinateur ?

— Piotr l'a emporté quelque part. Il ne m'a pas dit où.

— Et après ?

— Rien. L'altercation entre Piotr et Zuza a eu lieu le soir, et le matin, on l'a retrouvée dans la cour. Nous ne savions rien. Ni Piotr, ni moi.

— Et puis ?

— Et puis, Piotr est mort. Je ne sais pas pourquoi il est allé voir ce vigile. Je ne sais pas si on le lui a ordonné ou si c'était à son initiative.

Mortka secoua la tête, mécontent.

— Il faut faire venir une équipe de chez nous, dit-il à la Sèche. Je veux qu'ils inspectent l'appartement à fond. Qu'ils retrouvent cet ordinateur et toutes les autres traces. Celle-là (il désigna Magda Celtycka), je l'embarque à la Crim'.

— Compris.

— Pourquoi vous m'emmenez ? s'écria la femme.

— Parce que vous mentez !

— Je vous ai tout dit ! Tout ! Tout… Non, attendez.

Un autre homme est venu. Voir Piotr. Puis moi. Il est venu ce matin. Il devait nous aider.

— Quel type ? Aider en quoi ?

— Il ne s'est pas présenté. Et il ne nous a pas aidés. Il m'a fait peur. Un grand type. Crâne rasé.

— C'est la description de la moitié des habitués des salles de musculation. Autant dire rien.

— Attendez. Il habite par ici. Dans la Cité. Il est venu ce matin. Il a pris la carte de visite de ce... Je ne sais plus comment il s'appelle... Le petit copain de Zuza.

Le policier regarda la Sèche. Tous deux avaient compris de qui parlait Celtycka. Le grand crâne chauve qui habitait la Cité ne pouvait être que Mieszko Ziemianski. L'homme de Borzestowski.

— Aleks ? demanda la policière.

— C'est ça, fit précipitamment la femme. Aleksandr.

— Qu'est-ce qu'il lui voulait ?

— Il a parlé de documents qui avaient fuité.

Mortka jura par devers lui, mais le soulagement se peignit sur son visage. Il venait de comprendre ce qui le tracassait depuis plusieurs jours. Il prit son téléphone.

— Tu as son contact ? demanda-t-il à la Sèche.

Elle confirma.

— J'appelle les nôtres pour qu'ils viennent s'occuper de tout récupérer ici. Toi, tu appelles le gamin. Qu'il se présente au plus vite à la Crim'.

Les deux passèrent ensuite un moment au téléphone. Magda suivit avec étonnement la série de conversations brèves, précises, et surtout furieuses. Elle ne comprenait pas ce qu'il se passait, si elle était en état d'arrestation, ou si elle pouvait enfin aller aux toilettes.

— Il ne décroche pas, constata la policière.

— Essaye encore.

— Ça fait déjà trois fois. Je ne tombe que sur son répondeur.

Sur quoi elle ajouta :

— Je sais où il habite.

Lorsque les policiers lui dirent qu'ils l'emmenaient au Kamtchatka, Svitlana eut peur que les Polonais aient passé un accord avec les Russes et qu'ils l'expédient au fin fond de la Sibérie. Puis elle jura intérieurement contre sa propre bêtise : indépendamment de l'absurdité géographique de l'idée, elle se souvint que les Polonais détestaient les Russes encore plus que les Ukrainiens.

Au lieu de l'emmener en Sibérie, ils la conduisirent à Grochow. C'était presque aussi loin : au-delà des voies de chemin de fer, dans un sinistre complexe à l'ombre de poteaux haute-tension. On enregistra ses données, on releva ses empreintes digitales, on l'examina et on la fouilla scrupuleusement. On lui demanda même si elle fumait. Elle répondit que non. Puis une aimable gardienne lui donna des vêtements pour se changer. On l'informa qu'elle avait le droit de prévenir ses proches, un avocat ou, comme elle était étrangère, l'ambassade de son pays. Elle hésita devant cette dernière possibilité. Elle se demandait si ça ferait plus de mal que de bien. Les gens de Dmytro l'avaient trouvée dans l'appartement d'une collègue de travail. Ils lui avaient ordonné d'avouer le meurtre de cette fille de la Cité – Zuza. Elle avait obéi, elle n'avait pas le choix. Elle n'était qu'une Ukrainienne résidant illégalement en Pologne, personne ne se soucierait de son sort. Ils pouvaient faire n'importe quoi d'elle. Ce policier, Mortka, ne la croyait pas. Elle ne comprenait donc pas pourquoi il l'enfermait au lieu de la relâcher. Elle se persuada que c'était provisoire. Qu'il voulait ainsi la forcer à dire tout ce qu'elle savait de ce gangster. Il fallait donc serrer les dents et endurer, jusqu'au moment où le policier, écoutant sa conscience, la remettrait en liberté. Une intervention de l'ambassade ne ferait que l'énerver et tout retarder. Et puis, si l'ambassade était aussi corrompue que le reste de l'Ukraine, les diplomates ne bougeraient pas avant d'avoir reçu une liasse de dollars. Or Svitlana n'avait pas de dollars.

Il y avait, en plus d'elle, quatre filles dans la cellule. Kaska, Sonia, Aldona et Zaneta. Kaska lisait des magazines en silence. Ou plutôt un magazine, car Svitlana avait l'impression qu'il s'agissait toujours du même. Pas très épais, d'ailleurs. Sonia était une trentenaire enveloppée, maquillée comme un camion volé. À côté de son lit traînaient quantité de friandises de son dernier colis. Svitlana comprit rapidement qu'elle régnait sur la cellule. Aldona était toujours accrochée aux basques de Sonia. Sans doute se connaissaient-elles d'avant. La dernière, Zaneta, était une fille petite et menue, dont le crâne rasé lui faisait une tête d'allumette. Elles étaient toutes en vêtements de ville.

Quand elle entra pour la première fois dans la cellule, elle ne savait pas comment se comporter. Elle resta contre la porte fermée à regarder les quatre femmes avec qui elle passerait les prochains jours ou semaines, voire les prochains mois. Elle avait peur, seule une idiote n'aurait pas eu peur.

— Assois-toi si tu ne veux pas perdre ton cul, fit soudain Sonia en montrant une couchette libre.

Il y avait dans sa voix une chaleur qui rassura Svitlana : peut-être que sa détention ne se passerait pas si mal.

Elles se reniflèrent encore un peu, comme des chiennes en promenade dans un parc. Elles lui demandèrent pourquoi elle était là, elle répondit qu'il s'agissait d'une erreur, ce que toutes (à l'exception de Zaneta, comme on le verra plus tard) voulurent bien croire. Aldona dit que Svitlana avait une drôle façon de parler. L'Ukrainienne mentit, prétendant que ses parents étaient des Polonais de Lviv, où ses grands-parents étaient restés après la guerre. Elle leur raconta toute l'histoire de sa famille. Elle n'eut aucune difficulté pour l'inventer, car deux de ses camarades de l'école étaient des Polonaises. Elles s'étaient liées d'amitié, et Svitlana avait été chez elles à plusieurs reprises, apprenant au passage deux ou trois trucs. Les filles l'écoutaient attentivement, les yeux brillants. Aldona se montrait même émue.

Ensuite, chacune retourna à ses occupations. Seule Zaneta s'entêta à questionner Zuzanna : elle voulait à tout prix savoir pourquoi elle avait été arrêtée. Elle partagea même sa propre histoire.

— J'ai un petit ami, Sylwek. Il est super mignon. Comme un acteur de cinéma. Une fois il a pris un coup de couteau de son beau-père qui lui a laissé une balafre comme ça.

Zaneta esquissa une cicatrice de presque toute la longueur du visage.

— Mais même comme ça, il est beau. Dès que je l'ai vu, j'ai eu envie de lui. Et c'est un super coup. C'est le premier qui m'a fait jouir. Le seul problème, c'est qu'il sait pas garder son fric. Il s'en fait un peu ici ou là, sur les chantiers ou avec des potes, mais il claque tout. Si on a des sous, autant s'amuser un peu, non ? Je ne regrette rien. Mais depuis quelques jours, il était bizarre. Il baisait mal. J'ai tout de suite compris qu'il s'était trouvé une salope. C'est des choses que je vois au premier coup d'œil. Et moi je l'aime tellement. Tout ce que j'ai fait pour lui ! Je l'ai ramené à la maison quand il avait nulle part où dormir. Je lui ai prêté des ronds quand il en avait pas. Il me les a toujours pas rendus. Alors que j'en aurais bien besoin maintenant, pour m'acheter des clopes. Un jour, je l'ai suivi quand il est sorti de la baraque. Jusqu'à l'autre côté de la Vistule, devant un lycée. Et qu'est-ce que je vois ? Il s'était trouvé une nouvelle pute. Et il m'avait rien dit. Je les ai bien regardés, j'ai tout enregistré. Le jour d'après, j'y suis retournée, j'ai attendu la pute et je l'ai attaquée au couteau. Et me voilà. Mais je regrette rien. La pute est plus aussi jolie qu'avant, mais dans sa connerie elle a compris qu'on pique pas le mec des autres. Et toi, qu'est-ce que tu fous ici ? T'as aussi un mec dans la peau ? Je le vois à tes yeux. Tu peux me dire. Qu'est-ce qu'il t'a fait, l'enfoiré ?

— Pour moi, c'est une erreur.

— À d'autres. On est entre copines. Pas de secrets ici. Qu'est-ce qu'il s'est passé ?

— C'est une erreur.

Elle dut se répéter encore plusieurs fois avant que Zaneta la laisse tranquille.

Plus tard au milieu de la nuit, elle se réveilla en sentant une main sur sa bouche. Elle faillit crier, prenant déjà son souffle, mais elle reconnut la voix de Sonia.

— Chut… chuchota la femme.

Elle se reprit. Sonia enleva sa main.

— Tu as bien fait de ne rien dire à Zaneta. C'est un indic.

Un indic ?

— Ouais. Le genre de merde qu'ils mettent en cellule pour te tirer les vers du nez. Elle va tout raconter au gardien, et ensuite elle a des avantages. Tu ne lui dis rien à cette raclure.

— Compris.

— Encore une chose.

— Quoi ?

Sonia se pencha au-dessus de Svitlana, presque à la toucher du bout du nez.

— Je sais que tu n'es pas une Polonaise de Lviv, fit-elle. J'ai bossé cinq ans au stade. Les putes ukrainiennes, je les reconnais.

Chapitre 23

Un jour, Mieszko avait vu un beau film. Ça s'appelait *Pulp Fiction*. Chaque fois que les personnages se mettaient dans la merde, il y avait un type bizarre, Wolf, qui se pointait. Genre pédale à petite moustache. Il arrangeait tout. Mieszko pensaa qu'il aurait bien besoin d'un Wolf à présent. Même que ça ne l'aurait pas dérangé si l'autre était une vraie tapette.

— Il faut tous les liquider, dit Karol.

Ils s'étaient écartés vers la cuisine. Assez près des trois gamins pour réagir si l'un d'entre eux avait l'idée d'essayer de filer, et assez loin pour ne pas être entendus.

— Comment ?

— Une balle.

Mieszko fit non de la tête.

— Ça a marché une fois. Personne n'a réagi, mais on a eu du bol.

Karol rumina ce qu'il venait d'entendre. À ce moment-là, le portable d'un des étudiants sonna. Ils se turent, s'efforçant de localiser l'origine de la sonnerie. La veste d'Aleks. Encore. Mieszko se demanda qui pouvait bien insister comme ça, mais l'appel fut coupé.

— On leur tranche le gosier, proposa alors Karol, fier de son idée.

— On s'y prend comment ? Tu imagines qu'ils vont se laisser faire ?

— Pas dans l'entrée. On va faire comme les Allemands à Auschwitz.

— Ils faisaient quoi ?

— Ils ne leur disaient pas qu'ils allaient les gazer, mais qu'ils les amenaient à la douche. On va faire pareil. On va leur dire qu'ils doivent prendre une douche parce qu'ils puent vraiment trop. Une fois dans la salle de bains… (Karol se passa un doigt sous la gorge) On se fait un petit Auschwitz de ces branleurs.

Mauvaise idée, estima Mieszko. Tout d'abord, il y avait déjà un garçon mort dans la baignoire, ce que Karol semblait avoir oublié. Deuxièmement, les étudiants comprendraient vite ce qui se tramait et se mettraient à hurler. Troisièmement, et le plus important, Mieszko n'avait envie de tuer personne. Il ne tenait qu'à une chose. Sortir de ce foutu appartement, les mains propres et sans la police aux fesses.

— Impossible.

— Pourquoi ?

— C'est comme ça, fit-il durement, espérant que son ancienneté dans le business et sa proximité avec Borzestowski suffiraient.

— Alors, trouve un truc, merde, grogna Karol en passant dans la cuisine.

Le malfrat avança jusqu'à l'évier, il ouvrit l'eau et but directement au robinet.

Mieszko respira. Ça avait marché, pour cette fois. Mais il lui fallait trouver autre chose, sans quoi les deux autres allaient imaginer Dieu sait quoi, et il deviendrait impossible de les retenir.

Première option : laisser les étudiants attachés et se barrer de l'appartement. La plus simple, séduisante. Mais fatale. Les mômes avaient vu leurs visages, entendu leurs voix. Dès qu'ils se seraient libérés, ils appelleraient les flics. Il ne faudrait pas une journée aux poulets pour leur mettre la main dessus. Disons, deux. Dès qu'ils verraient la viande froide dans la baignoire, ce serait une véritable chasse à l'homme.

Option numéro deux : tous les liquider. Exclue. Il ne voulait pas faire ça. Un point c'est tout. Il n'avait pas signé pour ça.

Option numéro trois : flanquer une telle trouille à ces étudiants qu'ils n'aient plus envie de rien dire à personne. Leur prendre leur carte d'identité, se renseigner sur leur famille, leurs sœurs, leur mère, leurs nanas. Et leur raconter par le menu ce qui leur arriverait s'ils pipaient mot de ce qui s'était passé ici. Un scénario qui aurait fonctionné à cent pour cent si Supel n'avait pas flingué le gamin – ce qui changeait tout.

Option numéro quatre : la seule envisageable. Emmener tout ce beau monde. Les embarquer dans la bagnôle et les boucler dans un hangar ou une baraque à la campagne, le temps de réfléchir à la suite. Un endroit où on ne craindrait pas de voir la porte défoncée par les forces spéciales, ou par un voisin teigneux. Mieszko contacterait Borzestowski qui enverrait des gens à lui. Il leur refilerait les étudiants, et ce ne serait plus son problème.

Le seul ennui est qu'ils étaient arrivés dans la BMW de Supel, et qu'il n'y avait pas de place pour tout le monde.

— J'ai un pote qui a un van, dit Supel lorsque Mieszko lui exposa son plan.

L'idée ne l'enchanta pas. Une personne de plus au courant. Un témoin supplémentaire qui pouvait ouvrir sa gueule.

— Un mec sûr ? demanda-t-il.

— Sûr. Son frangin est en cabane.

Le téléphone sonna de nouveau dans la poche d'Aleks. Cette fois, c'était Karol qui surveillait. Le malfrat se raidit de tout son corps en entendant la sonnerie. Il se rua sur Aleks et lui envoya un coup de pied dans le ventre avant de lui prendre son portable dans la poche.

— C'est qui qui t'appelle comme ça ? C'est qui qui t'appelle ? s'écria-t-il.

Et sans même regarder l'écran, il lança l'appareil contre le mur avant d'aller en piétiner les morceaux pour plus de sûreté.

— Fais venir ton pote. On va lui payer sa course, décida Mieszko. Mais vite !

Puis il passa dans l'entrée pour calmer Karol qui perdait la boule.

— Il ne répond toujours pas, dit la Sèche.

La ville brillait des feux de milliers de voitures. La surface humide de la voie rapide renvoyait les lumières des phares comme si on y avait répandu des millions d'éclats de verre.

— Essaye encore, fit Mortka.

— J'ai déjà réessayé.

L'inspecteur crispa les mains sur le volant. Il n'arrivait pas à se calmer, alors qu'il savait très bien qu'il le fallait. Cette enquête l'énervait. La circulation l'énervait. Le cliquetis bizarre qui se faisait entendre sur le côté de sa voiture l'énervait.

— On envoie une patrouille ? Ils y seront avant nous, proposa la policière.

Il fit signe que non.

— Parce que ?

— Parce que ça n'a pas de sens. Nous ne savons pas s'il se passe quelque chose ou pas. Et s'il se passe un truc, la vue de policiers en uniformes ne fera qu'empirer les choses. Et ça alerterait Aleks, or je veux le coincer et lui poser un tas de questions.

— Je pense que tu as tort, fit-elle après un moment.

Mortka attendit qu'elle développe sa pensée, mais elle garda le silence. Le menton appuyé sur son poing fermé, elle regardait défiler les eaux sombres de la Vistule et les silhouettes de coureurs en vestes réfléchissantes.

— Bien reçu.

— Je vois, marmonna-t-elle. Que vient faire Borzestowski dans tout ça ?

— Et pourquoi je saurais ?

Il comprit aussitôt qu'il avait réagi trop rudement. Elle se détourna de la rivière et se concentra sur lui.

— Je posais juste la question. C'est quand même curieux, tu ne trouves pas ?

— Qu'est-ce que tu sais de lui ? demanda-t-il.

Il espérait pouvoir lui faire un exposé sur les activités criminelles passées et présentes du grand B. Le CV du gangster était si riche que Mortka pensait pouvoir tenir jusqu'à Bielany, où ils auraient autre chose à faire.

— Tout, répondit-elle, bousillant son plan. C'est un enfoiré de Moby Dick.

— La baleine ?

Il ne comprenait pas ce qu'elle voulait dire. Il avait entendu parler de Moby Dick, bien sûr, mais il l'associait davantage à un conte de fées qu'il avait regardé avec ses fils. Enfin, regardé, c'était beaucoup dire : il était resté assis à côté d'eux, plongé dans de la paperasse.

— La grande baleine blanche, précisa-t-elle. Que tout le monde veut attraper. Nous avons toute une armée de capitaines Achab à la Crim'. Mais tu sais ce qui m'étonne le plus ?

— C'est quoi ?

— Si on est tous tellement obsédés par ce type, pourquoi fait-on si peu pour le boucler ?

Il ouvrit la bouche pour protester, mais y renonça. La Sèche travaillait avec lui depuis peu, elle pouvait se tromper, mais elle avait quelque chose qui manquait à Mortka : un œil neuf. Et c'était mieux de la laisser parler.

— Qu'est-ce que tu veux dire ? demanda-t-il.

— Je pense par exemple à ce Mieszko Ziemowit.

— Qu'est-ce qu'il a ?

— Il est dans les fichiers. On sait ce qu'il a fait dans le passé. On sait qu'il travaille maintenant pour Borzestowski. Pourquoi n'est-il pas sous surveillance ? Pourquoi on ne trouve pas un prétexte pour le choper et lui poser sérieusement quelques questions ?

— On manque de monde pour surveiller tous les salopards. Quant à poser « sérieusement » les questions… On a essayé, mais ça n'a rien donné.

Elle réagit en grognant. Elle supportait mal la critique. *C'est son plus grand défaut*, se dit-il.

— Et maintenant, on en fait quoi ?

— De Mieszko ?

— De Borzestowski.

Ils roulaient sur une portion de la voie rapide où la circulation était plus fluide. Il appuya sur la pédale des gaz et accéléra pour arriver avant le changement de feu au croisement suivant. Il réussit à passer à l'orange. Après quoi il donna un bon coup de frein. Les pneus crissèrent sur l'asphalte mouillé, et la voiture tangua légèrement. Mortka pensa qu'il devrait bientôt mettre les pneus neige, avant de se rappeler qu'il avait utilisés les siens déjà plusieurs saisons. La gomme devait être complètement usée, il faudrait en racheter des neufs… Encore des dépenses.

— Je ne sais pas, fit-il en revenant à la conversation. Je ne sais pas ce qu'on va faire avec Borzestowski. Si ça t'intéresse, parles-en à Andrzejewski. Ou appelle quelqu'un de la Direction générale.

La Sèche eut un léger rictus de dédain.

— Tu sais ce que je pense ? Je pense que personne ne s'y intéresse vraiment. Je pense que tout le monde court avec son harpon, mais en fait on préfère tous que la grosse baleine blanche reste bien au fond du marécage.

Mieszko refit le compte. Ils étaient trois, lui, Supel et Karol. Les étudiants étaient trois, Aleks, Marek et Skunks. Plus le cadavre dans la baignoire, qui attendrait son tour. Le van était déjà garé en bas. Le pote de Supel et Karol ne savait pas exactement de quoi il retournait, mais il avait accepté de participer à la fête contre cinq billets de cent. Quand il apprendrait de quoi il s'agissait, peut-être demanderait-il davantage. Mais l'oseille n'était pas un problème.

Mieszko s'agenouilla devant les étudiants sur le plancher.

— Voilà, les gars, commença-t-il avant d'avaler sa salive.

Il avait la gorge sèche comme un désert de sable.

— On a eu un accident. Avec votre copain. Mais merde, c'est de sa faute. Il n'avait qu'à attendre tranquille, le con, il aurait juste eu droit à une dérouillée.

Bâillonnés, ils ne pouvaient pas vraiment lui répondre. Dans leur situation et dans leur propre intérêt, ils ne pouvaient qu'acquiescer.

— On a maintenant deux solutions. Aucune des deux n'est sympa. Mais ce n'est pas ma faute. Ce n'est pas votre faute. C'est la faute à votre copain. C'est à lui qu'il faut en vouloir. Première solution, on vous liquide ici. Terminus, bande de minables.

Skunks glapit comme une fillette.

— Il y a une deuxième solution, plus sympa. Voilà, on vous emmène, on vous garde à l'ombre quelques jours dans un hangar. Après ces quelques jours, une fois que nous, on sera au point, on appelle les poulets et on leur dit où vous êtes. Ils viendront vous chercher, vu ?

Il attendit quelques secondes avant de répéter sa question.

— Vu ?

Ils approuvèrent énergiquement de la tête.

— Alors, vous préférez quelle solution ? La première ? Ou la deuxième ?

Ils choisirent la seconde.

Il leur expliqua les règles du jeu. Très simples. Il les détache. Supel se met avec Marek, Karol avec Skunks, Mieszko passe devant avec Aleks. Tout le monde sort gentiment de l'immeuble, on fait vingt mètres jusqu'au van, et on monte dedans. Comme une sortie scolaire. Pas d'appels au secours, pas de tentative de fuite, pas de résistance. Le temps des politesses est passé. Au premier geste incongru, ils rejoignent le copain dans la baignoire.

Il eut l'impression qu'ils avaient compris.

Bien sûr, cette histoire de hangar et d'appel à la police après quelques jours, c'était du pipeau. Il n'avait aucune idée de l'endroit où atterriraient ces jeunes et il s'en contrefoutait. Son plan était d'abord de sortir de l'immeuble, et ensuite de contacter Borzestowski. Il remettrait les étudiants à qui de droit, et lui-même serait débarrassé de ce bordel. Après quoi, il n'aurait qu'à prier pour que toute cette merde ne lui revienne pas dans la figure par ricochet.

Ils se rangèrent par deux dans l'entrée, tels des élèves se préparant pour une sortie de classe. Il ne leur manquait que les gilets réfléchissants. Mieszko partit devant, suivi de Supel, et Karol derrière. Ces deux-là étaient blêmes et en sueur. Mâchoires serrées à s'en faire mal. Toute la bande rabattit ses capuches : on aurait dit un commando de la mort.

— On se taille, fit Mieszko.

Il ouvrit la porte et tira Aleks. Ils sortirent dans la cage d'escalier et attendirent que Karol referme la porte derrière lui avant de rejoindre l'ascenseur. Mieszko se posta près de la porte de façon à pouvoir sortir le premier. Il appuya sur le bouton du rez-de-chaussée. La porte métallique se referma dans un bruissement, et la cabine se mit en mouvement.

L'ascenseur s'arrêta au troisième. Mieszko pressa aussitôt sur le bouton de fermeture manuelle, ayant entendu dire que si on le maintenait suffisamment longtemps dans cette position l'ascenseur redémarrait.

Ce ne fut pas le cas. La porte s'ouvrit, et ils virent devant eux un vieux monsieur en blouson noir, avec un chien à ses pieds. Un gros roux au poil moche et aux yeux méchants. En voyant le groupe, le bonhomme recula d'un pas. Mieszko espéra qu'il renoncerait à monter.

— Ah! Il y aura bien assez de place! fit le type en s'engouffrant sans plus de cérémonie, sans leur laisser le temps de réagir.

L'ascenseur repartit vers le bas. Le chien s'assit puis se releva pour renifler le pantalon de Mieszko. Il gronda en montrant des dents jaunies, mais son propriétaire qui puait le pinard et la clope tira sur la laisse.

— Assis, Petra ! cria-t-il d'une voix trop forte. Excusez, chef.

— Pas de problème.

— Chef?

— Oui ?

— Vous me rajouteriez pas une petite pièce pour ma bouteille ?

Mieszko aurait pu lui répondre d'aller se faire foutre et clore ainsi la discussion. Mais le type sortirait vexé, il se rappellerait d'eux. Mieux valait qu'il oublie et il n'y avait pas mieux que l'alcool pour oublier.

Il sortit donc son portefeuille, mais il n'arriva pas à tirer un billet d'une seule main. Il lâcha donc le bras d'Aleks. Il prit une coupure de dix zlotys.

L'ascenseur s'immobilisa. La porte s'ouvrit. Le type au chien tendit la main vers le billet de dix. Alors Aleks se précipita en repoussant Mieszko de toutes ses forces, puis fonça vers la sortie de l'immeuble.

Dans le quartier de Bielany, il y avait comme dans toute la ville décidément trop de voitures. Mortka roulait en cherchant où se garer, et finalement une place se libéra sur le parking près d'un Supersam.

Ils continuèrent à pied vers l'immeuble d'Aleks. Depuis la discussion autour de Moby Dick, ils n'avaient plus échangé un mot, ce qui convenait à l'inspecteur. Il n'avait pas envie de bavarder, ni à propos de littérature, ni de quoi que ce soit d'autre. Il essayait de se souvenir s'il était convenu de quelque chose avec Olga pour la soirée. Aucun souvenir. Il se demanda s'il devait l'appeler, et dans ce cas comment amener le sujet. Il ne voulait pas passer pour le type qui commence à oublier ce genre de choses après juste quelques semaines de liaison. Même s'il était bel et bien ce genre de type.

Aleks habitait une tour au milieu d'autres immeubles. En face, il y avait un groupe scolaire d'où sortaient des gamins après la fin des activités complémentaires. Un van blanc, moteur en route, était garé sur deux places. Mortka allait en faire la remarque au chauffeur, lorsque la porte d'entrée de l'immeuble s'ouvrit à grand fracas. Aleks sortit en courant, suivi une fraction de seconde plus tard par un grand type chauve.

À cet instant un coup de feu retentit.

La Sèche réagit comme à l'exercice. Arme au poing, débloquer le cran d'arrêt, saut de côté pour se protéger. Mortka eut besoin de quelques secondes de plus. Aleks tomba au sol, mais Mortka ne pensait pas qu'il soit blessé. Son poursuivant se retourna vers l'entrée. Puis il vit Mortka, et la Sèche qui le visait.

— Police ! Mains en l'air ! vociféra la policière.

Deux autres personnes déboulèrent de l'immeuble. Un type qui poussait un jeune devant lui comme bouclier. Il visa Mortka et tira. Puis il tira sur la Sèche.

L'inspecteur sauta de côté en même temps qu'il se jetait à terre. Ce n'était pas indispensable, comme il l'analysa lui-même plus tard. Un tireur non entraîné, à une distance d'une quinzaine de mètres, une arme tenue d'une seule main, visant deux cibles à la fois… Le gars n'avait aucune chance de faire mouche.

Mortka tenait son P99 en main. Il défit le cran d'arrêt, mais l'angle de tir était mauvais. Il roula sur le côté parce qu'une balle venait de lui siffler au-dessus de la tête. Les enfants qui sortaient de l'école s'éparpillèrent dans tous les sens en criant. Deux garçons et une fille, planqués derrière des arbres, prirent des photos avec leurs portables. Mortka espéra qu'aucun ne serait touché par ricochet. Le van au moteur allumé démarra en marche arrière et vint heurter des voitures. Puis il repartit dans un crissement de pneus.

— Je l'ai ! cria la Sèche.

Elle appuya sur la détente avant que Mortka puisse l'en empêcher. Le voyou hurla de douleur au moment où la balle lui traversa l'épaule. Il lâcha son otage et son arme, et tomba à genoux.

— Couché !

La Sèche courut à lui et lui envoya un coup de pied dans la tête. L'autre s'écroula au sol. La Sèche dégagea son revolver du bout de sa chaussure.

Le van sortit du parking.

Mortka jugea la situation. Deux otages, Aleks et un étudiant, étaient en sécurité. L'un des assaillants, touché, était inconscient. Le deuxième, le grand chauve, se tenait les mains en l'air et, sur un mouvement du revolver de la policière, il s'allongea et croisa les mains derrière la tête. Restait le troisième, près de la cage d'escalier. Il appuyait le canon de son arme contre le cou d'un gros garçon plus grand que lui d'une tête. La Sèche reconnut le colocataire d'Aleks.

— Pose ton arme et couche-toi, invita l'inspecteur en avançant lentement vers le malfrat.

L'homme ne répondit rien. Il roulait les yeux de droite et de gauche, cherchant une issue à sa situation. *Il a l'air complètement défoncé*, se dit Mortka.

— Tu t'appelles comment ? demanda-t-il, tentant une nouvelle approche.

— Je t'emmerde ! répliqua le bandit.

Derrière lui, dans le hall de l'immeuble, un vieux bonhomme retenait son chien qui s'époumonait. L'écho de ses aboiements se répandait dans toute la cage d'escalier.

— Fais pas de bêtises. Pose ton arme, répéta le policier calmement en s'approchant de l'homme.

— Le Kub ? intervint la Sèche.

Elle se trouvait à quelques mètres. Prête à tirer.

— Surveille les autres, ordonna Mortka. J'en fais mon affaire.

La Sèche obéit à contrecœur. L'inspecteur fixait l'arme dans la main du bandit. Un truc clochait. Elle était d'une forme inhabituelle, le canon était bizarre, bicolore, et la culasse semblait faite d'une autre matière que le reste. Il ne pouvait en être sûr, mais il décida de risquer le coup.

— C'est un pistolet d'alarme trafiqué que tu as, c'est ça ? demanda-t-il.

Le type frémit. Sans répondre, il esquissa un mouvement comme pour regarder son arme.

— Je te dis un truc, poursuivit Mortka. Les pistolets d'alarme sont fabriqués dans un autre alliage que les armes à feu, moins résistant. Aucune chance que le canon tienne la pression si on tire une vraie balle. Tu vois le résultat ? Tu blesses ton otage, et le pétard t'explose dans la main. Tu restes infirme.

Le voyou serra son otage encore plus fort. Le spectacle devint comique. Deux Plic et Ploc accrochés l'un à l'autre. Mortka baissa le bras en signe de bonne volonté.

— Le mec qui t'a fabriqué ça a changé le canon, mais tu ne sais pas avec quel matériau. Tu as vraiment confiance ? Tu es sûr qu'il n'a rien salopé ?

Moins d'une seconde. Ça se passa en moins d'une seconde.

— Je t'emmerde ! brailla le type.

Il visa Mortka. Le policier était dans sa ligne de mire. À faible distance. Aucune chance de se dégager.

Le voyou appuya sur la détente.

Chapitre 24

Adam rentra chez lui avec un arrière-goût de cigarette dans la bouche. Il fumait rarement. Presque jamais, en fait. Mais il y avait des jours où il ne pouvait faire sans. Il descendait alors au kiosque s'acheter un paquet de Marlboro blanches pour en griller une devant l'immeuble tout en regardant les travaux du métro devant le rond-point de l'ONU. Il donnait le reste du paquet au premier clodo venu qui s'inclinait ensuite bien bas devant lui quand il le croisait, pendant des semaines.

Aujourd'hui était un jour comme ça.

Il voulait prendre une douche rapide, ouvrir une bière ou deux, et allumer la console dans la chambre préparée pour les enfants. Il jouerait au jeu de la Fifa sur Internet, se prendrait six buts par un abruti à l'autre bout du monde et irait se coucher. Une odeur alléchante venant de la cuisine lui rappela qu'il n'en était pas question. Ola avait confié les deux garçons à ses parents, elle avait prévu une soirée en couple. Une suite à sa matinée réussie, mais dont lui n'avait pas du tout envie.

Elle passa la tête à la porte et sourit en le voyant. Elle portait un jean serré et une chemise à carreaux dont elle avait défait les deux boutons du haut pour lui permettre de regarder son décolleté à loisir.

— Tu ouvres la bouteille ? demanda-t-elle.

— Bien sûr… Une seconde.

Il passa dans la salle de bains, vida sa vessie, se passa le visage à l'eau froide et enfila des vêtements plus confortables. Il accrocha son costume sur un cintre qu'il rangea dans l'armoire à côté des deux autres qu'il devait porter chez le teinturier. Puis il alla retrouver Ola qui s'affairait aux fourneaux au son d'une chansonnette à la radio.

Elle leur avait pris un chardonnay, ce qui signifiait qu'elle avait préparé un poisson. Ola observait scrupuleusement la règle « blanc sur blanc, rouge sur rouge ». Adam n'aurait de son côté rien eu contre un bon cabernet, même avec un plat léger. Il déboucha la bouteille et remplit deux verres. Il s'assit à la table, laissant pendre sa tête. Il sentit sur ses épaules les mains d'Ola. Elle commençait à le masser. D'habitude, il accueillait ce geste avec reconnaissance, mais là il avait envie de la chasser comme une mouche importune.

— Dure journée ? supposa-t-elle.

— Dure.

— Tu me racontes ?

Pourquoi les femmes veulent-elles tout savoir ? se demanda-t-il. Pourquoi, au lieu de poser des questions, ne proposent-elles pas une bière en laissant assez d'espace pour que l'on puisse respirer librement ? Tous les problèmes ne méritaient pas d'être résolus par une discussion. La plupart se réglaient au contraire mieux en silence.

— Je ne peux pas, fit-il. Tu comprends toi-même. C'est le métier.

Elle arrêta le massage. Il sentit que, cette fois, c'était elle qui se tendait.

— Pas avec moi, souffla-t-elle. Tu ne m'imagines quand même pas courir dans tout Varsovie pour raconter ce que tu fais au travail. D'ailleurs, à qui je pourrais parler, et de quoi ?

Il aurait mis sa main à couper qu'il y avait une nuance de reproche dans sa dernière question.

— Je t'en prie, Ola…

Il se tourna vers elle et la prit par la taille.

— Tu sais comment ça marche : j'ai signé une clause de confidentialité que je dois respecter.

— Tu ne me fais pas confiance ?

Il soupira.

— Ce n'est pas une question de confiance, mais d'éthique professionnelle. Un curé qui fait confiance à sa gouvernante ne lui racontera jamais ce qu'il a entendu dans le confessionnal, pas vrai ?

— Évidemment. Tu as raison, fit-elle froidement en se dégageant de son étreinte. Le poisson va brûler. Il faut que je regarde.

Elle ouvrit le four, enfila un gant pour soulever le couvercle du plat, jeta un œil à l'intérieur et piqua le contenu avec une fourchette.

— Encore quinze minutes, estima-t-elle. Le Kub m'a appelée aujourd'hui.

Adam, qui s'apprêtait à prendre son verre de vin, suspendit son geste.

— Qu'est-ce qu'il voulait ? demanda-t-il, feignant l'indifférence.

— En fait, je ne sais pas. Il voulait parler d'un truc, mais il a eu peur qu'on se dispute, donc il n'a finalement rien dit.

— Bizarre.

— Hum… Je ne sais pas si je dois me tracasser avec ça. Tu te souviens…

Elle ne termina pas sa phrase : il se souvenait parfaitement. Au total, il ne s'était rien passé, et il ne comprenait pas bien toutes ces nervosités. Une espèce de dingue avait passé un coup de fil tordu. Il avait été attrapé et il avait fini au trou. Il y avait peu de chances qu'il en sorte avant la fin de ses jours. Autant qu'il sache, ils n'avaient couru aucun danger réel. À l'époque, évidemment, ils ne le savaient pas. Et puis il y avait eu le conseil de Mortka… Adam lui avait demandé ce qu'il pouvait faire pour protéger Ola et les deux garçons. Il voulait se rendre utile, faire preuve d'initiative et montrer son soutien. Et qu'est-ce qu'il avait entendu ?

« N'ouvre pas la porte à des étrangers. » Comme s'il avait été un gamin que ses parents laissent seul pour la première fois. C'est pour ça qu'il s'était inscrit au stand de tir et avait fait une demande pour un permis de port d'arme. Et ça, Ola n'en savait rien.

— Je ne crois pas qu'il y ait de quoi s'inquiéter, lança-t-il.

— Qu'est-ce que tu en sais ?

Il ne pouvait pas lui dire que Mortka l'avait appelée dans l'intention de lui raconter sa tentative de corruption. Pourquoi avait-il renoncé ? Mystère. Le juriste se demanda s'il devait en être reconnaissant, ou s'il devait au contraire s'inquiéter de ce que trafiquait vraiment l'inspecteur. De toute façon, il ne pouvait rien dire, et la seule réponse possible à la question d'Ola était de faire l'éloge de son ex-mari.

— Parce que c'est un type responsable, affirma-t-il. Si quelque chose ne tournait pas rond, il te l'aurait dit.

Elle sourit, et il comprit qu'il avait visé juste.

— Va voir dans la salle à manger s'il y a de la place sur la table. J'apporte le dîner.

Il fit ce qu'elle voulait. Il sentait qu'une belle soirée l'attendait. Un dîner en amoureux arrosé de bon vin, puis un film et une bonne séance de sexe entre adultes conscients de ce qu'ils veulent.

Mais ce dont il aurait eu envie, c'était d'une bière et d'une partie de Fifa.

— Je me demande lequel d'entre vous est le plus débile.

Jankowski regardait tour à tour Mortka et la Sèche, mais ni l'un ni l'autre n'avait envie de discuter. Ils se trouvaient dans l'appartement où les quatre étudiants avaient été retenus. Ça sentait le chlore. Le tapis dans l'entrée était tout mouillé d'urine, et dans la baignoire reposait le corps d'un garçon de vingt-deux ans. Il s'appelait Michal Pokotnicki, il venait de Sieradz et étudiait l'informatique.

L'enquête de voisinage leur apprit que les voisins avaient entendu un coup de feu. Ils avaient cru que c'était des pétards. Personne n'avait appelé la police. Le poivrot du rez-de-chaussée voulut remettre aux policiers le billet de dix zlotys qu'il avait reçu d'un des ravisseurs, considérant qu'il constituait une importante preuve matérielle. Quand les agents lui prirent le billet, il réclama une récompense.

Des camions de retransmission de TVP, Polsat, TVN et Superstacja étaient garés dans la cour. Des reporters affichaient des mines tragiques derrière les rubans de police. Le porte-parole de la police avait appelé Mortka et Andrzejewski pour obtenir des détails susceptibles de calmer la soif d'information des journalistes et de faire retomber la pression.

— Toi (le technicien s'adressait à la Sèche), tu n'avais pas un bon angle de tir. J'ai vérifié trois fois. Un léger tremblement de la main, et on avait un otage en moins.

— Je me suis entraînée pour ce genre de situations, répondit-elle.

— L'entraînement et la réalité, ce sont deux choses différentes, grogna Mortka.

— Mon flic préféré, bien qu'un peu demeuré, a tout à fait raison, intervint Jankowski. Mais notre cher collègue intellectuellement limité n'avait aucune chance non plus d'être sûr à cent pour cent qu'il s'agissait d'un pistolet d'alarme trafiqué.

— C'était un pistolet d'alarme, le débat est clos.

— Tu ne pouvais pas le savoir.

— Il y avait une possibilité que l'arme fonctionne ? demanda la Sèche.

Jankowski ricana.

— Cette merde ? Le salopard a eu de la chance qu'elle ne lui pète pas entre les mains. L'alliage est tellement faible qu'on pourrait la plier avec les doigts. Ce que lui (il désignait Mortka) ne pouvait pas savoir. Si le mec qui a trafiqué la pétoire avait utilisé un meilleur canon…

— Mais il ne l'a pas fait, coupa l'inspecteur agacé.

— J'essaie de te dire que tu aurais pu crever, débile ! cria Jankowski.

Les techniciens qui travaillaient dans la pièce voisine s'interrompirent pour les regarder.

— On retourne au boulot ! brailla Jankowski en secouant la tête. C'est des amateurs qu'on m'envoie, maintenant !

Il s'épongea le front.

— Toi (il regardait la Sèche), tu aurais pu tuer l'otage. Et toi (il pointait un doigt vers Mortka), tu aurais pu y laisser la peau. Ça nous aurait fait deux macchabées, un flic et un civil. C'est comme ça que ça aurait dû se terminer.

— Et au lieu de ça, on a un gangster manchot, et un autre à l'hôpital, dit la policière.

Elle ne mentionna pas Skunks. Au moment où l'arme du type qu'ils avaient identifié comme étant Karol Damiecki (fiché pour une bagarre, pas de condamnation) avait explosé, l'étudiant avait reçu des éclats. Sa vie n'était pas en danger, mais on ne pouvait pas lui parler. Il était abruti de calmants administrés par les médecins. Ne restaient que deux personnes pour leur raconter ce qui s'était passé : Mieszko et l'étudiant Marek Piekucki. Car Aleks avait disparu pendant la fusillade. Pire : il avait apparemment emporté l'arme du gangster blessé, celui que l'on surnommait Supel. Il avait dû le voler pendant que Mortka et la Sèche se concentraient sur Karol et son otage.

Ils avaient amené Marek au commissariat du quartier. La Sèche l'avait soumis à un interrogatoire préliminaire avant de revenir. Mortka avait pris la direction des analyses de l'appartement et des abords de l'immeuble.

— Qu'est-ce que tu vas mettre dans ton rapport ? demanda-t-il au technicien.

— Dans mon rapport ? Dans mon rapport, s'il te plaît, l'ensemble des preuves médico-légales collectées indique que l'opération mérite la mention très bien. Professionnalisme absolu. Nos collègues de l'Ouest peuvent en prendre de la graine.

— Je te remercie.

Le technicien lui fit un doigt d'honneur et retourna à la salle de bains où le corps de l'étudiant se trouvait toujours.

— Qu'est-ce qu'ils ont avec toutes ces baignoires ? demanda la Sèche. C'est le deuxième cadavre qu'on trouve comme ça.

— Trop de télé, suggéra Mortka. Qu'a dit l'étudiant ? Marek, c'est ça ?

— C'est ça, confirma la policière. Il ne sait pas qui étaient leurs assaillants. Ils voulaient des documents que Zuza avait laissés chez eux. Elle avait demandé qu'ils les lui gardent. Ils en avaient même oublié l'existence. Quand les ravisseurs sont arrivés, ils les leur ont donnés. Ceux-ci ont tout détruit. Le gamin (elle montra la baignoire) est mort en essayant de s'échapper.

— Qu'est-ce que c'était comme documents ?

— Il dit qu'il n'en sait rien. Qu'ils n'ont pas regardé.

— Il ment.

— Bien sûr. Mais je n'ai pas eu le temps de lui presser le citron.

— On fera ça plus tard. Autre chose ?

— Oui. Il paraît qu'à part les trois bandits quelqu'un d'autre est venu dans l'appartement.

— Qui ça ?

— Il n'en sait rien. Il n'a pas pu voir parce qu'il était allongé face contre terre. Mais le type est venu pour vérifier l'authenticité des documents. Ah oui, aussi, il avait peur qu'Aleks le reconnaisse. Il a consulté les documents de Zuza et il a disparu.

— Bien. C'est-à-dire que nous avons, primo (il leva un doigt), quelqu'un qui avait déjà vu les documents de Zuza, et deuzio (il leva un deuxième doigt), quelqu'un que connaît Aleks.

— Mieszko sait de qui il s'agit, remarqua la policière. On pourra aussi interroger les voisins…

La Sèche avança plusieurs autres propositions, mais Mortka ne l'écoutait plus. Il avait le regard rivé sur l'écran noir de la télé dans l'autre pièce. Il demanda d'un geste à la Sèche de se taire et appela un des techniciens.

— La télé était allumée quand vous êtes arrivés ?

— Oui.
— Sur quelle chaîne ?
— Euh… TVN24 ?
TVN24. Que Celtycka aussi regardait quand ils étaient allés chez elle. Ça ne voulait absolument rien dire, mais ce détail ne cessait de le turlupiner. La télévision. Un homme au courant de l'existence des documents de Zuza. Un homme qu'Aleks aurait pu reconnaître. L'homme de la voiture qui avait ramené Zuza à la Cité la veille de son assassinat. Un homme que le vigile aussi aurait pu reconnaître. Quelqu'un de célèbre ? Une gueule connue ?
— C'est Ostrowski, fit l'inspecteur. Ostrowski est venu ici.
La Sèche fronça les sourcils puis esquissa une grimace, déçue de ne pas y avoir pensé la première. Mortka se souvint de l'annonce de l'émission qu'il avait vue chez Celtycka. Il sentit son cœur s'emballer.
— Jankowski !
— Oui, quoi ?
La tête du technicien sortit de la salle de bains.
— Occupe-toi de terminer ici, ordonna Mortka avant de pousser la Sèche vers la sortie.
— Et tu vas où, comme ça ? brailla Jankowski derrière lui.
Mortka s'abstint de répondre. Il fila hors de l'appartement et dévala l'escalier. Il n'y avait pas une seconde à perdre : il fallait mettre la main sur Ostrowski avant qu'il apprenne ce qui s'était passé dans l'appartement. Et surtout rattraper Aleks avant qu'il commette une vraie bêtise.

On lui avait envoyé un barbu dans la quarantaine, accompagné de deux gamins qui couraient partout en agitant leurs lampes-torches et en prenant des photos. Le barbu se distinguait par une veste de camouflage sale, des lunettes à monture en fil de fer et un sourire tout excité plaqué sur le visage.
— Vous n'avez pas idée depuis quand nous attendons

ce jour, fit le barbu en se présentant comme étant le docteur Mariusz Czech.

— Depuis quand ?

— Des mois et des mois. Tout est prêt. Un sujet en or, financement débloqué, des étudiants prêts à travailler en toutes circonstances, ne manquait que le matériau de recherche. Et le voilà qui nous tombe du ciel. Fabuleux !

Il s'en fallait de peu que le barbu se mette à applaudir en sautillant de joie comme une fillette.

— C'est vrai que…

— L'archéo-anthropologie criminelle est un domaine très prometteur. Un vaste champ à développer. Bien sûr, on a quelques requêtes intéressantes de la part de l'Institut de la mémoire nationale, mais j'ai toujours eu envie de travailler sur du matériau plus frais. Quand on pense qu'on a le plus souvent affaire à des ossements de quelques centaines d'année, ceux-ci, qui ne datent que d'une soixantaine, c'est du frais. C'est du bon ! C'est parfait !

Observant l'enthousiasme de l'archéologue, Kochan regretta de ne pas avoir de caméra. Il l'aurait filmé pour le poster sur un site de vidéos d'humour. Premier prix garanti.

— Vous pensez qu'ils sont là ? demanda le policier.

L'archéologue se gratta la barbe.

— Tant qu'on n'a pas commencé à creuser, on ne peut jamais être sûr. Surtout quand il fait nuit et qu'on a du mal à apprécier le terrain. Mais puisque vous insistez, je dirai que sans doute, oui. Comme vous avez remarqué, la végétation est plus fournie ici que sur le reste de la surface. C'est la concentration d'orties qui retient l'attention, parce que les orties aiment bien pousser sur du cadavre. En plus, on a une déformation du sol, en particulier cette butte, qui prouve une intervention humaine.

— Quand est-ce que vous allez commencer à creuser ?

— Pour ce qui est de creuser, rien ne presse ! On doit d'abord préparer le terrain. On va s'y mettre à l'aube. Commencer par une documentation photographique, installer une grille de mesure. Ensuite les sondes entreront en action. On va prélever des échantillons de terre en profondeur. Là où il y a des tombes, les couches de terre sont d'habitude mélangées. On n'utilisera pas de géoradars, ils ne sont pas vraiment adaptés aux sols humides. Une chance, car en fait on n'a pas les moyens. Creuser, ça viendra ensuite. Mais ça aussi, ça va prendre du temps. On ne va quand même pas faire venir des excavatrices, pas vrai ?

— Et les résultats, ce sera pour quand ?

— Qu'est-ce que vous avez de si pressé ? demanda l'archéologue. Vous m'avez dit qu'ils sont là depuis des années. Ils ne vont pas s'enfuir, pas vrai ?

Kochan approuva de la tête. Il partit vers la plage au bord de la Vistule. Il arriva si près de la rivière que l'eau vint lui mouiller les chaussures. Les lampes des étudiants ressemblaient à de grands puits de lumière et les flashs des appareils photo à de petits éclairs. L'archéologue vint se placer à côté du policier.

— C'est joli, par ici, fit-il après un moment.

Kochan haussa les épaules.

— J'ai un ami qui cherchait une maison à acheter. Il est venu dans le coin.

— Ah…

— Il n'a finalement rien acheté, parce que c'est quand même loin de Varsovie. Ça fait de longs trajets, vous comprenez.

— Je comprends, concéda le policier.

— Mais surtout, ça faisait toujours un poil trop cher.

— Qu'est-ce que vous voulez…

— Imaginez qu'on découvre ici ces cadavres…

Le barbu se tut.

— Oui ?

— Vous pensez que les prix de l'immobilier vont dégringoler ? demanda l'archéologue.

Puis il éclata de rire comme s'il venait de sortir sa meilleure blague.

Chapitre 25

Ostrowski ne prit pas la peine d'enlever la poudre qu'il avait sur le visage. Il aurait pu trouver une maquilleuse qui l'aurait nettoyé, mais il était fatigué et voulait rentrer chez lui au plus vite. Toute cette histoire autour de Zuzanna et la visite d'aujourd'hui à l'appartement d'Aleks l'avaient complètement démoli. Il sentit que ses ulcères revenaient. Il devrait retourner chez le médecin et craignait que cette fois cela se termine par une opération. Il méritait une prime pour conditions de travail difficiles.

Il espérait néanmoins que son dévouement finirait par payer. Le métier de journaliste devenait minable. De moins en moins de travail, de plus en plus d'obligations stupides. Il avait l'impression d'être arrivé au bout de ses compétences, et qu'il ne lui restait plus qu'à descendre lentement la pente. Avoir accepté de devenir enseignant à l'Institut du journalisme était le symbole de ces changements négatifs. Le seul point positif de cette situation était l'accès facile à toutes ces mignonnes à qui il en imposait.

Zuza était super. Dommage qu'elle soit restée inaccessible. Dommage qu'elle ait été si bête.

Une seule issue s'offrait à Ostrowski s'il ne voulait pas continuer à mariner dans la soupe journalistique : dégotter un poste confortable financé par l'État. Directeur d'un Institut de promotion de Trucs et Machins. De préférence avec un siège à l'étranger. Ou devenir ambassadeur. Un collègue était parti au Chili, alors pourquoi il ne se trouverait pas lui aussi une place au soleil ? Toute cette histoire avec Zuza et Celtycki aurait des conséquences sur sa santé, mais il savait qu'il avait fait un pas dans la bonne direction. Et qu'il y aurait quelques personnes pour s'en souvenir.

Il prit son portable pour appeler un taxi. Il pensait s'arrêter en route dans une boutique spécialisée pour s'acheter une bouteille de vodka. Varsovie avait ses défauts, mais au moins on se trouvait toujours à un jet de pierre, quelle que soit la direction, d'un magasin bien approvisionné. Les ulcères sont les ulcères, mais il fallait bien noyer les vers.

Il faudrait juste qu'il coupe son téléphone. Ou qu'il le cache. Un jour qu'il était bourré, il avait appelé son ex-femme. Il l'avait menacée. Elle savait que ce n'était pas sérieux, elle le connaissait assez bien pour ça. En dix ans de mariage, il n'avait jamais levé le petit doigt sur elle. Mais cette connasse l'avait enregistré, et ensuite elle l'avait fait chanter. Résultat : il avait accepté d'augmenter la pension. Dans le cas contraire, elle aurait apporté la bande à *Fakt* ou *Superak*. Il n'était pas assez connu pour figurer en première page, mais il aurait eu droit à son article. Son image en aurait pris un coup dont il ne se serait pas relevé.

Il descendit avec l'ascenseur. Il se retrouva dans le grand hall proche de l'entrée du bâtiment de la chaîne télé, un endroit qui d'ordinaire bouillonnait de vie, rappelant un marché de campagne. D'un côté un réfectoire toujours bondé, quelle que soit l'heure de la journée. Présentateurs connus, documentalistes anonymes, cameramen et monteurs mangeaient assis côte à côte. Et aussi des employés de la compta, des ressources humaines, de la production, tous indispensables rouages de la machinerie de l'entreprise. Un peu plus loin, un bar à sushis que l'on avait sans doute été forcé d'installer, car il était impossible de s'imaginer les pontes du groupe ITI, propriétaire de la chaîne, sans japonaiseries. De l'autre côté se trouvaient des kiosques et de petites salles de réunion. Un petit monde parfait, refermé sur lui-même, que les employés ne devaient quitter que pour aller fumer leur cigarette.

Mais à cette heure, le hall était presque désert. Un employé était assis sur un banc contre un mur pour avaler un sandwich avec un café. Une fille impeccablement vêtue s'ennuyait à la réception.

C'est là qu'il les aperçut. Ils arrivaient dans sa direction, traversant le hall d'un pas décidé. L'inspecteur Mortka, se rappela l'homme. Avec lui, une femme mince au visage pâle. Suivis d'un vigile en pantalon noir et chemise bleue censés rappeler une tenue de policier. ITI les affublait même d'une plaque en argent avec l'inscription « Sécurité TVN ». Le trio faisait penser à une équipe de western de série B. Mais vraiment B, tourné en Pologne.

— Monsieur Ostrowski, dit Mortka.

— Inspecteur.

— Nous voudrions vous parler.

Ses intestins se nouèrent, et il se félicita de ne pas avoir ôté son maquillage. On ne voyait pas à quel point il transpirait. D'un geste théâtral, il consulta sa montre.

— Plutôt demain ? Je suis terriblement fatigué. Je promets de vous appeler.

— Ça ne va pas être possible.

Il soupira. Il regarda autour de lui. La seule possibilité de fuite qui lui vint à l'esprit se trouvait au bout du couloir qui menait aux ascenseurs : il y avait une sortie de secours. Mais il ignorait si elle était ouverte à cette heure, et puis une fuite passerait pour un aveu de culpabilité. Il se demanda donc ce qu'ils pouvaient bien savoir, et qui il pourrait appeler pour les calmer.

— Je suis à moitié mort. Vraiment, je ne vois pas en quoi je pourrais vous aider. Mais après quelques heures de sommeil…

— Vous n'avez pas compris, fit la Sèche. Nous sommes venus pour vous arrêter.

La porte de l'ascenseur s'ouvrit, et deux hommes en sortirent. Ostrowski reconnut des collaborateurs de la rédaction de TVN24. L'un était assistant réalisateur, et l'autre sans doute journaliste. Ostrowski vit sa chance.

— Vous n'avez aucun droit ! C'est une attaque policière contre la liberté de la presse ! Je suis protégé par le secret professionnel ! hurla-t-il.

Il vit du coin de l'œil l'assistant pousser du coude le journaliste qui sortit aussitôt son portable pour appeler quelqu'un. Pendant ce temps, l'assistant commençait à filmer avec son iPhone.

— Il s'agit là d'une attaque brutale contre les médias polonais !

Ostrowski continuait de crier.

La Sèche fit un pas dans sa direction, affichant un rictus qui n'annonçait rien de bon. Mortka remarqua l'homme à l'iPhone et attrapa la policière par le bras.

— Monsieur Ostrowski, ne jouez pas les imbéciles et suivez-nous.

— Pardon, mais qu'est-ce qui se passe ? intervint le jeune journaliste en fourrant son téléphone sous le nez de l'inspecteur.

Mortka le repoussa et le regretta aussitôt. Encore un geste qui pouvait être interprété comme un acte de violence.

— Nous voulons juste parler à M. Ostrowski, dit-il.

— Ils veulent m'arrêter ! Me mettre en prison à cause d'un reportage que je prépare !

— Quel reportage préparez-vous ? demanda le journaliste en mettant cette fois le téléphone sous le nez d'Ostrowski.

— Il ne prépare rien du tout ! protesta la Sèche.

— C'est ça votre version ? Votre version ? Je travaille sur un texte concernant les liens entre les milieux du crime organisé et la police de Varsovie. J'ai déjà reçu des menaces, mais je n'aurais jamais pensé qu'elles seraient mises à exécution par la Crim' de Varsovie.

Mortka en eut assez. Il fonça sur Ostrowski, prêt à le traîner de force hors du siège d'ITI pour l'emmener au palais Mostowski. Il lança un regard furieux sur l'autre journaliste qui lui céda le passage.

— Laissez-nous faire notre travail ! hurla-t-il.

— Et où est le mandat du parquet ? C'est illégal ! C'est une attaque contre les médias ! poursuivit Ostrowski.

Et là, ils entendirent le bruit d'un ascenseur qui s'arrêtait, puis de gens qui se précipitaient. Des gens avec des micros brandis et des caméras qui tournaient.

Un jour, on a un plan pour toute la vie, et le lendemain, on ne se rappelle plus à quoi il ressemblait. Aleks était au fond du trou, abattu par les événements des derniers jours et de ces dernières heures.

Il pensait à Zuza.

Il venait de trouver sa photo sur son portable. Elle était dans sa chambre à lui, assise sur le plancher, cheveux défaits. Elle tenait une bouteille verte de bière Lech. Elle avait un air sérieux, triste et déçu. Il se souvint d'avoir pris cette photo le soir du jour où Ostrowski l'avait informée qu'il ne publierait pas son reportage sur le centre de soins palliatifs.

— Tu dis que je ne pense qu'à mon intérêt, que je suis égoïste, mais nous ne sommes pas très différents, lui avait-il dit d'un ton moqueur. Tu n'es allée là-bas que pour écrire un article à sensation.

— Arrête tes conneries, lui avait-elle répondu en colère.

Elle jurait rarement, et il en fut surpris puis indigné.

— Tu n'as pensé qu'à toi-même. À te faire publier. Te faire remarquer. À réaliser tes rêves. C'est seulement pour ça que tu t'es rendue là-bas.

Il eut un instant l'impression qu'elle allait lui jeter la bouteille à la figure.

— Ne me regarde pas comme ça, fit-il, feignant de s'offusquer. Il n'y a pas de mal à ça. Tu dois réaliser tes rêves. Gravir les échelons. Tu te dois d'être égoïste, parce qu'on n'a qu'une vie, et que la chance ne passe qu'une fois. Mais ne t'imagine pas que tu es différente de moi.

Elle but une gorgée de bière directement à la bouteille.

— Tu ne comprends rien, si je suis allée là-bas, c'est pour aider, essayer de sauver quelque chose.

— Sauver quoi ? Sauver qui ? C'est un centre de soins palliatifs.

— Pas quelqu'un, quelque chose. Leurs dernières paroles. Leurs dernières pensées. C'est là-dessus que portait le texte. Sur des gens qui peuvent voir leur vie dans son ensemble, et donc nous apprendre quelque chose. C'était important, Aleks. Très important.

Il grogna avec dédain en s'appuyant contre une étagère de livres.

— Si je voulais apprendre quelque chose d'un mourant, je n'irais pas dans un asile…

— Un centre de soins palliatifs.

— … j'irais voir des gens qui ont les moyens de se payer un appartement et une clinique privée. C'est ceux-là qui ont des choses de valeur à nous apprendre.

Il se remémorait cette conversation et se demandait pourquoi en fait Zuza sortait avec lui. Cela l'avait déjà intrigué lorsqu'elle était encore en vie. Il ne lui avait jamais posé la question. Il avait peut-être eu peur de la réponse.

Il se rappela aussi qu'il avait prévu de rompre avec elle. L'idée lui avait alors paru sensée. Maintenant il ne parvenait pas à comprendre comment il avait pu être aussi bête.

Il n'arrivait plus à penser qu'à Zuza. Il avait l'impression qu'elle guidait tous ses gestes. Tous ses pas, chacune de ses décisions. Elle était avec lui quand il avait décidé de fuir, quand la fusillade avait éclaté, et quand il avait ramassé le pistolet à terre avant de courir vers le métro. Elle était avec lui quand il avait erré dans Varsovie, prenant des bus au hasard et serrant la crosse froide du pistolet caché dans la poche de son blouson. Et encore quand le moment était venu de se rendre là où il était sûr de retrouver Ostrowski, au siège de TVN.

Tout son corps lui faisait mal. Ses jambes tremblaient. L'endroit où il avait reçu la décharge du Taser le brûlait au point qu'il en avait les larmes aux yeux. Il se les essuyait avec un mouchoir sale, tourné vers la fenêtre pour ne pas attirer l'attention.

Il avait l'air d'un clochard.

Il descendit à l'arrêt Wiertnicza. Il traversa au rouge la rue déserte à cette heure. Il vérifia qu'il n'y avait pas de voiture de police à proximité, ne vit qu'une Porsche de sport garée devant l'immeuble de la chaîne.

Il se demandait ce qui avait pu arriver aux copains. Dans un des bus, il s'était assis près du chauffeur pour écouter les informations sur la radio locale. On parlait d'une fusillade à Bielany. Un mort, et trois personnes à l'hôpital. La victime devait être Misiek. Les autres devaient être à l'hôpital. Et c'était mérité. Il ne savait pas ce qu'ils avaient trafiqué, mais il comprenait que c'était à cause d'eux que les types l'avaient enlevé avant d'envahir l'appartement. C'était à cause d'eux que Misiek était mort.

Aleks franchit la porte tournante à l'entrée de l'immeuble et s'avança jusqu'à la réception. La fille de service lui tournait le dos. Elle observait le charivari dans le hall. Un policier essayait avec sa collègue d'arrêter Ostrowski qui hurlait à tue-tête des choses sur la liberté de la presse, le secret des sources et les abus de pouvoir. Le tout était filmé par une caméra, tandis qu'un journaliste posait en désordre des questions tantôt à l'une tantôt à l'autre des parties. Le policier énervé tenta de lui passer des menottes, mais l'autre se dégagea de quelques pas.

Aleks eut envie de vomir.

Il évita par la droite le détecteur de métaux. C'est là que la réceptionniste le remarqua.

— He ! Vous ! Vous êtes qui ? Il faut s'annoncer ici !

Il l'ignora. Il vit alors le monde se brouiller devant ses yeux un peu plus à chaque pas. Les couleurs pâlirent, les objets se déformèrent. Il cessa d'entendre les voix des journalistes et les cris des policiers. La lumière crue de la caméra se dissipa dans l'air. Ne restèrent qu'Ostrowski et le pistolet dans la main du garçon.

— Attention ! Il est armé !

Mortka ne vit pas qui avait crié. Il pensa d'abord qu'il s'agissait du journaliste, mais Ostrowski gesticulait les mains en l'air en continuant à faire le clown. Soudain, il se figea comme pris dans un bloc de ciment, et l'inspecteur aperçut Aleks qui visait Ostrowski avec le pistolet volé.

La Sèche réagit plus vite que lui. Elle sortit son arme, il remarqua qu'elle ne tenait pas le doigt sur la détente mais le long du canon. Il n'était même pas sûr qu'elle avait débloqué le cran de sûreté.

— Aleksandr ! Aleks !

Le garçon ne répondit pas. Comme l'arme commençait à trembler dans sa main, il y mit les deux. Mauvais signe. La chance qu'il rate son coup diminuait sensiblement.

— Faites quelque chose ! Police ! Faites quelque chose ! piaula Ostrowski.

Mortka eut envie de rire. Le journaliste venait de passer les dernières minutes à essayer de se débarrasser d'eux, et maintenant il les appelait à l'aide.

Le cameraman continuait à tout enregistrer.

— Aleks ! répéta l'inspecteur.

— Zuza est venue te voir, fit le garçon.

Il parlait à Ostrowski, pour autant qu'on puisse en juger.

— Elle t'a apporté un truc. Je ne sais pas quoi. Le truc sur quoi elle travaillait. Un article, un reportage. Et toi, tu l'as trahie. Tu l'as donné à ceux qui l'ont tuée.

Reprenant ses esprits, le journaliste répondit :

— Je ne vois pas de quoi tu parles. Tu ferais mieux de déposer ton arme avant de faire du mal à quelqu'un.

— Tu étais son mentor, son tuteur. Tu avais promis de la publier. Elle est venue chez toi.

— Je te répète que je ne vois pas de quoi tu veux parler.

— Aleks, intervint Mortka. Écoute-moi. Sur un point, il a raison. Pose ton arme. Maintenant.

— Elle est venue te voir, reprit Aleks déjà ailleurs, et dont les yeux brillaient comme sous l'effet d'une illumination. Tu l'as violée ! C'est toi qui l'as violée !

— Ne raconte pas n'importe quoi ! Je n'ai jamais violé personne !

— Tu la draguais ! Je lui ai dit et répété que c'était pour ça que tu étais aussi gentil ! Et tu l'as violée ! Tu l'as violée !

Le garçon hurla sauvagement au point de rendre ses paroles incompréhensibles. Il entra en transe, un peu plus et il franchirait la ligne de non-retour. Sous l'œil de la caméra qui enregistrait tout. Chaque mot, chaque geste.

Mortka avança d'un pas ferme. Il vint se placer face au garçon qui continuait à viser Ostrowski. Il s'agissait d'un véritable revolver, bonne fabrication tchèque, et non d'un pistolet d'alarme bricolé.

Ils se regardèrent dans les yeux. Mortka ignorait ce que l'étudiant voyait, mais lui savait qu'il avait devant lui un bon garçon qui s'apprêtait à commettre une énorme connerie. Il ne pouvait pas le laisser faire.

— Aleks…

Le doigt du garçon frémit sur la détente.

— Ne fais pas de bêtise, Aleks. Je t'en prie. Pas toi. Pas de bêtise.

Il entendait la respiration du garçon. Il se mit à compter, s'attendant au pire. Une, deux, trois… à quatre, une larme apparut au coin de l'œil d'Aleks. À cinq, une deuxième. À six, toute une rivière.

Mortka saisit le canon du revolver qu'il dégagea de la main du garçon. Il enleva le chargeur qu'il lança à la Sèche. Il ramena la culasse pour éjecter la cartouche qui tomba sur le plancher avec un petit bruit.

— C'est lui qui l'a violée, dit Aleks.

Mortka le serra contre lui.

— Je sais, souffla-t-il. Maintenant, je sais.

Chapitre 26

Mortka donna un gobelet de café à Aleks et s'assit près de lui. Le garçon but une gorgée.

Le policier s'adossa confortablement et poussa un soupir. Il regarda sa montre. Plus d'une heure avait passé depuis les incidents à la TVN. Ils avaient entre-temps amené Ostrowski et Aleksandr à la Criminelle. Des agents avaient recueilli sur place les témoignages des gens présents. Tout le monde était fébrile et sur le qui-vive, car les services ne touchaient plus depuis des années aux journalistes qu'avec des pincettes. Personne ne voulait se mettre à dos les médias. Et maintenant, cette histoire, et en plus devant des caméras. Mortka ne voulait même pas s'imaginer le nombre de rapports qu'il allait devoir rédiger, de documents à remplir et d'explications à fournir.

— Qu'est-ce qu'il va lui arriver ? demanda le garçon.

— À Ostrowski ?

Aleks fit oui de la tête.

— Tout dépend de ce qu'on tirera de lui. Complicité d'enlèvement, à tout le moins.

— Il l'a violée.

— Tu veux le punir ?

— Oui.

— Alors, il faut l'accuser d'enlèvement. Ça vaut au moins trois ans. Le viol, c'est deux. Mais ce sera le travail du procureur. Nous allons faire en sorte de lui donner du grain à moudre.

Aleks faisait tourner son gobelet entre ses mains. Des volutes de vapeur s'en élevaient puis se dissipaient dans l'air.

— Je regrette de ne pas l'avoir tué, fit le garçon d'une voix ferme.

— Je te comprends, rétorqua Mortka après un moment, mais tu ne devrais pas.

— Pourquoi ? Parce que ça n'aurait rien résolu ? Parce que j'aurais regretté ensuite d'avoir bousillé ma vie ? fit-il avec feu. J'étais prêt à tout. Je ne voulais ni m'enfuir ni me cacher. Je pouvais bien aller en prison. Si au moins... Trois ans. C'est quoi, trois ans ?

Mortka comprenait Aleks. Il se souvenait de ce qu'il avait fait, lui, quand sa famille avait été menacée. Il savait que, dans de telles situations, l'action de la police ne suffit jamais.

— Tu vas devoir vivre avec ça, reprit-il. Mais tu as pris la bonne décision.

Le procureur Szydlon fit son apparition au bout du couloir. Fatigué, énervé, il ricana en apercevant Mortka.

— Quand je vous ai demandé de ne plus déclencher de fusillades dans des cimetières, je ne voulais pas dire que c'était pour les délocaliser devant les écoles publiques.

— Des écoles privées, ça passerait ? lui renvoya Mortka sans même le vouloir.

Voyant Aleks assis à côté, le procureur renonça à poursuivre leur petite joute.

— On y va, inspecteur ? demanda-t-il.

Le policier se leva.

— Cette fois, tu n'essayes pas de disparaître, d'accord ? fit-il à l'étudiant. On a encore à parler.

Aleks acquiesça à contrecœur. Mortka et Szydlon partirent pour un autre interrogatoire. Il était bientôt minuit, et l'inspecteur savait déjà qu'il ne rentrerait pas dormir chez lui cette nuit.

Elle avait dit à Aleks qu'elle était devenue policière parce que c'était le seul métier où l'on pouvait, dans des conditions favorables, faire du mal impunément aux gens que l'on hait. Elle n'avait pas menti. Et elle regrettait que les « conditions favorables » ne soient pas réunies à présent. Cela dit, si elle commençait à cogner Ostrowski avec la chaise, à quelle vitesse les autres réagiraient-ils ? Combien de temps avant qu'ils arrêtent son bras ?

Le journaliste examinait tous les recoins de la salle d'interrogatoire comme s'il voulait en mémoriser chaque détail. D'abord effrayé, il commença bientôt à menacer les policiers. Puis il reprit son refrain sur la liberté de la presse et le secret des sources, mais aucun de ses collègues ne se trouvant à proximité, il s'abstint de tout excès. Et enfin, il se calma.

— C'est la première fois que je me retrouve ici, annonça-t-il. On ne m'a arrêté qu'une fois. C'était en 1988, lors d'une manif étudiante. Je portais une banderole « Justice pour les infirmiers ». Vous savez de quoi il s'agissait? Certainement pas. Une vieille histoire. Ça date. Ça s'était terminé par un passage à tabac au sous-sol. Moi, ils ne m'ont pas tué, mais Grzegorz n'en est pas ressorti vivant, et je peux dire que j'ai eu de la chance.

Elle aurait laissé Aleks le tuer. Elle le visait, mais n'avait nulle intention d'intervenir. Ils ne savaient pas encore tout à ce moment-là, mais instinctivement elle savait que c'était le bon choix. Elle se demandait à présent ce que ça révélait d'elle. Ce qu'elle devrait ressentir et faire, une fois rentrée chez elle. Tout oublier, ou demander sa révocation ?

— Vous allez me poser des questions, oui ou non ?

Elle n'était pas partisane de la peine de mort, mais considérait que certaines personnes méritaient de mourir. Dans un monde idéal, la foudre leur tomberait dessus, et l'affaire serait réglée. Dans celui-ci, on pouvait les enfermer en prison. Ou espérer l'arrivée d'un Aleks. Une fille était morte. Jeune, belle et pleine de talent. Pour avoir écrit que quelques connards fortunés s'envoyaient des minettes.

Quel châtiment méritaient ceux qui avaient provoqué cette mort ?

— Je demande la présence d'un avocat, fit-il en se répétant pour la dixième fois depuis une heure.

— Ceci n'est pas un interrogatoire, répondit-elle.

— C'est quoi alors ?

— Je te surveille, un point c'est tout. Mais juste par curiosité, pourquoi tu l'as violée ?

— Je ne l'ai pas violée. C'est qu'un fantasme de ce malade.

— Nous avons trouvé du sperme.

Elle le vit avec bonheur changer de mine. Une brève bouffée de frayeur. Elle se souvint d'une promenade en forêt au cours de laquelle elle avait trouvé un piège où s'était pris un lièvre. En essayant de se libérer, il s'était déchiré tout le torse. Le fil de fer était devenu comme un nœud sanglant chargé de lambeaux de chair. La Sèche lui avait fracassé la tête avec un morceau de bois pour abréger ses souffrances. Ostrowski avait eu le même éclair de terreur dans le regard que ce lièvre. Il se reprit aussitôt, affectant une pose dédaigneuse, mais il ne put ôter à la policière son moment de satisfaction.

— C'est vrai que nous avons fait l'amour. Je le reconnais. Zuza... Elle avait des tendances... Elle aimait les rapports brutaux. À risque.

Elle leva les sourcils et se pencha vers le journaliste. Celui-ci recula.

— Vraiment ? Tu me déçois, fit-elle. Je pensais que tu saurais inventer quelque chose de plus intelligent.

Mortka et Szydlon prirent place d'un côté de la table. Mieszko en face d'eux. Le procureur prit dans sa sacoche un dossier, du papier et de quoi écrire. Il regarda sa montre puis se gratta le nez.

— Vous faites les présentations ? demanda-t-il à Mortka.

— Avec plaisir. Inspecteur Jakub Mortka, de la direction

des Affaires criminelles. Le procureur Szydlon. Et de son côté, Mieszko Ziemowit Ziemianski.

Mieszko hocha la tête. Szydlon se racla la gorge comme s'il allait cracher quelque chose.

— J'ai là votre casier judiciaire, commença-t-il en prenant une feuille. Je vois que ce n'est pas la première fois que vous vous retrouvez dans une situation comme celle d'aujourd'hui. Ça devrait donc aller vite. Vous êtes soupçonné d'appartenance à une bande criminelle organisée, mais laissons cela pour plus tard. Nous avons un meurtre qualifié. Le problème est qu'il a été perpétré avec une arme à feu, alors que vous n'en possédez pas. On n'a pas non plus trouvé de traces de poudre sur vos mains. Ce n'est donc pas vous qui avez tiré. Alors je vous propose de tout nous dire avec précision, tout ce qui s'est passé, sans tours ni détours, et je ne retiendrai pour ma part que l'enlèvement et la séquestration. La différence pour vous : pour un meurtre, je requerrais vingt-cinq ans, ou perpétuité. Et vous avez peu de chances de descendre en dessous de quinze, dans le pire des cas pour moi. Pour privation illégale de liberté, vous n'écoperez pas de plus de dix ans. Et si vous vous montrez coopératif, je pourrai descendre à moins. Ça vous va ?

Mieszko porta ses mains menottées à son visage.

— Je veux être témoin protégé, fit-il de manière inattendue.

Un petit sourire de mépris apparut sur les lèvres de Szydlon.

— Je vous remercie pour votre offre, mais je ne pense pas que nous en aurons besoin. Nous avons déjà trois témoins qui vont nous raconter en détail ce qui s'est passé. Je note cependant votre volonté de coopérer.

Mieszko reposa les mains sur la table. Il avait des mouvements lents, lourds, comme au ralenti.

— Je vous donne Borzestowski.

Szydlon éclata de rire. Il prit dans sa poche un mouchoir pour s'essuyer le coin des lèvres.

— Très bien. Qu'en pensez-vous, inspecteur ?

— Très bien, confirma Mortka. Encore qu'à ta place, Mieszko, je commencerais par mettre les enchères plus bas. Par exemple, avec un casse de supérette ?

Si Mieszko voulait jouer avec eux, ils étaient prêts. Le rire du procureur parut à Mortka un peu trop nerveux et artificiel, mais sa réaction était la bonne. Le malfrat se sentit désarçonné. Il s'attendait probablement à faire forte impression et pouvoir ainsi dicter ses conditions. À vrai dire, ils étaient dûment impressionnés, mais il était hors de question qu'ils le montrent. Szydlon cacha ses mains sous la table et tritura nerveusement le pli de son pantalon.

— Je travaille pour lui, dit Mieszko.

— Il paye bien ? s'enquit Mortka.

— Je sais beaucoup de choses sur ses affaires, ses projets, ses associés. Mais il faut me protéger. Moi et ma nana.

— Très intéressant, commenta Szydlon d'un ton qui voulait dire le contraire. Mais il faut que vous compreniez bien une chose. Les temps ont changé, et les tribunaux ne prennent plus les propos des témoins pour parole d'évangile, qu'ils soient protégés ou non. Et Borzestowski a d'excellents avocats qui ne manqueront pas de vous discréditer et de démolir vos déclarations. Ça ne leur sera pas trop difficile, compte tenu de votre casier et de votre situation présente.

— Je peux vous le donner, répéta Mieszko.

— Il nous faudrait du concret.

Mieszko poussa un profond soupir.

— J'ai du concret, fit-il d'une voix rauque comme s'il s'arrachait lui-même les mots de la gorge.

— À savoir ?

— Il y a quelques semaines, Borzestowski a tué un type sous mes yeux. Je ne sais pas qui c'était, ni ce qu'il avait fait. Je n'avais rien à voir là-dedans. Et après, il lui a coupé la tête.

Mortka et Szydlon échangèrent un regard. Ils savaient parfaitement de qui il s'agissait. Une affaire complexe dont tous les deux s'étaient occupés, et qui s'était terminée par le démantèlement d'un groupe de trafiquants de cocaïne. Le cadavre était lié à l'affaire, mais il ne rentrait pas dans le puzzle. Et puis, compte tenu de son importance, le dossier était remonté plus haut, et quelqu'un d'autre avait eu à s'en dépatouiller.

— Oui, et…? demanda l'inspecteur en invitant d'un geste Mieszko à parler. Où est le concret?

— Après toute l'histoire, Borzestowski s'est changé. Il m'a remis ses vêtements pleins de sang et m'a ordonné de les faire disparaître.

Miesko hésita.

— Ce que je n'ai pas fait, ajouta-t-il.

Szydlon se redressa sur son siège.

— Vous avez les vêtements que portait Borzestowski au moment de cet assassinat?

— Je viens de vous le dire.

— Et le sang de la victime est dessus?

— Je vous dis que oui, merde!

Mortka pensa que ce qu'il venait d'entendre était trop beau pour être vrai. Borzestowski. Le grand B. Le type qu'ils n'avaient jamais réussi à coincer. Qui savait éliminer, ou convaincre, ou contraindre tous ceux qui auraient l'idée de témoigner contre lui. Et voilà qu'on le leur servait sur un plateau. Des vêtements tachés de sang. Le sang de la victime, et des traces biologiques de Borzestowski. Des bouts de peau, des poils, des empreintes sur les boutons. Des preuves irréfutables. Suffisantes pour mettre ce fils de pute derrière les barreaux. Même si Mieszko revenait sur ses déclarations devant un tribunal.

— Où est-ce que ça se trouve? demanda Morka.

Le gangster secoua énergiquement la tête.

— Dès que j'aurai une protection, fit-il sèchement. Donnant, donnant, les amis.

Sans mot dire, Szydlon rassembla ses affaires et sortit. Mortka resta seul avec Mieszko. Le policier plongea une main dans une poche de sa veste et en tira son portefeuille d'où il sortit une petite photo pliée. Il la fit voir au gangster surpris.

— On a trouvé ça dans tes affaires, expliqua l'inspecteur. On n'en a pas besoin, mais j'ai pensé que ça te ferait plaisir de l'avoir.

Mieszko prit la photo avec précaution et la déplia. Il fixa son regard sur le cliché de l'échographie.

— Quel mois ?

— Deuxième.

— Alors, toutes mes félicitations.

Chapitre 27

Après une nuit passée dans sa voiture, Kochan avait mal au dos. Comme en plus il n'avait pas de couverture ni rien d'autre pour se tenir chaud, il s'était réveillé toutes les demi-heures en claquant des dents. Il allumait alors le moteur, attendait que l'habitacle se réchauffe et se rendormait.

Il n'était pas rentré à Varsovie pour ne pas se retrouver dans un appartement vide. De leur côté, les archéologues étaient restés sur place pour préparer le champ de fouilles. Il sentait qu'il devait les surveiller. Sans doute avec raison. En se réveillant vers trois heures du matin, il aperçut une voiture stationnée à proximité de l'orée de la forêt. Il n'était pas sûr qu'il s'agissait d'une voiture, mais cette masse sombre qui faisait penser à un nuage bas ne se trouvait pas là auparavant.

Il ne lança pas le moteur, alors qu'il grelottait. Il resta immobile, se demandant quoi faire. L'autre n'avait peut-être pas réalisé que Kochan était à proximité. Il faisait nuit noire, et le policier s'était garé tout près des arbres. S'il sortait maintenant de son véhicule, il aurait de grandes chances de surprendre l'intrus. Mais que se passerait-il ?

Une autre option était d'allumer les phares. En éclairant la zone, il saurait s'il s'agissait vraiment d'une voiture ou d'un fourré aux formes bizarres. Mais dans le premier cas, il trahirait sa position et ferait sans doute fuir le visiteur nocturne.

Avant qu'il ait eu le temps de prendre une décision, il entendit claquer une portière et démarrer un moteur Diesel. La voiture tapie dans l'ombre démarra. Puis des phares vinrent soudain aveugler Kochan, et l'inspecteur perdit toute possibilité de distinguer qui était au volant.

Il descendit de sa voiture. Il prit son arme de service et partit d'un pas rapide vers la plage. Sous l'effet de la fatigue, il commença à imaginer le pire. Il voyait déjà les corps des archéologues sur le sable, une balle dans la tête, et la fosse ouverte d'où les restes humains avaient disparu. Et peu importait que cette vision n'ait aucun sens.

Il n'était rien arrivé aux archéologues. Ils avaient allumé un grand feu. L'un d'eux dormait dans un duvet qui éveilla aussitôt la jalousie de Kochan. Deux autres se tenaient près du site de recherche. Un portable posé à côté jouait de la musique rock. Ils lui offrirent un thé chaud de leur thermos. Ils avaient l'air de bien s'amuser, comme des scouts au bivouac. Il leur demanda s'ils n'avaient pas vu quelqu'un dans le coin. Ils n'avaient vu personne, rien entendu. Pas de bruit de branches cassées, pas de lumières mystérieuses dans les bois. Il leur recommanda d'être prudents et retourna dormir dans sa voiture. Il se dit qu'ils ne le prenaient pas au sérieux.

Le lendemain matin, ils étaient devenus l'attraction locale. Une petite foule s'était rassemblée près de la forêt. Kochan avait du mal à comprendre comment tant de gens pouvaient se pointer à cette heure précoce en ce lieu. Il appela la police locale pour protéger l'accès. Czapla avait sa minute de célébrité. Kochan était persuadé qu'elle avait eu le temps de raconter à tout le monde leur sortie à cheval de la veille. Il vit à son grand désespoir arriver un camion de la TVP. Le policier alla à la rencontre des journalistes pour les orienter vers l'attaché de presse. Ils n'en obtiendraient rien parce que le type n'était au courant de rien, mais ce n'était pas son problème.

Czech vint le rejoindre vers huit heures et demie.

— Vous pouvez venir avec moi, inspecteur ? fit-il à Kochan.

— Vous avez trouvé quelque chose ?

L'archéologue lui répondit par un sourire mystérieux. Ils descendirent jusqu'à la fosse sur la plage. Les étudiants enlevaient précautionneusement la terre couche après couche. Czech s'agenouilla, prit une baguette en métal qu'il pointa vers un objet allongé.

— C'est quoi ? demanda Kochan.

— Un tibia, monsieur l'inspecteur.

— Humain ?

— Sinon, je ne vous aurais pas fait venir, répondit Czech qui semblait s'attendre à des félicitations et des applaudissements.

Le policier poussa un soupir et recula. Il commençait à regretter d'être venu. Il aurait dû laisser la Troïka dans l'oubli. Maintenant, il était trop tard. La moitié du village et les journalistes de la TVP savaient qu'il cherchait quelque chose.

— Et le reste ? ajouta-t-il.

S'il n'y avait qu'un os, rien de plus à trouver, il pourrait encore arranger les choses.

— Le reste est en dessous, annonça Czech. Je voulais juste vous montrer la première découverte. Dans un instant, nous en aurons une quantité, une grande quantité ! De quoi remplir des sacs entiers !

Il eut un ricanement, et s'empara d'une petite pelle.

Szydlon, Andrzejewski et la Sèche prirent place dans la salle de réunion. Mortka écrivait des notes au tableau avec un feutre.

La nuit de travail les avait anéantis. Il restait encore à tout mettre en ordre, après quoi ils auraient quelques heures de repos. Ils pourraient dormir un peu et appeler leurs proches pour leur dire que tout allait bien, mais que, non, ils n'auraient pas le temps de rentrer déjeuner.

Dehors il pleuvotait, ce qui assombrissait désagréablement la pièce. Même les lampes allumées n'aidaient pas beaucoup, comme si elle elles avaient été entourées de brume.

— On y va ? commença Andrzejewski.

Le chef n'était pas obligé d'être présent, mais après les événements de la veille, il tenait à être au courant de tout. L'affaire simple au premier abord s'était conclue avec trois cadavres, une fusillade et quelque chose que l'on pourrait qualifier de tentative d'assassinat au siège d'une grande chaîne de télé. Le sujet faisait la une de tous les médias depuis le matin, et se répandait sur Internet. Une grande partie des commentateurs semblait regretter que les incidents au siège du groupe ITI se soient terminés sans effusion de sang. Certains osaient faire une liste des journalistes auxquels Aleks ne manquerait pas de s'en prendre s'il recommençait – allant quasiment jusqu'à l'y encourager.

— On y va, fit Mortka. La Sèche me corrigera si je me trompe quelque part.

— D'accord.

— Pour le moment, ce n'est qu'une hypothèse. La plus vraisemblable. Même si toutes les preuves rassemblées jusqu'ici la confirment, ça reste une hypothèse.

— Au fait, au fait, le Kub ! le pressa Andrzejewski.

Mortka pointa le marqueur sur le nom de « Celtycki » écrit en bleu au tableau.

— Nous avons un homme politique à la biographie tourmentée et à la carrière brisée qui décide d'ouvrir un bordel pour ses collègues influents. Il met ceux-ci en relation avec des filles qui lui louent un appartement.

— On sait qui a profité de ces services ? demanda Andrzejewski.

Mortka se demanda ce que cachait cette question. Simple curiosité, ou autre chose ? Il acquit la certitude que nombre de personnes allaient s'intéresser aux résultats de l'enquête. Et qu'un aussi grand nombre allaient œuvrer pour que ces informations ne fuitent pas à l'extérieur. Andrzejewski aurait-il été sollicité pour y veiller ?

— Non, pas encore, répondit la Sèche en appuyant sur le dernier mot.

Le directeur adjoint fit signe de poursuivre.

— Zuzanna Latkowska apprend toute l'histoire. Ce n'était pas difficile, compte tenu qu'elle louait une chambre chez Celtycki et qu'elle s'occupait de ses enfants. Peut-être même aura-t-il essayé de la mettre au tapin.

— Pour autant que nous sachions, elle ne faisait pas partie de ces filles, précisa la Sèche.

— Latkowska voulait devenir journaliste. Elle a rassemblé des éléments et des preuves, et elle a écrit un reportage sur le sujet. Elle est allée voir son chargé de cours, Ostrowski. Ostrowski connaissait Celtycki, et il était au courant de tout. Il a pris peur, a prévenu Celtycki et lui a remis l'article. Ce dernier, furieux, a engueulé la fille, il l'a mise à la porte et lui a pris son ordinateur.

— Qu'est devenu l'ordinateur ? demanda Szydlon.

— On ne sait pas.

— Et ensuite ?

— Latkowska a compris que le seul qui avait pu la trahir était Ostrowski. Elle est sans doute allée lui faire un scandale. Peut-être l'a-t-elle menacé. Et ensuite, tout montre qu'Ostrowski l'a violée.

— Il reconnaît avoir baisé avec elle, ajouta la Sèche. Selon lui, elle aimait les parties sauvages, ce qui devrait expliquer les lésions qu'elle portait.

— Après quoi, Ostrowski l'a ramenée à la Cité.

— Ça confirme sa version, remarqua Szydlon.

La Sèche lui lança un regard de glace.

— Ça ne confirme en rien sa version, affirma-t-elle.

Il y avait dans sa voix un soupçon de menace qui interdisait de poursuivre en ce sens.

— Ostrowski a ensuite eu peur que le vigile Bartosz Hajduszkiewicz ne l'ait reconnu.

— Un ego boursouflé, lança Andrzejewski.

— Et sans cet ego, Celtycki serait toujours vivant, accorda Mortka. Zuzanna est tuée au petit matin. Nous lançons l'enquête. Les premiers soupçons se portent sur la femme de ménage ukrainienne, Svitlana. Celtycki ou ses copains prennent peur. Et réussissent à ce que l'Ukrainienne s'accuse elle-même. Mais son témoignage ne tient pas debout. Et elle refuse de dire qui l'a obligée à s'accuser. Elle est en préventive.

— Et ensuite ?

— La situation se complique. Nous ne savons pas comment les documents de Latkowska ont pu atterrir entre les mains des colocataires de son petit ami. Nous soupçonnons qu'ils ont essayé de faire chanter les personnes concernées, ce qui a poussé d'abord Celtycki à agir, puis ce Mieszko que tout le monde connaît. Celtycki est allé voir Hajduszkiewicz pour le convaincre d'oublier Ostrowski. Pendant la discussion, il a pété les plombs et attaqué le vigile qui s'est défendu, et… nous connaissons la suite. Entre-temps, Mieszko a identifié la source de la fuite. Il a enlevé Aleks, puis les autres étudiants qui habitaient avec lui. Il a récupéré les documents de Latkowska et les a détruits.

— C'est-à-dire que le reportage est perdu ? demanda Szydlon.

— En tout cas, on ne l'a pas, confirma Mortka.

— Et nous savons qui ces petits cons ont essayé de faire chanter ?

— Ça m'étonnerait qu'ils l'avouent. L'un est toujours à l'hôpital. Un deuxième nous raconte des fables qu'on aura du mal à mettre en doute. Un des étudiants est mort pendant la séquence. Mieszko a fait venir Ostrowski. Nous ignorons pourquoi. Sans doute pour confirmer l'authenticité des documents avant leur destruction. Aleks, le petit ami de Latkowska, a reconnu Ostrowski, ce qui explique l'incident d'hier à TVN.

— Incident qui nous vaut la haine éternelle du porte-parole de la police.

Mortka haussa les épaules, c'était le cadet de ses soucis. Szydlon se gratta le front.

— L'affaire est bouclée, dit-il.

Le policier hocha la tête.

— Il y a encore une chose que nous ne savons pas, fit la Sèche. Qui a tué Zuza ? Et qui Svitlana protège-t-elle en avouant le meurtre ?

Mortka reposa le marqueur qu'il tenait. Deux bonnes questions. Qui était le meurtrier ? Qui Svitlana protégeait-t-elle ? Depuis le début, tout le monde avait essayé de le convaincre qu'il avait une coupable, qu'il pouvait clore le dossier et passer à autre chose. Comme si c'était aussi simple.

— Qui protège-t-elle ? reprit la Sèche, ce qui produisit une illumination chez Mortka.

Il regarda la policière. Et si les choses étaient aussi simples que ça ?

— Elle-même, répondit-il. Elle se protège elle-même.

Ils lui dirent de rassembler ses affaires et la firent sortir. Sans un mot d'explication, sans préavis. Les autres filles dans la cellule ne semblèrent pas étonnées. Elles avaient déjà assisté à de pareilles scènes. Visiblement, la pratique était courante.

Un policier l'attendait devant la maison d'arrêt, appuyé contre une voiture cabossée : l'inspecteur Mortka qu'elle connaissait déjà. Elle pensa qu'il était là pour la ramener en ville, mais il se contenta de s'approcher pour lui demander :

— On marche un peu ?

— Pour quoi faire ?

— Je vous accompagne un bout de chemin.

Elle accepta d'autant plus facilement qu'elle n'avait pas le choix. Quoi qu'elle dise, elle ne se déferait pas de sa compagnie. Ils prirent la direction de la rue Chlopicki.

— Une affaire très bizarre, commença-t-il.

— Celle de Zuzanna ?

— De Zuzanna, confirma-t-il.

— Mais elle est terminée.

— En un sens, dit le policier en choisissant ses mots. Mon impression est que tout le monde s'est comporté comme des idiots. Si ce Hajduszkiewicz avait tout de suite dit ce qu'il savait, il ne serait pas maintenant arrêté pour meurtre. Si Celtycki n'avait pas réagi en imbécile, il serait toujours vivant.

— Mr. Celtycki est mort ? demanda-t-elle en faisant de grands yeux. Et qui est ce M. Hajduszkiewicz ?

— Oui, Celtycki est mort. L'autre, c'est un vigile de la Cité. Mais peu importe. Si certains étudiants nous avaient tout de suite donné ce qu'ils avaient trouvé, celui qui a été tué aurait survécu, et un tas de choses désagréables ne se seraient pas produites. Ce que je veux dire, c'est que pendant plusieurs jours un tas de gens ont fait n'importe quoi, et qu'ils se sont attiré des ennuis. Mais je pense que l'idiot numéro un, c'est moi.

— Pourquoi ça ? se risqua-t-elle à demander.

Ils marchaient sur le bas-côté, et la boue salissait ses chaussures.

— Je ne sais pas. Peut-être parce que j'étais incapable d'imaginer que les choses pouvaient être simples. Mais aussi parce que je vous ai crue. Ce coup asséné de haut en bas ! Un coup de génie ! Autre détail qui a joué en votre faveur, Zuza avait été violée, ce qui nous a amenés sur une tout autre piste. Mais ça, vous ne pouviez pas le savoir. En tout cas, dites-moi pourquoi vous l'avez tuée ? Parce que je ne comprends toujours pas.

Svitlana serrait les dents.

— Je ne l'ai pas tuée, fit-elle.

Mortka eu un sourire triste.

— Je vais vous dire ce qui va se passer. Nous allons procéder à une reconstitution qui confirmera que les blessures ont été infligées par une personne de votre taille, de votre poids et de votre condition physique. Nous avons vos empreintes sur le couteau. On vous a vu fuir le lieu du crime. Et nous avons vos aveux. Vous pouvez revenir dessus, mais quand même... Tout ce que vous direz maintenant n'aura à mon sens plus d'importance. Et on vous inculpera quand même.

L'Ukrainienne s'immobilisa. Elle se retourna et remarqua qu'une voiture de police les suivait lentement à une dizaine de mètres.

— Nous n'allons pas à l'arrêt de bus ?

— Non, dit Mortka. J'ai pensé que vous auriez envie de marcher un peu. De vous promener, après être sortie de prison.

Svitlana leva la tête. Elle vit plusieurs corbeaux perchés sur un arbre voisin. Elle frémit en les apercevant.

— Pourquoi l'avez-vous tuée ?

— C'était la vérité, reprit-elle. Ce que je vous ai dit.

— C'est-à-dire ?

— Que ce n'était pas une gentille fille. Nous avons travaillé ensemble. Elle s'occupait des enfants, et moi, je faisais le ménage. Elle se moquait de moi. Disant que je n'étais qu'une Ukrainienne, tandis qu'elle, elle était polonaise.

— Et c'est pour ça que vous l'avez tuée ?

— Non. Pas pour ça.

— Alors pourquoi ?

Svitlana baissa les paupières.

— Parce qu'elle m'a surprise en train de crever les pneus des voitures.

« Le vengeur des parkings », se souvint Mortka. Le combattant de la guerre des places. Le défenseur de la morale. L'ennemi de ceux qui se garaient en dehors des zones réservées. Mais ça ne collait pas avec elle.

— À qui avez-vous crevé les pneus ? demanda-t-il.

— À ceux qui me traitaient mal, répondit-elle après un moment. Vous ne savez pas ce que c'est. Quand on travaille une journée entière, qu'on fait tout briller, qu'on a enlevé toute la poussière, la moindre saleté, et qu'on ne reçoit que la moitié de ce qui avait été promis. Ou quand on vous met des crottes dans votre sac. Vous ne savez pas comment on est traité.

— Et c'est pour ça que vous leur creviez les pneus ?

— Jamais tout de suite. Qu'ils ne comprennent pas que c'était moi. Deux ou trois semaines plus tard.

Elle est maligne, se dit Mortka. Il ne s'étonna plus qu'elle ait eu l'idée de modifier son geste lors de l'interrogatoire.

— Zuza vous a vue ?

— Elle n'aurait pas dû être là. À cette heure, il n'y a jamais personne. Mais cette fois, elle était là. Et elle m'a vue.

— Et alors ?

— Elle a voulu aller me dénoncer au vigile. J'aurais perdu mon travail, tous mes boulots. Il y a quand même aussi des gens qui payent bien, là-bas.

— Et ? insista Mortka.

— Je lui ai demandé de ne rien dire. Elle n'a pas voulu m'écouter. Et comme j'avais le couteau dans la main… C'est arrivé. Mais ce n'était pas ce que je voulais. Il y a juste eu un moment. J'ai vu rouge, comme si un mauvais démon s'était emparé de moi. Je ne savais plus ce que je faisais. Comme si je n'avais plus été moi, mais quelqu'un d'autre. Et quand j'ai vu ce qu'il s'était passé… j'ai couru.

Depuis l'endroit où ils se tenaient, on pouvait apercevoir la maison d'arrêt. Mortka se demanda si ce n'était pas là qu'elle avait entendu le coup de la perte de contrôle de soi et du rouge devant les yeux. Beaucoup de « meurtrières de cuisine » décrivaient ainsi leur expérience. Mais l'Ukrainienne pouvait aussi dire la vérité. Qui était-elle ? Une personne emportée par la colère, ou une froide calculatrice psychopathe ?

Zuza n'était pas morte sur le coup. Rapidement, mais pas tout de suite. Impossible de dire si on aurait pu la secourir, mais Svitlana n'avait même pas essayé. Elle l'avait laissée sur place se vider de son sang. Et c'est ainsi qu'on l'avait trouvée, abandonnée seule dans une flaque de sang.

— On y va, dit Mortka.

— D'accord. Mais je voudrais y aller seule.
— Je vous en prie.
Il fit signe à la voiture qu'ils faisaient demi-tour. Il laissa l'Ukrainienne passer la première. Elle marchait deux ou trois mètres devant lui. Il était prêt à lui bondir dessus si elle tentait de s'enfuir, mais Svitlana avança jusqu'au portail de la maison d'arrêt et attendit qu'on lui ouvre.

L'inspecteur Gruda passa la tête dans leur bureau. Il jeta un regard circulaire qu'il arrêta sur la Sèche, assise à sa place.
— Andrzejewski n'est pas là ? demanda-t-il.
— Non.
— Et Mortka, il est où ? Avec Andrzejewski ?
— Non, Mortka est parti régler un cas en lien avec l'enquête.
— Et vous, vous êtes restée ?
— Je n'ai aucun faible pour les gestes prétentieux et spectaculaires. À la différence de l'inspecteur Mortka, répondit-elle, faisant ainsi le bonheur de Gruda.
— Donc, vous ne savez pas où est Andrzejewski ?
— Désolée, mais non.
Gruda frappa à plusieurs reprises de sa main ouverte le montant de la porte.
— Il s'est passé quelque chose ? fit-elle par curiosité.
— Kochan a retrouvé la Troïka du Neptune.
La Sèche connaissait vaguement l'affaire. Une vieille histoire. Mais qui faisait un nouveau succès de Kochan en quelques jours. Elle en était impressionnée, même si elle conservait tout son mépris pour l'inspecteur adjoint. Elle savait ce qu'il avait fait à sa femme.
— C'est plutôt bien, fit-elle à contrecœur.
Gruda fit une grimace.
— Plutôt bien ! Plutôt bien ! reprit-il en claquant la porte derrière lui.

Chapitre 28

Il rentra à temps pour dîner. Un dîner tardif, réchauffé au micro-ondes, et qu'il avala seul, mais un dîner.

Olga l'accueillit avec un baiser. Elle lui montra où était le risotto et comment le réchauffer. Puis, à sa grande surprise, elle se prépara pour sortir.

— Eh bien, quoi ? fit-elle en voyant sa mine. Il n'y a pas que toi qui as un travail qui bouscule la vie personnelle.

Elle sortit, le laissant seul dans l'appartement. Il ne savait pas s'il devait manger puis repartir, ou rester et attendre son retour. Il choisit la deuxième solution.

Il s'assit devant la télé, son assiette pleine devant lui. Il avait trouvé dans le frigo une bière qu'elle avait dû acheter spécialement pour lui. Elle-même préférait le vin. Il ouvrit la bouteille et suivit avec un intérêt mesuré les images qui bougeaient devant lui.

Ola lui téléphona.

— Qu'est-ce qui cloche chez moi ? demanda-t-elle d'emblée.

— Rien.

— Alors pourquoi je choisis toujours des types tordus ?

Tu ne sais même pas à quel point, pensa-t-il, mais sans prononcer un mot à voix haute. Il n'avait pas la moindre idée de ce qu'il devait faire d'Adam. il ne savait même pas s'il devait faire quelque chose.

— De quoi s'agit-il ?

— Tu te rappelles quand tu rentrais à la maison avec ton humeur ?

— Quelle humeur ?

— Celle où il est impossible de te parler. La tête toujours dans le boulot. Bouche cousue et le nez dans tes notes. Le pire était que tu ne voulais jamais rien dire. Partager avec moi ce qu'il y avait dans ta vie.

— Je voulais te protéger.

Elle éclata de rire.

— Vraiment ? Tous les jours tu avais sur les bras une histoire macabre à me donner des cheveux blancs ?

— Non, reconnut-il à contrecœur.

— Justement. Il fallait te tirer chaque mot au forceps. Même pour les choses les plus banales. Mais au moins, tu disais quelque chose.

— Et Adam ?

— Adam, c'est pareil. Il ne dit rien, il ne partage rien. Pas un mot. Qu'est-ce qui cloche avec moi ? Pourquoi je choisis des types tordus ?

Il baissa le son de la télé et but une gorgée de bière.

— Tu n'as pas de copines avec qui en parler ?

— Elles ne comprendraient pas.

Cette fois, c'est lui qui rit.

— Moi aussi, j'ai un problème, dit-il. Je viens d'avoir deux journées intenses.

— Des jours « comme ça »… avança-t-elle.

— Exact, des jours « comme ça ».

— Et Olga, là-dedans ?

— Elle m'a laissé de quoi manger, une bière, et elle est sortie dès que je suis rentré.

— Une nana futée ! Bravo, Olga !

— Je ne sais pas si je dois partager ton enthousiasme.

— Tu n'es pas obligé, mais tu peux la féliciter de ma part. Je pourrais faire pareil. Je me demande si ça marcherait.

Elle se tut, et ils gardèrent le silence quelques secondes ensemble. Il savait qu'elle était toujours là, car il entendait sa respiration.

— Je refais toujours les mêmes erreurs, reprit-il après un moment.

— Comme moi. Mais pour toi, c'est plus facile.

— Pourquoi ?

— Parce que tu peux changer.

— Toi aussi.

— Et me trouver un type gentil qui ne s'enfermera pas dans sa coquille, et me laissera entrer dans sa vie ? Ce n'est pas si facile, le Kub.

Il lui en coûta de prononcer les mots suivants, mais il s'y força :

— Adam est un type bien. S'il a fait une bourde, ça ne veut rien dire.

— Toi aussi, tu étais différent au début, répondit-elle.

— C'est vrai.

— Prends soin de toi, le Kub.

— Courage, Ola. Embrasse les garçons.

Le type du magasin de fauteuils n'avait pas plu à Borzestowski. Trop empressé, plus chochotte qu'autre chose, sans couilles ni caractère. Par contre, de bon conseil. L'appareil faisait des miracles. Borzestowki lança le programme de massage, et il sentit tous ses muscles du dos se détendre, puis sa douleur dans la colonne vertébrale disparaître comme par miracle. Il baissa les paupières et se dit qu'il pourrait aussi bien dormir ici.

Il entendit la fille entrer dans la pièce et venir jusqu'à lui. Il ouvrit les yeux et prit le verre de whisky qu'elle lui apportait. Un whisky dégueu mais cher, et qu'il était bien obligé de boire. Il avait l'impression que si quelqu'un le voyait avec un verre de vin blanc à la main, son autorité en prendrait un coup.

Tout n'était que de la pose. Ça le fatiguait, mais il savait qu'il ne pourrait pas vivre autrement.

— Je t'apporte autre chose, chéri ? demanda la fille.

Une grande blonde, puisque c'étaient les grandes blondes qu'il préférait. Mince avec de gros seins, puisque c'était le genre qui éveillait le plus son désir. Des yeux verts, parce qu'il n'avait plus envie de chercher des yeux bleus. Il avait oublié comment elle s'appelait et ce qu'elle faisait dans la vie. Il savait seulement qu'elle lui faisait du bien quand il lui demandait de venir.

— Non.

Elle alla s'asseoir sur un canapé un peu plus loin, et feuilleta un magazine féminin. Elle avait à côté d'elle sur une tablette quelques billets de cent, une bouteille de vin ouverte (pour elle, merde !) et deux lignes de coke qu'elle n'avait pas sniffées.

Elle s'ennuyait. Borzestowski se rendait compte qu'il avait eu tort de l'appeler. Il l'entendait déjà raconter à sa copine qui lui demandait : « Alors, vous avez fait quoi ? » « Rien. Je me suis ennuyée. Il est resté dans un fauteuil. J'ai lu un magazine. » Ce que l'autre pétasse irait répéter à une autre pétasse, et tout Varsovie raconterait bientôt que Borzestowski avait la bite molle. Bite molle, ça vient juste avant balle dans la tête.

Il allait devoir la sauter. Sans plaisir, parce que sans envie. Une meilleure idée lui vint. Celle de lui mettre une branlée. Avec quelques bleus et quelques dents en moins, une côte cassée, et une liasse de billets, histoire de lui fermer la gueule, elle ne donnerait plus envie à personne de faire allusion à une quelconque « bite molle ». Ils auraient trop peur.

Il jeta un œil à la fille qui venait de commencer à lire un article. Jambes croisées, elle balançait la tête au rythme d'une musique qui ne passait que dans sa tête. Il se demanda s'il devait trouver un prétexte, ou simplement la battre par surprise. La deuxième variante lui parut préférable. Mais il ne voulait pas non plus passer pour un cinglé qui martyrise de jolies filles sans raison. Passer pour un psychopathe n'était pas non plus souhaitable.

Qu'est-ce qu'il ne faut pas faire pour être respecté ! Il se prit lui-même en pitié.

Juste à cet instant son téléphone sonna. Il claqua des

doigts en direction de la fille qui posa son magazine, trouva l'appareil et le lui donna.

— Plus vite, connasse ! J'attends un appel important !

Et le voilà, le prétexte. Il lui ferait une scène, lui disant qu'elle n'arrivait pas à se bouger le cul, qu'à cause d'elle il venait de perdre plein d'argent, et qu'elle ferait mieux de se concentrer sur les choses qui comptent et non sur la lecture de papiers de bonnes femmes sur la manière de s'épiler ou de tailler des pipes. Mais dès qu'il entendit la voix de son interlocuteur, il oublia tout le reste.

— Bonjour. Je n'attendais pas votre appel, répondit-il.

Sur quoi, il se contenta d'écouter. La conversation fut brève, mais dense. Il remercia. Raccrocha. Rangea le téléphone dans sa poche. Et tapota d'un doigt le verre de whisky.

— Mauvaise nouvelle, chéri ? demanda la fille.

— Mieszko s'est planté, répondit Borzestowski.

— C'est mal ?

Pourquoi lui parlait-il de ça ? Il prit la télécommande et interrompit son massage du dos. Il voulait que la douleur revienne. La douleur aiguise l'esprit.

— Non. En fait, il ne se passe rien.

C'est bon d'avoir des amis dans la police, se dit-il en avalant un peu de scotch. Même ceux qui se croyaient ses ennemis.

La Sèche rentra dans le deux-pièces qu'elle avait hérité de ses grands-parents. Ses parents l'avaient fortement encouragée à vivre avec quelqu'un (ils voyaient déjà qui), ou à louer l'autre chambre. Elle n'avait fait ni l'un ni l'autre. Elle aimait être seule, ce que cet appartement lui permettait. Elle n'avait pas de chat, même si elle envisageait d'en acheter un. Elle craignait toutefois de passer ainsi la frontière qui sépare une femme seule d'une vieille folle, et de confirmer au passage les stéréotypes les plus stupides.

Elle enleva ses vêtements qu'elle jeta sur le plancher. Elle avait mangé un kebab sur le chemin du retour et bu un coca. Elle se fichait des régimes parce qu'elle avait un bon métabolisme, et de toute façon elle comptait brûler ces calories. Elle avait transformé l'autre pièce en salle de gym. Une de ses excuses pour ne pas la louer avait été qu'elle économiserait ainsi l'abonnement à une salle de sport. Économies avant tout ! Mais avant de faire de l'exercice, elle devait se brosser les dents. Elle ne pouvait pas supporter de conserver l'odeur d'ail et le goût de coca dans la bouche quelques minutes de plus.

Elle enfila un short et une brassière de sport, tira les rideaux, alluma son ordi et mit de la musique avant de commencer par quelques exercices d'aérobic en guise d'échauffement. Puis vint le temps de faire des pompes, des abdos et différents types de squats. Un peu d'haltères, et le dessert : un quart d'heure de punching-ball. Elle termina en sueur et agréablement fatiguée. Elle prit une douche rapide et s'assit devant son ordinateur. Elle répondit à des mails, fit un tour sur Facebook. Elle prévoyait de regarder une série avant de se coucher, mais avait du mal à décider laquelle.

Elle prit sur une étagère la statuette de Kung Fu Panda qu'elle avait récupérée dans la chambre de Zuzanna. C'était le seul trésor qu'elle exposait. Il était tout neuf, et le regarder lui faisait vraiment plaisir. Même s'il paraissait plutôt ordinaire. Elle pourrait mentir et dire qu'elle l'avait acheté dans un kiosque, ou reçu avec un plateau chez McDo. Elle gardait cachés d'autres trésors, plus facilement identifiables.

Elle tournait le panda entre ses doigts. Elle pensait à la fille. À ce qu'elle avait découvert, et à ce que cela lui avait coûté. Et elle se demanda si elle arriverait à mettre la main sur tous les coupables. Tous ces fumiers, les potes de Celtycki qui avaient pris du bon temps avec des petites, et qui, quand l'affaire était sortie au grand jour, s'étaient montrés prêts à tout pour étouffer le scandale. Tous des exemples de réussite sociale. Des hommes politiques. Des hommes d'affaires. Avec femmes, enfants et réputations impeccables à préserver. Elle se demanda ce qu'ils avaient pu promettre à Celtycki, Ostrowski et aux maîtres de Mieszko. S'ils étaient conscients des conséquences de leurs actes. Il faudrait quelqu'un pour leur montrer ce qu'est la vraie vie. Pour leur botter le cul.

Dans sa colère, elle tira sur la tête du panda. Elle eut la surprise de la voir se détacher. Elle tenait dans l'autre main le reste du corps de l'animal d'où émergeait une clef USB. Elle avait pris une clef USB dans la chambre de Zuza ! Comment ne s'en était-elle pas aperçu plus tôt ?

Sans plus attendre, elle brancha la clef à son ordinateur. Elle trouva aussitôt les fichiers rassemblés par Zuza : des photos, des films, des textes. Tout ce que Zuzanna avait accumulé au cours de son enquête. Elle commença à tout éplucher, fichier après fichier. Et presque aussitôt, son cœur commença à battre follement.

Il ne s'agissait pas du tout d'un bordel. Ce n'était pas pour ça qu'ils avaient eu peur. Qu'ils étaient prêts à tuer.

Et maintenant, elle avait ces documents. Et elle savait une chose : elle ne pouvait pas laisser passer ça. Elle n'oublierait pas.

FIN

Le traducteur

Né en 1939, **Erik Veaux** a suivi des études de langues slaves à l'université de Bordeaux et à Varsovie. Il a effectué plusieurs séjours en Pologne, travaillant notamment à l'ambassade de France à l'époque communiste, puis après le retour à la démocratie. Il a traduit une vingtaine d'ouvrages dans les domaines du roman, du théâtre, de la philosophie et de la poésie. Il vit à Paris.

Bibliographie sélective

Tadeusz Borowski, *Le Monde de pierre*, Calmann-Lévy, 1964 ; Christian Bourgeois, 1992 ; Libretto, 2015

Stanisław Ignacy Witiewicz, *Théâtre complet* (I à VI), La Cité ; L'Âge d'homme, 1969-2001

Miron Białoszewski, *Mémoire de l'insurrection de Varsovie*, Calmann-Lévy, 2002 ; *De la révolution des choses et autres poèmes*, L'Harmattan, 2008

Andrzej Żuławski, *Infidélité*, Agnès Pareyre, 2003, *Comme un rien*, Calmann-Lévy, 2004

Krystian Lupa, *Utopia*, Actes Sud, 2016

Wojciech Chmielarz, *Pyromane*, Agullo Éditions, 2017, *La Ferme aux poupées*, Agullo Éditions, 2018, *La Colombienne*, Agullo Éditions, 2019, *La Cité des Rêves*, Agullo Éditions, 2020

Déjà parus chez Agullo Fiction

Autochtones - Maria Galina

La Crête des damnés - Joe Meno

Le Terroriste joyeux - Rui Zink

L'Outil et les Papillons - Dmitri Lipskerov

Bratislava 68, été brûlant - Viliam Klimáček

Prodiges et Miracles - Joe Meno

Le Dictateur qui ne voulait pas mourir - Bogdan Teodorescu

Le Dernier Rêve de la raison - Dmitri Lipskerov

Héros secondaires - S.G. Browne

Espace lointain - Jaroslav Melnik

Bagdad, la grande évasion ! - Saad Z. Hossain

L'Organisation - Maria Galina

Le Blues de La Harpie - Joe Meno

Le Dernier Amour du lieutenant Petrescu - Vladimir Lortchenkov

L'Installation de la peur - Rui Zink

La Destinée, la Mort et moi, comment j'ai conjuré le sort - S. G. Browne

Refuge 3/9- Anna Starobinets

Déjà parus chez Agullo Noir

Il était une fois dans l'Est - Arpad Soltesz

La Colombienne - Wojciech Chmielarz

Les Mains vides - Valerio Varesi

Prémices de la chute - Frédéric Paulin

Le Magicien - Magdalena Parys

La Guerre est une ruse - Frédéric Paulin

La Ferme aux poupées - Wojciech Chmielarz

Les Ombres de Montelupo - Valerio Varesi

188 mètres sous Berlin - Magdalena Parys

Pyromane - Wojciech Chmielarz

La Pension de la via Saffi - Valerio Varesi

Le Fleuve des brumes - Valerio Varesi

Spada - Bogdan Teodorescu

Achevé d'imprimer en décembre 2019
sur les presses de
l'imprimerie nouvelle laballery
pour le compte de Agullo Éditions.
N° d'impression : 911405
X71871/61

ISSN : 2551-5861
ISBN : 979-10-95718-71-0
Dépôt légal : février 2019